BLT

Mit der Welt
auf Buchfühlung

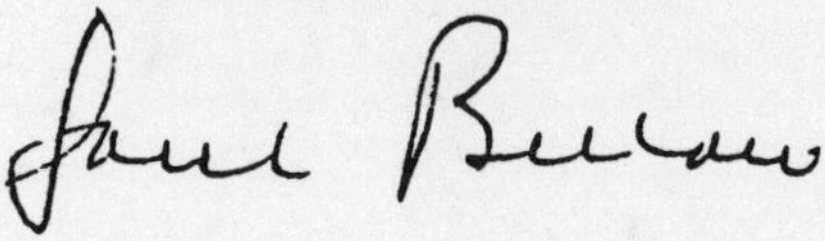

Saul Bellow, einer der großen Männer der amerikanischen Literatur, wurde 1915 in Lachine/Quebec geboren und wuchs in Chicago auf, wo er Soziologie und Anthropologie studierte. Er lehrte an verschiedenen amerikanischen Universitäten. Für sein umfangreiches und sehr erfolgreiches literarisches Werk erhielt er zahlreiche Auszeichnungen, darunter den Pulitzerpreis und 1976 den Nobelpreis für Literatur. Saul Bellow lebt heute in Boston.

Saul Bellow

Das Opfer

Aus dem Amerikanischen von
Walter Hasenclever

BLT

B L T
Band 92 059

1. Auflage: Oktober 2000

Vollständige Taschenbuchausgabe

BLT ist ein Imprint der Verlagsgruppe Lübbe

Titel der amerikanischen Originalausgabe: THE VICTIM

Lizenzausgabe: Verlagsgruppe Lübbe GmbH & Co. KG,
Bergisch Gladbach
Umschlaggestaltung: Gisela Kullowatz unter Verwendung
einer Photographie von Mechthild Op gen Oorth
Autorenphoto: © Thomas Victor
Satz: hanseatenSatz-bremen, Bremen
Druck und Verarbeitung: Elsnerdruck, Berlin
Printed in Germany
ISBN 3-404-92059-7

Sie finden uns im Internet unter
http://www.luebbe.de

Der Preis dieses Bandes versteht sich einschließlich
der gesetzlichen Mehrwertsteuer.

Meinem Freund Paolo Milano

Man erzählt sich, o mächtiger König, daß dereinst der Größten einer unter den Kaufleuten lebte, der viel Reichtum besaß und seinen Handel auf viele Städte erstreckte. Dieser bestieg eines Tages sein Roß und ritt aus, um in gewissen Städten Geld einzutreiben, und die Hitze bedrückte ihn; er lagerte sich also unter einem Baum, steckte die Hand in die Satteltaschen und nahm daraus Brot und getrocknete Datteln und begann zu frühstücken. Als er die Datteln aufgegessen hatte, warf er die Steine kraftvoll von sich, und siehe! ein Ifrit erschien, von riesenhafter Gestalt und ein entblößtes Schwert schwingend, mit dem er sich dem Kaufmann näherte und sagte: »Stehe auf, damit ich dich erschlage, wie du meinen Sohn erschlagen hast.« Fragte der Kaufmann: »Wie habe ich deinen Sohn erschlagen?« Und er antwortete: »Als du Datteln aßest und die Steine fortwarfst, haben diese meinen Sohn, der vorbeiging, mitten auf die Brust getroffen, so daß er auf der Stelle starb.«

Tausendundeine Nacht

Wie dem auch sei: nun da es auf den wogenden Wassern des Ozeans war, begann sich das menschliche Antlitz zu offenbaren; das Meer schien mit unzähligen Gesichtern gepflastert, die himmelwärts gerichtet waren; Gesichter flehentlich, zornig, verzweifelnd; Gesichter, die zu Tausenden emporstrebten, zu Myriaden, in Generationen ...

DE QINCEY, Die Leiden des Opiums

1

In manchen Nächten ist New York so heiß wie Bangkok. Der ganze Kontinent scheint von seinem Platz verzogen und näher an den Äquator gerutscht, der bittere, graue Atlantik grün und tropisch, und die Menschen, die die Straßen bevölkern, scheinen unter den erstaunlichen Monumenten ihrer Geheimnisse, deren Lichter in verwirrender Fülle endlos in die Hitze des Himmels emporsteigen, barbarische Fellachen geworden zu sein. In einer solchen Nacht stieg Asa Leventhal rasch aus einem Hochbahnzug der Third Avenue. In Gedanken versunken, wäre er beinahe an seiner Station vorbeigefahren. Als er sie erkannte, sprang er auf und rief dem Schaffner zu: »He, halten Sie noch einen Augenblick!« Die schwarze Tür des uralten Wagens schloß sich schon wieder; er kämpfte dagegen, drückte sie mit der Schulter zurück und zwängte sich durch. Der Zug flüchtete, und Leventhal, außer Atem, starrte ihm schimpfend nach, bevor er sich umwandte und zur Straße hinabstieg.

Er war voll bitteren Ärgers. Er hatte den Nachmittag auf Staten Island bei seiner Schwägerin, der Frau seines Bruders, verbracht. Oder besser gesagt, er hatte ihn ihretwegen verplempert. Kurz nach dem Lunch hatte sie ihn in seinem Büro angerufen – er war der Redakteur einer kleinen Fachzeitschrift im südlichen Manhattan – und hatte ihn sofort mit fürchterlichen Wehrufen angefleht, zu ihr zu kommen, gleich zu kommen. Eins ihrer Kinder war krank.

»Elena«, sagte er, sobald er sich zu Gehör bringen konnte.

»Ich habe zu tun. Also bitte beherrsche dich und sage mir: Ist es wirklich so ernst?«

»Komme sofort! Asa, bitte! Sofort!«

Er faßte sich ans Ohr, als wollte er sich vor ihrer schrillen Stimme schützen, und murmelte etwas von italienischer Erregbarkeit. Dann wurde das Gespräch unterbrochen. Er legte den Hörer auf und erwartete, daß sie ihn wieder anrufen würde, aber das Telefon blieb still. Er wußte nicht, wie er sie erreichen konnte; sein Bruder stand nicht im Telefonbuch von Staten Island. Sie hatte entweder von einem Laden oder einem Nachbarn aus angerufen. Schon seit langem hatte Leventhal sehr wenig mit seinem Bruder und dessen Familie zu tun gehabt. Noch vor wenigen Wochen hatte er von ihm eine Postkarte erhalten, die in Galveston gestempelt war. Er arbeitete in einer Werft. Damals hatte Leventhal zu seiner Frau gesagt: »Erst Norfolk und jetzt Texas. Alles ist besser als zu Hause.« Es war die alte Geschichte: Max hatte mit jungen Jahren geheiratet und lief jetzt dem Neuen, dem Abenteuer nach. Es gab zahlreiche Werften und Arbeitsplätze in Brooklyn und Jersey. Währenddessen mußte Elena die Sorge für die Kinder tragen.

Leventhal hatte ihr die Wahrheit gesagt. Er hatte zu tun. Vor ihm lag ein Stapel unkorrigierter Fahnen. Nach einer Wartezeit von einigen Minuten stieß er das Telefon von sich und nahm mit einem ungeduldigen Knurren in der Kehle ein Manuskript zur Hand. Unzweifelhaft war das Kind krank, wahrscheinlich sogar ernstlich krank, oder sie hätte sich nicht so angestellt. Und da sein Bruder abwesend war, hatte er gewissermaßen die Verpflichtung, hinzugehen. Er wollte am Abend gehen. Es konnte nicht so dringend sein. Es lag einfach nicht in Elenas Möglichkeiten, sich über irgendein Thema in ruhigem Ton zu äußern. Er hielt sich das mehrmals vor, dennoch klangen ihre Schreie ihm zusammen mit dem windigen Summen der langstieligen elektrischen Ventilatoren und dem Ticken der Schreibmaschinen noch weiter in den Ohren. Wenn es nun wirklich gefährlich wäre? Und plötzlich, einer Eingebung folgend, derentwegen er sich gleichzeitig schalt, stand er auf, nahm seine Jacke von der Stuhllehne, ging zum Mädchen in der Telefonzentrale und sagte: »Ich möchte Mr. Beard sprechen. Melden Sie mich bitte an.«

Die Hände in den Gesäßtaschen, gegen den Schreibtisch seines Chefs gedrückt und ihm ein wenig zugeneigt, erklärte er ruhig, daß er fortgehen müsse.

Mr. Beard, dessen durch die Glatze gleichsam vergrößertes Gesicht eine scharfe knochige Nase sowie eine von Adern gezeichnete Stirn aufwies, sah ihn ungläubig und forschend an.

»Wo gerade heute die Nummer fertig werden muß?« fragte er.

»Es handelt sich um eine Familienkrise.«

»Kann sie nicht ein paar Stunden warten?«

»Wenn ich davon überzeugt wäre, würde ich nicht gehen.«

Mr. Beards Reaktion darauf war kurz und unangenehm. Er schlug mit dem Metallineal auf die Seiten des Typenbuchs. »Tun Sie, was Sie für richtig halten«, sagte er. Mehr war dazu nicht zu sagen, aber Leventhal zögerte noch neben dem Schreibtisch, weil er ein weiteres Wort erhoffte. Mr. Beard bedeckte jedoch seine zerklüftete Stirn mit einer zitternden Hand und versenkte sich schweigend in einen Artikel.

»Verdammter Fisch!« dachte Leventhal.

Als er die Haustür erreichte, ging gerade ein gewittriger Wolkenbruch nieder. Er sah ihm eine Weile zu. Die Luft war plötzlich so blau wie Siphonglas. Die Brandmauer des Speichers an der Ecke war mit Schwarz gestreift, und die gewaschenen Pflastersteine sowie die Teerritzen glänzten auf der gebogenen Straße. Leventhal kehrte ins Büro zurück, um sich den Regenmantel zu holen, und hörte, als er den Gang entlangschritt, Mr. Beard mit seiner nörgelnden, hetzerischen Stimme sagen: »Läuft mitten in der Arbeit davon. Wo uns das Wasser bis an die Kehle steht. Während alle anderen überlastet sind.« Eine andere Stimme, die von Mr. Fay, dem Geschäftsführer, erwiderte: »Es ist sonderbar, daß er auf einmal davonläuft. Da muß etwas passiert sein.«

»Nutzt es unanständig aus«, fuhr Mr. Beard fort. »Wie alle von dieser Brüderschaft. Ich habe noch keinen gekannt, der's nicht tut. Bedienen sich immer zuerst. Warum hat er nicht wenigstens angeboten, später wiederzukommen?«

Mr. Fay erwiderte nichts.

Mit unbewegter Miene zog sich Leventhal den Regenmantel an. Seine Hand, die sich im Ärmel verfing, stieß er gewaltsam durch. Dann ging er mit seinem etwas schwerfälligen Gang aus dem Büro und hielt nur im Vorzimmer an, um sich am Wasserbehälter einen Trunk zu zapfen. Als er auf den Fahrstuhl wartete, entdeckte er, daß er noch immer den Papierbecher in der Hand hielt. Er zerdrückte ihn und warf ihn mit energischem Schwung durch das Gestänge in den Schacht.

Da die Fahrt zur Fähre kurz war, zog Leventhal in der Untergrundbahn seinen Gummimantel nicht aus. Die Luft war stickig, sein Gesicht schwitzte. Die Propeller des Ventilators drehten sich so langsam im gelben Zwielicht, daß er die Umdrehungen zählen konnte. Als er die Straße erreichte, war der Wolkenbruch vorüber, und als sich das Boot von der Anlegestelle über die leichte Dünung schob, kam die Sonne wieder zum Vorschein. Leventhal stand im Freien, den Mantel über die Schulter geworfen, die Falten in der Hand gerafft. Die frischgestrichenen und verrosteten Schiffsrümpfe im Hafen hoben und senkten sich langsam. Der Regen hatte sich zum

Horizont hin verzogen, als dunkler Streifen, der weit über die schwachen Umrisse des Ufers hinausreichte. Auf dem Wasser war die Luft kühler, aber auf der Seite von Staten Island glühten die großen Speicher im fleckigen Grün, und die riesigen Zementflächen waren mit Sonnenlicht übergossen. Über diese Flächen zerstreute sich die von Bord gehende Menge und begab sich zu der Schlange von Bussen, die mit mahlenden Motoren in einem Dunstschimmer am Straßenrand warteten.

Max wohnte in einem großen Mietshaus. Seine Wohnung wie auch Leventhals am Irving Place lag hoch. Einen Fahrstuhl gab es nicht. Kinder tobten im Treppenhaus. Die Wände waren mit kindlichem Gekritzel bedeckt. Ein schwarzer Hausmeister mit Militärkappe war dabei, die Treppe zu putzen, und sah voller Wut auf Leventhals Fußspuren. Im Hof flatterte die Wäsche steif und gelb in der starken Sonne; die Seilrollen knarrten. Elena hatte auf Leventhals Klingeln nicht geöffnet. Der ältere seiner zwei Neffen kam zur Tür, als er klopfte. Der Junge erkannte ihn nicht. Natürlich, überlegte Leventhal, wie sollte er auch? Er blickte zu dem Fremdling auf und legte den Arm über die Augen, um sie in dem sonnigen, staubigen, trostlosen weißen Gang zu schützen. Die Wohnung hinter ihm war dunkel, die Jalousien waren heruntergelassen, und eine Lampe brannte mitten auf dem unabgeräumten Eßtisch.

»Wo ist deine Mutter?«

»Sie ist da drin. Wer sind Sie?«

»Dein Onkel«, sagte Leventhal. Als er in die Diele trat, stieß er, ohne daß er's vermeiden konnte, gegen den Jungen.

Seine Schwägerin kam ihm aus der Küche entgegengestürzt. Sie hatte sich verändert; sie war dicker geworden, seitdem er sie das letztemal gesehen hatte.

»Nun, Elena?« sagte er.

»Ach, Asa, du bist hier?« Sie griff nach seiner Hand.

»Selbstverständlich bin ich hier. Du hast mich doch gebeten zu kommen, oder nicht?«

»Ich habe noch einmal versucht, dich zu erreichen, aber man hat mir gesagt, daß du fort bist.«

»Warum noch einmal?«

»Phillie, nimm deinem Onkel den Mantel ab«, gebot Elena.

»Ist die Klingel nicht in Ordnung?«

»Ich habe sie wegen des Babys abgestellt.«

Leventhal ließ seinen Mantel in die Arme des Jungen fallen und folgte ihr in das Speisezimmer, wo sie versuchte, ihm einen Stuhl freizumachen.

»Sieh dir nur mal die Wohnung an«, sagte sie. »Ich habe noch keine Zeit gefunden, sie aufzuräumen. Meine Gedanken sind meilenweit entfernt. Ich habe die Vorhänge schon vor drei Wochen runtergenommen und noch nicht wieder aufgehängt. Und sieh mich selber an.« Sie legte die Kleider nieder, die sie vom Stuhl aufgenommen hatte, und zeigte sich ihm mit ausgebreiteten Armen. Ihr schwarzes Haar war zerzaust, sie trug unter dem Baumwollkleid ein Nachthemd und war barfuß. Sie lächelte schmerzlich. Leventhal, wie gewöhnlich unbewegten Gesichts, nickte nur. Er bemerkte, daß ihre Augen eine Bitte enthielten; sie waren zu glänzend und feucht, ihre Bewegungen bewiesen eine überflüssige Energie, eine Andeutung der Verwirrung oder gar Verrücktheit, die nicht mehr sicher gezügelt war. Aber er war solchen Anzeichen gegenüber nur allzu aufgeschlossen. Dessen war er sich bewußt und warnte sich daher, nicht zu hastig zu urteilen. Er blickte sie wieder an. Ihr Gesicht, das früher frisch und dunkel gewesen war, erschien jetzt weicher, voller und blasser, ein wenig gelblich. Wenn er seinen Neffen ansah, konnte er sich vorstellen, wie sie einst gewesen war. Er hatte eine starke Ähnlichkeit mit ihr. Nur die leicht gebogene Nase stammte von den Leventhals.

»Was ist denn nun geschehen, Elena?«

»Oh, Mickey ist krank, er ist furchtbar krank«, sagte sie.

»Was fehlt ihm denn?«

»Der Arzt sagt, er weiß nicht, was es ist. Er kann nichts mit ihm anfangen. Er hat die ganze Zeit hohes Fieber. Das hat vor ein paar Wochen angefangen. Ich gebe ihm zu essen, aber er kann's nicht bei sich behalten. Ich versuche alles. Ich weiß nicht, was ich mit ihm tun soll. Und heute habe ich einen solchen Schreck gekriegt. Ich bin in sein Zimmer gegangen und habe ihn nicht atmen hören.«

»Ach, was soll das heißen?« sagte Leventhal.

»Genau was ich dir sage. Ich habe ihn nicht atmen hören«, sagte sie mit Nachdruck. »Er atmete nicht. Ich habe meinen Kopf neben seinen aufs Kissen gelegt. Ich konnte nichts hören. Ich habe meine Hand über seine Nase gehalten. Ich konnte nichts fühlen. Ich wurde ganz kalt. Ich dachte, ich würde selber sterben. Ich rannte raus, um den Arzt anzurufen. Ich konnte ihn nicht erreichen. Ich rief in seiner Praxis an und überall sonst. Ich konnte ihn nicht finden. Dann rief ich dich an. Als ich zurückkam, atmete er. Er war in Ordnung. Darauf versuchte ich wieder, dich anzutelefonieren.«

Elenas Hand ruhte auf dem Busen; die langen spitzen Finger waren schmutzig, die Haut darunter war weiß und sehr zart.

Das war also die Krise. Er hätte sich's etwa denken können.

»Er hat die ganze Zeit geatmet«, sagte er ein wenig rauh. »Wie konnte er aufhören und wieder anfangen?«

»Nein, nein«, beharrte sie. »Er hat nicht geatmet.«

Leventhals Ruhe war trügerisch; sie war mit Angst durchsetzt. Er sah von Elena fort zur Zimmerdecke empor und dachte: »Welch ein Aberglaube. Wie in der alten Heimat. Wahrscheinlich können auch die Toten ins Leben zurückkehren und was sonst noch dazugehört.«

»Warum hast du nicht seinen Herzschlag gefühlt?«

»Das hätte ich vielleicht tun sollen ...«

»Ja, allerdings.«

»Du hattest zu tun, nicht wahr?«

»Ja natürlich, ich hatte zu arbeiten ...«

Sie zeigte sich darüber so zerknirscht, daß er sich vornahm, freundlicher zu sein. Warum auch nicht; er war nun einmal hier, das Unheil war geschehen. Er versicherte ihr, daß er Anspruch auf einen freien Nachmittag hatte. Er war schon seit sechs Jahren bei der Firma, und wenn er sich nach sechs Jahren nicht ein paar Stunden wegen einer persönlichen Angelegenheit freinehmen konnte, dann taugte die Stellung sowieso nichts. Selbst wenn er einen ganzen Monat lang jeden Nachmittag nach Hause ging, waren noch nicht im entferntesten die unbezahlten Überstunden abgegolten, die er gemacht hatte. Nachdem er zu sprechen aufgehört hatte, liefen seine Gedanken in der gleichen Richtung weiter. Im öffentlichen Dienst war das anders. Da hatte man Krankenurlaub und ging nach Hause, wenn man Kopfweh hatte. Und man war Beamter ... Aber er wollte dabei nicht verweilen. Er stand auf und drehte den Stuhl um, als wollte er das Thema seiner Überlegungen dadurch wechseln, daß er seine Position wechselte.

»Du solltest die Jalousien hochziehen«, sagte er zu Elena. »Warum läßt du sie unten?«

»Es macht das Zimmer kühler.«

»Es schneidet die Luftzufuhr ab ... Und du mußt die Lampe brennen lassen. Die strahlt Hitze aus.«

Sie hatte die Kleider vom Stuhl auf den Tisch gepackt, indem sie Geschirr, Brot, Milchschachteln und Zeitschriften beiseite schob. Er vermutete, daß sie die Jalousien nur deshalb unten ließ, um ihre Schlamperei vor den Nachbarn über den Hof zu verbergen. Er betrachtete den Raum mit Mißvergnügen. Und Max ließ sich von Norfolk nach Galveston und von dort nach Gott weiß wohin treiben. Vielleicht zog er es vor, in Absteigequartieren und Hotels zu hausen.

Elena gab Philip einen Dollar und schickte ihn Bier holen. Sie nahm das Geld aus einer Tasche in ihrem Rock, die mit Geldmünzen gefüllt war. Als er fort war, verlangte Leventhal, Mickey zu sehen.

Er lag in Elenas heißem, schattigem, stickigem Zimmer und döste in dem großen Bett, das gegen die Wand stand. Das Laken war ihm bis zur Taille heruntergerutscht. Sein kurzes schwarzes Haar schien feucht, sein Mund war geöffnet. Er trug ein ärmelloses Unterhemd. Leventhal legte vorsichtig seinen Handrücken gegen die Wange des Jungen; sie glühte. Als er die Hand zurückzog, stieß er mit dem Ring gegen den Bettpfosten. Der Blick, den Elena ihm zuschoß, erschreckte ihn. Er hob entschuldigend dieselbe Hand und fühlte, wie ihm das Blut ins Gesicht strömte. Aber sie sah nicht mehr nach ihm hin, sie zog dem Kind das Laken über die Schulter. Leventhal ging in den Korridor hinaus und wartete dort auf sie. Sie schloß die Tür langsam mit so viel Sorgfalt, daß ganze Minuten zu vergehen schienen. Er sah ins Zimmer; es wurde dunkler um die Gestalt im Bett, die durch die ausladende Chiffoniere seinen Blicken teilweise verborgen war. Endlich ließ sie den Türknauf fahren und kehrte ins Eßzimmer zurück.

Niedergeschlagen und verdrossen setzte er sich hin. Er begann sogleich dafür zu plädieren, daß Mickey ins Krankenhaus gebracht werde. »Wer ist denn dein Arzt?« fragte er.

»Welcher Teufel reitet ihn, daß er dich das Kind im Haus behalten läßt? Es gehört ins Krankenhaus.« Aber er merkte bald, daß die Schuld bei Elena lag und nicht beim Arzt. Sie sagte mit großem Eigensinn, daß der Junge zu Hause besser aufgehoben sei, wo sie ihn selber pflegen könne. Sie zeigte solches Entsetzen vor Krankenhäusern, daß er schließlich ausrief: »Sei doch nicht so engstirnig, Elena!« Sie schwieg, obgleich sie mehr bekümmert als beleidigt schien und ihn wahrscheinlich gar nicht verstand. Er ärgerte sich über sich selbst, weil er so heftig gewesen war, aber hier bedrückte ihn alles – das Haus, seine Schwägerin, das kranke Kind. Wie konnte der Junge in einer solchen Wohnung, in jenem Zimmer wieder gesund werden! »Um Gottes willen, Elena«, versuchte er sie in anderem Ton zu überzeugen, »es besteht kein Grund, sich vor einem Krankenhaus zu fürchten.« Sie schloß die Augen und schüttelte den Kopf; er schickte sich an, einen anderen Satz zu formulieren, hielt aber inne und legte sich in seinem Polsterstuhl zurück.

Plötzlich sagte sie froh, fast glücklich: »Da ist Philip und das Bier.« Sie stand auf, um Gläser zu holen. Sie suchte nach einem Flaschenöffner, den sie jedoch nicht fand, und Philip stemmte die Kappen am Griff eines Metallschrankes in der Küche auf. Elena wollte auch Sandwiches machen, aber Leventhal sagte, daß er nicht hungrig sei. »Ach ja, es ist bald Abendbrotzeit. Deine Frau wird böse sein, wenn du keinen Appetit hast. Wie geht es ihr? Sie ist so ein hübsches Mädchen.« Elena lächelte herzlich. Sie kannte nicht einmal den Namen seiner Frau. Sie waren sich nur ein- oder zweimal begegnet. Er wollte ihr nicht erzählen, daß seine Frau auf ein paar Wochen in den Süden gefahren war, um ihre Mutter zu besuchen. Elena hätte darauf bestanden, daß er blieb.

Um das Thema zu wechseln, fragte er nach seinem Bruder. Max war seit Februar in Galveston. Er wollte die Familie nachkommen lassen, aber die Stadt war so überfüllt, daß es unmöglich war, eine Wohnung zu finden. Er war immer auf Suche, wenn es die Zeit erlaubte.

»Warum kehrt er denn nicht nach New York zurück, wo er eine Wohnung hat?« fragte Leventhal.

»Oh, er verdient dort unten sehr gut; er arbeitet fünfzig, sechzig Stunden die Woche. Er schickt mir eine Menge.« Sie schien sich nicht verlassen zu fühlen, und die Abwesenheit ihres Mannes kümmerte sie offenbar nicht allzusehr.

Leventhal trank schnell sein Bier aus und stand auf. Er sagte, er müsse vielleicht noch eine Stunde ins Büro zurück, um einiges zu erledigen. Elena gab ihm die Telefonnummer eines Nachbarn; er schrieb sie in sein Notizbuch und sagte ihr, sie solle ihn in den nächsten Tagen anrufen, wenn es Mickey nicht besser ginge. An der Tür rief er Philipp und gab ihm einen Vierteldollar für eine Flasche Soda. Der Junge nahm ihn mit einem gemurmelten »Danke« entgegen, aber auch mit einem Blick, der eine Verpflichtung ablehnte. Wahrscheinlich hatte ein Vierteldollar für Philip nicht viel Bedeutung. Elenas Tasche war voller Münzen; sie war sicher sehr freigebig damit. Leventhal strich dem Jungen mit dem Finger über die Backe. Philip senkte den Kopf, und Leventhal, etwas enttäuscht und unzufrieden mit sich selbst, verließ das Haus.

Da er lange auf den Omnibus warten mußte, dämmerte es schon, als er Manhattan erreichte. Es war zu spät, um sich im Büro noch nützlich zu machen, aber er war trotzdem in der düsteren braunen Hitze von South Ferry mit sich uneins, ob er nicht doch noch hingehen solle. »Ach, die kommen heute schon ohne mich zurecht«, entschied er zuletzt. Beard würde sein Kommen jetzt nur als ein Eingeständnis werten, daß er ein schlechtes Gewissen hatte. Es konnte außerdem auch so aussehen, als wolle er sich als einer der »Brüderschaft« aufspielen, der anders war. Nein, nicht eine Spur davon, dachte Leventhal. Er wollte früh zu Abend essen und nach Hause gehen. Er fühlte sich mehr ausgedörrt als hungrig, aber er mußte essen. Er wandte sich jäh zum Gehen und begab sich zum Zug.

2

Leventhal hatte eine kräftige Figur, einen großen Kopf und eine ebensolche Nase. Sein schwarzes Haar war wellig-kraus, und die Augen unter den zusammengewachsenen Brauen waren tiefschwarz und von einer Größe, wie sie im Gesicht eines Erwachsenen ungewöhnlich ist. Aber obwohl sie kindlich groß waren, waren sie nicht kindlich im Ausdruck. Sie schienen eine Intelligenz zu enthüllen, die sich für ihre eigenen Fähigkeiten nicht sonderlich interessierte, als zögen sie vor, von ihnen nicht behelligt zu werden und teilnahmslos zu bleiben; und diese Teilnahmslosigkeit schien sich auch auf die anderen Menschen zu erstrecken. Er sah nicht mürrisch aus, sondern eher unzugänglich, phlegmatisch. Heute abend machte er wegen der Hitze einen verschlampten Eindruck, aber er war selbst unter normalen Umständen nicht ordentlich. Sein Schlips hing schief und lag nicht am Kragen an, seine Hemdmanschetten kamen unter den Jackenärmeln hervor und bedeckten seine dicken braunen Handgelenke, seine Hosen beulten sich an den Knien.

Leventhal kam ursprünglich aus Hartford. Er hatte dort die höhere Schule absolviert und danach sein Elternhaus verlassen. Sein Vater, der einen kleinen Textilwarenladen hatte, war ein ungestümer Mann, hart und selbstsüchtig seinen Söhnen gegenüber. Seine Mutter war in einer Irrenanstalt gestorben, als Leventhal acht und sein Bruder sechs Jahre alt war. Als sie aus dem Haus verschwand, hatte der alte Leventhal ihre Fragen nach ihrem Verbleib mit einem verbitterten »Fortgegangen« beantwortet, als hätte sie ihn im Stich gelassen. Sie waren fast erwachsen, ehe sie erfuhren, was mit ihr geschehen war.

Max hatte die Schule nicht beendet; er ging zwei Jahre vor der Abschlußprüfung ab. Als Leventhal sie bestanden hatte, zog er nach New York, wo er für einen Auktionator namens Harkavy arbeitete, einen Freund seines Onkels Schacter. Harkavy nahm Leventhal unter seinen Schutz; er riet ihm, abends das College zu besuchen, und lieh ihm sogar Geld. Leventhal belegte eine vorjuristische Vorlesung, aber ohne viel Erfolg. Vielleicht hatte das Bewußtsein, daß er etwas Schweres unternahm, zu drückend auf ihm gelastet. Und die Schule selbst – die Atmosphäre, besonders an blauen Winterabenden, die Verbissenheit mancher Studenten, von denen viele schon über fünfzig waren, weltgezaust, aber unbeirrbar – verstörte ihn. Er konnte nicht arbeiten, er hatte es im Zimmer hinter seines Vaters Laden nie gelernt. Er beendete zwar den Kurs, aber ohne Auszeichnung, und niemand ermutigte ihn, sich ernstlich dem juristischen Studium zu widmen. Es hätte ihm genügt, Harkavys Assistent zu bleiben, aber der alte Mann zog sich eine Lungenentzündung zu und starb. Sein Sohn Daniel, damals im dritten Studienjahr in Cornell, ging von der Universität ab, um das Geschäft zu übernehmen. Leventhal erinnerte sich noch, wie er nach dem Begräbnis ins Geschäft getreten war, in einem Bärenpelzmantel, groß, blond, ernsthaft, und jedem der Angestellten voller Gefühl gesagt hatte: »Wir wollen uns verschanzen und die Stellung halten!« Leventhal, der praktisch das Mündel des alten Mannes gewesen war, war von dessen Tod zu sehr betroffen und traute sich zu wenig zu, als daß er für Daniel noch hätte nützlich sein können. Das Geschäft wurde bald geschlossen. Es kam für ihn nicht in Frage, nach Hartford zurückzukehren (sein Vater hatte wieder geheiratet), und da er begann, sich treiben zu lassen, lebte er binnen kurzem, nur wenige Monate nach Harkavys Tod, in einem schmutzigen Massenquartier auf der Ostseite der Stadt, verhungert und abgemagert. Eine Zeitlang verkaufte er sonnabends Schuhe im Untergeschoß eines Warenhauses. Später fand er eine ständige Arbeit als Pelzfärber; danach war er etwa ein Jahr lang in einem Absteigehotel des südlichen Broadway angestellt. Dann wurde er zur Zivilverwaltung aufgerufen, für die er sich zur »Verwendung irgendwo in den Vereinigten Staaten« hatte vormerken lassen. Er wurde zum Zollamt in Baltimore geschickt.

Das Leben, das er in Baltimore führte, war von ganz anderer Art, es war nicht so einsam. Es dämmerte ihm mit der Zeit, daß er in New York das Alleinsein als gegeben hingenommen hatte; er war sich kaum bewußt geworden, wie traurig es ihn machte. Beim Zoll wurde er schon im ersten Winter eingeladen, samstags mit mehreren Leuten nach Washington in die Oper zu fahren. Er hörte sich fünf oder sechs Vorstellungen mit einer Art von entrücktem, skeptischem Interesse an. Aber er begann, regelmäßig auszugehen. Er gewann Geschmack an Hummer- und Muschelgerichten. Er kaufte sich zwei Anzüge und einen Mantel – nachdem er von Oktober bis April in einem schweren Kamelhaarmantel, einem Geschenk des alten Harkavy, geschwitzt hatte.

Bei einem Picknick am Gestade der Chesapeake Bay zur Feier des 4. Juli verliebte er sich in die Schwester eines seiner Freunde. Sie war ein großes hübsches Mädchen mit schwerfälligen Bewegungen. Er folgte ihr in dem stetigen, feurigen Glanz der Bucht mit den Augen, als sie von dem Ausflugsdampfer herunterstieg und Arm in Arm mit ihrem Bruder zum Wäldchen ging, dem würzigen Rauch der Kochstellen entgegen, der sich in den Bäumen wölkte. Später sah er sie mit eng an den Körper gehaltenen Armen im Wettlauf der Damen mitrennen. Sie war bei den Nachzüglern, hielt an und verließ die Bahn lachend, Gesicht und Kehle mit einem Taschentuch trocknend, das aus demselben Stoff gemacht war wie ihr seidenes Sommerkleid. Leventhal stand nahe bei ihrem Bruder. Sie kam zu ihnen und sagte: »Ja, ich konnte mal ganz gut rennen, als ich noch kleiner war.« Daß sie sich noch nicht als Frau, geschweige denn als schöne Frau empfinden mochte, weckte Leventhals Zärtlichkeit. Sie beherrschte seine Gedanken, als er die Teilnehmer im Dreibein-Wettlauf über die Wiesen hüpfen sah. Besonders fiel ihm dabei ein rothaariger Mann auf, der sich vorwärtsmühte, voller Wut auf seine Partnerin, als sei das Rennen eine Qual und eine Demütigung, die er nur durch einen Sieg aus der Welt schaffen könne. »Welch ein Unterschied«, sagte sich Leventhal. »Welch ein Unterschied zwischen den Menschen.«

Er nahm am Eierlauf teil, er schwamm, er fühlte, wie seine Lebensgeister an diesem Tage auftauten. Den größten Teil des Nachmittags war er mit Mary zusammen. Sie nahmen ihre Sandwiches mit zum Strand und gingen leichtfüßig im weißen Sand, um sich ein abgelegenes Plätzchen zu suchen. Als sie in der Abenddämmerung mit dem Dampfer nach Hause aufbrachen und in die Hitze des stagnierenden Hafens gelangten, zwischen den Hecks von Tankern und durch den gelben Film hindurch, der sich von den Fabriken und Landungsstegen aus über dem Wasser und in der Luft ausbreitete, saßen sie zusammen auf dem Hinterdeck des kleinen Dampfers. Ihr Bruder erwartete sie in der Menge an der Landungsbrücke, und sie sagten sich im Lärm des Dampfes, der locker himmelwärts stieg, gute Nacht.

Im Herbst waren sie verlobt, und Leventhal war erstaunt über seinen Erfolg. Er glaubte, daß die Härte seines Lebens ihn entstellt hatte und daß diese Entstellung für ein Mädchen wie Mary sichtbar und abstoßend sein müßte. Er war ihrer nicht ganz sicher, und tatsächlich ereignete sich auch einen

Monat nach der Verlobung etwas Furchtbares. Mary bekannte, daß sie es nicht fertig gebracht habe, ein altes Verhältnis mit einem anderen, einem verheirateten Mann, aufzulösen. Im Schmerz des Augenblicks war Leventhal fast außerstande zu sprechen. Er sah sie an – sie saßen in einem Restaurant. Dann fragte er sie, ob sie während der Verlobungszeit mit dem Mann zusammengewesen sei. Sie bejahte das und schien erst in diesem Augenblick zu begreifen, wie ernst die Sache war. Er schickte sich an zu gehen, und als sie ihn zurückzuhalten suchte, stieß er sie, so daß sie den Halt verlor und zu Boden fiel. Er half ihr beim Aufstehen; ihre Lippen waren weiß geworden, und sie wandte die Augen von ihm ab. Sie verließen das Restaurant zusammen – sie wartete sogar, als er die Rechnung bezahlte –, trennten sich aber draußen sogleich und ohne ein Wort.

Ungefähr zwei Jahre später schickte sie ihm einen freundlichen Brief. Er wußte nicht, wie er darauf antworten sollte. Über einen Monat stand der Brief auf seiner Kommode, mahnte ihn jeden Abend und überschattete alle seine anderen Gedanken. Er dachte noch darüber nach, als er von ihr einen zweiten Brief erhielt. Darin bat sie ihn ohne Umschweife, doch zu bedenken, wie sehr sie sich gequält habe; sie gab zu, daß sie versucht hätte, ihr Liebesverhältnis zu beenden, indem sie sich mit ihm verlobte, aber das sei nicht der einzige Grund gewesen; sie hätte ihn nicht aufs Geratewohl ausgesucht. Leventhal fand diesen Brief leichter zu beantworten. Sie fingen an, sich gegenseitig zu schreiben. Als er Weihnachten zu ihr auf Besuch fuhr, ließen sie sich von einem Friedensrichter in Wilmington trauen. Er war inzwischen wieder nach New York gezogen, denn er hatte Baltimore einige Wochen nach der Entlobung verlassen. Daniel Harkavy war irgendwie bei einer Fachzeitschrift gelandet. Leventhal, der beim Zoll die Herausgabe eines Buches über den Innendienst betreut hatte, fand, daß er diese Arbeit auch leisten könne. Er wandte sich an Harkavy, und dieser antwortete, daß er ihn sicher bei einer Zeitschrift unterbringen könne, wenn er nach New York kommen wolle. Harkavy hatte viele Beziehungen. Leventhal packte also an einem Wochenende seinen Koffer und schickte ihn in Harkavys Haus. Er konnte Baltimore nicht mehr ertragen, ihm war zu elend zumute. Später konnte er nicht daran denken, ohne zu erröten und zusammenzuzucken. Ein Mann, der unter Entbehrungen aufgewachsen ist, hätte vermeiden sollen, sich so dem Schicksal auszuliefern. Schon damals hatte er gemerkt, daß es hirnverbrannt war, seine Stellung aufzugeben und, schlimmer noch, sich Harkavy anzuvertrauen; deshalb sagte er seinem Vorgesetzten, er kündige, um eine andere Stellung anzunehmen. Er schämte sich, ihm die Wahrheit zu sagen.

Er fand, daß Harkavy sich etwas verändert hatte. Sein Haar war gelichtet, er ließ sich einen roten Schnurrbart stehen. Er trat mit einem gewissen Aplomb auf; er trug jetzt große Halsbinden und schwarze Wildlederschuhe. Aber er war im Grunde der gleiche geblieben. Er hatte zwar über seine Beziehungen geschrieben, vermochte sich aber nur an einen einzigen Mann zu erinnern, an den er sich wenden konnte. Das war ein Mann mittleren Alters aus Kentucky mit Namen Williston, klein und rötlich, mit einem breiten Schädel, über den das braune Haar mit einer Art hinterwäldlerischer Sonntagssorgfalt gebürstet war. Er gehörte zu jenen Leuten, die sich ihre regionalen Eigenheiten durch zwanzig Jahre in New York bewahrt haben. Da es ein kalter Herbsttag war, hatte er neben seinem Schreibtisch eine elektrische Heizsonne. Er saß in seinem Drehstuhl zurückgelehnt und hob nur gelegentlich einen Fuß, um ihn über den Heizdrähten anzuwärmen.

Nein, sagte er, es gebe keine freie Stelle in seiner Redaktion. Ein erfahrener Mann könne selbst in diesen schlechten Zeiten noch etwas finden. Ein unerfahrener habe keine Chancen. Vielleicht durch einen blöden Zufall – sein Schuh glänzte über dem polierten Heizinstrument –, vielleicht wenn man jemanden mit großem Einfluß kenne.

»Kennen wir nicht«, meinte Harkavy. »Wir haben keine Beziehungen. Und wie soll er sich Erfahrung aneignen?«

Er wolle nicht raten, sagte Williston, daß Leventhal sich bemühe, als Laufbursche mit einer Schar junger Männer für sechs Dollar die Woche anzufangen. Selbst diese Stellungen seien jetzt schwer zu kriegen. Er würde vorschlagen, daß er bei seinem Leisten bleibe. Leventhals Miene verdüsterte sich, mehr weil er sich selbst Vorwürfe machte, als weil er den Rat übelnahm. Er hätte bei der Zivilverwaltung ja um eine Versetzung bitten können, statt sie ganz zu verlassen, und abwarten können, solange es eben dauerte. Er argwöhnte, daß Williston teilweise ahnte, was sich abgespielt hatte. Seine Handlungsweise schien ihm ganz unsinnig. Aber Harkavy sprach von seinen eigenen Erlebnissen und sagte, daß er seine Stellung ohne jede Erfahrung, nur durch einen glücklichen Zufall gefunden habe. Aber nein, meinte Williston, der Name seines Vaters habe Gewicht im Antiquitätenhandel – Harkavy arbeitete an einer Zeitschrift für Auktionäre und Antiquitätenhändler. »Leventhal hat lange bei meinem Vater und mir gearbeitet«, berichtete Harkavy. Und Williston hob die Achseln und starrte in die Heizsonne, als wollte er sagen: »In dem Falle ist nichts zu gut für ihn.« Er schien es zu bedauern, als er Leventhals gepeinigten und gesenkten Blick wahrnahm. Er wolle selbstverständlich tun, was er könne, aber er wolle nicht den Eindruck erwecken, als sei da viel zu machen. Er werde einige Leute anrufen, und inzwischen könne Leventhal ja anfangen, die Runde zu machen.

Er tat es mit einem Gefühl der äußersten Hoffnungslosigkeit. Die kleineren Fachzeitschriften wiesen ihn schlankweg ab. Die größeren gaben ihm Antragsformulare auszufüllen; hin und wieder verbrachte er ein paar Minuten mit einem Personalchef oder fand Gelegenheit, jemandem die Hand zu schütteln. Allmählich wurde er sonderbar aggressiv und drang unter Vermeidung der Empfangsdamen direkt ins innere Büro vor, hielt jeden an, der eine gehobene Stellung zu haben schien, und stellte sich vor. Man begegnete ihm mit Erstaunen, mit Kälte und mit Ärger. Er wurde selbst oft ärgerlich. Sie bekamen es mit der Angst, erklärte er Harkavy, wenn man aus der Reihe tanzte und aus der vorgeschriebenen Bahn ausscherte. Aber die Bahn führte zur Tür hinaus. Wie konnten sie auch erwarten, daß man drinnen blieb? Er besprach das recht vernünftig mit Harkavy, aber die Provokationen und Reibereien gingen weiter, und in der Hitze der Provokationen verlor er häufig sein eigentliches Ziel aus den Augen. Wenn er sich rasierte oder die Bank betrat, um Geld von seinem Sparkonto abzuheben, konnte er sich ermahnen, daß er schließlich den eigenen Absichten im Wege stand und daß jemand, der unerwarteterweise eine Stellung zu vergeben hatte, sie bestimmt nicht ihm geben würde. Aber er änderte sich nicht.

Dieser verrückte Zustand dauerte etwa zwei Monate. Dann entschloß sich Leventhal, da es zunehmend schwierig wurde, mit Harkavy zusammen zu leben (mehrmals in der Woche empfing er nachts eine Dame, und Leventhal, der sein Zimmer verlassen mußte, ging ins Kino oder saß in einem Restaurant), und da seine Ersparnisse zusammenschmolzen, irgendeine Stelle anzunehmen, was immer ihm über den Weg lief – er wollte sogar sein altes Absteigequartier im südlichen Broadway versuchen –, als er einen Brief von Williston erhielt, der ihm bei sich eine Stellung anbot. Einer seiner Leute sei erkrankt und müsse den Winter über nach Arizona reisen; Leventhal könne ihn vertreten, bis er wieder zurückkomme.

Es war also Williston, der ihm in dieser Branche das Tor öffnete. Er war dankbar und arbeitete fleißig für ihn; zudem entdeckte er, daß er für diese Tätigkeit Talent besaß. Von Juni bis zum Ende des Sommers war er wieder arbeitslos – auch das war eine schwierige Zeit. Aber jetzt hatte er die Erfahrung eines halben Jahres und fand schließlich einen Arbeitsplatz bei Burke-Beard & Co. Abgesehen von gelegentlichen Zwistigkeiten mit Beard war er zufrieden. Er war tatsächlich besser dran als bei der Zivilverwaltung.

Zuweilen sagte er zu Mary aus seinem tiefsten Empfinden heraus: »Ich hatte Glück. Ich hab's geschafft.« Er meinte, daß sein schlimmer Start, seine Fehler, die Dinge, die ihn hätten vernichten können, sich irgendwie zusammengetan hatten, um seinen Erfolg zu begründen. Er wäre beinahe unter jene Menschen geraten, an die er immer denken mußte (er vergaß nie das Hotel im südlichen Broadway), jene Menschen, die es nicht schafften – die Verlorenen, die Ausgestoßenen, die Besiegten, die Ausgelöschten, die Ruinierten.

3

Leventhals Schwiegervater war vor kurzem gestorben, und seine Schwiegermutter hatte sich von der Familie überreden lassen, ihr Haus in Baltimore aufzugeben und in Charleston bei ihrem Sohn zu leben. Mary war zu ihr gefahren, um ihr beim Umzug zu helfen. In ihrer Abwesenheit hatte Leventhal in einem nahegelegenen italienischen Restaurant gegessen. Es befand sich im Untergeschoß eines alten Mietshauses. Die Stuckwände waren fast schwarz. Von dem Sägemehl, das über den Parkettfußboden verstreut war, strömte ein feuchter holziger Geruch aus. Aber es war ihm gelegen; die Mahlzeiten waren billig, und er brauchte im allgemeinen nicht auf einen Tisch zu warten. Heute abend war jedoch nur einer frei. Der Kellner führte ihn hin. Er stand in einer Ecke hinter einer Schutzwand, die die Luftzufuhr des Ventilators abschnitt. Er war schon im Begriff zu protestieren und öffnete unwillig den Mund, aber der Kellner, ein dunkler Mann, dessen dünnes Haar sich auf seiner schweißigen Stirn wellte, kam ihm mit einem matten und ziemlich unaufrichtigen Achselzucken zuvor und zeigte mit einer Bewegung seines mit der Serviette bedeckten Armes, daß das Lokal besetzt sei. Leventhal warf den Hut hin, schob das Geschirr beiseite und stützte sich vornüber auf die Ellbogen. Neben der Stufe zur Küchc beendeten der Besitzer und seine Frau gerade ihr Abendessen. Sie warf Leventhal einen Blick des Erkennens zu, für den er mit einem kurzen Ruck auf dem Stuhl dankte. Der Kellner brachte seine Mahlzeit, ein Omelette in einer angestoßenen, schwarz angelaufenen

Schüssel, an deren Rand die Tomatensoße angetrocknet war, einen Salat und einige Aprikosen aus der Büchse. Als er aß, besserte sich seine Stimmung allmählich. Der Kaffee war süß und dick; er schluckte sogar noch den Satz und setzte die Tasse mit einem Seufzer nieder. Darauf zündete er sich eine Zigarre an. Da niemand auf den Tisch wartete, blieb er noch ein wenig sitzen, zurückgelehnt und rauchend und verschränkte die Hände hinter seinem mit dichtem Haar bewachsenen Nacken.

Aus der Taverne auf der anderen Straßenseite tönten die langsamen Klänge einer Gitarre herüber, von denen die leichten davongetragen und die tieferen ruhig wiederholt wurden.

Wenig später schob er ein Trinkgeld unter die Untertasse und ging hinaus.

Am Himmel glühte noch eine Röte wie die Flamme im Hintergrund eines riesigen Backofens; der Tag hielt sich noch und klaffte feurig über der Schwärze des gegenüberliegenden Ufers. Der Hudson zeigte einen schwachen Glanz, und Leventhal überlegte, daß das Meer in seiner Kälte wahrscheinlich nicht lähmender wirkte als die Untergrundbahn unter seinen Füßen in ihrer Hitze; die Züge, die unter den Luftschächten und an den schrägen braunen Felswänden vorbeibrausten, schienen Explosionen von Metallstaub zu verursachen. Er ging durch einen kleinen Park, in dem der Doppelkreis der Bänke voll besetzt war. Schlangen von Leuten standen vor jedem Trinkbrunnen; das warme Wasser stotterte und sprühte in die Steinschalen. Auf allen Seiten dieses grünen Vierecks brauste endlos der Verkehr der Autos und Taxis, und die schwerfälligen Busse krochen ächzend ihres Weges. Von dem hohen blauen Lichtkegel der Straßenhöhe nahten sie durch ein bläuliches Schummerlicht. In den buschigen, baumbestandenen Ecken spielten Kinder und lärmten, und eine Wiedererweckungskapelle sang, trommelte und trompetete auf einem der Bürgersteige. Leventhal hielt sich nicht lange im Park auf. Er schlenderte heimwärts. Er wollte sich ein kaltes Getränk mixen und sich dann neben einem offenen Fenster niederlegen.

Leventhals Wohnung war geräumig. In einem besseren Wohnviertel oder drei Stockwerke tiefer hätte er doppelt soviel Miete bezahlen müssen. Aber die Treppe war eng und stickig und voller Windungen. Obwohl er langsam stieg, war er außer Atem, als er den dritten Stock erreichte, und sein Herz schlug schwer. Er verschnaufte, bevor er die Haustür aufschloß. Nachdem er eingetreten war, warf er den Regenmantel auf den Boden und ließ sich auf den mit einem Teppich bedeckten Diwan im Vorderzimmer fallen. Mary hatte einige Stühle in die Ecken gestellt und sie mit Tüchern bedeckt. Sie konnte sich nicht darauf verlassen, daß er während des Tages die Fenster geschlossen hielt und die Jalousien herunterließ. An diesem Nachmittag war die Putzfrau dagewesen; es herrschte ein alles durchdringender Geruch nach Seifenpulver. Er stand auf und öffnete ein Fenster. Die Vorhänge bauschten sich ein einziges Mal und waren dann reglos wie zuvor. Auf der anderen Seite der Straße war ein Filmtheater mit einer dicht gereihten Lichterkette. Auf seinem Dach thronte ein Wassertank wuchtig und schief auf Holzklötzen; die Kappen der Schornsteine, die beim leisesten Lufthauch klapperten, waren still.

Der Motor des Kühlschranks begann zu laufen. Die Eisbehälter waren leer und klirrten. Wilma, die Putzfrau, hatte das Gerät entfrostet und vergessen, sie wieder zu füllen. Er suchte nach der Bierflasche, die er gestern bemerkt hatte; sie war verschwunden. Der Kühlschrank war leer bis auf ein paar Zitronen und etwas Milch. Er trank ein Glas Milch, das ihn erfrischte. Er hatte bereits sein Hemd ausgezogen; nun saß er auf dem Bett und schnürte sich die Schuhe auf, als es kurz klingelte. Erwartungsvoll machte er die Tür auf und rief: »Wer ist denn da?« Die Wohnung war unerträglich leer. Er hoffte, jemand könne sich erinnert haben, daß Mary fort war, und sei gekommen, um ihm Gesellschaft zu leisten. Von unten kam keine Antwort. Er rief ungeduldig ein zweites Mal. Es war sehr wahrscheinlich, daß einer den falschen Knopf gedrückt hatte, aber er hörte keine anderen Türen, die geöffnet wurden. Konnte es ein dummer Streich sein? Es war nicht die Jahreszeit dafür. Nichts rührte sich im Treppenhaus, und die Erkenntnis, wie sehr er sich nach einem Besucher gesehnt hatte, verstärkte nur seinen Mißmut. Er streckte sich auf dem Bett aus, zog ein Kissen unter dem Bezug hervor und legte es doppelt. Er dachte, er würde einschlummern. Aber ein wenig später fand er sich am Fenster stehen und den Vorhang mit beiden Händen festhalten. Er stand unter dem Eindruck, daß er geschlafen hatte. Es war jedoch nach der schnurrenden elektrischen Uhr auf dem Nachttisch erst halb neun. Nur fünf Minuten waren vergangen.

»Nein, ich hätte nicht fortgehen sollen«, sagte er sich. Er war plötzlich voller böser Ahnungen. Es war ein Fehler gewesen, so aus dem Büro davonzulaufen. Wenn er sich die Angelegenheit vernünftig überlegt hätte, dann hätte er bis zum Abend gewartet. Noch fünf Minuten, und Elena hätte ihn wieder angerufen. Warum hatte er dann nicht gewartet? Wollte er tatsächlich Beard wenigstens einmal aufsitzen lassen, war das der Grund? Nein, und Beards Bemerkung war noch dazu widerlich. Sie kam allerdings nicht unerwartet. Er hatte schon immer gewußt, daß Beard derartiger Äußerungen fähig war. Wenn jemand einen anderen nicht leiden konnte, dann konnte er ihn aus allen Gründen nicht leiden, die er sich ausdenken konnte. Das war nicht wichtig, sondern nur ekelhaft. Trotzdem hätte er nicht fortgehen sollen.

Er wusch sich das Gesicht, zog sich das Hemd an und ging aus der Wohnung.

Seine Schwäche war, überlegte er, daß er sich aufführte wie ein Narr, wenn er nicht genügend Zeit zum Nachdenken hatte und unter Druck stand. Das war sein größtes Manko. Neulich hatte ihm zum Beispiel Dunhill, der Setzer in der Druckerei, eine Theaterkarte verkauft, die er gar nicht haben wollte. Er wehrte ab, daß er sich aus dem Theater nichts mache und auch mit einer einzelnen Karte nichts anfangen könne – es war vor Marys Reise. Weil aber Dunhill darauf bestand, hatte er die Karte gekauft. Er schenkte sie einem der Mädchen im Büro. Wenn er nur gleich von Anfang an imstande gewesen wäre zu sagen: »Ich will Ihre Karte nicht kaufen ...« Er murmelte: »Wozu tue ich das eigentlich?« und runzelte die Stirn. Einer seiner Nachbarn erschien mit bloßer Brust und in kurzen Tennishosen und stellte eine klirrende Tüte voller Flaschen vor die Tür, damit sie der Hausmeister wegschaffen konnte.

Der portorikanische Hausmeister, Mr. Nunez, einen Strohhut auf dem Kopf und die Füße in chinesischen Strohsandalen, saß auf der Treppe zur Straße. Leventhal fragte ihn, ob er jemanden bemerkt hätte, der bei ihm klingelte, und er entgegnete, daß er schon seit einer halben Stunde auf den Stufen sitze und in der letzten Viertelstunde niemand aus dem Haus gekommen oder in das Haus gegangen sei. »Vielleicht haben Sie das Radio gehört«, meinte er. »Manchmal glaube ich, daß jemand im Haus ist und mit mir spricht, aber es ist das Radio von irgendwoher.«

»Nein, es hat geklingelt«, sagte Leventhal bestimmt; er sah den Hausmeister ernsthaft an. »Könnte es die Klingel vom Lastenaufzug gewesen sein?«

»Nur wenn jemand im Keller seinen Schabernack getrieben hat. Ich habe sie heute abend nicht angerührt.«

Leventhal ging zum Park hinüber. Vielleicht war es ein Rundfunkgerät gewesen, aber er konnte es nicht glauben. Vielleicht etwas im Klingeldraht, durch die Hitze ausgelöst – er verstand nicht viel von Elektrizität –, oder der Wandaufzug. Was ihn wirklich beunruhigte, war der Gedanke, daß es vielleicht an seinen Nerven lag und daß er sich das Klingeln eingebildet hatte, wie er sich auch eingebildet hatte, daß er schlief. Seit Marys Abreise waren seine Nerven labil. Er ließ nachts das Licht im Badezimmer brennen. Da er sich ein wenig schämte, hatte er gestern die Tür zum Badezimmer geschlossen, bevor er zu Bett ging, aber das Licht trotzdem angelassen. Dieses Gefühl, daß er von etwas bedroht sei, während er schlief, war absurd. Und das war noch nicht alles. Er bildete sich ein, daß er Mäuse an den Wänden entlanghuschen sah. Es gab tatsächlich Mäuse in der Wohnung. Das Gebäude war alt, es war zu erwarten, daß unter den Bohlen Nester existierten. Er hegte keinen Abscheu davor, und doch hatte er angefangen, ruckartig den Kopf zu drehen, wenn er eine Bewegung zu spüren glaubte. Und jetzt hatte er auch nicht einschlafen können. Bisher hatte die Hitze noch nie seinen Schlaf beeinträchtigt. Bestimmt war er nicht ganz auf der Höhe.

Der Park war belebter noch als zuvor und voller Lärm. An der Ecke hatte sich noch eine Wiedererweckungskapelle eingefunden, und das Getöse der beiden vermischte sich verwirrend über den anderen Geräuschen. Die Lampen waren vergilbt, mit Fliegen und Motten bedeckt. Auf einem der Pfade putzte ein alter, sonnenverbrannter, sehniger Mann mit einer Leinenkappe auf dem Kopf Schuhe. Der Brunnen lief mit einem grünen, bleiernen Schimmer. Kinder im Unterzeug wateten und kugelten sich in den Spritzern, während die Eltern zusahen. Die Augen schienen sanfter als bei Tage, auch größer; sie blickten einen länger an, als habe man in der dunklen Hitze ein Niemandsland der Zurückhaltung überquert und als könnten sich Fremde gleichsam mit einem Erkennen einander nähern. Man sah und glaubte zumindest, daß man kannte, wen man gesehen hatte.

Derartig verschwommene Gedanken spukten in Leventhals Kopf, während er vor der Trinkwasserfontäne wartete, als er plötzlich das Gefühl hatte, daß man ihn nicht nur sah, sondern beobachtete. Wenn ihn nicht alles täuschte, wurde er von einem Mann gemustert, der langsam mit ihm vorrückte, wenn sich die Schlange der Wartenden bewegte. »Er scheint mich zu kennen«, dachte er. Oder lungerte dieser Mann nur hier herum, war nur ein Bummelant? Sofort wurde Leventhal unnahbar, teils um seine Nerven und seine überreizte Phantasie zurechtzuweisen. Aber es war keine Phantasie. Wenn er sich vorwärts bewegte, ging der Mann mit. Er senkte dabei den Kopf, als wollte er ein Grinsen über die dünnlippige Förmlichkeit von Leventhals Gesichtsausdruck verbergen. In seinen Augen war jedoch keine Spur von Heiterkeit – er stand jetzt sehr nahe; sie waren spöttisch und hart.

»Wer ist dieser Bursche?« fragte sich Leventhal. »Ein Schauspieler, wie er im Buch steht. Mein Gott, mein Gott, was ist das für ein Vogel? Einer dieser Leute, die den Eindruck erwecken wollen, daß sie einem auf den Grund der Seele blicken können.« Er versuchte, ihn mit seinen Blicken einzuschüchtern, da er erst jetzt bemerkte, wie unverschämt der andere war. Aber der Mann wich nicht. Er war größer als Leventhal, aber nicht annähernd so stämmig; breit, aber nicht robust. »Wenn er tätlich wird«, dachte Leventhal, »ergreife ich seinen rechten Arm und bringe ihn aus dem Gleichgewicht ... Nein, seinen linken Arm und ziehe zu meiner Linken herüber; das ist meine stärkere Seite. Und wenn er zu Boden geht, gebe ich ihm einen Genickschlag. Aber warum sollte er eigentlich tätlich werden? Dafür besteht doch gar kein Grund.«

Er war gerüstet und entschlossen; dennoch spürte er ein Zittern in seinen Armen und fühlte die ganze Zeit, daß er selbst mit seinen unzuverlässigen Nerven die Ursache seiner Erregung und seines Argwohns war. Dann hörte er mit Verwunderung den Fremden seinen Namen nennen.

»Was, kennen Sie mich?« fragte er laut.

»Ob ich Sie kenne? Sie sind doch Leventhal, nicht? Warum sollte ich Sie nicht kennen? Ich dachte allerdings, Sie würden mich vielleicht erkennen. Wir sind uns nur einige Male begegnet, und ich nehme an, daß ich ein bißchen verändert aussehe.«

»Ach Allbee, nicht wahr, Allbee?« sagte Leventhal langsam mit allmählichem Erkennen.

»Kirby Allbee. Sie erkennen mich also doch?«

»Nein, wer hätte das gedacht!« sagte Leventhal, aber er sagte es ziemlich gleichgültig. Und wenn es auch Kirby Allbee wäre! Er sah wirklich verändert aus, aber was machte das schon?

Gerade in diesem Augenblick wurde er von einigen Leuten in der Schlange angestoßen. Er war nun an der Reihe bei der Fontäne, und als er einen Schluck von dem warmen Wasser nahm, sah er Allbee von der Seite an. Die Frau, die vor ihm getrunken hatte – sie war kräftig bemalt und sah aus wie ein Chorgirl, das aus dem Theater geschlüpft war, um etwas frische Luft zu schnappen –, stand Allbee im Weg, und als dieser versuchte, in dem Kreis um die Fontäne, in dem er eingeschlossen war, beiseite zu treten, machte sich Leventhal davon.

Er hatte diesen Allbee nie leiden können, aber er hatte eigentlich auch nie viel über ihn nachgedacht. Wie kam es dann, daß ihm sein Name so mühelos einfiel? Er hatte ein schlechtes Gedächtnis für Namen, dennoch hatte er den Mann fast unmittelbar erkannt. »Was für ein Gehäuse, dieser menschliche Geist«, dachte er, wobei sich fast so etwas wie ein Lächeln auf seinem Gesicht andeutete. »Wenn einem Haare aus der Handfläche wüchsen, würde man sich darüber weniger wundern als über manches, was einem aus dem Kopf sprießt.«

»Heda, warten Sie.«

Allbee zwängte sich hinter ihm durch die Menge. »Was will er nur?« fragte Leventhal sich mißmutig.

»Warten Sie, wohin gehen Sie denn?«

Leventhal gab keine Antwort. Was ging es ihn an?

»Gehen Sie nach Hause?«

»Ja, so allmählich«, sagte er unbeteiligt.

»So, Sie haben also festgestellt, daß ich noch existiere, und gehen nun nach Hause, wie?« Er hatte ein seltsames Lächeln.

»Warum sollte ich daran zweifeln, daß Sie existieren?« Auch Leventhal lächelte, aber ohne amüsiert zu sein.

»Besteht ein Grund, daß Sie nicht existieren sollten? Ich begreife das nicht ganz.«

»Ich meine, daß Sie mich nur einmal ansehen wollten.«

»Wie bitte?« fragte Leventhal. Er zog die Augenbrauen hoch. »Sie ansehen?«

»Ja, das wollten Sie meiner Meinung nach, um festzustellen, was aus mir geworden ist. Das Ergebnis.«

»Ich bin auf die Straße gegangen, um mich ein wenig abzukühlen.« Er fing an, sich richtig zu ärgern. »Was bringt Sie auf den Gedanken, daß Sie etwas damit zu tun haben?«

»Nun, das habe ich nicht erwartet«, erklärte Allbee. »Natürlich habe ich nicht gewußt, was ich erwarten sollte. Ich war gespannt, wie Sie mir gegenübertreten würden.« Er preßte die Lippen zusammen, als wolle er ein Lachen unterdrücken, leicht spöttisch, anmaßend, und strich mit der Hand abwärts über die Wange mit den blonden Stoppeln, während gleichzeitig seine Augen, von tiefen Ringen umschattet, zornig in Leventhals Gesicht starrten. Er schien zu behaupten, daß er sehr genau wisse, was er sagte, und daß es eine Frechheit und Unverschämtheit sei, das zu leugnen.

»Es ist das Zeichen der Unmanierlichen, daß sie jedermann der Unmanierlichkeit bezichtigen«, dachte Leventhal, war aber trotzdem beunruhigt. Was hatte jener im Sinn? Er musterte Allbee eingehender; bisher hatte er nicht bemerkt, wie heruntergekommen er aussah, wie einer jener Männer, die in der Third Avenue ihren Whiskyrausch ausschliefen, in den Toreingängen oder vor den Kellerluken lagen, fühllos gegen die Kälte oder das Getöse oder den Sonnenstrahl prall im Gesicht. Er trank auch, soviel war sicher. Seine Stimme war heiser. Sein blondes Haar war in der Mitte über der großen Stirn gescheitelt und schien feucht im Laternenlicht. Er trug ein dünnes Hemd aus einem Stoff, der Kunstseide sein mußte; es klaffte über der Brust und zeigte den schmutzigen Saum eines Unterhemdes; sein leichter Baumwollanzug war fleckig.

»Die Tatsache bleibt bestehen, daß Sie mich sehen wollten«, nahm er das Gespräch wieder auf.

»Sie irren sich.«

»Sie haben doch meinen Brief bekommen, oder? Und ich habe Sie gebeten, mich heute abend hier zu treffen ...?«

»Sie haben mir einen Brief geschrieben? Warum denn in aller Welt? Ich habe nie einen Brief von Ihnen erhalten. Ich begreife das nicht.«

»Ich auch nicht; wenn Sie ihn nicht erhalten haben, wäre es ein großer Zufall. Aber«, fuhr er lächelnd fort, »Sie tun selbstverständlich nur so, als hätten Sie den Brief nicht bekommen.«

»Warum sollte ich wohl so tun?« fragte Leventhal erregt. »Was habe ich für einen Grund, so zu tun? Ich weiß nicht, von was für einem Brief Sie sprechen. Sie haben nichts, worüber Sie mir schreiben könnten. Ich habe jahrelang nicht an

Sie gedacht, ehrlich gesagt, und ich weiß nicht, warum ich mir Gedanken machen sollte, ob Sie existieren oder nicht. Wieso denn – sind wir verwandt?«

»Blutsverwandte? Nein, nein, mein Gott!« Allbee lachte.

Leventhal starrte in dieses lachende Gesicht und wandte sich zum Gehen, worauf Allbee direkt vor ihm seinen Arm ausstreckte und ihn zurückhielt. Leventhal ergriff den Arm, zerrte aber nicht daran, wie er's geplant hatte. Er fühlte keinen Widerstand gegen seinen Griff. Er war mehr aus dem Gleichgewicht geraten als Allbee und zog die Hand zurück; er schien die Stirn zu runzeln – tatsächlich räusperte er sich nur – und sagte, nicht allzu laut: »Was wollen Sie denn?«

»Aha, das ist vernünftiger.« Allbee nahm die Schultern zurück und zog seine Manschetten herunter. »Ich will keinen Ringkampf aufführen. Ich bin wahrscheinlich kein Gegner für Sie. Ich wollte mit Ihnen reden. Ich hatte nicht geglaubt, daß es zu Gewalttätigkeiten kommen würde. Leute Ihres Schlags gehen so nicht vor. Nicht mit Gewalt.«

»Von was für Leuten reden Sie?« fragte Leventhal.

Darauf antwortete Allbee nicht. »Ich wollte ein paar Dinge mit Ihnen besprechen, deshalb schrieb ich Ihnen den Brief«, sagte er.

»Ich sage Ihnen noch einmal, daß ich keinen Brief von Ihnen erhalten habe.«

»Sie bleiben also dabei.« Allbee lächelte geringschätzig, als fragte er sich, warum Leventhal alle Gelegenheiten ausschlug, diese plumpe Ausrede fallenzulassen. »Warum sind Sie denn dann hier? Sie wollten sehen, aber nicht gesehen werden, und sind nun wütend, weil Sie ertappt sind.«

»Ich bin hier, weil ich nicht weit von hier in jener Straße wohne. Warum geben Sie denn nicht statt dessen zu, daß Sie mich treffen wollten? Gott allein weiß, warum und was Sie vorzubringen haben.«

Allbee bewegte sein flächiges Gesicht verneinend von einer Seite zur anderen. »Es ist umgekehrt. Sie wußten, daß ich hier war ... gut, das ist unwichtig. Und was ich Ihnen zu sagen habe ... ich habe eine Menge zu sagen. Aber das wissen Sie ja.«

»Auch das ist mir neu.«

Allbee grinste ihn an, als teilten sie ein Geheimnis miteinander, was Leventhal empörte und ärgerte und ihn anekelte.

»Setzen wir uns«, schlug Allbee vor.

»Verdammt noch mal, er hat mich, er hat mich in seinem Bann«, dachte Leventhal. »Er ist irgendwie ein Sonderling geworden. Ich hätte nicht ausgehen sollen. Nach dem Tag, den ich verlebt habe, hätte ich versuchen sollen zu schlafen.«

Sie fanden einen Platz auf einer Bank.

»Ich habe nicht viel Zeit. Ich muß früh aufstehen. Was wollen Sie?«

Allbee betrachtete ihn. »Sie sind dicker geworden«, sagte er. »Auch dunkler. Wieviel wiegen Sie?«

»Ungefähr zweihundertzehn englische Pfund.«

»Das ist zuviel. Es ist schlecht fürs Herz, wenn man soviel Gewicht mit sich herumträgt. Fühlen Sie es nicht bei diesem Wetter? Ich wette, daß Ihr Herz die Folgen spürt. Sie müssen viele Stufen steigen.«

»Woher wissen Sie das?«

»Oh, ich weiß zufällig, daß Sie im vierten Stock wohnen.«

»*Woher* wissen Sie es?« beharrte Leventhal.

»Ich weiß es eben. Ist es vielleicht ein Geheimnis? Darf niemand wissen, daß Sie im vierten Stock wohnen?«

»Was wissen Sie sonst noch von mir?«

»Sie arbeiten bei Burke-Beard. Sie geben eins ihrer Blättchen heraus.«

»Sonst noch was?«

»Ihre Frau ist verreist. Sie ist« – er schielte hinüber, als wolle er sich vergewissern, daß er mit allem recht hatte – »im Süden. Vor ein paar Tagen gefahren. Derartige Dinge sind nicht schwer zu erfahren.«

»Haben Sie vorhin bei mir geklingelt?«

»Habe ich geklingelt? Nein, warum sollte ich wohl?«

Leventhal sah ihn in dem Licht, das durch die Blätter fiel, grimmig an. Er hatte ihn ausspioniert, und das Rätsel war, warum. Wie lange hatte er ihn beschattet und zu welchem Zweck – zu welchem grotesken Zweck? Allbee gab den Blick zurück, musterte ihn, wie er gemustert wurde, mit Konzentration und Ernst, sein Unterkiefer verschob sich nach einer Seite, seine mürrischen, sinnenden Augen füllten sich mit einer grünen und bleiernen Farbe. Und in dem Starren dieser Augen und in der Wärme des Atems des anderen an seiner Wange, denn sie saßen eng aneinandergedrängt auf der Bank, empfand Leventhal plötzlich, daß er als Opfer eines grotesken, irren Vorgangs ausersehen war, und einen Augenblick lang war er von Entsetzen erfüllt. Dann sagte er sich beruhigend, daß es nichts zu fürchten gab. Der Mann war ein Spinner und höchst lästig, und insgeheim beobachtet zu werden, war gewiß eine gespenstische Vorstellung. Aber an Allbee war nichts außergewöhnlich Alarmierendes. Er war auf die schiefe Ebene geraten und ein Säufer geworden und schien ihm gegenüber von irgendeiner Idee oder Marotte, einer Wahnvorstellung besessen zu sein; vielleicht war das auch nur eine Erfindung. Wie konnte man das bei diesen Saufbrüdern feststellen! Es mußte Gründe dafür geben, aber es überstieg die menschlichen Fähigkeiten, sie auszutüfteln – sie waren wie Rauch, Nebel, Alkoholdunst. Allbee hatte ihn überrumpelt. Es war überrumpelnd. Und in seinem jetzigen Geisteszustand ließ er sich zudem noch leicht von derartigen Dingen ins Bockshorn jagen. Er fühlte sich unwohl, und das half nicht. Er gab seinen Schultern einen festigenden, wachsamen Ruck. Allbee, der ihn immer noch betrachtete, sagte: »Man kommt nur schwer dahinter, was für ein Mann Sie persönlich sind.«

»Ach, über mich wollen Sie reden?«

»Da, sehen Sie? Das ist ein Beispiel. Sie sind freimütig, aber führen Sie das Gespräch nicht fort von seinem Hauptgegenstand? Gewiß. Es ist ein Manöver. Ich weiß nicht, ob Sie schlau oder nur ungehobelt sind. Vielleicht interessieren Sie sich für die Hauptsache gar nicht so sehr.«

»Wofür interessiere ich mich nicht?«

»Ach kommen Sie, lassen Sie das, Leventhal, lassen Sie das. Sie wissen, was es ist.«

»Ich weiß es nicht.«

Darauf folgte eine Pause; dann sagte Allbee, um Geduld ringend: »Nun denn, wenn es so sein soll – Sie wollen vermutlich, daß ich die ganze Angelegenheit aufrolle. Ich dachte, das würde nicht nötig sein, aber sei's drum. *Dill's Weekly*. Sie erinnern sich doch an *Dill's Weekly*? Mr. Rudiger?«

»Ja, natürlich. Gewiß. Rudiger. Ich habe den Namen in einem alten Terminkalender aufgeschrieben, den ich immer wiederzufinden hoffte; sein Name ist mir dauernd wieder entfallen. Ja, Rudiger«, sagte er in Erinnerung versunken und begann zu lächeln, wenn auch nicht ohne Bitterkeit.

»Sie erinnern sich also.«

»Selbstverständlich.«

»Und wie steht's nun mit dem Rest. Nein, Sie werden den Rest nicht selber aufs Tapet bringen. Sie zwingen mich, es zu tun. Schön, ich tue es. Sie sind durch Rudiger an mich gelangt.«

»An Sie gelangt?« fragte Leventhal verwundert. Er wandte Allbee sein heißes Gesicht zu, und sein Haar schien sich bis auf die Augenbrauen zu senken.

»Sie haben's mir heimgezahlt. Haben die alte Rechnung

beglichen«, sagte Allbee mit großer Deutlichkeit. Seine Unterlippe schob sich vor. Sie war trocken und aufgerauht, die Nase sah geschwollen aus, alles ganz unvermittelt. Seine Augen waren weit aufgerissen.

»Nein, nein«, murmelte Leventhal. »Sie irren sich. Das habe ich nie getan.«

Allbee bewegte die Hand in einer abweisenden Geste vor seinem Gesicht und schüttelte langsam den Kopf.

»Darin könnte ich mich nicht irren.«

»Nicht? Sie irren sich aber.«

»Habe ich Ihnen nicht einen Termin mit Rudiger verschafft? Ich habe Ihnen doch ein Interview ermöglicht, oder nicht?«

»Ja, das haben Sie. Ja ...«

»Dann sind Sie hingegangen und haben absichtlich Rudiger beleidigt, mit ihm eine Szene aufgeführt, ihm schmutzige Namen angehängt, ihn wissentlich beleidigt, um mich bei ihm unmöglich zu machen. Rudiger ist heißblütig und hat mich dafür verantwortlich gemacht. Das haben Sie gewußt. Es war so berechnet. Es hat sich genauso ergeben, wie Sie es vorausgeplant haben. Sie waren teufelsschlau. Er hat mich nicht einmal die Woche zu Ende arbeiten lassen. Er hat mich sofort rausgeschmissen.«

»Das stimmt alles nicht. Ich hatte gehört, daß Sie nicht mehr bei *Dill's* seien. Das hat mir Harkavy erzählt. Aber es kann nicht meine Schuld gewesen sein. Da irren Sie sich bestimmt. Rudiger konnte den Zusammenstoß, den ich mit ihm hatte, nicht Ihnen anlasten. Es war auch seine Schuld.«

»Das hat aber Rudiger getan«, sagte Allbee. »Er hat keinen Raum für Zweifel gelassen. Er hat sich beinahe zu Tode gebrüllt. Und das lag ja auch in Ihrer Absicht.«

»Ich wollte nichts als eine Anstellung«, erklärte Leventhal, »und Rudiger war grob und unangenehm. Irgend etwas ist mit diesem Mann nicht in Ordnung. Heißes Blut erklärt das nicht. Er ist bösartig. Ich habe meine Gefühle nicht eben unterdrückt. Das gebe ich zu. Wenn das der Grund sein sollte, dann kann man mir indirekt vielleicht einen Vorwurf machen. Aber Sie sagen ...«

»Ich sage, daß Sie ganz und gar schuld sind, Leventhal.« Er öffnete den Mund und schien einen Augenblick den Atem anzuhalten, als er lächelte. Leventhals Versuch, einen kühlen Kopf zu bewahren, schlug fehl; er fühlte, wie er in die Verwirrung abglitt. »Und warum habe ich das Ihrer Meinung nach getan?«

»Um sich zu rächen. Verdammt. Wollen Sie die ganze Angelegenheit durchhecheln, um sich zu vergewissern, daß ich alles durchschaue? Ich durchschaue es, Leventhal. Mein Gott, glauben Sie, ich hätte es noch nicht begriffen? Ein bißchen mehr können Sie mir schon zutrauen; ich habe es schon vor langer Zeit durchschaut. Aber wenn Sie wollen, daß ich alles vor Ihnen ausbreite, dann bin ich dazu bereit. Ich gehe sogar noch weiter zurück: Willistons Haus. Da hat eine Gesellschaft stattgefunden.«

»Ja, da haben wir uns kennengelernt, bei Williston.«

»Nun schön, daran erinnern Sie sich. Ich dachte, Sie würden sich in allem dumm stellen und ablehnen, sich zu erinnern. Gut. Ihr Freund war auch da, ein anderer Jude – Sie haben eben seinen Namen erwähnt.«

»Harkavy.«

»Ja, der ist es. Harkavy. Wir machen Fortschritte.« Er lachte laut. »Ja, das ist der Schlüssel. Ein jüdischer Bursche. Sie wollen die ganze Geschichte auswalzen. Muß sie ausgewalzt werden? Vermutlich. Sie waren wütend über etwas, was ich über die Juden gesagt habe. Fällt Ihnen das wieder ein?«

»Nein. Ja – doch. Es fällt mir ein«, berichtigte er sich

stirnrunzelnd. »Ich erinnere mich auch, daß Sie betrunken waren.«

»Falsch. Ich war angetrunken, aber nicht betrunken. Absolut nicht. Ihr Juden habt komische Vorstellungen vom Trinken. Besonders die, daß alle Christen geborene Trinker sind. Ihr habt ein Lied darüber: ›Betrunken ist er, trinken muß er, denn er ist ein Goj ... *Schicker.*‹« Er hatte zu lachen aufgehört und sah verdrossen aus.

»Pah!« sagte Leventhal verächtlich. Er stieß gegen die Stange der Bank und stand auf.

»Wohin gehen Sie?«

»Ich hatte nichts damit zu tun, daß Sie Ihre Stellung verloren haben. Sie müssen Rudiger einen ausgezeichneten Grund gegeben haben, daß er Sie rausgeschmissen hat, und ich kann mir denken, was es war. Ich bin kein Mensch, der nachträgt. Das ist von Anfang bis Ende ein Hirngespinst. Ich erinnere mich genau an den Abend bei Williston, aber Sie waren betrunken, und ich hab's Ihnen deshalb nicht übelgenommen. Außerdem ist das lange her, und ich begreife nicht, warum Sie mich aufsuchen, nur um mich daran zu erinnern. Gute Nacht!«

Er entfernte sich. Allbee stand auf und schrie ihm nach: »Sie wollten sich rächen. Sie haben es geplant. Sie haben's mit Fleiß getan!« Die Leute drehten sich um und sahen den beiden zu; deshalb beschleunigte Leventhal seine Schritte.

»Wenn er mir jetzt nachfolgt, gebe ich ihm einen Kinnhaken. Ich schlage ihn nieder«, dachte er. »Ich werfe ihn zu Boden und breche ihm die Rippen!«

Als er nach Hause kam, öffnete er seinen Hausbriefkasten und fand das Schreiben. Es war mit Kirby A. unterzeichnet und besagte, daß er um neun Uhr im Park sein würde. Warum im Park? Ja, und warum dieser Vorwurf? Welch eine Idee! Das eine war so sinnvoll wie das andere. Auf dem

Briefumschlag war keine Marke: Allbee mußte ihn selbst abgeliefert haben. Er war es wahrscheinlich gewesen, der geklingelt hatte.

»Toller Fachmann für Zeitschätzung, dieser Nunez«, knurrte Leventhal, als er die Treppe hinaufstieg.

4

Er konnte mühelos einschlafen und schlief fest. Der Wecker auf dem Nachttisch weckte ihn; er ergriff ihn und drückte den Hebel herunter. Dann hockte er sich am Fenster nieder – er war nackt – und blickte über das Fenstersims. Jetzt schon, um halb acht, sah die Straße aus, als sei sie in Hitze und Licht erstorben. Die Wolken hingen schwer und zogen langsam. Gegen Süden und Westen war die Luft wie Messing, die Fabriken fingen an zu qualmen und ragten massig, indianerrot oder braun, in die Sonne und über das heiße grüne Netzwerk der Brücken. Man hörte rundum ein hartes Rumpeln von Lastwagen und unterirdischen Zügen. Nunez war vor dem Haus und säuberte die Straße mit einem Wassereimer und einem Besenstummel. Seine Frau machte sich an den Fensterkästen zu schaffen. Neue weiße Schnüre waren bis zum Deckenbalken geknüpft; sie beugte sich hinaus und ließ daran Weinreben emporranken.

Leventhal wusch und rasierte sich. Allbees Brief lag auf dem Küchentisch. Er las ihn noch einmal und warf ihn dann in den Eimer neben dem Abwaschbecken. Er war gerade im Begriff, den Deckel darüberzuknallen, hielt aber inne – er benahm sich so, wie er sich gestern benommen hätte, als er am Ende seiner Geduld war – und legte ihn ganz sanft auf, wobei er beinahe über sich lächeln mußte. Dann schob er den Eimer mit dem Fuß gegen die Wand. Nun ja, es war verzeihlich, daß er gestern die Geduld und fast auch den Kopf verloren hatte. Was für ein Tag! Zu allem, was ohnehin schon auf ihm lastete, mußte auch noch dieser Allbee auftauchen und seinen

Senf dazugeben. Er mußte über diese Angelegenheit jahrelang gebrütet haben, bis er davon überzeugt war, daß ihn Rudiger wegen dieses Interviews entlassen hatte. Es war zwar nicht zu leugnen, daß Rudiger furchtbar jähzornig war, wahrscheinlich schon von Geburt an, aber nicht einmal er würde einen Angestellten wegen etwas feuern, was er nicht selbst getan hatte, sondern wegen eines anderen, den er empfohlen hatte. »Wie konnte er nur«, fragte sich Leventhal. »Er war keine gute Kraft, nie.« Es war absurd. Allbee war vermutlich wegen seiner Trunksucht hinausgeworfen worden. Wann konnte man schon einen Trunkenbold zu dem Eingeständnis bringen, daß er durch seine Trunksucht zu Fall gekommen war? Besonders wenn er im vorgerückten Stadium war. Und dieser Allbee war im vorgerückten Stadium.

Er zog die verkrumpelten braunen Sommerflanellhosen an, die er vergangene Nacht über das Fußende des Bettes geworfen hatte, und ein Paar weiße Schuhe. Er dachte daran, die Fenster zu schließen und die Vorhänge zuzuziehen. Der Raum war verdunkelt. Er nahm ein Taschentuch aus der Kommode und fand dabei eine Abrechnung über die Steuerabzüge dieses Jahres, einen trüben Hinweis auf Mr. Beard und das Büro. Statt diese Sachen im Schreibtisch aufzuheben, wo sie hingehörten, hatte Mary die Angewohnheit, sie unter die Wäsche zu legen. Ärgerlich vergrub er das Papier noch tiefer und stieß die Schublade heftig zu. Mit einem Stirnrunzeln verließ er das Haus. Wahrscheinlich würde Beard ihn kommen lassen, um ihm Vorhaltungen zu machen – angeblich wegen eines Fehlers, den er sich austüftelte. Oder er würde jemanden beauftragen – auch das hatte er schon getan; vielleicht diesen dünnasigen Millikan mit den Wülsten im Gesicht, seinen Schwiegersohn. »Wenn er mir den aufhalst ...«, dachte er. Aber er wußte nicht, womit er drohen sollte. Und jetzt kam es ihm auch so vor, als hätte er schlecht geruht. Seine Beine waren müde, sein Kopf schmerzte, und seine Augen – er prüfte sie in dem langen Spiegel, der in die Säule vor dem Café eingelassen war – waren blutunterlaufen; er sah abgespannt aus. Er schüttelte besorgt den Kopf. Die Ecken des Spiegels glühten im Blau und Rot des Spektrums.

Eine Zeitlang war er so mit dem beschäftigt, was ihn im Büro erwartete, daß er Allbee ganz vergaß. Er dachte erst wieder an ihn, als er in der Untergrundbahn saß. Er fand die Sache noch weniger komisch als zuvor. Von einem nüchternen Menschen – d. h. von einem normalen Menschen, jemand, mit dem man rechnen mußte – wäre eine solche Beschuldigung keine Lappalie. Bei Allbee war das Ganze wie ein Zirkusakt: der Brief, das Klingeln, sein ganzes Auftreten. Und doch kein Akt, denn ein Akt wurde mit Überlegung in Szene gesetzt, während es fraglich war, ob dieser verkorkste, geprügelte, wahrscheinlich leidende Allbee imstande war, seine Handlungen zu kontrollieren. Leidend? Ja, gewiß, leidend, sagte sich Leventhal ernst; vollkommen erledigt, lebt irgendwo in einem vergammelten Hotel, lungert in Kneipen rum, wird von den gummigepolsterten Krankenwagen auf der Straße aufgelesen, fühlt sich im Geiste von Unbill und eigenen Fehlern verfolgt, wobei er die Fehler wieder in gegen sich gerichtete Unbill verwandelt; und dieser Aufruhr von Gedanken und Gefühlen, dieses Durchwalken – jeder hat es schon erfahren, aber für einen solchen Mann muß es häßlich sein, furchtbar, diese sich im Kreise drehenden Gedanken. So etwas schwebte Leventhal vor, wenn er sich gelegentlich sagte, daß er noch einmal davongekommen sei. Aber (daran hatte er kein Verdienst, er hätte auch auf andere Weise straucheln können) sein Charakter war anders. Manche Menschen benahmen sich, als säßen sie auf einem Pferd, und durchmaßen das Leben im Galopp. Oder glaubten wenigstens, daß sie es könnten. So war er nicht.

Er hatte Allbee mehrere Male in Willistons Haus getroffen.

In jenen ungesicherten Tagen, als er noch auf der Jagd nach einer Stellung war, hatten die Willistons viele Gesellschaften gegeben. Vielleicht taten sie es immer noch; er hatte sie seit einigen Jahren nicht mehr gesehen. Er und Harkavy wurden immer zusammen eingeladen, vielleicht weil sie zusammen wohnten. Allbee hatte eine Abneigung gegen Harkavy an den Tag gelegt, und Leventhal erinnerte sich, daß er sich tatsächlich von gewissen Bemerkungen Allbees und seiner ganzen Haltung beleidigt gefühlt hatte. Mrs. Allbee war eine ruhige Blondine. Er fragte sich, was wohl aus ihr geworden war; hatte sie ihn verlassen, war sie von ihm geschieden? Er fand, daß er noch ein deutliches Bild von ihr hatte, von der Festigkeit ihres Gesichts und der Form ihrer Augen, grauer Augen. Seiner Meinung nach war sie für den Mann, der sich neben ihr mit einem Glas in der Hand rekelte, die anderen Gäste anstarrte und lächelte, viel zu gut. Man hätte meinen können, daß Williston ihn aufgefordert hätte, sie zu klassifizieren, so prüfte er sie mit den Augen, spreizte sich großgliedrig auf dem Sofa, das Gesicht vom Lächeln geschwollen. Von Zeit zu Zeit machte er, den Blick auf einen Menschen geheftet, eine Bemerkung zu seiner Frau, so daß es unangenehm deutlich war, von wem er sprach. Oft nahm er sich Harkavy zum Ziel, was Leventhal ihm übelnahm, aber Harkavy selbst schien gar nicht zu merken, daß er angestarrt wurde.

Man muß allerdings zugeben, daß Harkavy das Starren geradezu herausforderte. Er sprach gern und war irgendwie bei diesen Gesellschaften leicht zu entflammen. Jede Kleinigkeit begeisterte ihn, und wenn er sprach, flogen seine Hände, hoben sich die Augenbrauen und betonten die Form seiner Nase. Seine Augen waren hell, rund und ohne Tiefe, sein blondes Haar wich zurück, die Locken waren gelichtet. Allbee beobachtete ihn grinsend und neugierig; Harkavy schien ihm Vergnügen zu bereiten. Er muß über ihn einige witzige

Bonmots erfunden haben, denn zuweilen brachte er seine Frau zum Lächeln, die sonst auf seine Bemerkungen nicht reagierte. Möglicherweise hatte Harkavy das gespürt. Leventhal hatte ihn nie danach gefragt, aber vielleicht drang es doch in sein Bewußtsein, denn alle seine Eigenschaften, vor allem die jüdischen, traten stärker zutage. Er spielte sich auf, ahmte Auktionäre nach, gab aber in Wirklichkeit eine Parodie auf seinen Vater. Leventhal sah ohne Lächeln und sogar ablehnend zu. Das Gelächter und der etwas zweideutige Applaus, der manchmal von Allbee angeführt wurde, schien Harkavy zu befeuern, so daß er von neuem anfing, mit noch stärkeren Beschwörungen. Die Willistons lachten mit den Gästen, aber gemäßigt und mit einer Spur von Angst wegen Allbee. Auch Leventhal konnte sich manchmal das Lachen nicht verkneifen. Aber er ärgerte sich doch.

Der Zwischenfall, den Allbee erwähnt hatte, ereignete sich eines Nachts, als Harkavy und ein Mädchen, das er mit zur Gesellschaft gebracht hatte, Spirituals und alte Balladen sangen. Es war schon spät; alle anderen waren still und ziemlich müde. An diesem Abend hatte sich Harkavy ein bißchen mehr zurückgehalten als sonst. Er sang schlecht, aber er erregte wenigstens kein Gelächter und legte es darauf nicht an. Auch das Mädchen sang nicht gut; sie kannte den Text nicht genügend. Es war immerhin nett. Mitten in einer Ballade wurde sie von Allbee unterbrochen, er war betrunken, obwohl er es bestritt.

»Warum singen Sie solche Lieder?« fragte er. »*Sie* können sie doch nicht singen.«

»Warum nicht, wenn ich fragen darf?« sagte das Mädchen.

»Ja, Sie auch nicht«, sagte Allbee mit seinem schiefen Lächeln. »Es ist nicht passend, daß Sie sie singen. Man muß für sie geboren sein. Wenn man nicht dafür geboren ist, hat's keinen Zweck, sich an ihnen zu versuchen.«

Seine Frau ließ sich vernehmen, »Hören Sie nicht auf ihn«, sagte sie. »Sie singen sehr hübsch.«

»O ja, und wie!« meinte Allbee verächtlich.

»Vielen Dank, Mrs. Allbee«, sagte Harkavy. »Es ist ein schönes Lied.«

»Komm Dan, mach weiter«, drängte Phoebe Williston. Und Leventhal sagte: »Sing doch das Lied zu Ende.«

»Das will ich auch«, erwiderte Harkavy und fing von vorne an.

»Nein, nein, nein!« unterbrach Allbee wieder. »Sie sollten diese alten Lieder nicht singen. Man muß sie im Blut haben.«

Seine Frau errötete und sagte: »Kirby, sei doch nicht so.«

»Oh, das macht mir gar nichts.« Harkavy senkte das Kinn auf die Brust und kreuzte die Arme; seine runden Augen funkelten.

»Sing, Dan«, sagte Leventhal.

»Singen Sie einen Psalm. Ich habe nichts gegen Ihr Singen. Singen Sie einen der Psalmen. Das würde ich mir gerne anhören. Bitte. Ich höre es gern«, sagte Allbee.

»Ich kenne keine Psalmen.«

»Dann irgendwelche jüdischen Lieder. Etwas, was Sie wirklich im Gefühl haben. Singen Sie uns das Lied von der Mutter.« Und mit einem trunkenen Blick der Erwartung beugte er sich vor, stützte sich auf die Knie und tat, als schikke er sich an zuzuhören. Es war für alle leicht zu erkennen, daß er im Innersten zufrieden war; er lächelte Harkavy und das Mädchen an und hatte auch einen Blick für Leventhal. Seine Frau schien sich unauffällig von ihm zu distanzieren. Die Willistons waren peinlich berührt. Allbee war nicht nur ein Bekannter, sondern ein Freund, und Williston versuchte, ihn später zu entschuldigen und die Beleidigung zu verharmlosen.

Das war also geschehen. Leventhal war natürlich wütend

gewesen, aber nicht lange. Er hatte die Sache mit einem Achselzucken abgetan. Dachte Allbee, daß dieser Vorfall ihn zu einer so ausgeklügelten Rache trieb? Dann war er ein Idiot. Er überschätzte die Größe der Beleidigung und seine Fähigkeit, beleidigen zu können. Oder meinte er etwa, daß er an diesem Abend etwas preisgegeben hatte, was nicht schon vorher offenbar gewesen war? Dann war er ein doppelter Idiot. »Und selbst wenn ich zornig wäre, würde ich dann so handeln?« dachte Leventhal. »Er bildet sich da allerhand ein. Wofür hält er sich eigentlich?«

Daß er danach Allbee um eine Einführung bei Rudiger gebeten hatte, hätte schon beweisen können, wie wenig Bedeutung er dem Vorfall beimaß. Um diese Zeit war Willistons Angestellter aus Arizona zurückgekehrt, und Leventhal sah sich nach einer anderen Stelle um. Williston gab ihm ein sehr gutes Empfehlungsschreiben mit, das ihm den Weg zu mehreren Unterredungen ebnete. Trotzdem vergingen mehrere Monate, bis Leventhal bei Burke-Beard & Co. angestellt wurde, und in diesen Monaten war er niedergeschlagen und wurde wiederum streitsüchtig, schwierig, reizbar, großmäulig, unlogisch und allzu vertraulich. Williston hörte davon, ließ ihn zu sich kommen und las ihm die Leviten. Leventhal war verbittert und argwöhnisch ihm gegenüber; er wollte ihm sogar den Brief zurückgeben – törichterweise, wie er jetzt einsah. Aber er glaubte, daß Williston bedauerte, ihn geschrieben zu haben.

Es war seine Idee, sich wegen einer Stellung bei *Dill's* an Allbee zu wenden. Williston billigte sie und trug vielleicht entscheidend dazu bei, daß ihn Allbee bei Rudiger einführte. Oder zeigte sich Allbee auch bereit, weil er den häßlichen Vorfall gutmachen wollte? Williston versuchte dauernd, so zu tun, als sei eigentlich nichts geschehen. Man müsse Allbee kennen, wenn er nüchtern sei, sagte er; er sei intelligent und anständig. Seine Jugend in New England sei schuld an seinem Trinken; es gebe Geistliche in seiner Familie, Einflüsse, die man los sein wolle, und wenn er sie einmal los wäre, würde er eine ganz andere Persönlichkeit werden. Leventhal gab uninteressiert zu, das sei ja möglich; er hege keinen besonderen Groll gegen ihn. »Ich werde ihm sehr verbunden sein, wenn er mir diese Einführung verschafft. Welch ein Glück, wenn ich in einer solchen Firma eine Stellung ergattern könnte.«

Die Besprechung bei *Dill's* quälte ihn noch heute.

Rudiger ließ ihn fast eine Stunde lang im Empfangszimmer warten und dann noch ein paar Minuten in seinem Büro. Er beobachtete einige Schlepper, die ein riesiges Passagierschiff den Fluß hinaufbugsierten, und drehte ihm dabei den Rükken zu. Aber sobald er sich umwandte, wußte Leventhal, daß er nichts zu hoffen hatte; schon bevor Rudiger sein erstes Wort aussprach, merkte er, daß er ihn nicht wollte. Er war ein kleiner Mann mit breiten Zügen und rotem Gesicht; sein Haar war knallrot. Er hatte einen Schnurrbart von kurzen goldenen Haaren, von einer mächtigen Nase überschattet, deren Knorpel an der Spitze weit auseinanderklafften. Er sprach energisch, bündig, schnell, mit heiserer Stimme. Am Anfang dachte Leventhal: »Ich habe ihn in einem ungünstigen Augenblick erwischt.« Später konnte er sich nicht mehr entscheiden, ob er ihn in einer ungewöhnlich gespannten Stimmung und einem Augenblick aufgeputschter Grausamkeit getroffen hatte oder ob Rudiger ihn nur so behandelt hatte, wie er Leute zu behandeln pflegte, die er nicht anstellen wollte und die ihm seine Zeit stahlen. Als er Harkavy die Sache am Nachmittag schilderte, sagte er: »Er siedete wie ein Dampfkessel. Ich habe so etwas noch nie erlebt.«

»Nun?« fragte Rudiger und legte seine Hände auf den Schreibtisch. Er hatte vielleicht im Augenblick einen Gang zum Fenster zurück unterdrückt. Leventhal begann zu sprechen, aber er schnitt ihm die Rede ab: »Keine Stellen frei, keine Stellen frei hier. Wir sind voll besetzt. Gehen Sie woanders hin.«

Leventhal sagte stammelnd: »Ich dachte, hier bestünde vielleicht eine Aussicht. Ich wußte nicht ... Hat Mr. Allbee denn nicht gesagt, weswegen ich Sie sprechen wollte?«

Rudiger sah ihn eine Weile an. Sie waren im sechzigsten Stockwerk des *Dill*-Gebäudes. Die Sonne stand weit hinter den stumpfen schwarzen, nachgedunkelten Spitzen und Zinnen der tiefer liegenden Wolkenkratzer.

»Was haben Sie bisher gemacht«, fragte er.

Leventhal gab Auskunft.

»Nein, das will ich nicht wissen. An welchen Zeitungen haben Sie gearbeitet?«

»An keinen Zeitungen«, sagte Leventhal etwas nervös.

Rudiger brach wütend aus: »Warum zum Teufel verplempern Sie dann meine Zeit? Was tun Sie hier? Machen Sie, daß Sie rauskommen. Bei Gott, Sie kommen mich belästigen, wenn ich zu tun habe, ohne das geringste bieten zu können.«

»Es tut mir leid, wenn ich Ihnen ungelegen komme«, sagte Leventhal steif, um nicht zu zeigen, wie sehr er betroffen war.

»Dies ist eine Zeitschrift für Tagesereignisse. Wenn Sie keine Zeitungserfahrungen haben, dann haben Sie hier nichts zu suchen. Glauben Sie etwa, wir betreiben hier eine Berufsschule?«

»Ich dachte, ich könnte die Arbeit leisten. Ich habe Ihre Zeitschrift gelesen und hätte es mir zugetraut.« Er sprach mühsam und zögernd und senkte den Kopf.

»So. Sie hätten es sich zugetraut?«

»Ja ...« Er begann seine Geistesgegenwart zurückzugewinnen. »Ich wußte nicht, daß meine Erfahrung für Sie nicht paßte. Ich habe einen Brief von Mr. Williston. Er behauptet, daß er Sie kennt.« Leventhal griff in die Tasche.

Aber Rudiger rief aus: »Ich will ihn nicht sehen.«

»Gut. Aber Mr. Williston sagte, er sähe nicht ein, warum ich eine Stellung hier nicht ausfüllen könnte ...«

»Niemand hat ihn gefragt. Es ist mir gleich, was er gesagt hat.«

»Ich glaube, er weiß, wovon er redet. Ich schätze seine Meinung.«

»Ich kenne meinen eigenen Betrieb. Scheren Sie sich nicht um Williston. Ich sollte wissen, was ich hier brauche. Und Sie brauche ich nicht.«

»Sie kennen wahrscheinlich Ihren Betrieb«, sagte Leventhal ungerührt und schob sogar den Kopf etwas vorwärts. »Das will ich nicht leugnen. Aber Ihre Zeitschrift ist nichts besonders Großartiges. Ich habe sie gelesen, wie ich schon sagte.« Er steckte sich eine Zigarette in den Mund und langte, ohne Rudiger um Erlaubnis zu fragen, nach einem Päckchen Streichhölzer auf dem Schreibtisch, riß eines heraus, zündete es an und warf es in einen Aschenbecher. Zornig und nervös, wie er war, gelang es ihm doch, die äußere Fassade einer trokkenen, gleichgültigen Ruhe zu bieten.

»Jeder, der imstande ist, englisch zu schreiben, kann dafür schreiben. Wenn Sie einen Menschen ausprobieren würden, bevor Sie ihm die Eignung absprechen, wäre ich von Ihrer Fachkenntnis mehr beeindruckt. Das mit der Zeitungserfahrung ist ein Vorurteil, Mr. Rudiger.«

Rudiger schrie: »So, meinen Sie?« Leventhal merkte, daß er nicht unverwundbar war. Inzwischen war jedoch ein Bann geschaffen, eine Atmosphäre der Verletzung und Kränkung, aus der sie nicht mehr herauskonnten.

»Ja, das meine ich«, sagte Leventhal leichthin. »Es ist eine Gilde. Ein Außenseiter hat keine Chance. Aber eigentlich sollten Sie in erster Linie an Ihre Zeitschrift denken und Leute danach einstellen, wie Sie die Arbeit leisten können. Das könnte nichts schaden.«

»Sie glauben, Sie könnten die Zeitschrift verbessern.«

Leventhal erwiderte, daß nicht nur sein eigener, sondern jeder neue Blickpunkt nichts schaden könne. Sein Selbstvertrauen war unbegrenzt und so durch und durch ungewöhnlich, daß es, trotz seiner Ruhe, wie ein Rausch oder eine Besessenheit war; er sagte Dinge, die sein Gedächtnis, durch das Übliche begrenzt, einfach nicht behalten konnte. Daher wußte er auch nicht mehr genau, was folgte. Er erinnerte sich an etwas wie: »Nun ja, Sie kaufen eine Ware im Lebensmittelgeschäft und wissen, was Sie kriegen, wenn Sie einen Markenartikel kaufen. Sie öffnen die Büchse und finden drinnen das Produkt. Sie sind nicht enttäuscht und Sie sind nicht übermäßig begeistert. Dies ist die Regel.« Er zuckte vor dieser Erinnerung zurück wie vor einem Augenblick des Wahnsinns und errötete jäh; er ahnte, daß er die Sache schlimmer machte, als sie gewesen war, aber selbst ein Zehntel der Wirklichkeit war von Übel.

Dann sagte Rudiger, der ihn wie von Sinnen anstarrte: »Was wollten Sie denn hier darstellen, wenn es so schlimm ist.«

Und er entgegnete: »Ich brauche zufällig Arbeit.«

Die Luft zwischen ihnen muß gebebt haben, so sehr war sie mit Kränkung und Wut geladen. Unter keinen Umständen konnte er sich vorstellen, daß er jetzt zu dem, was er damals getan hatte, fähig wäre. Aber er hatte sich entschlossen, sich nicht einschüchtern zu lassen. Denn das hielt er sich vor: »Er glaubt, daß er jeden, der zu ihm kommt, einschüchtern kann.« Zu viele Leute, die Arbeit suchten, waren bereit, sich alles gefallen zu lassen. Die Gewohnheit, beizupflichten, war stark, furchtbar stark. Man konnte ihnen alles sagen, sie

Idioten nennen, und sie lächelten; ihren Glauben um und umkehren, und sie lächelten; man konnte sie verachten, und sie erröteten vielleicht, aber lächelten immer noch und konnten sich nicht dazu aufraffen, anderer Ansicht zu sein. Und daran war Rudiger gewöhnt.

»Raus mit Ihnen!« schrie Rudiger. Sein Gesicht flammte. Er erhob sich, indem er seinen kurzen Arm ausstreckte, während Leventhal weder Zorn noch Befriedigung zeigte, obwohl er beides empfand, sich erhob, die Falte seines grünen Velourhuts glättete und sagte: »Sie können anscheinend nicht ertragen, wenn Ihnen jemand Widerpart bietet, Mr. Rudiger.«

»Raus, raus, raus«, wiederholte Rudiger, indem er mit beiden Armen seinen Schreibtisch umstieß. »Raus, Sie Fall, Sie Irrer, Sie gehören in eine Anstalt. Raus! Man sollte sie einliefern.« Und Leventhal, der sich zur Tür trollte, wandte sich noch einmal um und machte eine Bemerkung von einem Großkotz für 'nen Groschen und von leeren Wagen. Er glaubte nicht, daß er mehr gesagt hatte – trotz Allbees Behauptung, daß er geflucht habe. Er hatte eine Bemerkung über leere Wagen gemacht, die viel Lärm verursachten. Seine augenblickliche Verzweiflung hätte nicht größer sein können, wenn er geflucht hätte. Er erinnerte sich, und zwar sehr deutlich, daß er sich erhoben fühlte. Er beglückwünschte sich. Rudiger hatte ihn nicht eingeschüchtert. Er ging sofort zu Harkavy und erzählte ihm bei einer Tasse Kaffee in einer Eck-Cafeteria die ganze Geschichte. Harkavy war entzückt.

»Das hast du zu Rudiger gesagt? Mein Gott, das muß toll gewesen sein. Wirklich toll, Asa, mein Freund. Der Mann ist ein Stier, ich habe von ihm erzählen hören. Ein regelrechter Stier.«

»Ja. Aber du mußt eins bedenken, Dan.« Leventhals Stimmung sank plötzlich. »So ein Mann kann mir das Leben schwermachen. Er kann mich auf die schwarze Liste setzen. Du mußt dir klarmachen ... Kann er das?«

»Auf keinen Fall, Asa«, sagte Harkavy.

»Glaubst du nicht?«

»Keinesfalls. Wer ist er schon!« Harkavy sah ihn mit seinen runden, klaren Augen eindringlich an.

»Er ist eine große Macht.«

»Er kann dir überhaupt nichts anhaben. Was du auch tust, setze dir keine solchen Gedanken in den Kopf. Er kann dich nicht verfolgen. Aber hüte dich. Du hast diese Neigung, Junge, weißt du das? Er hat sein Fett bekommen und kann nichts machen. Vielleicht hat ihn dieser Allbee dazu angestiftet, weil er dir einen schmutzigen Streich spielen wollte. Du weißt schon, wie das zugeht: »Da belästigt mich ein Bursche. Tu mir einen Gefallen und mach ihn zur Sau, wenn er zu dir kommt.« Das tut er dann auch. Nun, er hat sein eigenes Nest beschmutzt. Folgst du mir, mein Junge? Er hat sein eigenes Nest beschmutzt. Inzwischen wird er nun eingesehen haben, daß es seine Schuld war und daß er es herausgefordert hat. Woher willst du wissen, daß es nicht abgekartet war?«

»Hältst du das wirklich für möglich? Ich weiß nicht. Und ich habe diesen Allbee gar nicht belästigt. Ich habe ihn nur einmal gefragt.«

»Vielleicht hat er ihn auch nicht dazu angestiftet. Aber es ist möglich. Es ist eine Möglichkeit. Etwas Ähnliches ist einem anderen Freund von mir passiert – Fabin. Du kennst ihn ja. Sie haben ihn zur Sau gemacht, und es war eine abgekartete Sache. Nur hat er sich nicht widersetzt wie du. Er ließ sich alles an den Kopf werfen. Nein, du hast richtig gehandelt und brauchst dir nicht die geringsten Sorgen zu machen.«

Dennoch war Leventhal nicht beruhigt. Und als er es nochmals bedachte, hatte er auch seine Zweifel wegen Harkavys Anspielung auf seine Verfolgungsangst. Harkavy gebrauchte derartige Worte, ob sie nun paßten oder nicht. Rudigers Wut war nicht nur eingebildet, und er war ein Mann, den man fürchten mußte. Es gab schwarze Listen, das war allgemein bekannt. Allerdings hatte er nicht für Rudiger gearbeitet, und Rudiger konnte ihn nicht als ehemaligen Angestellten auf die schwarze Liste setzen. Aber dem Wesen nach mußte ein solcher Vorgang geheim sein und durch viele private und berufliche Kanäle abgewickelt werden. Schließlich war Rudiger einflußreich und mächtig. Und wer wußte schon, wie so etwas zustande kam, durch welche Verbindungen. Es war absolut töricht von Harkavy, von einem Verfolgungswahn zu sprechen.

Leventhal argwöhnte in den folgenden Tagen, daß die schwarze Liste durchaus real war, denn Firma nach Firma wies ihn ab. Erst als er seine gegenwärtige Stellung fand, legte sich sein Verdacht, und er hörte auf, sich vor Rudiger zu fürchten.

Beard ließ ihn nicht kommen; Leventhals Besorgnis war unbegründet. Als sie sich am Nachmittag in der Herrentoilette trafen, war der alte Mann zwar nicht umgänglich, aber er war auch nicht so unfreundlich, wie Leventhal erwartet hatte. Er fragte sogar nach den Familiensorgen. Es war Leventhal, der sich kühl verhielt.

»War es so dringend, wie Sie geglaubt hatten?« fragte Beard.

»Ja, durchaus«, erwiderte Leventhal. »Und mein Bruder ist verreist. Ich muß mich um seine Familie kümmern.«

»Ja, ich verstehe. Natürlich. Ihr Bruder hat Familie, wie?«

»Er hat zwei Kinder. Er ist mit einer Italienerin verheiratet.«

Mr. Beard sagte mit einem mild forschenden Blick: »Aha, eine Mischehe.«

Leventhal nickte ein wenig. Mr. Beard schüttelte seine tropfenden Hände und trocknete sie an dem Handtuch, das er über der Schulter trug. Er benutzte nicht die Papierhandtücher im Kasten. Mit Worten, die kaum mehr als geflüstert waren, machte er eine Bemerkung über die Hitze, wischte sich seine blasse Stirn und ging hinaus, indem er sich den Gürtel festschnallte und seine weiße Weste herunterzog, eine Gestalt mit runden Schultern, kahlem Kopf und großen Ellbogen. Die Sanftmut des alten Mannes erleichterte ihn. Sie hatten ohne ihn den Termin geschafft. Es war gar nicht so katastrophal gewesen; Fay und Millikan waren eine Stunde länger geblieben. Er hätte in einem ähnlichen Notfall dasselbe getan. Er hatte es schon getan. Was wäre gewesen, wenn er selbst krank geworden wäre? Ein Mann war nicht aus Metallteilen zusammengesetzt. Verdammt, der alte Beard hätte ihn etwas freundlicher gehen lassen können. Es befriedigte Leventhal immerhin, daß er diese Bemerkung über Elena eingeflochten hatte. Mischehe! Das war nur so herausgeschossen. Er überlegte, wie er dem alten Mann zu verstehen geben konnte, daß er ihn gestern gehört hatte, oder daß er sich zumindest keine Illusionen machte. Er wollte es ihn fühlen lassen.

Auf dem Weg zu seinem Schreibtisch traf er Millikan, nervös, schmalgesichtig, eingefallen, mit seinem spärlichen Schnurrbärtchen. Auch er trug ein Handtuch und näherte sich winkend. Wie er seinen Schwiegervater nachäffte!

»Telefon, Leventhal. Miss Ashmun hat Sie schon gesucht. Irgend jemand an Ihrem Apparat.«

»Wer?« Plötzlich war Leventhal voller Angst. Er ging schnell zu seinem Tisch.

»Asa?« Es war Elena.

»Ja, was ist denn los? Ist etwas passiert?«

»Dem Baby geht's schlechter. Mickey ...« hörte er sie sagen. Ihre Stimme überschlug sich, und sie verlor den Faden.

»Langsam, langsam bitte, Elena. Ich kann dir nicht folgen. Was ist los bei euch?« Er vermutete mit Furcht im Herzen, daß sich auch ihr Zustand verschlechterte. »Erzähle mir nun langsam, was passiert ist.«

»Ich will einen Spezialisten rufen.«

»Bringe doch das Baby ins Krankenhaus.«

»Ich will, daß ein Spezialist ins Haus kommt.«

»Was sagt denn dein Doktor?«

»Der ist heute nicht gekommen. Er soll ruhig wegbleiben. Was nützt er ihm schon? Er nützt gar nichts. Er kommt nicht mal, wo er doch weiß, daß Mickey so krank ist. Asa, hörst du mich? Ich will einen großen Mann.«

»Meinetwegen. Aber wenn du meinen Rat mit dem Krankenhaus ...«

Wieder schrie sie unzusammenhängend, durchdringend. Er verstand phrasenhafte Ausrufe und Fragen, aber kaum Worte außer dem beharrlichen »Nein, nein, nein, nein!« Er versuchte, sie zu unterbrechen. Es war das Telefonfräulein, das die Münze mit einem mechanischen Summen kassierte und Elenas Wortschwall ein Ende bereitete. Elena kreischte voller Angst: »Asa.«

»Hier. Wir sind noch nicht getrennt. Ich bin noch am Apparat. Hör zu. Ich hole einen anderen Arzt und komme selbst nach Büroschluß.«

»Einen Spezialisten ... Ich will keinen anderen.«

Zweimal verlangte das Telefonfräulein eine Nachzahlung. »Halten Sie den Mund!« sagte Leventhal schließlich ärgerlich. »Können Sie nicht noch eine Sekunde warten?« Aber die Verbindung war schon tot. Er knallte den Hörer auf die Gabel und schubste den Apparat mit dem Ellbogen beiseite. Miß Ashmun schien erstaunt. Er blickte sie übellaunig an und nahm den Hörer gleich wieder ab. Er rief die Harkavys an. Harkavys Schwester Julia hatte ein Kind und müßte imstande sein, einen guten Arzt zu empfehlen. Harkavys Mutter war am Apparat. Sie mochte Leventhal sehr gut leiden und sprach voller Herzlichkeit mit ihm, wobei sie sich auch nach seiner Frau erkundigte. »Ich glaube aber, Daniel will mit Ihnen sprechen. ›Daniel‹«, rief sie. »Er ist heute zu Hause.«

Leventhal erklärte gleich, daß er Julia haben wollte. Nachher bedauerte er, daß er nicht die Gelegenheit wahrgenommen, um Harkavy über Kirby Allbee auszufragen. Aber wie hätte er unter diesen Umständen an ihn denken sollen?

5

Nach einem gehetzten Abendbrot, bestehend aus einem Sandwich und einer Flasche Soda, an einem Stand nicht weit von der Fähre, setzte Leventhal über nach Kirby Island. Die Hände in den Taschen seiner vollständig zugeknöpften und verknitterten Anzugsjacke, ging er aufs Deck. Er nahm neben dem Rettungsring Aufstellung; seine dunkle Stirn unter dem schlecht gekämmten dicken Haar glänzte schwach, und er blickte mit scheinbarer Ruhe über das Wasser; er sah nicht so bedrückt aus, wie er sich fühlte. Das formlose, sprudelnde, gelblichgrüne Wasser war stumpf, Möwen ruderten hin und her, das Boot kroch vorwärts in die Helle. Ein Lastkahn sprühte orangene Farbe über den Rumpf eines Frachtschiffes, das hochgebaut war und den Bug aus der trägen, dichten Wolke ragen ließ. Bestimmt brannte die Sonne in keinem Singapur oder Surabaja heißer auf die Ketten, Platten und Geländer der dort ankernden Schiffe. Ein seewärts fahrender Tanker kreuzte den Kurs der Fähre, und Leventhal starrte ihm nach, wobei er sich im Geiste den Maschinenraum auszumalen suchte; es war dort fürchterlich, stellte er sich vor, an einem Tage wie heute, die Mannschaft fast nackt im Lagergang der Kurbelwelle, während dieser riesige Maschinenteil im öligen Schwitzbad rotierte, und die Maschinen arbeiteten. Jede Umdrehung mußte eine immer neue Belastung für Herz und Rippen der Hocken sein, dort unten am Kiel, unterhalb des Wasserspiegels. Die Türme am Ufer erhoben sich in mächtigen Blöcken, versengt, verraucht, grau und völlig weiß, wenn die Sonne sie direkt bestrahlte. Ihm fuhr der Gedanke durch den Sinn, daß das über ihnen und über dem Wasser schwebende Licht dem Gelb im Auge eines wilden Tieres, etwa eines Löwen, gleiche, etwas Unmenschliches, das dem Menschlichen fremd und doch auch im Menschlichen vorhanden war und als kleiner Fleck ein Teilchen von ihm darstellte, das auf Hitze und Helligkeit reagierte, so ermattend sie auch waren, oder gar auf Frostiges, Salziges, Rauhes, lauter Dinge, die schwer zu ertragen waren. Die Küste von New Jersey, gelb, lohfarben und flach tauchte zur Rechten auf. Die Freiheitsstatue stand auf und wich wieder zurück; in der flimmernden Luft war sie schwarz, gewundenes Schwarz, die wie eine Rauchsäule emporragte. Schwimmende Holzplanken und wassergetränkte, kenternde Kisten schäumten im Kielwasser des Schiffes zurück.

Der Spezialist wollte kommen. Was er jedoch ausrichten konnte, hing von Elena ab. Ansteckende Fälle wurden ins Krankenhaus geschafft; die Gesundheitsbehörden wurden benachrichtigt. Aber der erste Arzt, der doch vermutlich das Gesetz kannte, schien den Kampf mit Elena aufgegeben zu haben. Mit unbewußter Härte rüstete sich Leventhal auf die Kraftprobe mit ihr. Solange sie durchhielt, waren alle Spezialisten der Welt vergeblich. Die Aussicht, sich einzumischen und zur Rettung des Kindes eingreifen zu müssen, war ihm widerwärtig; mehr als je zuvor fühlte er sich dabei als Außenseiter. Aber was konnte man mit Elena anfangen? Zunächst einmal hätte eine ordentliche, gute Pflege vielleicht verhindert, daß das Kind überhaupt erkrankte, und nach dem, was er gesehen hatte ... nun ja, ihre Angst vor dem Krankenhaus bewies ja, wie wenig sie sich zum Aufziehen von Kindern eignete. Manche Menschen mochten sagen, daß sie sie liebte und daß ihre Liebe diese Mängel wettmachte – wenn man die Mängel keiner allzu genauen Prüfung unterzog. Liebe war gut und schön. Wenn aber das Kind durch ihre Unwissenheit starb, weil Mutter und Kind in dieser Weise miteinander verbunden waren, war sie dann noch eine gute Mutter? Sollte nicht ein Dritter – er überlegte es in vollem Ernst – das Recht haben, das Kind fortzunehmen? Oder sollte man das Schicksal der beiden als eins behandeln und sagen, daß der Tod des Kindes nur Angelegenheit der Mutter sei, nur weil sie durch den Tod am meisten betroffen wurde? In diesem Falle würde man das Kind überhaupt nicht als Person betrachten, und war das recht? Ja, so sah Ratlosigkeit aus, das war gemeint, wenn man das Wort gebrauchte. In dem Zusammenhang konnte man auch verstehen, warum kleine Kinder manchmal so jämmerlich weinten. Es war, als sei ihnen das Wissen gegeben. Unrecht, dachte Leventhal, um nicht zu sagen tragisch.

Er begann über seine eigene unselige Mutter nachzudenken, deren großes Gesicht mit dem schwarzen Haar er sich ganz verschwommen ins Gedächtnis zurückrufen konnte. Stets sah er sie mit einem abwesenden Ausdruck, aber er war eigentlich gar nicht sicher, daß ihr Ausdruck abwesend war. Vielleicht war das seine Erfindung. Wenn er seine Vorstellung von ihr einer näheren Prüfung unterzog, merkte er, daß er mit abwesend tatsächlich wahnsinnig gemeint hatte; ein vertrautes Gesicht und doch ohne etwas darin, das ihm zugewandt war. Er fürchtete es. Er fürchtete sich vor allen Anzeichen in sich selbst, die ihr in irgendeiner Weise glichen. In seinen Beziehungen zu Harkavy war eine Abkühlung eingetreten, eine Folge von dessen Bemerkung über den Verfolgungswahn. Wie konnte Harkavy so etwas zu ihm sagen, da er doch seine Geschichte kannte? Schließlich überzeugte er sich jedoch, daß Harkavy nur gedankenlos war und nicht ganz begriff, was er da gesagt hatte. Wenn er anfing zu reden, wußte er selbst nicht, was dabei rauskommen würde. Deshalb hatte er Harkavy verziehen, wurde sich aber seiner Empfindlichkeit solchen Äußerungen gegenüber in erhöhtem Maße bewußt. Er fürchtete, die eigene Wahrheit läge so offen zutage, daß sogar Harkavy sie sehen konnte.

Eines Nachts im Bett hatte er mit Mary über seine Ängste gesprochen. Sie lachte ihn aus. Warum nahm er die Erklärungen seines Vaters über die Krankheit der Mutter als gegeben hin? Er hatte wirklich niemals die Tatsachen erfahren. Er hatte nur das Wort seines Vaters, daß sie in geistiger Umnachtung gestorben sei. Viele Dinge, die einen schreckten, verloren ihren Schrecken, wenn ein Arzt sie erklärte. Vor Jahren hatte jeder Mensch vom Gehirnfieber gesprochen, aber jetzt war bekannt, daß es eine solche Krankheit gar nicht gab. »Für meinen eigenen Seelenfrieden«, sagte Mary, »würde ich festzustellen suchen, was ihr fehlte.« Aber obgleich Leventhal damals versprach, daß er sich der Sache annehmen und Nachforschungen anstellen werde, hatte er bisher noch nichts unternommen. Was seine Angst betraf, so war er nach Marys Ansicht nur allzu bereit, alles nur Erdenkliche von sich zu glauben. »Das kommt daher, daß du deiner nicht sicher bist. Wenn du etwas sicherer wärest, würdest du die Dinge nicht so tragisch nehmen«, sagte sie mit aller Entschiedenheit ihrer eigenen zuversichtlichen Stärke. Und wahrscheinlich hatte sie recht. Aber, mein Gott, wie konnte jemand von sich behaupten, daß er sicher sei. Wie konnte er alles wissen, was er wissen mußte, um zu behaupten, daß er sicher sei? Es stimmte nicht. Leventhal fühlte die darin liegende Anmaßung, ohne allerdings Mary einen Vorwurf zu machen; er wußte, daß sie ihren Gefühlen ehrlichen Ausdruck verlieh.

»Der einzige Beweis für die geistige Verwirrung deiner Mutter ist die Tatsache, daß sie deinen Vater geheiratet hat«, hatte Mary geendet. Diese Bemerkung trieb Leventhal die Tränen in die Augen, als er mit gekreuzten Beinen, sich von dem Kissen in seinem Rücken vorbeugend, im Dunkeln saß.

Dennoch waren Marys Worte im ganzen wohltuend. Bis er genauere Kenntnis hatte, waren seine Ängste die eines Hypochonders. Das Wort war nützlich; es verlieh ihnen eine amüsante Note. Es änderte aber nichts daran, daß das Gesicht seiner Mutter, wenn er es sich irgendwann heraufbeschwor, einen abwesenden Ausdruck trug.

Er blickte auf das verbeulte Messing an Deck hinunter. Vorläufig wollte er lieber vorsichtig über Elena urteilen und annehmen, daß ihre Nerven überreizt waren. Sie überließ sich ungehemmt den Gefühlen, die man von einer Mutter mit einem kranken Kind erwarten konnte. Wenn er sich aber weiterdenken ließ und mehr sah als nur überreizte Nerven und italienische Gefühlsausbrüche, sah er die Parallele zwischen ihr und seiner Mutter; und folglich auch zwischen ihm selbst, Max und den beiden Kindern. Das letzte war nicht so wichtig. Aber wenn man sich überlegte, daß die beiden Frauen vielleicht einander sehr ähnlich waren, erschienen sie viel klarer profiliert. Auf alle Fälle konnte man von beiden sagen, daß sie ungewöhnlich reagierten, wenn sie beunruhigt waren (er hatte das Kreischen seiner Mutter noch nicht vergessen) – oder wie man es sonst ausdrücken mochte.

Die Winden fingen an zu rasseln, ein Steg wurde in den grünen hölzernen Durchlaß der Lände lärmend heruntergelassen. Das Wasser wurde gelb und weiß unter dem Bug wie alter Großstadtschnee. Das Schiff setzte die Rückschraube in Gang und glitt dann mit stillgelegten Maschinen in die Bucht, wobei es an die grünüberwachsenen Holzplanken stieß. Auf dem langen Hügel hinter den Bögen der Schuppen waren plötzlich die Hausfassaden sichtbar, und Leventhal, der inmitten der Menge an Land ging, hörte die Motoren der Busse vor der Station dröhnen.

Wieder ließ ihn Philip ein. Da er seinen Onkel erkannte, trat er beiseite.

»Wo ist Elena? Ist sie hier?« fragte Leventhal, als er ins Eßzimmer ging. »Wie geht's dem Jungen?«

»Er schläft. Mama ist unten und telefoniert bei Villanis. Sie sagte, sie wäre gleich wieder oben.« Er wandte sich zur Küche und erklärte von der Schwelle aus: »Ich war gerade beim Abendbrot.«

»Laß dich nicht stören. Iß zu Ende«, sagte Leventhal. Er wanderte ruhelos im Zimmer umher. Mickey schlief, der zweite Alarm schien genauso zu sein wie der erste. Er berührte die Tür zum Korridor und überlegte, ob er allein in das Zimmer des Kindes gehen solle. Nein, es wäre klüger, es nicht zu tun, man konnte nie wissen, wie Elena darauf reagierte.

Es war kurz vor Sonnenuntergang, und in den Wohnungen, die zum Hinterhof hin lagen, brannte schon Licht. Die Mauern waren eine kurze Strecke unter dem schwarzen Dachsims vom Himmel gerötet. Leventhal ging in die Küche, wo Philip auf einem hohen Leiterstuhl neben dem Tisch saß. Er hatte eine Schale mit Cornflakes vor sich und goß Milch darüber, nachdem er mit dem Daumennagel den Dekkel der Milchtüte aufgemacht hatte; er schälte eine Banane, schnitt sie in Scheiben, streute Zucker darüber und warf die Schale in das mit Töpfen und Geschirr gefüllte Abwaschbekken. Die Papierborten an den Fächern des Schrankes raschelten im Luftstrom des Ventilators. Dieser summte auf der Anrichte, rußig, mit insektenhafter Geschwindigkeit und einem Purren seiner weichen Gummipropeller; er erinnerte an eine Fliege, die unter dem Schmutz und der Hitze der Decke und neben den abblätternden, gebogenen und mit vielen Gelenken versehenen Rohren umherbrummte, auf denen Elena ihre Lappen zum Trocknen aufhängte. Die Knie des Jungen waren auf gleicher Höhe wie die Tischkante, und er mußte sich tief herunterbeugen und die Beine breit machen, wenn er aß. Leventhal überlegte, daß er die Leiter statt des

Stuhls genommen hatte, weil er in seiner Gegenwart etwas ganz Tolles aufführen mußte. »Ich habe auch immer Kunststücke vorgeführt, wenn ein Besucher kam«, erinnerte er sich. »Und das bin ich ja hier, ein Besucher.«

»Ist das dein ganzes Abendessen?« fragte er.

»Wenn es so heiß ist wie heute, esse ich niemals viel.«

Der Junge hatte eine sehr prägnante Sprechweise.

»Du solltest aber Brot und Butter und dergleichen essen und etwas Gemüse«, meinte Leventhal.

Philip unterbrach das Essen, um seinen Onkel kurz anzusehen. »Wir kochen nicht viel während der Hitzewelle«, sagte er. Er setzte den Fuß auf eine höhere Stufe und beugte sich noch tiefer. Sein Haar war frisch geschnitten, auf dem Schädel uneben gestutzt und im Nacken bis hoch hinauf rasiert, noch über die großen zartweißen Ohren.

»Zu welchem Friseur gehst du eigentlich?«

Wieder blickte Philip auf. »Ach, Jack McCaul hier im Häuserblock. Wir gehen alle dahin, Papa auch, wenn er zu Hause ist. Ich habe ihm gesagt, er solle mir das Haar so schneiden. Ich habe um einen Sommerhaarschnitt gebeten.«

»Man sollte ihm die Arbeitserlaubnis entziehen, weil er dir das Haar so verschandelt hat.« Er sagte das zu nachdrücklich und machte damit den beabsichtigten Scherz zunichte. Dann schwieg er und mühte sich, den richtigen Ton zu finden.

»Och, McCaul ist nett«, sagte Philip. »Er nimmt sich unser an. Ich wollte warten, bis der Kleine wieder soweit ist, daß wir zusammen gehen könnten. Aber Mama hat gesagt, ich soll mich stutzen lassen, bevor sie mir 'ne Geige kaufen muß, die zu meinem Haar paßt. Der Schnitt ist für das Wetter ganz in Ordnung. Letzten Sommer habe ich 'nen Stiftkopf gehabt – alles runter.«

»Ja, er ist wirklich ganz in Ordnung.« Leventhal sah zu,

wie er aß, voll Mitleid für ihn. »Ein selbständiger kleiner Junge«, dachte er. »Aber wie man ihn behandelt.«

Er setzte sich ans Fenster, knöpfte sich die verknitterte Jakke auf und sah durch das schwarze Viereck des Lichtschachts zum Himmel auf. In einer anderen Wohnung bürstete ein Mädchen in einem Sessel einen Hund, der gähnte und versuchte, ihr die Hand zu lecken. Sie drückte ihm die Schnauze nieder. Eine Frau in einem Hemd ging durch das Zimmer, hin und her, von der Küche zur Diele. Mickeys Fenster ging zum Schacht hinaus; es lag übereck, und wenn er jetzt wach wäre, könnte er vielleicht seinen Bruder und Onkel sehen.

»Der Arzt kann jede Minute hier sein.« Leventhal wurde auf einmal ungeduldig. »Ich dachte, Elena könnte nicht abwarten, daß er kommt. Was tut sie denn so lange?«

»Ich geh' mal nachsehen.« Philip sprang von seinem Leiterstuhl.

»Laß dein Abendessen nicht stehen. Sag mir, wo sie ist, und ich werde sie schon finden.« Aber Philip war schon im Gang. Doch statt Schritte hörte Leventhal nur Stimmen durch die offenen Türen. Hatte er Elena getroffen, als sie die Treppe heraufkam? Das Licht, unter den grünen Glasplatten des Lampenschirms, ging im Eßzimmer an, und Leventhal erhaschte das Bild einer Frau im schwarzen Kleid, die sich neben dem Tisch bewegte.

»Junge«, rief er. »Hör mal, Phil.«

»Hier. Komm doch hier rein.«

»Wer ist das?« erkundigte er sich mit leiser Stimme. Er versuchte hinter den Lichtschein der Lampe und bis zum anderen Ende des Zimmers zu sehen.

»Meine Großmutter.«

»Die alte Frau?« fragte Leventhal überrascht. Er hatte von Max einiges über sie gehört, sie aber nie gesehen. Mit verwirrter Miene ging er von der Tür um den Eßtisch herum auf sie zu, änderte aber seine Richtung, als sie sich umdrehte und im Armsessel Platz nahm.

»Das ist Papas Bruder«, sagte Philip zu ihr. Leventhal merkte, daß er sein Nicken fast zu einem Bückling verlängerte, er wollte einen gewinnenden Eindruck machen. Die alte Dame schenkte ihm nur einen kurzen, scharfen Blick. Sie war größer als Elena, hager, mit geradem Rücken; die Haltung ihres Kopfes verriet Nervosität. Sie trug große goldene Ohrringe. Das Haar kam an den Schläfen kurz und weiß zum Vorschein; zum Hinterkopf zu war es schwarz und zu einem festen Knoten gerafft. Ihr Kleid war auch schwarz, aus schwarzer Seide, und trotz der Hitze trug sie einen Shawl um die Schultern.

Da sie stumm blieb, stand Leventhal unentschlossen da; es schien nicht ratsam, mehr zu sagen, aber sich ohne Antwort zu setzen, würde ihn in Verlegenheit bringen. Es mochte andererseits unhöflich sein, wieder in die Küche zurückzugehen. Vielleicht mißdeutete er ihr Schweigen. Jedoch schien sie ihren Kopf von ihm abzuwenden, und er fühlte den zornigen Drang, ihren Blick auf sich zu zwingen. Dennoch, sie hatte kein Wort gesagt, und er war seiner Sache nicht sicher. Es war möglich, daß er sich geirrt hatte.

»Ich dachte, du wolltest deine Mutter holen«, sagte er etwas ungeduldig zu Philip. Und als Philip sich anschickte zu gehen, setzte er hastig hinzu: »Ich gehe mit.« Er war zum Schluß gekommen, daß der Blick der Großmutter unfreundlich war, obwohl es in dem staubigen grünlichen Licht, das durch den Lampenschirm fiel, schwierig war, einen klaren Eindruck zu gewinnen. Aber er fühlte ihre Abneigung. Ein wenig watschelnd – die Hitze machte ihn schwerfällig – folgte er Philip einige Treppenkehren hinunter zur Wohnung des Nachbarn. Als Philip klopfte, kam Elena nach wenigen Sekunden eilig und ängstlich zu ihnen heraus.

»Ach, Asa, du«, sagte sie. »Und der Spezialist? Hast du ihn mitgebracht?«

»Er sagte, zwischen sieben und acht. Er müßte bald hier sein.«

Der Nachbar, Mr. Villani, der eine gedrehte Zigarre rauchte, erschien im Treppenhaus und rief ihr zu: »Geben Sie uns sofort Bescheid, was er über den Jungen dort oben sagt.« Er sah Leventhal mit unverhohlener Neugier an. »Tag!« sagte er zu ihm.

»Das ist der Bruder meines Mannes«, sagte Elena.

»Ja, natürlich«, erwiderte Villani, indem er die Zigarre aus dem Mund nahm. Leventhal erwiderte ungerührt seinen Blick; seine Augen waren ernst und ohne Mitteilung, nur ganz formell etwas forschend. Ein Schweißtropfen lief ihm die Backe herunter. Villani, mit einer Hand in der Tasche, zog die Hose in die Breite. »Sie sehen auch aus wie Mr. Leventhal«, sagte er. Er wandte sich an Elena. »Und tun Sie, was Ihnen der Doktor sagt, Missis, haben Sie mich verstanden? Wir werden den Jungen schon durchkriegen, machen Sie sich keine Sorgen. Ich halte es nur für ein Sommerfieber«, sagte er zu Leventhal. »Es ist nichts Ernstes. Aber die Missis ist ein Angsthase.«

»Es ist sehr ernst«, sagte Elena. Sie sprach ruhig, aber Leventhal, der sie genau beobachtete und dem Ausdruck ihrer Augen besondere Aufmerksamkeit widmete, fühlte einen Stoß des ihm besonders eigenen Entsetzens, als sie sich plötzlich erweiterten.

»Oh, oh, woher wollen Sie das wissen? Sind Sie vielleicht der Arzt? Warten Sie doch ein bißchen.«

»Ich finde, der Mann hat recht, Elena«, sagte Leventhal.

»Natürlich habe ich recht. Sie müssen Vertrauen zum Doktor haben.« Ein leidenschaftlicher scharfer Ton fing sich in seiner Kehle, und er warf den Arm mit einem kurzen, steifen, beredsamen Schwung in die Luft. »Was ist denn los? Sicher. Hören Sie zu. Der Junge ist ganz in Ordnung.« Die Zigarre glühte zwischen seinen Fingern.

»Sie wird Vertrauen haben«, versicherte Leventhal.

Sie gingen nach oben. Im vierten Stock blieb Elena stehen und fragte mit einem erregten Atemstoß:

»Phillie, was hast du mir gesagt? Großmutter ist hier?«

»Sie ist gerade gekommen.«

»O weh!« Sie wandte sich mit einem Ruck besorgt an Leventhal: »Was hat sie zu dir gesagt? Irgend etwas?«

»Kein einziges Wort.«

»Ach, Asa, wenn sie's tut ... Ach, ich hoffe zu Gott, sie tut's nicht. Laß sie reden, was sie will. Beachte es gar nicht.«

»Aber sicher«, sagte er.

»Sie ist ein sehr sonderbarer Mensch, meine Mutter. Sie hat sich schrecklich aufgeführt, als Max und ich heirateten. Sie wollte mich aus dem Haus werfen, weil ich mit ihm ging. Ich konnte ihn nicht ins Haus bringen. Ich mußte ihn draußen treffen.«

»Max erwähnte ein- oder zweimal ...«

»Sie ist furchtbar streng katholisch. Sie sagte, wenn ich jemand heiratete, der nicht katholisch wäre, wollte sie nichts mehr mit mir zu tun haben. Sie würde mich verfluchen. Als ich dann das Haus verließ, hat sie's getan. Ich habe sie erst wieder zu Gesicht gekriegt, als Phillie geboren wurde. Ich sehe sie immer noch nicht oft, aber seit Mickey krank ist, erscheint sie ziemlich häufig. Wenn Max zu Hause ist, tritt sie gar nicht erst bei uns ein. Sie ist sehr abergläubisch, meine Mutter. Sie hat alle Sitten der alten Heimat. Sie glaubt, sie sei noch in Sizilien.« Elena sprach beinahe im Flüsterton und bedeckte die Hälfte ihres Gesichts mit der Hand.

»Mach dir keine Sorgen. Ich werde schon mit ihr zurechtkommen.«

»Sie ist eben so«, erklärte Elena mit hilflosem Lächeln. »Du brauchst dich nicht zu beunruhigen.«

Die alte Frau trat ihnen im Treppenhaus entgegen und fing sofort an, mit ihrer Tochter zu reden, wobei ihre Blicke gelegentlich Leventhals Gesicht streiften. Ihre Stimme hatte eine für sein Gefühl charakteristische italienische Heiserkeit. Sie hielt den schmalen Kopf starr über die schwarzen Schultern zurückgebogen. Er merkte, daß sie ihre Unterlippe herunterzog und die Zähne entblößte, wenn sie auf einer Silbe verweilte. Niedergeschlagen schüttelte Elena den Kopf und antwortete in kurzen Sätzen. Leventhal versuchte, hier und da ein Wort zu erhaschen. Er verstand nichts. Plötzlich unterbrach Elena ihre Mutter und rief aus: »Wo? Warum hast du das nicht gleich gesagt, Mama? Wo ist er? – Der Mann ist hier!« rief sie Leventhal zu. »Der Spezialist.« Sie lief hinein. Leventhal, der hinter der Großmutter in den Gang zum Schlafzimmer trat, verzerrte sein Gesicht in einem ungewohnten Gefühlsausbruch. Häßliche alte Hexe! Daß sie ihre Tochter warten und ihre Klagen anhören ließ, bevor sie ihr sagte, daß der Arzt gekommen sei. »Eltern!« murmelte er. »Jawohl, Eltern. Großer Gott, Eltern!« Er fühlte sich versucht, sie vor sich her zu stoßen.

Sie traten ins Schlafzimmer ein. Der Arzt hatte Mickeys Hemd hochgezogen und horchte auf seine Herztöne. Das Kind schien kaum wach; es war benommen und ließ, vom Fieber erschlafft, die Untersuchung mit sich geschehen. Es hob die Augen nur zu seiner Mutter auf, weniger bittend als erkennend. Philip lehnte sich gegen den Bettpfosten, um ihn zu sehen.

»Phil, rüttle nicht so, lehn dich nicht an«, sagte Elena. Der Arzt warf einen Blick über die Schulter. Er war ein junger Mann mit einem langen, rosigen Gesicht und einer dünnen, goldumrandeten Brille vor den eng beieinander liegenden

Augen. Während er das Hörrohr auf Brust und Schultern des Kindes drückte, sah er Leventhal unverrückt an, da er ihn offenbar für den Vater hielt. Zuerst fühlte sich Leventhal durch diesen Irrtum gestört. Aber bald begriff er, daß der Doktor ihm zu verstehen geben wollte, wie ernst die Krankheit war. Unbemerkt von Elena, die das Deckbett zurückschlug, nickte er ihm bekümmert zu, zum Zeichen, daß er verstanden hatte. Der Doktor klammerte sich die Bügel des Instruments um den Hals und befühlte mit seinen sauberen roten Fingern die Arme des Jungen. In dem gelblichen starren Netz vor der Schwärze des Fensters waren die Farne und die riesigen Motten mit Löchern und Lücken durchsetzt. Die Küchenluft und die Geräusche des Hinterhofs drangen in das Zimmer. Der Junge wurde hochgehoben und das Kopfkissen umgedreht.

»Sie sollten ihn alle paar Stunden mit einem Schwamm abreiben«, sagte der Arzt.

»Ich hab's heute nachmittag getan. Ich tu's bald wieder«, sagte Elena.

Sie hatte ihm von Zeit zu Zeit etwas zugeflüstert und sprach jetzt voller Eifer, fast fröhlich. Sie schien zu glauben, daß keine Furcht mehr geboten war. »Ich vertraue ihm so sehr«, sagte sie zu Leventhal, während sie den Doktor ansah. Leventhals Hände waren feucht und klamm. Von der plötzlich verdoppelten Spannung wurde ihm allmählich übel. Er wischte sich das Gesicht ab, fuhr mit dem Taschentuch über die Stoppeln auf seinen Wangen und hinterließ darauf ein Stückchen Faden. Er war sicher, daß er die stumme Mitteilung des Arztes richtig gedeutet hatte. Elenas Optimismus verblüffte ihn. Er drehte sich besorgt um und sah sie und die Kinder an, bis ihm einfiel, daß diese Bürde ja schließlich seinem Bruder zugehörte. Sogleich war er wütend auf Max, weil er nicht da war. Er hatte ohnehin kein Recht fortzugehen. Leventhal fühlte nach seiner Brieftasche; darin hatte er die Karte von Max aufgehoben. Er wollte ihm noch heute abend telegraphieren. Oder nein, ein Brieftelegramm war besser, er konnte mehr hineinschreiben. Er begann den Text in Gedanken zu formulieren. »Lieber Max, wenn du dich von deinen Pflichten losreißen kannst ... wenn du es ermöglichen kannst, eine Zeitlang fernzubleiben ...« Er wollte ihn nicht schonen. Je härter, desto besser. Man sehe sich nur an, was er hinterlassen hat: dieses Haus, eine Wohnung, Elena, die vielleicht selber Krankenpflege brauchte, die Kinder, die er in die Welt gesetzt hatte. Leventhal kehrte zur Abfassung des Telegramms zurück. »Du wirst hier gebraucht. Dringend!« Daß er es war, fast ein Fremder in der Familie, der diese Botschaft sandte, sollte Max zeigen, wie ernst die Sache war. Mein Gott, welch eine Bescherung! Und die Großmutter? Wenn dem Jungen etwas zustieß, würde sie es als Gottesurteil über die Ehe ansehen. Die Ehe war für sie unrein. Ja, er verstand ihre Gefühle. Ein Jude, ein Mann von falschem Blut, von bösem Blut, hatte ihrer Tochter zwei Kinder gemacht, und deshalb geschah dies jetzt. Niemand hätte Leventhal diesen Gedanken ausreden können. Er hörte kaum, was im Zimmer gesprochen wurde, und betrachtete sie nur voller Grimm, die ergrauten Schläfen, die dünne gerade Linie der Nase, die Strenge ihres Kopfes, den sie bis weit auf die Schultern zurücklegte, das Entblößen der Zähne, wenn sie die Lippen öffnete, um ihrer Tochter eine Bemerkung zuzuwerfen. Nein, er irrte sich nicht. Von ihrem Standpunkt war es die unentrinnbare Strafe – so würde sie es auffassen, als Strafe. Was sie sonst empfinden mochte – schließlich war der Junge ja ihr Enkel –, das wäre ihre erste Regung.

In diesem Augenblick spürte er Elenas große Erregung und begann, wieder auf das Gespräch zu achten. Er hörte den Arzt vom Krankenhaus sprechen und dachte: »Sie kann das Kind nicht länger hier behalten. Sie wird nachgeben müssen.«

»Ich habe ihr schon gestern gesagt, daß sie den Jungen ins Krankenhaus bringen solle«, sagte er.

Elena widersetzte sich noch. »Aber warum ist er zu Hause nicht ebensogut aufgehoben? Besser. Ich kann besser für ihn sorgen als eine Schwester.«

»Wenn ich den Fall übernehmen soll, muß er fort.«

»Aber warum nicht hier?« flehte sie.

»Es muß sein«, sagte der Doktor und schnappte das Schloß seiner Tasche zu.

»Soll ich ein Taxi holen?« fragte Philip leise seinen Onkel.

Leventhal nickte. Philip rannte aus dem Zimmer.

6

Auf dem Wege nach Manhattan erklärte der Doktor Leventhal, er glaube – obwohl er noch mehr Beweismaterial brauche, um die Diagnose zu festigen –, daß Mickey an einer Bronchialinfektion seltener Art leide. Er benannte sie zwei- oder dreimal, und Leventhal versuchte sie seinem Gedächtnis einzutrichtern, aber es gelang ihm nicht. Derartige Fälle waren schwer, wenn auch nicht unbedingt tödlich. »Meinen Sie, daß Sie ihm helfen können«, fragte er sehr dringlich, und die hoffnungsvollen Worte des Doktors ermutigten ihn. Das Schiff fuhr ab, die riesigen goldenen Lichterkronen über den Schuppen hatten jetzt genug Raum, um auf dem Wasser zwischen Heck und Ufer zu spielen. »Ich wollte meinem Bruder telegraphieren, daß er kommt«, sagte Leventhal – er hatte bereits erklärt, daß er nicht der Vater sei. Der Doktor erwiderte, er glaube, daß dies im Augenblick nicht notwendig sei. Es genüge, ihm zu sagen, er solle sich bereithalten. Leventhal fand diesen Rat vernünftig. Warum jetzt eine Panik verursachen? Es war schließlich nicht so kritisch. Er würde Max ein Brieftelegramm schicken und ihn entscheiden lassen, ob er kommen oder noch warten wollte. Die Fähre kroch in der Hitze und Schwärze des Hafens ihres Weges. Die Masse der Passagiere auf dem offenen Deck war still, wie ein Schwarm von Seelen, die sich eine jede auf ihr Geschick konzentrierten. Die Brille des Arztes mit ihren dünnen runden Gläsern war zum Himmel hinauf gerichtet, beide gleich beleuchtet von der Glühbirne über seinem Kopf. Leventhal wollte ihn noch mehr über die Krankheit ausfragen. Sie war selten. Hatte die Medizin eine Ahnung, warum so etwas gerade ein Kind in Staten Island befiel statt beispielsweise in St. Louis oder Denver? Ein Kind unter Tausenden. Wie erklärte man das? War es latent in allen Menschen vorhanden? Konnte es auch erblich sein? Oder war es, anders betrachtet, nicht sogar noch unverständlicher, daß so unterschiedliche Menschen, von denen nicht zwei die gleichen Fingerabdrücke hatten, in ihren Krankheiten nicht individueller waren. Da die Zuversicht des Arztes ihn von seiner Niedergeschlagenheit befreit hatte, fühlte er einen heftigen Wunsch, zu reden. Er hätte all dies gern besprochen, aber er hatte schon mehrere Male nach dem Namen der Krankheit gefragt, ohne ihn sich einprägen zu können, und deshalb mußte der Arzt eine ungünstige Meinung von ihm haben. Vielleicht würde er sich einem Laien gegenüber auch herablassend gebärden. Daher schwieg Leventhal und dachte: »Lassen wir es.« Aber er machte sich doch Gedanken darüber. Man sagte, daß Gott die Person nicht ansah, und meinte damit, daß alle denselben Gesetzen unterworfen wären. Wo stand das noch? Er versuchte sich zu erinnern.

Sie waren in der Mitte des Hafens, als plötzlich eine leichte Brise die Hitze vertrieb. Hoch und niedrig zwischen den Ufern glitten, liefen, bogen sich und schwammen auf der Dünung die Lichter von Schiffen, Signalen und Brücken und tönten melodische, wenn auch ziemlich schwermütige Glokken vom Wasser, wenn sich die Bojen bewegten. Der Wind blies einen Sprühregen aufs Deck, und das Schiff schien hin und wieder im Sog des Ozeans jenseits der Inseln zu beben. Als sie sich dem Gestade von Manhattan näherten, begannen die Leute von den Bänken im Salon aufzustehen; der Andrang war groß, als die Ketten herunterrasselten. Leventhal wurde vom Doktor getrennt.

Er fuhr mit der Untergrundbahn nach Hause, schob sich

auf seiner Station durch das eiserne Drehtor und atmete mit Erleichterung die kühle Luft auf der Straße. Er erwartete einen Brief von Mary – es war wieder einer fällig – und öffnete schnell den Briefkasten, während ihm der Hund von Nunez um die Beine schnüffelte. Statt eines Briefes hatte Mary zwei Karten geschickt, die dicht mit Schriftzügen bedeckt waren. Sie und ihre Mutter fuhren am Freitag nach Charleston. Das Haus war verkauft. Es ging ihnen beiden gut, und sie hoffte von ihm dasselbe, trotz der Hitze. Es war schönes altes Baltimore-Wetter, es berauschte einen förmlich. Die zweite Karte klang anders; darauf waren intime Anspielungen. Nur Mary konnte solche Dinge auf einer Karte schreiben, wo jeder sie lesen konnte. Amüsiert, stolz, zufrieden mit ihr, eher geschmeichelt als verlegen über die Möglichkeit, daß die Postangestellten sie gelesen hatten, steckte er sie in die Tasche. »Na, habe ich bestanden?« fragte er den Hund. »Hau ab, jetzt.« Er beugte sich nieder, nahm den Hund beim Kopf und kraulte ihn. Als er die Treppe hinaufging, lief ihm das Tier nach. »Hau ab, habe ich gesagt.« Er versperrte ihm den Weg mit dem Bein, schlüpfte schnell hinein und knallte die Haustür zu. »Geh zu Herrchen!« brüllte er und lachte schallend. »Geh zu Herrchen!« Er klopfte an das Glas, worauf der Hund heftig bellte und gegen die Scheibe sprang. Leventhal sagte einem Nachbarn, den er kaum kannte: »Der Hund des Hausmeisters ist hysterisch geworden. Hören Sie ihn?« Ein ältliches, verschlossenes bleiches Gesicht zeigte ihm ein unsicheres Lächeln und schien scheu auf den Lärm im Vestibül zu lauschen. Leventhal eilte mit stampfenden Schritten aufwärts, schlug mit dem Hut auf das Geländer und betrat seine Wohnung mit einem Gefühl der Rührung. Liebe Mary! Wäre sie doch hier, daß er sie umarmen und küssen könnte. Er warf Hut und Jacke von sich, zog die Schuhe aus und ging die Fenster öffnen und die Vorhänge aufziehen. Es war eine herrliche Nacht geworden. Die Luft zitterte in ihrer Schönheit. Der Mond war erschienen; in weiten Abständen sah man Sterne und kleine Wölkchen, die verhielten und sich drehten, wenn die kühlen Windstöße durch die Hitze brachen.

Er entzündete die Lampe auf dem Sekretär und begann seiner Frau zu schreiben. Schnaken fielen auf das beleuchtete grüne Löschpapier und flogen wieder hoch. Er erzählte von sich, vergaß aber dabei, daß er sich nervös, unruhig und unwohl fühlte. Er sagte nichts von dem, was sich im Büro ereignet hatte. Es schien nicht der Mühe wert zu sein. Er schrieb schnell und ausgelassen; er sprach vom Wetter, erwähnte, daß Wilma das Bier ausgetrunken hatte und daß die Parks furchtbar überlaufen seien. Dann merkte er, daß er von seinem Neffen erzählte; er schrieb mit einer plötzlichen Wallung des Gefühls, die Schrift zog sich auseinander, weil seine Feder raste. In einem ganz anderen Ton beschrieb er Elena. Er beichtete, daß er sich gefürchtet hätte, sie anzusehen, als sie in die Taxe stieg und er das zum Bündel verpackte Kind – sie hatte es in zwei Decken gewickelt, obgleich mehr als 34 Grad Hitze herrschten – auf ihren Schoß legte. Alle Eindrücke dieser Minute kehrten zu ihm zurück – die Augen des Jungen, auf denen sich das Licht der Taxiuhr spiegelte, die lederne Stickigkeit des Rücksitzes, das fliehende Kinn des Chauffeurs und der lange Schirm seiner schwarzen Kappe, Philips Weinen, Villani, der die Kinder auf dem Bürgersteig in Schach hielt. Das Klopfen von Leventhals Herz wurde schneller und seine Zunge trocken. Und sein Bruder ... Aber als er Maxens Namen geschrieben hatte, stand er auf und beugte sich über das Papier. Er hatte beabsichtigt, bevor er nach Hause kam, das Brieftelegramm zu schicken. Die Feder besudelte ihm die Finger. Er ließ sie fallen und begann, außerhalb des Lichtkegels der Lampe nach seinen Schuhen zu suchen. Er hatte sie eben gefunden und zwängte, ohne die Schnürsenkel zu lockern, seine Füße hinein, als es lange und gellend klingelte. Mit einem Knurren des Ärgers und der Überraschung richtete Leventhal sich auf. »Wer in Teufels Namen klingelt denn so?« fragte er. Aber er wußte bereits, wer es war. Es war Allbee. Er mußte es sein. Er öffnete die Tür und lauschte auf das regelmäßige Rascheln und Stampfen der Fußtritte im hohlen Treppenhaus. Es fiel ihm ein, daß er Allbee noch entgehen konnte, wenn er über das Dach kletterte. Wenn er leise fortging, konnte er entkommen. Und wenn man ihm folgte, so war das nächste Dach nur etwa durch fünfzehn Zentimeter getrennt, ein leichter Schritt. Von dort konnte er auf die Straße gelangen, und dann Lebewohl. Er konnte sogar jetzt noch gehen. Auch *jetzt.* Doch stand er fest und hatte seltsamerweise das Gefühl, damit etwas bewiesen zu haben. »Ich werde meinen Platz nicht räumen«, dachte er. »Soll er's doch tun. Warum ich?« Er kehrte prompt zu seinem Brief zurück, ließ aber die Tür offen. Er beendete ihn abrupt mit ein paar Füllsätzen und las ihn noch einmal durch. Er schrieb »Mit meiner ganzen Liebe«, unterschrieb, adressierte den Briefumschlag, und dann war auch Allbee schon im Zimmer. Er wußte, daß er eingetreten war, bezwang aber trotzdem seinen Wunsch, sich umzudrehen. Er frankierte noch den Brief, klebte ihn zu, wog ihn auf den Fingern und schien erst dann den Besucher zu bemerken, der ihn anlächelte, ohne die Lippen zu öffnen. Dieses Eintreten, ohne zu klopfen oder gebeten zu sein, war eine Verletzung der Höflichkeit. Gewiß stand die Tür offen, aber es war doch allerhand Anmaßung, nicht einmal zu klopfen. Leventhal glaubte im Trotz von Allbees Blicken eine Spur von Schadenfreude zu entdecken. »Ich *schulde* ihm Gastfreundschaft – so benimmt er sich«, fuhr es ihm durch den Sinn.

»Ja«, sagte er tonlos, mit unpersönlicher Höflichkeit.

»Sie wohnen hier gut«, sagte Allbee, der das Zimmer betrachtete. Vielleicht verglich er es mit seiner eigenen Bleibe. Leventhal konnte sich vorstellen, wie die wohl aussah.

»Setzen Sie sich, da Sie schon einmal hier sind«, sagte Leventhal. »Wozu sollen Sie stehen?« Er wurde ihn sicher nicht los, ohne ihn ganz angehört zu haben, und das mochte ebensogut jetzt geschehen.

»Sehr verbunden«, sagte Allbee. Sein Kopf neigte sich manierlich nach vorn, und er schien in Leventhals Gesicht lesen zu wollen. »Es ist ein langer Marsch die Treppen hinauf. Ich bin an diese hohe Kletterei nicht gewöhnt.« Er zog sich einen Stuhl dicht an den Schreibtisch, schlug die Beine übereinander und umfaßte sein Knie mit ziemlich steifen Fingern. Seine Manschetten waren ausgefranst, die Fäden fingen sich in den blonden Haaren seiner Handgelenke. Die Hände waren schmutzig. Das helle Haar, auf dem Schädel ungleich gescheitelt, war feucht. Es stimmte offenbar, daß ihm das Treppensteigen schwergefallen war. »Das ist schon eine ziemliche Höhe, ja«, lächelte er. »Und für mich, na ja ...« er stockte. »Ich bin an die niederen Regionen gewöhnt.« Er deutete mit dem Finger auf den Boden und krümmte ihn, als bediene er den Hahn einer Schußwaffe.

»Sind Sie hier, um mir denselben Tanz aufzuführen wie das letzte Mal? Wenn ja, dann möchte ich Ihnen ein für allemal sagen ...«

»Ach, seien Sie schon ruhig«, sagte Allbee. »Seien wir doch vernünftig und offen. Ich bin nicht gekommen, um mich bei Ihnen zu beklagen. Warum sollte ich auch? Ich habe nur gesagt, was klar ist. Worüber man nicht streiten kann. Ich bin am Boden. Das wollen Sie doch wohl nicht bestreiten, oder?« Er breitete die Arme aus, als wolle er sich einer Untersuchung anbieten; und obwohl er es halb im Scherz tat, merkte Leventhal doch, daß er es ernst meinte. »Während Sie ...«

Er wies auf die Wohnung. Leventhal sagte: »Ach bitte«, und schüttelte den Kopf. »Lassen Sie doch diesen Unsinn.«

»Das ist eine Tatsache, eine harte Tatsache«, sagte Allbee. »Ich bin der beste Richter von Tatsachen. Ich kenne sie von Grund auf. Das ist bei mir nicht bloße Theorie. Der Unterschied zwischen Ihnen und mir ist größer als zwischen Ihnen und dem größten Millionär Amerikas. Wenn ich mich mit Ihnen vergleiche, dann sind Sie auf dem Gipfel, wie man in der Schule zu sagen pflegte, und ich bin in der Grube. Und ich bin einmal in Ihrer Position gewesen, aber Sie niemals in meiner.«

»Was soll das heißen? Ich bin völlig am Boden gewesen.«

Allbee lächelte nachsichtig.

»Stockpleite, ohne eine Münze für den Automaten.«

»Ach, lassen Sie das. Sie wissen nichts davon, das kann ich Ihrem Gerede entnehmen. Sie sind niemals in meiner Lage gewesen. Münzen für den Automaten ... eine zeitweilige Verlegenheit. Das ...« Und er legte den Kopf auf die Seite, daß er fast die Schulter berührte, und machte mit dem ausgestreckten Arm und der offenen Hand eine Bewegung, als schiebe er den Vergleich von sich.

Unmittelbar erhob sich in Leventhals Vorstellung das schreckliche Bild von Männern, die apathisch auf den Missionsbänken sitzen und in einer verschmierten und blassen Wintersonne auf ihren Kaffee warten; von Asyllaken und schmutzigen Kissen, ekelhaften Pappzellen, die mit Holzfarbe angemalt sind, selbst die Wolframdrähte in den Glühbirnen wie kleine brennende Würmer, die das Licht eher zu verzehren als zu spenden schienen. Besser im Dunkel sein. Er hatte solche Plätze gesehen. Er hatte noch den Karbolgeruch der Desinfektionsmittel in der Nase. Und wenn es nun sein

Fleisch wäre auf diesen Laken, seine Lippen, die den Kaffee tranken, sein Rücken und seine Schenkel in jener Wintersonne, seine Augen, die auf die Planken des Bodens schauten. Allbee hatte recht, wenn er über ihn lächelte, er war nie in einer solchen üblen Lage gewesen. »Ich habe mich also geirrt«, überlegte er. »Warum muß ich mich darin mit ihm messen? Ist das nötig? Und überhaupt, was will er hier?« Eine Zeitlang vergaß er das Brieftelegramm. Er wartete, daß Allbee verriete, wozu er gekommen war. Er wußte nicht, worauf er sich einstellen sollte, aber er hielt es für sehr wahrscheinlich, daß dieser seine Vorwürfe wiederholen würde, obwohl er gesagt hatte, er sei nicht gekommen, um sich zu beklagen.

»Nun«, sagte er, indem er seiner Bemerkung ein kurzes Lachen vorausschickte. »Als Auftakt eines Besuches ist das eine seltsame Feststellung.«

»Aber nein. Was könnte besser sein? Es ist die ausgesuchteste Höflichkeit, das Haus des Gastgebers zu bewundern. Und der Kontrast zwischen uns sollte Ihnen sehr wohl behagen. Es müßte Ihnen große Genugtuung bereiten, daß Sie das alles aus eigener Kraft erreicht haben.«

»Was aus eigener Kraft erreicht habe?« fragte Leventhal argwöhnisch.

»Sich hochgearbeitet haben, meine ich«, erwiderte Allbee hastig. »Sie haben mir doch eben erst gesagt, daß Sie pleite waren, was soviel bedeutet wie, daß Sie ein Selfmademan sind. Darin liegt doch eine Menge Genugtuung, nicht? Und wenn Sie jemand sehen, der sich nicht so gut durchgesetzt hat, erhöht es doch Ihre Genugtuung. Das ist nur menschlich. Selbst wenn Sie es besser wissen.«

»Ich habe nicht gesagt, daß ich ein Selfmademan wäre oder etwas Derartiges. Das ist alles Unsinn.«

»Ich lasse mich in diesem Falle gern berichtigen«, entgegnete Allbee. »Ich muß einen falschen Eindruck gewonnen haben. Denn wissen Sie, je mehr ich darüber nachdenke, desto mehr habe ich das Gefühl, daß dieser Selfmade-Rummel Quatsch ist. Die Tage, als man noch durch eigene Tüchtigkeit Erfolg haben konnte, sind vorbei. Jetzt ist alles blinde Bewegung, riesige Bewegung, und das Individuum wird hin und her geschubst. Es glaubt nur, daß es der Motor ist. Aber so ist es nicht. Gruppen, Organisationen haben Erfolg oder Mißerfolg, aber nicht mehr die Individuen. Finden Sie nicht auch?«

»Ach, ganz so ist es nun auch nicht«, sagte Leventhal.

»Nein, ich finde es nicht.«

»Sie glauben nicht, daß den Menschen ihr Geschick aufgezwungen wird? Das ist lächerlich, denn es ist wirklich so. Und das ist das ganze Schicksal, das ihnen beschieden ist, deshalb sollten sie lieber nicht glauben, daß sie eine eigene Rolle spielen. Das wäre ein Fehler, den ich nicht gern machen würde. Es gibt nichts Schlimmeres, als wenn zum Unglück noch die Verwirrung tritt. Man findet jedoch Menschen, die ihr Glück haben und sich darauf noch was einbilden – auf ihr Köpfchen und ihre Persönlichkeit, wo doch nichts anderes geschehen ist, als daß sie einen Eimer bekamen, als es regnete.«

»Wollen wir hier bitte gleich Klarheit schaffen«, sagte Leventhal kalt. »Wir wollen lieber offen und ehrlich sein. Worauf soll das alles hinaus?«

»Oh, das soll auf nichts hinaus. Es ist nur Gespräch, Gerede. Gerede, Gerede, Gerede, Gerede, Gerede!« rief er feixend aus und warf die Hände hoch. Seine Augen begannen zu glänzen.

Leventhal sah ihn unbewegt an. »Und wozu dient es?« fragte er. Allbee schien nun, vielleicht wegen seiner Sprunghaftigkeit, sehr niedergeschlagen und tat Leventhal ein bißchen leid. Der Wechsel seiner Stimmungen war ihm jedoch peinlich. Es war klar, daß dieser Mann kein Dummkopf war.

Aber was half es schon, kein Dummkopf zu sein, wenn man sich so aufführte? Da war zum Beispiel seine Sprache. Mußte er so sprechen, sich so großspurig ausdrücken? Vielleicht weil er etwas brauchte, worauf er sich stützen konnte. Oh, da war irgendwo ein Zusammenbruch, gewiß, ein Zusammenbruch, und ein tragischer obendrein, dessen konnte man sicher sein. Etwas Zermalmendes, ein wahrhaftiger Zusammenbruch. Aber die Frage, die bei Leventhal im Vordergrund stand, war die: »Was will er eigentlich?« Trotz seiner Versicherung, daß alles offen sein sollte, war er jedoch nicht imstande, sie zu stellen.

»Ist das Ihre Frau?« Allbee wandte den Blick über Leventhals Kopf hinweg auf eine gerahmte Photographie auf dem Sekretär.

»Ja, das ist Mary.«

»Ja, sagen Sie mal, die ist ja reizend. Sie haben Glück, wissen Sie das?« Er stand auf, beugte sich über ihn und drehte das Bild ins Licht. »Sie ist reizend.«

»Es ist eine gute Aufnahme von ihr«, sagte Leventhal, der Allbees Begeisterung nicht sonderlich schätzte.

»Sie hat jenen stolzen Blick, der stolz ist, ohne hart zu sein. Sie wissen schon, was ich meine. Es ist ein ernster Blick. Man findet ihn bei asiatischen Skulpturen.«

»Oh – asiatisch!« sagte Leventhal ironisch.

»Gewiß, asiatisch. Sehen Sie sich diese Augen an und die Backenknochen. Sie sind mit einer Frau verheiratet und wissen nicht einmal, daß sie schrägstehende Augen hat?« Er vollführte eine bezeichnende Drehung seines Daumens. »Sie ist unverkennbar asiatisch.«

»Sie stammt aus Baltimore.«

»Erste Generation?«

»Ihre Mutter ist auch hier geboren. Weiter zurück weiß ich nicht.«

»Ich möchte wetten, daß sie ursprünglich aus Osteuropa gekommen sind«, sagte Allbee.

»Nun ja, das ist nicht so erschütternd. Die Wette würde keinen Partner finden.«

»Ich weiß, daß ich in Ihrem Fall keinen Partner finden würde.«

»Nein? Da Sie mir ja nachgespürt und so viel über mich entdeckt haben, haben Sie vielleicht auch feststellen können, aus welchem Teil Europas meine Eltern kamen.«

»Das ist vollkommen klar; da braucht man nicht weiter zu forschen. Rußland, Polen ... das sehe ich auf den ersten Blick.«

»Aha, das sehen Sie.«

»Ja, selbstverständlich. Ich lebe ja schon lange in New York. Das ist eine sehr jüdische Stadt, und man müßte schon ein sehr nachlässiger Beobachter sein, wenn man nicht eine Menge über die hiesigen Juden lernte. Sie wissen selbst, wie viele jüdische Gerichte es in den Cafeterias gibt, wie viele Juden auf der Bühne, wie viele jüdische Schauspieler und Witze und Geschäfte und so weiter, und Juden in den Ämtern und so weiter. Das wissen Sie. Das ist keine Offenbarung.«

Leventhal gab keine Antwort. Es war in der Tat keine Offenbarung.

Allbee wandte seine Aufmerksamkeit noch einmal Marys Bild zu. Während er es betrachtete und nickte, füllten sich seine Augen zu Leventhals Verwunderung mit Tränen, und er zeigte den Ausdruck unterdrückten Schmerzes und Leidens.

»*Ihre* Frau ...?« erkundigte sich Leventhal mit leiser Stimme.

»Sie ist tot«, erwiderte Allbee.

Leventhals Stimme wurde noch leiser, als er mit dumpfem Entsetzen sagte: »Tot? Wie furchtbar. Das tut mir leid ...«

»Das sollte es auch. Das sollte es auch.« Diese Worte schienen Allbee aus der Brust zu dringen, als seien sie dort gespeichert gewesen und jetzt losgebrochen und wider Willen geäußert worden, bevor er sie zurückhalten konnte.

Leventhal dachte über sie nach, wobei er das Gesicht abwandte – eine Gewohnheit von ihm, wenn er etwas zu enträtseln suchte. Er verstand nicht, was Allbee damit sagen wollte.

»Natürlich sollte es«, murmelte er, ohne sich ganz bewußt zu sein, daß er damit eine Anschuldigung anerkannte. Die Dinge, die ihm in den letzten Tagen zugestoßen waren, hatten ihn sehr verständnisvoll und recht empfindsam werden lassen. »Welch ein Jammer«, sagte er mit tiefem Gefühl, als das Gesicht der Frau in seiner Erinnerung auftauchte. »Sie war viel zu gut für ihn, viel zu gut«, dachte er. »Aber warum sollte ich das aussprechen? Er war ihr Mann, also hat das hier nichts zu suchen. Man muß auf ihn Rücksicht nehmen. Sie ist tot, aber er lebt und fühlt. Das hat ihn auf den Hund gebracht. Sonst wäre er wohl nicht so.«

»Sie sind demnach jetzt allein?« fragte er.

»Ja, ich bin Witwer, schon seit vier Jahren. Vier Jahre und etwa drei Wochen.«

»Und wie ist das gekommen?«

»Ich weiß es nicht genau. Ich war nicht bei ihr. Ihre Familie hat mich unterrichtet. Sie ist bei einem Autounfall verletzt worden. Man glaubte, sie würde sich wieder erholen, aber sie starb ganz plötzlich. Mehr weiß ich nicht. Sie wurde begraben, bevor ich nach Louisville fahren konnte.«

»Man hat nicht gewartet, bis Sie kamen?«

»Na ja, ehrlich gesagt, ich wollte gar nicht hin. Es wäre ganz furchtbar gewesen. Ihre Familie hätte sich dadurch erleichtert, daß sie mir zürnte. Ich hätte versucht, mich meinerseits zu erleichtern, indem ich in eine Bar geschlichen wäre.

Wahrscheinlich hätte ich in dieser Bar gesessen und das Ganze sowieso versäumt. Das hätte die Sache für alle zehnmal verschlimmert. Ich befand mich in einer solchen Verfassung. Und heiß war es damals. Louisville bei Hitze. Und dafür! Nein, mein Freund, ich habe mich verkrochen, wo ich war. Es wäre übel gewesen. Sie war tot. Ich wäre nicht gefahren, um *sie* zu sehen, sondern die anderen, ihre Familie. Tot ist tot. Schluß. Ende. Man hat Sehnsucht nach seiner Frau, wenn sie dahingeht, vorausgesetzt, daß man sie liebt. Und vielleicht sogar manchmal, wenn man sie nicht so sehr liebt. Das wüßte ich nicht zu sagen. Aber man ist zusammen, sie beugt sich mir, und ich beuge mich ihr in allem, und wenn sie stirbt, steht man da, gebeugt, sieht sinnlos aus und paßt nirgends hinein. So empfinde ich persönlich. Ich bin natürlich von der ersten Sorte. Ich habe sie geliebt. Ich sage, man hat Sehnsucht nach ihr ... aber alles Unbelebte ist mir unwichtig. Ich bin nicht sentimental.«

Er spielte sich auf und log, entschied Leventhal. Der Augenblick des echten Gefühls war vergangen, und zum andernmal hatte er seine täuschend labile und prekäre Haltung wiedergefunden. Als er den Tod seiner Frau mitteilte, hatte er zornig geklungen, aber Leventhal hatte gespürt, wie er ihm oder etwas Klarem, Vertrautem und Wahrhaftigem in ihm nähergekommen war. Jetzt fühlte er sich wieder abgestoßen. Er fragte sich, ob Allbee nicht tatsächlich ein wenig betrunken sei.

»Aber«, sagte Allbee, »das ist nicht die ganze Geschichte.«

»So? Da ist noch mehr?«

»Ein bißchen. Wir lebten getrennt, bevor sie starb. Deshalb waren auch meine Beziehungen zu ihrer Familie gespannt. Begreiflich, von ihrem Standpunkt ...« Er unterbrach sich, um sein Augenlid zu reiben; als er aufhörte, war es gerötet und schien tiefer zu hängen als das andere. »Sie waren gegen mich eingenommen und wollten mir die ganze Schuld aufhalsen. Ich könnte sie auch beschuldigen, wenn ich wollte. Ihr Bruder fuhr das Auto; er ist mit ein paar Kratzern und Prellungen davongekommen. So, wie diese Leute aus dem Süden eben fahren. Ja ... wir lebten getrennt. Wissen Sie, warum?«

»Warum?«

»Weil ich keine Stellung mehr finden konnte, nachdem mich Rudiger entlassen hatte.«

»Was wollen Sie damit sagen? Sie konnten keine Stellung mehr finden? Überhaupt keine Stellung?«

»Nichts auf meinem Gebiet. Was hätte ich in einer beliebigen Stellung schon verdienen können? Nicht genug, um das Leben zu fristen. Nachdem ein Mensch Jahre in einem bestimmten Beruf verbracht hat, möchte er nicht mehr wechseln. Er ist nicht in der Lage, viel zu tun. Auf einem anderen Arbeitsgebiet muß er von unten anfangen. Was sollte ich machen, Hausierer werden? Handlungsreisender? Zudem hätte ich aufhören müssen, das zu suchen, was ich wirklich wollte, wenn ich jede Stellung angenommen hätte.«

»Ich hätte alles genommen, ehe ich meine Frau ziehen lasse.«

»Wir sind aus verschiedenem Stoff, Sie und ich.« Allbee grinste. »Und ich habe sie auch nicht ziehen lassen. Sie hat mich verlassen. Ich wollte nicht, daß sie geht. Sie wollte es.«

»Sie sagen mir nicht die ganze Wahrheit.«

»Nein, nein«, erwiderte er beinahe glücklich. »Allerdings nicht. Und was bleibt übrig? Sagen Sie mir's doch.«

»Hat Ihr Saufen nichts damit zu tun gehabt?«

»Ja, da haben wir's, da haben wir's«, sagte Allbee, der zum Boden hin lächelte und seinen großen Oberkörper leise wiegte. »Mein Laster, mein furchtbares Laster. Sie hat mich verlassen, weil ich trank. Das haut hin.«

»Eine Frau verläßt ihren Mann nicht so mir nichts, dir nichts – wegen einer Lappalie.«

»Das ist absolut richtig, das tut sie nicht. Sie sind ein echter Jude, Leventhal. Sie haben den echten Abscheu vor dem Trinken. Wir sind für Sie die Söhne Belials, wir riechen schlimmer nach Whisky als nach Schwefel. Wenn Noah betrunken daliegt – sie erinnern sich an die Geschichte? –, dann lachen seine arisch gesinnten Söhne über den alten Mann, aber sein jüdischer Sohn ist entsetzt. In dieser Geschichte liegt Wahrheit. Es ist eine wahre Geschichte!«

»Hüten Sie Ihre Zunge«, sagte Leventhal kalt. »Sie reden wie ein Narr. Ich weiß nicht, was Sie erreichen wollen, aber mit diesem Gerede tun Sie sich keinen Gefallen. Ich sage Ihnen das geradeheraus.«

»Nun ...«, begann Allbee, besann sich aber. »Schön, lassen wir's. Aber es ist nicht fair, daß Sie mir die Schuld am Tode meiner Frau aufbürden wollen. Es ist schlimmer als nicht fair; es ist grausam, wenn Sie bedenken, was sie mir bedeutet hat und was ich durchgemacht habe. Ich weiß nicht, wie Sie dazu stehen, aber mir scheint es unabweisbar, daß wir keine Götter sind, sondern bloß Geschöpfe, und daß Dinge, die wir manchmal für dauerhaft halten, nicht dauerhaft sind. So sind wir einen Tag voller Bündel und den nächsten Tag nur Packpapier, das über die Straßen gewirbelt wird.«

»Aber ich warne Sie, ich will dieses Gerede nicht anhören. Merken Sie sich das!« Leventhal sprach knapp, und Allbee schien seine Geistesgegenwart einzubüßen und senkte den Kopf, traurig und unfähig zu antworten. Es war schwer zu sagen, ob er die Kraft suchte, fortzufahren und sich etwas Neues auszuhecken, oder ob er ohne Täuschung seinen wahren Zustand preisgab. Leventhal sah die Seite seines Gesichtes, die an Lid und Mund tief gefurcht war, Wange und Kinn mit blonden Stoppeln bedeckt, das Blau des Auges starr im

Grübeln. Die Haut seiner Stirn, ebenmäßig bei Lampenlicht, war feucht und die seiner Kinnbacken und Kehle so faltig, daß Leventhal an Kiemen denken mußte. Allbees Bemerkung über die »Geschöpfe« hatte seine Einbildungskraft in besonderer Weise beflügelt, und eine Sekunde lang war Allbee für ihn nicht menschlicher als etwa ein Fisch oder irgendein fleischliches Wesen im Wasser. Aber nur für eine flüchtige Sekunde, bis Allbee sich rührte und ihn ansah. Er schien enttäuscht und müde.

»Sie entschuldigen mich«, sagte Leventhal mit etwas aufreizender Höflichkeit, »aber ich muß ein Telegramm aufgeben. Ich wollte gerade gehen, als Sie kamen.« Klang das wie ein Vorwand? Allbee mochte es dafür halten und als Manöver auslegen, ihn loszuwerden. Er hatte ihn jedoch schreiben sehen, als er eintrat, warum sollte es also nicht wahr sein? Er konnte ja den Text entworfen haben. Warum sollte ihn das übrigens kümmern? Außerdem stimmte es ja, daß er Max telegraphieren wollte. Allbee konnte mitkommen und zusehen, wenn er wollte. Er forschte in seinen Zügen, wie er's aufnahm. Allbee war aufgestanden. Plötzlich schnellte Leventhal herum, und sein Herz machte einen Satz. Er glaubte, er hätte eine Maus in die Ecke huschen sehen, und er lief ihr nach, entzündete ein Streichholz und untersuchte die Bodenleiste. Dort war kein Loch. »Entkommen«, dachte er. Oder war's nur Einbildung? »Wir haben hier Mäuse«, sagte er erklärend zu Allbee, der in der dunklen Diele an der Tür stand. Er schien den Kopf abgewandt zu haben und antwortete nicht.

Als sie die Eingangshalle erreichten, blieb Allbee stehen und sagte: »Sie wollen mir alle Schuld aufladen, aber Sie wissen ganz genau, daß Sie Schuld haben. Sie und Sie allein. An allem. Sie haben mich ruiniert. Ruiniert! Denn das bin ich: ruiniert! Sie sind dafür verantwortlich. Sie haben es mit voller Absicht getan, aus Haß! Aus reinem Haß.«

Er hatte Leventhals Hemd ergriffen und knüllte es, während er sprach.

»Sie sind wahnsinnig«, schrie ihm Leventhal ins Gesicht. »Sie sind ein verrücktes und verkommenes Subjekt, das sind Sie. Der Alkohol frißt Ihnen das Gehirn auf. Lassen Sie mich los. Los, sage ich.«

Er stieß Allbee mit der ganzen Kraft seiner starken Arme von sich. Dieser prallte mit einer Wucht gegen die Wand, die Leventhal Übelkeit verursachte. Allbee stand auf, wischte sich den Mund ab und starrte seine Hand an.

»Kein Blut. Wie schade. Sonst hätten Sie sagen können, daß ich auch Ihr Blut vergossen habe«, schrie Leventhal.

Allbee gab keine Antwort. Er klopfte sich die Kleidung ab, ungeschickt und mit steifen Händen, als schlüge er mit den Armen. Dann ging er. Leventhal verfolgte seine hastigen, unsicheren Schritte die Straße hinunter.

Mr. Nunez, der den Vorfall gesehen hatte, richtete sich auf dem gestreiften Segeltuch des Liegestuhls rittlings auf, und seine Frau, die im weißen Unterrock auf dem Bett neben dem Fenster lag, flüsterte: »*Que pasa*?« Leventhal sah sie voller Verwirrung an.

7

Diese Frechheit von ihm, verdammter Clown«, sagte Leventhal wütend. Seine hohe dicke Brust fühlte sich unerträglich beengt und bedrückt an, und er hob die Schultern, um sich die Atmung zu erleichtern. »Ruiniert. Ich ruiniere ihn, wenn er nochmal in meine Nähe kommt. Diese Unverschämtheit!«

Der Brief an Mary war in seiner Hand zerknittert. Es war unmöglich, ihn so zu schicken. Er mußte einen anderen frankierten Umschlag besorgen. Einen Augenblick lang erschien ihm diese Ungelegenheit als die schlimmste Folge der tätlichen Auseinandersetzung. Er riß den Brief auf, zerknüllte den Umschlag und warf ihn über das Geländer. Nunez war ins Haus gegangen; er war allein auf der Treppe. Sein Blick schien die Straße zu überschauen; in Wirklichkeit sah er fast nichts, sondern bemerkte nur die gesichtslose Dunkelheit und den ebenso gesichtslosen Schein der Lampen, soweit der Block reichte.

Dann begann sich sein Zorn zu legen. Er sog die Backen ein und vergrößerte finster die Augen. Die Haut um die Augen war trocken und gespannt. Sich so etwas auszudenken. Die Unsinnigkeit des Ganzen störte ihn am meisten. »Warum ich?« dachte er stirnrunzelnd. »Natürlich muß er die Schuld auf irgend jemanden schieben, so fängt die Sache an. Aber wenn er in seinem Hirn alle Revue passieren läßt, die er kennt, warum verfällt er dann gerade auf mich?« Das war so unbegreiflich. Ohne Zweifel hatte die Angelegenheit mit Rudiger etwas damit zu schaffen; aus irgendeinem Grunde war dies hängengeblieben und rührte tiefere Ursachen auf. Aber das allein von hundert anderen Möglichkeiten hatte sich festgehakt.

Allgemein gesprochen, konnte es jeder als ungerecht ansehen, daß ein Mensch alle Behaglichkeiten des Lebens besaß, während ein anderer nichts hatte. Aber wie sollte das von Mensch zu Mensch ausgehandelt werden? Jeder verkommene Bettler oder Vagabund konnte einen auf der Straße anhalten und sagen: »Die Welt war nicht mehr für Sie gemacht als für mich, oder?« Nur war es falsch, zu vergessen, daß weder der eine noch der andere den Zustand hergestellt hatte, und man konnte deshalb mit voller Berechtigung antworten: »Warum muß *ich* herhalten? Ich habe das ebensowenig eingerichtet wie Sie.« Zugegebenermaßen lag hier ein Unrecht, ein allgemeines Unrecht. Allbee kam jedoch daher und sagte: »*Sie*«, und das war so unsinnig. Denn man konnte zwar meinen, daß dem Vagabunden übel mitgespielt wurde, aber daß man direkt dafür beschuldigt wurde, war etwas ganz anderes.

Es gab Menschen, die einen einmal oder zweimal sahen und gleich haßten. Wodurch war das begründet, wodurch entfacht? Dieser Allbee war ein gutes Beispiel dafür, denn er war ein zu verkommener Säufer, um seine Empfindungen zu verbergen. Man brauchte sich nur zu geben, wie man war, um diese Menschen in Harnisch zu bringen. Warum? Ein Seufzer der Ratlosigkeit entfuhr Leventhal. Wenn sie noch an die Wirkung glaubten, würden sie kleine Wachspuppen anfertigen und Nadeln hineinstecken. Und warum suchten sie sich gerade diesen oder jenen Menschen für ihren Haß aus – Hinz oder Kunz? Das konnte keiner sagen. Sie hassen sein Lächeln oder die Art, wie er sich die Nase schnaubt und eine Serviette benutzt. Jede Begründung ist recht. Indessen ahnt der Hinz oder Kunz nicht das geringste davon. Wie sollte er auch wissen, daß jemand ein Bild von ihm herumträgt (wie eine Frau das Bild des Liebhabers auf den Spiegel ihrer Kosmetiktasche kleben mag oder ein Mann das Photo seiner Frau in der Brieftasche trägt), es herumträgt, um es anzusehen und zu hassen!

Es braucht nicht einmal Ähnlichkeit mit dem armen Hinz oder Kunz zu haben. Es könnte auch der Karokönig sein mit seiner Stickerei, seinem Bart, seinem Schwert und was sonst noch dazugehört. Das fällt gar nicht ins Gewicht. Leventhal mußte bekennen, daß auch er manchmal in dieser Richtung gesündigt hatte, und er war für gewöhnlich kein bösartiger Mensch. Aber gewisse Menschen erweckten dieses Gefühl. Er sah beispielsweise Cohen einmal oder zweimal und ließ eine häßliche Bemerkung über ihn fallen, wenn sein Name in Gesellschaft erwähnt wurde. Nicht daß dieser Cohen ihn je gekränkt hatte. Aber was waren alle Vorschriften und Regeln, überlegte Leventhal, anders als eine Antwort an unsere Natur? Müßte man uns »Liebe« anbefehlen, wenn wir so liebten, wie wir atmen? Sicher nicht. Das sollte nicht bedeuten, daß wir nicht lieben, sondern daß man uns beistehen müßte, wenn der Motor aussetzt. Ihn überfiel die seltsame Wahrnehmung, daß alles andere in der Natur begrenzt war: Bäume, Hunde, Ameisen wuchsen nur bis zu einer bestimmten Größe. »Aber wir«, dachte er, »wir wachsen endlos in allen Richtungen!«

Er hatte den Brief in die Tasche gesteckt. Jetzt zog er ihn heraus und suchte sich schlüssig zu werden, ob er wegen des Umschlags und der Marke wieder zu seiner Wohnung hinaufsteigen oder versuchen sollte, sie in einem Drugstore zu kaufen. Vielleicht gab es Briefumschläge nicht einzeln. Und einen ganzen Kasten Briefpapier kaufen wollte er nicht.

Dann hörte er sich beim Namen rufen und erkannte Harkavys Stimme.

»Bist du's, Dan?« fragte er und blickte die Stufen hinunter auf die undeutliche hochgewachsene Gestalt auf dem Bürgersteig. Die flackernden Lichter des Theaters auf der anderen Straßenseite beeinträchtigten seine Sicht. Es war Harkavy. Mit ihm waren zwei Frauen, von denen eine ein Kind bei der Hand hielt.

»Komm herunter aus den Wolken«, sagte Harkavy. »Schläfst du etwa im Stehen oder so?«

Nunez kehrte zu seinem Liegestuhl zurück. Seine Frau lag im Fenster und stützte ihr Kinn auf das Fensterbrett.

»Verfällst du in Trance, wenn die kleine Frau fort ist?« Harkavys Begleiterinnen lachten.

»Dan, was treibst du?« sagte Leventhal, indem er hinabstieg. »Ah, Mrs. Harkavy, Sie sind's also.«

»Julia, auch Julia.« Harkavy deutete mit der Zigarettenspitze auf seine Schwester.

»Julia, Mrs. Harkavy, ich freue mich, Sie zu sehen.«

»Und meine Enkelin Libbie«, sagte Mrs. Harkavy.

»Oh, das ist Ihre Tochter, Julia?«

»Ja.«

Leventhal versuchte die Gesichtszüge des Mädchens zu erkennen; er sah nur die auffallende Blässe des Gesichts und die rötliche Dunkelheit ihres Haars.

»Sehr zappelig, Libbie«, sagte Harkavy. »Manchmal etwas zu energisch.«

»Sie macht mich fertig«, sagte Julia. »Ich kann mit ihr nicht mithalten.«

»Das liegt an der Ernährung, die du ihr gibst. Kein Kind sollte so viel Protein kriegen«, meinte Mrs. Harkavy.

»Mutter, sie kriegt nicht mehr als andere Kinder. Es ist einfach ihr Wesen.«

»Wir wollten dich besuchen«, sagte Harkavy zu Leventhal. »Er sieht aber so aus, als wolltest du gerade ausgehen.«

»Ich muß nur was besorgen«, sagte Leventhal. »Ich wollte ein Telegramm schicken.«

»Dann gehen wir mit dir zur Western Union. Willst du Mary telegraphieren? Ich nehme an, daß du sie schon zurückhaben willst.« Harkavy lächelte.

»Daniel, darüber scherzt man nicht, wenn zwei Menschen aneinander hängen«, sagte seine Mutter. »Daran ist nichts lächerlich. In diesen Tagen sind die Ehen so flatterhaft, daß es regelrecht Freude macht, Anhänglichkeit zu erleben. Die Pärchen gehen heute zum Standesamt, wie ich zum Warenhaus gehen würde, um ein paar Scharniere zu kaufen. Zwei Bretter am Scharnier und klapp, klapp, klapp, das ist eine Ehe. Telegraphieren Sie nur Ihrer Frau, Asa, das ist richtig und süß. Machen Sie sich nichts daraus.«

»Es ist aber mein Bruder, dem ich telegraphieren muß, nicht Mary.«

»Libbie, komm her zu mir, hierher!« rief Julia wutentbrannt und zerrte das Kind am Arm. »Ich binde dich mit Schnüren fest!«

»Ach, Ihr Bruder?« fragte Mrs. Harkavy.

Leventhal wurde unerklärlicherweise rot. »Ja, es war sein Sohn, weswegen ich Julia angerufen habe. Mein Neffe.«

»Haben Sie den Doktor erreicht?« fragte Julia. »Dr. Denisart, Mutter.«

»Oh, das ist ein hervorragender Arzt, Asa; seine Mutter ist in derselben Loge wie ich, ich kenne ihn seit seiner Kindheit. Sie können Vertrauen zu ihm haben. Er hat die beste Ausbildung genossen. Er hat in Holland studiert.«

»Österreich, Mutter.«

»Jedenfalls im Ausland. Sein Onkel hat es ihm bezahlt. Er war später im Gefängnis, sein Onkel, wegen Steuerhinterziehung, aber das war nicht die Schuld von Denisart. Man hat ihm dauernd Fasane nach Sing Sing geschickt, und er soll in seiner Zelle zum Kartenspielen eingeladen haben. Aber in Europa lernt man wirklich was, wissen Sie. Das liegt daran, daß dort die Slums viel schlimmer sind; sie haben komplizierte Fälle in ihren Kliniken. Unser Lebensstandard ist so hoch, daß die ärztliche Ausbildung darunter leidet.«

»Nein, wer sagt denn das?« erkundigte sich Harkavy, der seine Mutter interessiert ansah.

»Alle. Alle medizinischen Bücher, die Vater aus seinem Geschäft nach Hause brachte, waren voll von europäischen Fällen – Fräulein J. und Fräulein K. und Mademoiselle Soundso. Die beste medizinische Ausbildung gibt es im Ausland.«

»Und wie geht es deinem Neffen?« fragte Harkavy.

»Er ist heute ins Krankenhaus überführt worden.«

»Heißt das, daß er sehr krank ist? Das tut mir leid«, sagte Julia.

»Sehr.«

»Aber Sie können sich auf Dr. Denisart verlassen. Er ist ein hervorragender junger Mann – brillant. Ich spreche morgen mit seiner Mutter. Dann wird er sich mehr für den Fall einsetzen.«

»Ich bin sicher, daß er sein Bestes tut, ohne daß man ihm zuredet«, erklärte Julia. Sie drückte beim Gehen den Kopf ihrer Tochter an ihre Seite.

»Beziehungen sind was Gutes«, sagte Mrs. Harkavy. »Das dürfen Sie nicht vergessen. Wenn man sie nicht benützt, gerät man beim Wettrennen der Schnellen ins Hintertreffen. Alles hängt davon ab. Gewiß würde der Doktor sein Bestes tun wegen der Ethik usw., wenn ich aber mit seiner Mutter spreche, wird er dem Fall seine besondere Aufmerksamkeit widmen und sein Allerbestes tun. Die Menschen neigen dazu, sich die Dinge nicht allzusehr zu Herzen zu nehmen, um sich selbst zu schützen. Man muß bei ihnen Beziehungen geltend machen.«

»Dann besprich es mit Mrs. Denisart. Schaden kann's nicht«, sagte Harkavy.

»Das werde ich tun.«

»Dan«, sagte Leventhal, der seinen Freund ein wenig zurückhielt. »Erinnerst du dich an einen Burschen namens Allbee?«

»Allbee? Wer? Wie hieß er mit Nachnamen?«

»Allbee ist sein Nachname. Kirby Allbee. Wir haben ihn bei Williston kennengelernt. Ein großer Mann. Blond.«

»Ich könnte mich wahrscheinlich an ihn erinnern, wenn ich mir Mühe gäbe. Ich habe ein ziemlich gutes Gedächtnis.«

Sie waren zum Telegraphenbüro gekommen, und Leventhal schrieb an dem gelben Schaltertisch eine Nachricht an seinen Bruder, vergaß aber alle scharfen Worte, die er ursprünglich hatte einflechten wollen. Als er herauskam, nahm er Harkavy beiseite.

»Dan, können wir uns ein paar Minuten privat unterhalten?« fragte er.

»Ja, aber selbstverständlich. Was ist denn los, alter Junge? Warte mal. Wir wollen erst die Weiber loswerden.«

Mrs. Harkavy, Julia und Libbie warteten an der Ecke. »Entschuldigen Sie uns, meine Damen«, sagte Harkavy mit einem selbstgefälligen Lächeln und steckte eine Zigarette in seine Spitze. »Asa möchte mit mir etwas besprechen.«

»Ich lege morgen bei Mrs. Denisart ein gutes Wort für Sie ein. Machen Sie sich keine Sorgen«, sagte Mrs. Harkavy.

Leventhal dankte ihr und überquerte dann mit Harkavy die Straße.

»Na, was ist passiert, hast du Krach gekriegt?« fragte Harkavy. »Du weißt, daß du mir vertrauen kannst. Alles, was du sagst, ist bei mir sicher aufgehoben. Darauf kannst du dich verlassen. Was du mir anvertraust, wird nie durch einen Dritten an dich zurückgelangen, nicht mehr, als wenn du es im Beichtstuhl geflüstert hättest. Also heraus damit.«

»Daran ist nichts geheim. Es ist nichts dergleichen.« Er blickte seinen Freund von der Seite an und zögerte, unzufrieden. Würde es die Mühe lohnen, Harkavy die ganze Sache auseinanderzusetzen? Er war warmherzig und ein treuer Freund, aber er setzte oft ganz falsche Akzente. Er war schon auf der falschen Spur und vermutete einen Krach. Er meinte wahrscheinlich eine Intrige, Krach mit einer Frau. »Es ist dieser Allbee«, sagte Leventhal. »Er hat mich ganz durcheinandergebracht. Du mußt dich noch an ihn erinnern. Er hat sich eines Abends bei Williston über dein Singen lustig gemacht. Über dich und diese Freundin von dir. Du kennst ihn bestimmt noch. Er hat bei *Dill's* gearbeitet ...«

»Ach *der*! Dieser Knilch.« Es kam Leventhal so vor, als ob Harkavy mit größerem Ernst zuhörte. Aber vielleicht beruhte dieser Eindruck nur auf seinem Wunsch, daß man einer Sache, die ihm so zusetzte, den gebührenden Ernst entgegenbrachte.

Er beschrieb das erste Treffen mit Allbee im Park. Als er ihm sagte, wie erstaunt er über Allbees Schnüffelei gewesen sei, murmelte Harkavy: »Na, ist das nicht die Höhe? Ist das nicht widerlich? Unverschämt. Widerlich.«

»Ich dachte, du würdest sicher nicht vergessen, wie er dich wegen dieses Liedes angepöbelt hat.«

»O nein, ich habe ihn jetzt richtig eingeordnet. Der ist das also!« Mit einer Bewegung, die wie ein unterdrücktes kleines Bäumen war, warf er den Kopf zurück, und Leventhal erkannte am Blinzeln seiner klaren Augen, daß er eine äußerst wichtige gedankliche Verbindung hergestellt hatte.

»Dan, weißt du irgendwelche Tatsachen aus seinem Leben, die ich nicht weiß?«

»Was nennst du Tatsachen? Das kommt drauf an. Ich glaube ja. Ich meine, ich hab' davon gehört. Aber ist der wieder aufgetaucht? Erzähl weiter.«

»Was hast du gehört?«

»Erzähl du erst. Wir wollen sehen, ob's zusammenpaßt. Vielleicht nicht. Möglich, daß es keinen weiteren Gedanken lohnt – daß es vollkommen verrückt ist und wir es dementsprechend behandeln sollten.«

Weil Harkavy nicht reden wollte, berichtete Leventhal hastig alles, was Allbee getan und gesagt hatte, unterbrach sich trotz seiner Hast und seiner Neugier auf das, was Harkavy wußte, hin und wieder, um verächtliche, fast lachende Bemerkungen zu machen, die er im innersten Herzen als beschwörende Bitten an Harkavy erkannte, er möge die Absurdität, den Irrsinn der Anschuldigungen bestätigen. Harkavy ließ sich jedoch auf diese Beschwörungen nicht ein. Er war ernst. Er sagte wiederholt: »Widerlich, widerlich«, aber sein Verhalten gewährte Leventhal nicht viel Trost.

»Er stellte das Ganze so dar, als sei ich schuld am Tode seiner Frau und allem ...!« sagte Leventhal mit einer Stimme, die sich fast zum Schrei steigerte.

»Seine Frau. Das ist weit hergeholt. Weit hergeholt«, sagte Harkavy. »Ich würde mir solchen Quatsch nicht anhören.«

»Denkst du denn, daß ich's tue? Dann müßte ich ja auch verrückt sein. Das könnte niemand. Könntest du's?«

»Nein, nein, ich sage ja, daß es weit hergeholt ist. Er strapaziert seine Phantasie. Bei dem muß eine Schraube locker sein.« Harkavy drehte den Finger an der Schläfe und seufzte. »Aber damals wurde erzählt, daß er rausgeschmissen worden sei, und dann habe ich gehört, daß er keine andere Stelle finden konnte. Man hatte ihn zuvor mehrmals rausgeschmissen.«

»Weil er trank ...«

Harkavy zuckte die Schultern. Sein Gesicht war in Falten gelegt und halb von Leventhal abgewandt. »Möglich. Er war nirgends wohlgelitten, wie man mir erzählt hat, und war schon beinahe am Ende, als er bei *Dill's* angestellt wurde.«

»Wer hat dir das erzählt?«

»So aus dem Stegreif erinnere ich mich nicht mehr.«

»Glaubst du, daß es eine schwarze Liste gibt, Dan? Als ich die Affäre Rudiger mit dir besprochen habe, hast du dich darüber lustig gemacht.«

»Wirklich? Ja, im allgemeinen glaube ich auch nicht an so was.«

»Na schön, hier ist der Beweis. Siehst du? Es gibt eine schwarze Liste.«

»Das überzeugt mich nicht. Dieser Mensch war nicht zuverlässig, und das hat sich rumgesprochen. Es braucht nur bekanntzuwerden, daß man sich auf ihn nicht verlassen kann.«

»Warum hat er seine Stellung bei *Dill's* verloren. Doch wohl, weil er trank, nicht wahr?«

»Ja, das kann ich nicht sagen«, erwiderte Harkavy, und Leventhal hatte den Eindruck, daß er ihn ängstlich betrachtete. »Ich bin darüber nicht aus erster Hand informiert. Wie ich's gehört hatte, wurde ein anderer Grund genannt. Aber in solchen Fällen kursieren alle möglichen Gerüchte. Wer weiß? Der Wahrheit ist schwer auf den Grund zu kommen. Wenn dein Leben davon abhinge, daß du sie erfährst, wärest du sicher verloren. Ich brauche dir ja nicht zu sagen, wie das ist. Einer sagt dies, der andere das. Y sagt Hafer, Z sagt Heu, und in Wirklichkeit ist's vermutlich – Buchweizen. Niemand kann's dir sagen außer dem Mann, der's geerntet hat. Für alle anderen ist's Theorie. Warum? Er hat auf dünnem Eis getanzt, und er mußte schneller, schneller und schneller tanzen. Statt dessen wurde er langsamer – und brach ein. Wie ich es sehe ...« Harkavy war selbst mit seiner Erklärung unzufrieden; sie war offensichtlich improvisiert. Er stockte, sein Blick irrte ab. Er hatte unverkennbar Kenntnisse, die er für sich behalten wollte.

»Warum hat er seine Stellung verloren? Was redet man denn?«

»Es gab kein ›man‹.«

»Dan, versuche nicht, mich an der Nase rumzuführen. Ich werde nicht ruhen, bis ich alles weiß. Das ist keine Kleinigkeit. Du mußt mir erzählen, was geredet wird.«

»Wenn's dir nichts ausmacht, Asa, dann muß ich dir etwas klarmachen, was du bisher noch nicht begriffen hast. Wir sind keine Kinder. Wir sind Männer von Welt. Es ist fast eine Sünde, so unschuldig zu sein. Wach auf, Junge. Du willst, daß die ganze Welt dich liebt. Es gibt aber naturgemäß ein paar Leute, die nicht soviel von dir halten wie ich. Genügt es dir denn nicht, daß manche Menschen dir sehr zugetan sind? Warum kannst du dich nicht damit abfinden, daß es andere nie tun werden? Rechne dir's in Prozenten aus. Ist es eine Angelegenheit auf Leben und Tod? Ich habe irgendwann zufällig entdeckt, daß eine junge Dame, die ich immer sehr verehrt habe, mich als anmaßend bezeichnete. Vielleicht hat sie nicht geglaubt, daß es mir hinterbracht würde, aber das ist geschehen. Sehr bedauerlich, daß nicht alle Menschen wissen, wie ich tatsächlich bin. Oder du. Es wäre ein ganz anderes Universum. Diese Dinge sind mir zu kompliziert, ich muß mich mit etwas gesundem Menschenverstand behelfen. Was war mit diesem Mädchen? Ich weiß, daß sie Gründe hat, die sie selbst nicht versteht. Ich kann ihr nur sagen: ›Mein Fräulein, Gott segne Sie, wir haben alle unsere Fehler und sind, was wir sind. Ich muß mich nehmen, wie ich bin, oder mich aus dem Weg räumen. Ich bin alles, was ich auf dieser Welt besitze. Und mit allen meinen Mängeln ist mir mein

Leben doch kostbar.‹ Das Herz bricht mir deshalb nicht. Die Erfahrung hat mich gelehrt, so etwas ab und zu zu erwarten. Du bist aber so aufgebracht, wenn dich jemand nicht leiden kann oder dies und jenes von dir erzählt. Ein bißchen Selbständigkeit, mein Junge; das ist eine regelrechte Schwäche.«

»Ich will, daß du's mir sagst«, beharrte Leventhal. »Ich weiche nicht von dir, bis du's tust. Wenn man bedenkt, was man mir vorwirft, ist es nur natürlich, daß ich es wissen will.«

Harkavy tat ihm den Willen. »Williston glaubte, daß du den Burschen ins Unglück gestürzt hast, als du dich bei *Dill's* vorgestellt und jene Szene gemacht hast. Er hat Andeutungen fallenlassen, das sei auch deine Absicht gewesen.«

»Wie konnte er? Ist er ein solcher Idiot?« Bleich, mit fest aufeinandergepreßten Lippen, den Ärger und die unerklärliche Furcht, die ihn erfüllte, mit großer Anstrengung unterdrückend, legte Leventhal die Hand an die Kehle und starrte Harkavy stirnrunzelnd an. Er sagte laut: »Und hast du mich verteidigt?«

»Natürlich habe ich gesagt, er irre sich, und habe getan, was ich konnte. Ich sagte ihm, er habe unrecht.«

»Du hättest ihm sagen sollen, daß ich gleich hinterher zu dir gekommen bin und dir die ganze Geschichte mit Rudiger erzählt habe. Du hast sogar geglaubt, daß die Sache abgekartet sein könne, daß Allbee und Rudiger mir einen Streich spielen wollten und daß das zwischen den beiden ausgeheckt worden ist. Hast du das vorgebracht?«

»Nein, ich fand es nicht der Mühe wert.«

»Warum nicht!« Er ballte jäh die Faust, als wolle er etwas in der Luft greifen. »Warum nicht?« fragte er. »Es war deine Pflicht, wenn du mein Freund bist. Selbst wenn du die Fakten nicht kanntest, hättest du mich verteidigen sollen. Du hast aber die Fakten gekannt. Ich habe sie dir erzählt. Du hättest sagen sollen, daß es eine Verleumdung und eine Lüge sei. Wenn mir jemand eine solche Lüge über dich erzählte, dann solltest du mal sehen, wie schnell ich ihn darauf festnagle. Das ist nicht nur Treue, sondern Gerechtigkeit. Und woher wußte er, was ich bei *Dill's* getan hatte? Warum warst du so ein Stockfisch? Hattest du Angst, daß du ihn mit deinem Widerspruch verletzen könntest?«

»Nein«, entgegnete Harkavy. Sein erstaunter Blick ruhte auf Leventhal, aber er antwortete gemessen. »Ich fand, es würde dir nichts fruchten, wenn ich mich mit Williston stritt. Ich habe ihm bloß gesagt, daß er sich irre.«

»Mein Freund!«

»Ja, wenn du je einen gehabt hast. Ich bin dein Freund.«

»Er hätte mich ja fragen können, bevor er so etwas sagte, und mir die Chance geben, mich zu verteidigen. Aber er hat sich lieber diesen Säufer Allbee zum Gewährsmann genommen. Wo ist ihre angelsächsische Fairneß ... Fair play?«

»Es ist schwer für mich, Willistons Standpunkt in dieser Angelegenheit zu verstehen. Ich hatte den Eindruck, daß er einigermaßen anständig sei.«

»Ist das so schwer?« fragte Leventhal bitter. »Ich habe dir doch gesagt, warum Allbee mir Rachsucht unterstellt hat. Und wenn Williston glaubt, ich sei zu *Dill's* gegangen, um dort eine Szene zu machen, dann muß er in allen Punkten das gleiche denken wie Allbee.«

»Wer, Williston? Oh, da bist du aber schief gewickelt, Junge, sehr schief gewickelt.«

»Wirklich? Du weißt anscheinend überhaupt nicht, worum es geht, das merke ich. Williston ist ein zu netter Mensch, meinst du. Und du redest von Unschuld! Du redest von einem Mann von Welt! Darüber weiß jedes Kind mehr als du, Dan. Wenn er imstande ist zu glauben, es sei jene Beleidigung gewesen ... auch eine Beleidigung dir gegenüber, Dan, mache dir das klar. Wenn er das glaubt ...«

»Williston *ist* ein netter Mensch«, sagte Harkavy. »Vergiß nicht, daß er auch zu dir nett war.«

»Das vergesse ich nicht. Warum glaubst du, ich könnte es vergessen? Das ist es ja gerade. Das macht es so furchtbar. Das ist das Üble an der ganzen Geschichte. Natürlich hat er mir geholfen. Und wenn er jetzt so etwas von mir glauben will, dann hat er also das Recht dazu? Begreifst du nicht, wohin das führt?« Er verlor den Faden. »Gewiß hat er mir geholfen.«

»Du kannst sicher sein, daß er nicht weiß, was Mr. Allbee aufführt, und daß er's mißbilligen würde, wenn er's wüßte. Trotz allem. Ich meine, er könnte einfach nicht glauben, was Allbee behauptet ... daß du ihn ruiniert hast. Der Mann hat seine fünf Sinne nicht beieinander, wenn er dir nachstellt, wie er's getan hat. Er leidet an Geistesverwirrung. Hast du noch nie so einen Fall erlebt? Es ist sehr traurig. Es ist in meiner Familie vorgekommen. Die Schwester meines Vaters ist während der Wechseljahre sonderlich geworden – sie sagte, alle Uhren mahnten sie, auf der Hut zu sein, auf der Hut zu sein. Sie war regelrecht gestört. Das war ein Unglück. Sie behauptete, jemand beraube ihren Postkasten, stehle die Briefe. Ach, allerhand Zeug. Ich könnte dir nicht die Hälfte davon erzählen. Nun, das ist offenbar der Fall, dem du dich gegenübersiehst. Es ist peinlich, aber nichts, worüber man außer sich geraten müßte. Sie begann überall zu erzählen, sie sei die Witwe von Ivar Kreuger, dem Streichholzkönig, obwohl mein Onkel damals noch am Leben war. Manchmal sagte sie auch Cecil Rhodes statt Kreuger. Mein Großvater kämpfte im Burenkrieg. Wo hätte sie's sonst her haben sollen? Sie wurde in eine Anstalt gesteckt, die Ärmste. Wie sich solche Gedanken in den Köpfen der Leute festsetzen, weiß nur der liebe Himmel.«

Leventhal nickte abwesend. Er konnte nur über Williston

brüten. Wie konnte Williston so etwas von ihm glauben? War es möglich, ihn zu kennen und ihm dennoch zuzutrauen, daß er jemand absichtlich ein Leid antat? Aus solch einem Anlaß? Aus irgendeinem Anlaß, sei es auch strikte Notwehr? Er hätte sich einen solchen Plan nicht ausdenken, geschweige denn ihn ausführen können. Leventhal war innerlich aufgewühlt. Er wandte sich von Harkavy ab und kniff die Augen zusammen. Williston hatte ihm geholfen. Er war in seiner Schuld. Wollte er das leugnen? Harkavy hatte ihn auf seine Art zurechtgewiesen, weil er es zu vergessen schien. Er hatte es nicht vergessen. Aber es war nur natürlich, daß man fragte, wieviel er Williston schuldete und wie weit die Dankbarkeit gestreckt werden sollte. Er hatte das Wort ›Übel‹ gebraucht. Das war ihm auf die Lippen gekommen, weil Williston seine Beschuldigung unter einem Einfluß gemacht hatte, gegen den er sich nicht wehren konnte. Wenn er bereit war zu glauben, daß Leventhal so geartet war – warum sollte man sich scheuen, es auszusprechen – und daß er einen solchen Anschlag ausführen würde, weil er ein Jude war, dann war die längst befürchtete Wende schon eingetreten, alles Glück war aufgehoben und alle Gefälligkeiten dahingeschmolzen. Er sah hoffnungslos vor sich hin. Williston, genau wie er, genau wie jeder Mensch, wurde von Strömungen getragen, hierhin und dorthin. Die Strömungen hatten einen neuen Wirbel gebildet, und er wurde schneller und schneller davongetragen. Sein Herz krampfte sich, er fühlte sich einen Augenblick schwach und schloß die Augen.

»Ich möchte es von ihm selber hören«, knurrte er, als er sich ein wenig erholt hatte. »Ich will mich nicht auf das Wort eines Dritten verlassen. Denn das wäre genau das, was er getan hat.« Er zog ein Taschentuch hervor und wischte sich das Gesicht.

8

Aber die Woche verging, und Leventhal machte keine Anstalten, sich mit Williston in Verbindung zu setzen, obwohl er sich jeden Tag vornahm, die ganze Geschichte aufzuklären. Allbee zeigte sich nicht, und Leventhal hoffte, daß er ihn nie wieder sehen würde, ohne allerdings daran zu glauben. Aber wenigstens ging es in Staten Island besser. Mickey war zwar keineswegs außer Gefahr, aber er machte immerhin Fortschritte, so daß Leventhal nicht mehr so sehr um ihn bangte. Max hatte zurücktelegraphiert, daß er sich sofort auf die Reise machen werde, wenn es der Arzt für nötig hielte, und Leventhal schrieb ihm, er glaube zwar, daß Max nach Hause kommen solle, wo er gebraucht werde, aber diese Entscheidung müsse er selber treffen.

Am Freitagabend empfand Leventhal mit besonderer Schmerzlichkeit, daß Mary nicht bei ihm war. Bevor er zu Bett ging, fühlte er sich versucht, in Charleston anzurufen. Er ging sogar zum Telefon, hob den Hörer ab und drehte ihn, um die Schnur zu entwirren, legte ihn jedoch wieder auf und fuhr fort, sich zu entkleiden. Er zog den weißen Baumwollschlafrock an, den sie ihm zum letzten Geburtstag geschenkt hatte, strich leicht über die Aufschläge und sah an sich nieder. Wenn er sie jetzt, am Beginn des Wochenendes anrief, würde sie bestimmt den Eindruck gewinnen, daß ihm das Alleinsein unerträglich sei und er ihr nahelegen wolle, wieder nach Hause zu kommen. Und das wäre nicht recht, denn sie konnte nicht kommen, solange die Mutter sie benötigte. Und wenn er schließlich das Gespräch beendete und sie wieder unerreichbar wäre, würde er sie noch mehr vermissen als jetzt. Und sie ihn auch.

Mehrere Gläser standen neben dem Abwaschbecken. Er spülte sie und stülpte sie zum Trocknen um. Dann ging er in das Speisezimmer, das seit ihrer Abreise geschlossen gewesen war. Er ließ alle Türen in der Wohnung offen; das erleichterte ihn.

Er schlief nicht gut. Fast während der ganzen Nacht hörte er den Kühlschrankmotor schüttern und holpern, wenn er anlief und stoppte. Mehrere Male öffnete er deswegen die Augen. Das Licht brannte im Badezimmer. Es gab einen kurzen Wolkenbruch, und vor dem Fenster wallte der Nebel. Gegen Morgen vernahm er, daß jemand laut auf der Straße sprach, und hörte schwer atmend zu. Es war schon so hell, daß man sehen konnte. Er war im Schlafrock zu Bett gegangen und lag da, beide Kissen unter dem Kopf und mit über der Brust gefalteten Händen. Seine Füße und gespreizten Beine waren neben dem tiefen Schatten der Wand sichtbar. In der langen Straßenschlucht war die Luft grau und weich.

Eine Frauenstimme schrie auf; er raffte sich hoch und riß die Vorhänge mit rasselnden Ringen zur Seite. An der Ecke war ein Tumult. Er sah einen Mann sich wie wahnsinnig auf eine von zwei Frauen stürzen; eine andere warf sich ihm kreischend in den Weg und hielt ihn zurück. Auf der anderen Straßenseite standen zwei Soldaten und sahen zu. Sie waren bei den Frauen gewesen, so viel war klar, und dann hatte sie der Mann ertappt – vielleicht ein Ehemann, ein Bruder, wahrscheinlich aber das erste -; nun zogen sie sich zurück. Der Mann umschlich die Frau mit kurzen seitlichen Schritten, und diese hielt sich dumpf auf Abstand, mit fürchterlicher Wachsamkeit, zur Flucht bereit. Ihre hohen Absätze klapperten auf dem Pflaster. Er hatte sie schon einmal gefaßt, ihr Kleid war vom Hals bis zur Taille zerrissen. Sie schüttelte den Kopf und glättete ihr Haar. Er stürzte sich wieder auf sie und suchte sie zu fassen, aber die Freundin ergriff mit ihren flehenden, herzzerreißenden Schreien seine Arme und wurde von ihm im Kreis herumgezerrt. Die Soldaten sahen aus, als wohnten sie einer Lustbarkeit bei, die extra für sie veranstaltet worden war, und schienen von Zeit zu Zeit in sich hineinzulachen. Die Schuhe des Mannes scharrten auf dem Straßenpflaster, als er gegen seine Frau an Boden gewann, und diesmal lief sie davon. Sie lief schwerfällig, aber doch schnell die Straße hinunter, ihre weichen Formen schwappten; die Soldaten begaben sich sogleich in dieselbe Richtung. Der Mann lief ihr nicht nach, sondern blieb stehen. Die andere Frau hatte ihm die Hand auf den Arm gelegt und sprach mit vorgeschobenem Gesicht beschwörend auf ihn ein. Der Regen trocknete schnell, aber ungleichmäßig von der Straße. Leventhal knurrte in der Kehle und zog den Schlafrock fester um sich. Man sah einen Schimmer, als werde ein nackter Kupferdraht aus den Fluten gehoben und steige rasch über Gemäuer und Fenster. Die Sonne zwängte sich durch eine Luke in der grauen Luft. Die Frau sprach noch flehentlich auf den Mann ein und zog ihn in die andere Richtung. Sie wollte, daß er mit ihr ginge. Leventhal zog die Jalousie herunter und ließ sich ins Bett fallen.

Um zehn war er auf den Beinen. Ein freies Wochenende lag vor ihm. Der Tag hatte seit der Morgendämmerung sein Aussehen verändert. Es war warm und unvergleichlich schön. Der Himmel zeigte kräftige Farben, die Wolken waren so weiß wie Leghornfedern und zogen vor einer Brise her, die in die Vorhänge blies und an den Schnüren von Mrs. Nunez' Blumenkästen zerrte. Leventhal badete, zog sich an und ging auf die Straße, um zu frühstücken. Im Restaurant setzte er sich in eine Nische, statt wie an Wochentagen an der Theke zu sitzen. Er fand auf dem Stuhl die Zeitung, die er beim Kaffeetrinken las, wobei er die Zuckerdose als Lesepult benutzte. Danach unternahm er einen Spaziergang, genoß das schöne Wetter und ergötzte sich an den Schaufenstern.

Trotzdem beschäftigte ihn die Szene an der Straßenecke, und er kam immer wieder darauf zurück, weil er das Gefühl hatte, daß er tatsächlich nicht wußte, was um ihn herum vorging, was für seltsame, wilde Dinge. Sie hingen die ganze Zeit in zitternden Tropfen in seiner Nähe, meistens unsichtbar oder wie aus weiter Ferne erkenntlich. Aber das konnte nicht heißen, daß die Ferne immer vorhanden war oder daß einer der Tropfen nicht früher oder später auf ihn fallen könnte. Er dachte wahrhaftig an Allbee – er war ja nicht sicher, daß ihm dieser nicht noch nachspionierte –, und mit dem Gedanken kam eine leise, widerliche Angst. Wieder ermahnte er sich, daß er Williston anrufen müsse. Aber nach und nach wich das Angstgefühl, und seine Absicht geriet in Vergessenheit. Als er jedoch später ein paar Münzen aus der Tasche nahm, um für ein Getränk zu bezahlen, und eine leere Telefonzelle im Hintergrund des Ladens erblickte, dachte er noch einmal darüber nach und entschied, vorläufig noch nicht anzurufen. Er hatte Williston seit drei Jahren oder noch länger nicht mehr gesehen, und wenn er ihn plötzlich aus heiterem Himmel über eine so diffizile und dunkle, vielleicht auch schon vergessene Angelegenheit befragte, könnte das einen sehr komischen Eindruck erwecken. Wenn Williston übrigens imstande war zu glauben, daß er Allbee vorsätzlich geschadet hatte, dann würde er ihm gegenüber kühl sein. Und möglicherweise hatte Harkavy auch recht. Vielleicht wollte er Williston nur zu der Versicherung bewegen, daß er ihm noch gewogen sei, und legte auf diese

Versicherung viel mehr Wert als auf eine faire Beurteilung. Er stellte sich Williston vor, wie er in seiner üblichen Haltung vor ihm saß, bequem in seinem Sessel, Finger in den Westentaschen, rotbackig und mit blauen Augen, die zu sagen schienen: »So viel Offenheit, aber nicht mehr«, wobei die genaue Menge ungewiß blieb. Aller Wahrscheinlichkeit nach hatte sich Williston überzeugen lassen, daß Leventhal an Allbees Ungemach schuld war. Wenn er auch – wie Leventhal erwartete – scheinbar höflich und zur Unparteilichkeit bereit zuhören würde, so wäre er doch schon festgelegt. Der Gedanke, daß er als Bittsteller kam, erfüllte Leventhal mit Scham. Wußte er denn nicht selbst, daß er niemals bewußt Allbee schädigen wollte? Natürlich. Es war an Williston, zu erklären, warum er, sein ehemaliger Wohltäter, von ihm so etwas glauben konnte. Wenn man aber sagte, jemand sei sein Wohltäter gewesen, was meinte man damit? Man mochte einem Menschen helfen, weil er einem lästig fiel und man ihn loswerden wollte. Oder man tat es, weil man ihn ohne Grund nicht leiden konnte und das Vorurteil abgelten wollte. Danach aber fühlte man sich frei, weil man es abgegolten hatte, und sogar berechtigt, ihn zu verabscheuen. Er wollte nicht behaupten, daß dies auf Williston zutraf, aber in einem solchen Fall konnte einen niemand tadeln oder der Herzlosigkeit und Kaltschnäuzigkeit zeihen, wenn man alle Möglichkeiten erwog. Es war besser, die Menschen für gut zu halten – das war beinahe schon geboten. Und im ganzen gesehen glaubte Leventhal auch von Natur aus arglos zu sein und sich eher von anderen ausnutzen zu lassen als anderen Menschen mit Mißtrauen zu begegnen. Es war besser, wahrhaft vertrauensvoll zu sein; man nannte das christlich. Es war hingegen dumm und jämmerlich, wenn man den Argwohn unterdrückte, der sich in einer solchen Angelegenheit aufdrängte. Wenn man aber argwöhnisch war, sollte man nicht so tun, als sei alles in bester Ordnung, und seine Gefühle leugnen.

Zugleich war Leventhal aber auch vernünftig genug zuzugeben, daß er sich vielleicht von seiner Dankespflicht Williston gegenüber befreien wollte, indem er ihn kritisierte. Er war niemals imstande gewesen, seine Schuld abzutragen. Suchte er jetzt nach einer Gelegenheit, die Schuld zu löschen? Er glaubte es nicht. Er wünschte, dessen sicher zu sein. Oh, sagte er sich, er war sicher. Er hatte stets nur Dankbarkeit empfunden. Immer wieder hatte er betont – Mary konnte es bezeugen –, daß Williston ihn gerettet hatte.

Als er sich dann aber länger mit dem Thema abgab, begann die ganze Sache einen großen Teil ihrer Bedeutung einzubüßen. Es war schließlich etwas, was man entweder ernst nehmen oder als Ärgernis abtun konnte. Er hatte die Wahl. Er brauchte lediglich zu behaupten, daß er nicht verantwortlich war, und sie war aus der Welt geschafft. Es war seine Überzeugung, daß niemand von ihm erwarten konnte, er nehme eine solche Anschuldigung ernst. Was konnte er weiter tun als versichern, daß seine Rolle rein zufällig gewesen war? Schlimmstenfalls eine unbeabsichtigte Ungeschicklichkeit.

Der Morgen mit seinem Schimmer und seinen einfachen Kontrasten, weiß und blau, glänzend und verdunkelt, wirkte ausgleichend auf ihn. Das merkte er. Er blickte auf, und ein leises Lächeln erschien auf seinem Gesicht, das im Sonnenlicht dunkel erschien. Sein sauberes weißes Hemd war schief zugeknöpft und am Hals zu eng; er steckte den Finger in den Kragen, zog daran, wobei er das Kinn hob; dann brachte er unbeholfen das Hemd vorn in Ordnung. Sein goldener Ring klirrte gegen die Knöpfe.

Zur Mittagszeit war er in den vierziger Straßen der Westseite. Er aß eine Schüssel Chili in einem Restaurant gegenüber einem Musikladen, wo ein Mann in Hemdsärmeln an einem der breiten Fenster der ersten Etage stand und gelegentlich dem Horn, das er ausprobierte und um dessen glänzende Rundung aus Messing er seinen Arm gelegt hatte, einige Töne entlockte. Er blies unregelmäßige, mächtige und ungeduldige Töne und tiefe Schnarchlaute, deren Echo Leventhal irgendwie ins Blut drangen, als er in das Sonnenlicht und den Staub der friedlichen Straße blickte. Er brach eine Zigarre aus ihrer Umhüllung, machte aus dem Zellophan eine Kugel, die klein genug war, um sie in die Banderole zu zwängen. Er fühlte an seinem Schenkel entlang nach Streichhölzern und ging, nachdem er den ersten Rauch von sich geblasen hatte, in eine Telefonzelle, um Elena anzurufen. Eins der Villani-Kinder wurde geschickt, um sie zu holen. Während des Gesprächs blieben Leventhals Augen unverrückt auf den Hornspieler gerichtet.

Elena klang ruhiger als sonst. Sie wollte Mickey um drei Uhr besuchen. Er fragte nach Philip, und obwohl Elena nur sagte: »Ach Philip, der ist oben« und fortfuhr, über das Krankenhaus zu sprechen, kam Leventhal auf den Gedanken, den Tag mit ihm zu verbringen. Er unterbrach sie also mit dem Vorschlag, daß Philip nach Manhattan kommen solle.

»Ich hole ihn an der Fähre ab. Wenn du willst, komme ich auch zu euch.«

»Oh, ich kann ihn schicken«, sagte Elena. »Das ist großartig. Das wird ihm Spaß machen. Nein, er kann allein zur Fähre gehen. Was ist schon dabei?«

Bereits voller Pläne eilte Leventhal auf die Straße. Sie wollten eine Fahrt im offenen Bus über den Riverside Drive machen. Das könnte dem Jungen gefallen. Vielleicht wollte er aber lieber Times Square sehen, die Schießgalerien, die Penny-Arkaden und Pinnball-Spiele. Er beglückwünschte sich, daß er an Philip gedacht hatte; er war sehr froh. Er hätte die Zeit schon einigermaßen gut herumgebracht, überlegte er, bis ihm dann irgendwann abends bewußt geworden wäre, daß er keine drei Worte zu einer Menschenseele gesprochen hatte, und ihn die Schwermut überfallen hätte. Auch Philip wäre allein geblieben, wenn seine Mutter ins Krankenhaus ging. Leventhal nahm den Zug nach South Ferry und saß in dem kleinen Park auf einer Bank, die dem Fährtor gegenüberstand. Sein dunkles unbewegtes Gesicht war dem Eingang zugewandt. Die Spannung des Wartens brachte ihn fast zum Zittern, und doch war sie freudig, eine freudige Erregung. Er fragte sich, woher es wohl kam, daß er in letzter Zeit für gewisse Empfindungen empfänglicher war als zuvor. Er war gewohnt, sich allen Menschen gegenüber außer Mary kurz angebunden und unbeteiligt zu geben, äußerlich ein wenig wie sein Vater, aber diese Knappheit war, bei genauerem Hinsehen, bloße Nachlässigkeit. Wenn man sich mit Leuten nicht abgeben wollte, fand man Methoden, sie sich vom Leibe zu halten. Nun, die Welt war voller Geschäftigkeit – er betrachtete die Gebäude, die Banken und Büros in ihrer Samstagsruhe, die schmutzgestreiften Säulen und die wechselhaften Farben der Fenster, in denen die reinere Farbe des Himmels tiefer erschien, erweitert und wieder vertieft. Man konnte in seinen Gefühlen nicht alles unterbringen oder jeder Berührung nachgeben wie eine Pendeltür, die für jeden gleich war und durch die Leute ein und aus gingen, wie es ihnen paßte. Wenn man sich andererseits abkapselte und nicht belästigt zu werden wünschte, dann war man wie ein Bär in seiner Winterhöhle und wie ein Spiegel, den man in Flanell gehüllt hatte. Wie ein solcher Spiegel war man zwar weniger in Gefahr zu zerbrechen, strahlte aber auch nichts aus. Man mußte jedoch ausstrahlen. Das war das Erstaunliche. Jeder wollte das, was er war, bis zum Äußersten sein. Wenn man sich umsah, dann fiel einem das am deutlichsten auf. In großen Leistungen so wie in Verbrechen und Lastern. Als jene Frau heute morgen ihrem Mann gegenüberstand, nachdem er wahrscheinlich von Kneipe zu Kneipe ihren Spuren gefolgt war und sie schließlich beim Huren ertappte, zu sehr auf frischer Tat, als daß sie sich hätte verteidigen können; als sie ihm gegenüberstand, sagte sie da nicht stumm: »Ich bin eben bis zum Äußersten das, was ich bin«? In diesem Fall eine Hure. Sie mochte sich in sich selbst getäuscht haben. Man konnte den Menschen nicht zumuten, immer recht zu haben, sondern nur nach Möglichkeit das zu tun, was sie tun mußten. Deshalb geschah Scheußliches, Kannibalisches. Natürlich auch Gutes. Aber auch da war das wahrhaft Gute keineswegs sicher.

Es gab etwas im Menschen gegen Schlaf und Dumpfheit, zusammen mit der Vorsicht, die Schlaf und Dumpfheit begünstigte. Beide waren vorhanden, überlegte Leventhal. Wir gaben die ganze Zeit auf uns acht, sparten und speicherten, auf der Hut nach rechts und nach links, und rannten zu gleicher Zeit, rannten verzweifelt, rannten wie beim Eierlauf mit einem Ei im Löffel. Und manchmal hatten wir auch vom Ei genug, waren seiner überdrüssig und würden uns lieber beim Teufel anheuern und bei den sogenannten Mächten der Finsternis, als mit einem Löffel laufen, über das Ei wachen, um das Ei bangen. Der Mensch ist schwach und gebrechlich, er muß von allem genau das richtige Maß haben – Wasser, Luft, Essen; er kann nicht Stock essen und Stein; er muß seine Knochen vorm Brechen bewahren und sein Fett vorm Schmelzen. Dies und das. Hamstert Zucker und Kartoffeln, versteckt sein Geld in der Matratze, schont seine Gefühle, wenn er kann, gibt sich Mühe und beugt vor. Das, könnte man sagen, geschah um des Eies willen. Ist das Sterben dann Verderben, Verfaulen und das Jüngste Gericht ein Durchleuchten? Leventhal lachte leise und rieb sich die Wange. Es gab ja auch noch das Gegenteil, daß man mit dem Ei Fangen spielte, es somit bedrohte.

Boote von Staten Island kamen alle paar Minuten an. Nachdem die Menschenmenge mehrere Male herausgeströmt war und sich zerstreut hatte, sah Leventhal Philip am Ausgang stehen. Er stand auf, winkte ihm und rief: »Hier, hierher!« schwenkte den Arm und ging bis zum Rinnstein. Der Lärm der Busse machte das Rufen zwecklos. »Hier, hierher!« Er gab Zeichen, bis ihn der Junge sah und zu ihm herüberkam.

»Nun, war die Überfahrt schön?« fragte Leventhal.

»Es ist ein herrlicher Tag. Man kann hier das Meer riechen.« Er atmete tief. »Fisch und Muscheln.«

Er bemerkte wohlgefällig, daß Philips kurzes Haar angefeuchtet und gebürstet war und daß sein Hemdkragen, der über den Rockkragen gelegt war, frisch und sauber aussah. Er selbst trug einen hellen Leinenanzug, der gerade aus der Wäsche gekommen war; er fühlte sich für den Feiertag gerüstet.

»Wie wollen wir jetzt nach Norden fahren? Mit dem Bus?« Er berührte den Jungen an der Schulter. »Am Samstag ist vom Broadway Bus aus nicht viel zu sehen.«

»Oh, ich fahre ab und zu nach Manhattan«, erwiderte Philip. »Ich weiß, wie's aussieht. Fahren wir doch lieber mit der Untergrundbahn.« Sie stiegen hinab, Leventhal steuerte ihn durch das Drehkreuz und sah das Halbdunkel des gekrümmten Bahnsteigs. Ein fernes, schnelles Stampfen von Wagen, wie Hammerschläge, schallte ihnen aus dem Tunnel entgegen.

Es traf sich glücklich, daß Philip gesprächig war; denn wäre er schüchtern gewesen, hätte Leventhal geglaubt, daß er ihm die bisherige Vernachlässigung vorwerfe, die sich an einem einzigen Nachmittag nicht gutmachen ließe. Er hatte einen derartigen Vorwurf im Schweigen der letzten Woche zu lesen geglaubt, als er ihm Geld schenkte. Aber seine Befürchtungen waren unbegründet. Philip sprach die ganze Zeit, und wenn Leventhal auch gelegentlich seine Gedanken anderswo zu haben schien, hörte er doch insgeheim genau zu. Die Gefühle, die Philip in ihm weckte, stärkten sein Phlegma. Aber er blickte häufig auf die Rundung seines kurzgeschorenen hübschen Langschädels und in sein Gesicht und fand, daß sich Elenas Blut zwar in seinen Zügen, aber nicht in seinem Wesen abzeichne. Im Wesen hatten sie manches gemeinsam. Der Junge schien es auch zu gewahren, sagte sich Leventhal.

Philip legte seine Hand auf einen Schokoladenautomaten an einem der Pfeiler, und Leventhal suchte hastig in seinen Taschen nach Pennies, steckte fünf oder sechs davon in den Schlitz und drehte am Knopf. Der Zug fuhr ein, als er die Schokolade aus der Metallrinne sammelte; sie ließen die Maschine stehen und rannten. »Was hältst du davon, wenn wir ein bißchen laufen?« schlug Leventhal vor, als sie Pennsylvania Station erreichten. Sie stiegen aus und machten sich auf den Weg zum Times Square.

Die Luft war hier in der Mitte der Stadt stiller. Beim Gehen hörte Leventhal Philips Redefluß zu, über den er oft ein wenig verdutzt war. Philip machte sich Gedanken über die Fundamente der Wolkenkratzer. Stimmte es, daß sie Stoßdämpfer brauchten? Sie mußten doch etwas haben, um die Schockwellen der Untergrundbahn abzufangen, um die Bewegung des oberen Teils, das Schwanken auszugleichen. Sie schwankten alle. Max hatte ihm erzählt, daß bei einem Schiff die Platten auf einem Teil des Decks so angeordnet waren, daß sie nachgeben konnten, wenn man in schlechtes Wetter geriet.

»Das klingt einleuchtend«, sagte Leventhal. »Ich bin natürlich kein Ingenieur.«

Philip sprach weiter, malte sich aus, was außer den Fundamenten noch alles unter der Straße existierte: die Röhren, Wasserrohre und Kanalisation, Gasrohre, die elektrischen Anlagen für die Untergrundbahn, Telefon- und Telegraphendrähte und das Kabel für die Straßenbahn am Broadway.

»Ich nehme an, daß es darüber im Rathaus Pläne und Zeichnungen gibt.« Leventhal hielt an. »Wie wär's mit was zu trinken?«

Sie tranken ein Glas Orangeade an einem Bambusstand, an dessen Wand das Papiergras knisterte. Die Frau am Getränkebehälter drückte den Hahn mit ihrem Handgelenk herunter, wobei sie ihre Finger mit den Kameenringen steif hielt. Das Getränk war von den Schalenresten ein wenig bitter.

Als sie den Stand verließen, gelangten sie in eine Menschenmenge um einen Mann, der auf dem Boden entlanggleitende und bellende Spielzeughunde verkaufte. Der Verkäufer in einem fleckigen Pullover und mit zerrissenen Schuhen, ein Band mit indianischen Figuren um die Stirn geschlungen, stieß sie mit seiner breiten Zehe an, wenn sie langsamer wurden. »Laufen garantiert drei Minuten«, sagte er. Um sie aufzuziehen, ergriff er sie beim Kopf; seine Finger waren zu dick, um mühelos an den Schlüssel zu gelangen. »Drei Minuten. Fünfundzwanzig Cents. Kosten mich achtzehn. So werde ich beschissen.« Er machte diesen Scherz mit griesgrämiger Stimme. Seine Backen waren schwer, sein Blick ohne Versöhnlichkeit. »Drei Minuten. Belästigen Sie mich nicht, *schtuppen* Sie nicht. Ziehen Sie ihr Portemonnaie oder Leine.«

Man hörte Gelächter unter den Umstehenden. »Was hat er gesagt?« wollte Philip wissen.

»Er sagt ihnen auf Jiddisch, sie sollen nicht schubsen«, erwiderte Leventhal. Er fühlte sich an das erinnert, was Allbee über die Juden in New York gesagt hatte. »Komm, Philip«, sagte er.

In der 42. Street blieb der Junge öfters stehen, um sich die Photos vor den Filmtheatern anzusehen, bis Leventhal ihn widerstrebend – er machte sich nichts aus Filmen – fragte, ob er einen Film sehen wolle. »Doch, das würde ich gern«, antwortete Philip. Leventhal vermutete, daß Mickeys Krankheit ihn am Kinobesuch samstags gehindert hatte.

»Such dir einen aus«, sagte er.

Philip wählte einen Gruselfilm. Sie kauften Karten und schritten über die braunen Teppiche der sonnenlosen Eingangshalle, zwischen den nebelhaften Leuchten in ihren zerfetzten, staubzerfressenen Seidenschirmen und den langen brokatbezogenen Stühlen in die stickige Dunkelheit. Sie setzten sich auf die Ledersitze.

Auf der Leinwand sah man einen alten Wissenschaftler in der Garderobe eines Theaters herumgeistern, wo er vor vielen Jahren seine Geliebte ermordet hatte. Er hatte Halluzinationen wegen eines jungen Stars, der ihr ähnlich sah, und versuchte, das Mädchen zu erdrosseln. Die flackernden Lichter schmerzten Leventhals Augen, die Musik war schrill, und nach einer halben Stunde war er mit seinen Nerven am Ende und ging hinunter zur Toilette. Er fand dort einen alten Mann, der sich gegen das vergilbte Waschbecken lehnte und das Ende einer selbstgerollten Zigarette festklopfte.

»In was für einem Mist man Boris Karloff spielen läßt«, sagte er. »Einen Mann mit seinem Können.«

»Mögen Sie ihn?« fragte Leventhal.

»In seinem Fach ist er ein Genie.« Er bot Leventhal Feuer an, hielt das Streichholz senkrecht zwischen kalkweiße Nägel geklemmt; seine Finger waren aufgerauht, er mußte Tellerwäscher sein. »Hier macht er nur Mätzchen. Ein minderwertiger Schinken! Aber sogar hier glänzt der Karloff noch. Er versteht es in der Tat, Meisterhirn und sich selber Gesetz zu sein. Dafür bewundere ich ihn.«

Leventhal warf die Zigarette weg, der Geruch der Desinfektionsmittel verdarb ihm den Geschmack. Er gesellte sich wieder zu Philip und schlüpfte auf seinen Sitz. Kurz darauf schlief er ein. Der Versuch seines Nachbarn, sich aus der Sitzreihe zu zwängen, weckte ihn auf. Er erhob sich plötzlich und hörte die Musik der Wochenschau.

»Komm, Phil, wir gehen. Ich kriege hier keine Luft«, sagte Leventhal. »Es ist ein Wunder, daß die Leute überhaupt noch wach bleiben.«

Die Straße war grell, als sie aus dem Kino traten. Die Lichter am Baldachin wirkten blaß. Man spürte den heißen, allzu schweren Geruch gerösteter Erdnüsse und Karamelbonbons. Ein metallisches Klicken tönte von der Schießbude herüber. Eine Zeitlang fühlte sich Leventhal leer und unsicher auf den Beinen. Die Sonne war zu stark, der brodelnde Verkehr zu laut, zu schnell. »Ja, wohin nun?« fragte er. »Wie wär's mit dem Park? Wir können auch den Zoo mitnehmen. Ein bißchen frische Luft würde uns guttun, nicht wahr? Im Freien? Wir kaufen uns erst ein Sandwich und gehen dann hin.«

Philip war einverstanden, und Leventhal konnte nur Vermutungen anstellen, ob ihm der Vorschlag gefiel oder ob er sich verpflichtet fühlte beizustimmen, nachdem er beim Kino seinen Willen durchgesetzt hatte. »Ich habe keinen Kontakt mehr mit Kindern«, dachte er. »Vielleicht fühlt er sich über den Zoo erhaben. Ich wüßte freilich nicht, warum.« Sein voriges Vertrauen, daß sie sich beide gut verstanden, war im Schwinden.

»Würdest du lieber etwas anderes tun?« fragte er. »Du brauchst keine Angst zu haben, dich zu äußern.«

»Das einzige, was mir sonst noch einfällt, ist das Baseballspiel der Dodgers gegen Boston. Aber das muß jetzt schon im fünften Inning sein. Ich habe keine Angst.«

»Gut. Wir gehen das nächste Mal zum Baseball. Wenn du was auf dem Herzen hast, mußt du's mir sagen. Und nun wollen wir etwas essen.«

Das Restaurant, das sie betraten, war riesig groß und zum Bersten mit Menschen gefüllt. Vor allen Theken standen mehrere Schlangen. Leventhal schickte Philip, um Sodagetränke zu holen, er selbst stellte sich nach Sandwiches an. Sie fanden einen Tisch, und Leventhal begann zu essen, während Philip Senf holen ging. Plötzlich entstand eine Unruhe in der Menge vor dem Restaurant; man hörte laut erhobene Stimmen. Einige Leute stellten sich auf die Stühle, um besser zu sehen. Auch Leventhal stand auf und hielt Ausschau nach Philip. Er runzelte die Stirn, denn er fühlte sich beunruhigt. Er gesellte sich zur Menge und drängte sich nach vorn.

»Hier ist mein Onkel. Onkel!« schrie Philip, als er ihn erblickte. Ein Mann hielt ihn am Arm, der Leventhal zwar den Rücken zukehrte, den er aber sofort an seinem blonden Haar und dem Baumwolljackett erkannte.

»Was soll das hier?« fragte er. Erstaunt, wie er war, sprach er weder Philip noch Allbee an, sondern gewissermaßen beide.

»Ich habe den Senf von seinem Tisch genommen, und da hat mich der Mann festgehalten«, rief Philip.

»Richtig. Das habe ich getan. Stell ihn wieder hin.«

Leventhal wurde rot und zog Philip von Allbee weg.

»Aha, das ist also dein Onkel?« Allbee lächelte, aber seine Augen blieben nicht lange auf Leventhal haften. Er spielte für die Menschen, sein Kopf hing, wie er da stand, schief nach vorn, er konnte sich kaum das Lachen verbeißen über den Aufruhr, den er verursachte. Und doch war in dem, was er tat, wieder der falsche Ton, der Ton des Komödianten.

»Ich fragte, ob ich den Senf haben könnte. Ich habe eine Dame gefragt, und sie hat gesagt, ja«, erklärte Philip. »Wo ist sie denn?«

»Das stimmt, Mister.« Leventhal begegnete den verstörten Augen eines jungen Mädchens. Sie war bleich und drückte ihre Handtasche an die Brust.

»Was habe ich dir gesagt?«

»Du hast den Senf stiebitzt. Er gehört nicht dieser jungen Dame. Er gehört zum Tisch.«

»Ich habe Sie nicht am Tisch gesehen«, rief sie aus.

»Wenn Sie mir weiter nachspionieren«, sagte Leventhal gepreßt, mit leiser Stimme, »wenn Sie das weiterhin tun, dann sollen Sie was erleben. Ich lasse Sie verhaften. Ich spaße nicht.«

»Oh, ich könnte Sie wegen Körperverletzung verhaften lassen. Sehr einfach. Ich habe einen Zeugen.«

»Ich hätte Ihnen den Hals brechen sollen«, murmelte Leventhal. Sein großer Kopf zuckte. Wegen des Jungen unterdrückte er seinen Zorn.

»Ja, hätten Sie nur. Ich wünschte, Sie hätten es getan.« Allbee befeuchtete seine Lippen und starrte ihn an.

»Komm, Phil.« Leventhal führte ihn aus der Menge.

»Wer ist denn das?« fragte Philip.

»Er ist ein Störenfried. Ich habe ihn vor Jahren gekannt. Achte nicht auf ihn. Er ist nur ein Störenfried.«

Sie setzten sich. Philip schmierte Senf auf sein Sandwich und sah seinen Onkel schweigend an.

»Es hat dich doch nicht erschreckt?«

»Na ja, ich habe ’nen Schreck gekriegt, als er mich packte, aber ich habe mich nicht vor ihm gefürchtet.«

»Man braucht sich nicht vor ihm zu fürchten.« Er schob den Teller über den Tisch. »Hier, iß die Hälfte von mir, Phil.« Sein Herz hämmerte. Er starrte zum Eingang. Allbee war im Augenblick außer Sicht.

»Ich lasse es mir nicht gefallen«, dachte er. »Er soll mir lieber nicht zu nahe kommen.«

9

In dem vollen Zoo hielt Leventhal Ausschau nach Allbee. Zunächst war er erst trotzig und wachsam, dann aber nahm Niedergeschlagenheit von ihm Besitz. Denn wenn ihm Allbee nachspionieren wollte, wie konnte er es verhindern? Unter so vielen Menschen konnte er sich ihm nähern, ohne bemerkt zu werden. Oft hatte Leventhal die Empfindung, daß man ihn beobachtete, und ertrug es tatenlos. Halb aus der Furcht heraus, daß er sich irren könnte, machte er keine Anstrengungen, Allbee zu ertappen. Er versuchte, ihn aus seinen Gedanken zu verbannen und Philip seine ganze Aufmerksamkeit zu widmen, indem er sich zu einem natürlichen Gehaben zwang. Aber wenn er von Käfig zu Käfig ging, die Tiere anschaute, mit Philip sprach oder rauchte oder lächelte, fühlte er hin und wieder Allbees Gegenwart so deutlich, war er so sicher, daß er gemustert wurde, daß er sich gleichsam durch ein fremdes Augenpaar betrachtete: die Hälfte seines Gesichts, den Pulsschlag seiner Kehle, die Rillen seiner Haut, die Gestalt seines Körpers und seiner Füße in den weißen Schuhen. Auf diese Weise in einen Beobachter seiner selbst verwandelt, konnte er nun auch Allbee sehen und stellte sich vor, so nahe hinter ihm zu stehen, daß er das Webmuster seiner Anzugjacke, das haarbewachsene Genick, die Wölbung seiner Backen, die Farbe des Blutes in seinem Ohr wahrnahm; er konnte sich sogar den Geruch seines Haares und seiner Haut vergegenwärtigen. Die Schärfe und Vertrautheit dieser Einzelheiten verwunderte ihn, sie bedrückte und berauschte ihn. Die Hitze nahm wieder zu, und der Gestank der Tiere, des getrockneten Heus, des Staubes und des Dungs füllte ihm den Kopf; die Sonne, die über den obersten Zweigen überfloß und von den Stangen und Käfigen zurückgebogen wurde, weiß und gleißend in langgezogenen Gebilden, beraubte ihn einen Augenblick seines Wissens um das gewöhnliche Aussehen der Dinge, und er fürchtete, daß ihn seine Kräfte im Stich ließen. Aber er fühlte sich wieder normal, als er sich zum Weitergehen zwang.

Als sie den Zoo verließen, begaben sie sich in den Park. Philip wollte sich ausruhen und steuerte auf eine Bank zu. Aber Leventhal sagte: »Wir finden sicher einen schattigeren Platz«, weil sich an dieser Stelle zwei Pfade kreuzten und die Bank nach allen Seiten frei stand. Sie setzten sich auf einen Abhang, dem sich niemand ungesehen nähern konnte. An der Kreuzung, etwa vierzig Meter entfernt, war ein Menschenknäuel, in dem sich Allbee befinden mochte. Der Abend brach herein und mit ihm eine neue Hitzewelle, die die Luft verdickte und Gras und Busch unter ihrem Gewicht zu Boden drückte. Leventhal hielt Ausschau. Er dachte sogar daran, den Spieß umzudrehen und Allbee irgendwo aufzulauern. Aber wenn er ihn in die Falle lockte, wozu sollte das nützen? Würde er ihn in Verlegenheit bringen? Er war keiner Verlegenheit mehr fähig. Ihn verprügeln? Mit Vergnügen. Aber er fand, er solle sich im eigenen Interesse davor hüten, Absurdität mit Absurdität zu begegnen und Wahnsinn mit Wahnsinn. Und auf keinen Fall wollte er noch eine Szene erleben, solange Philip bei ihm war. Er wußte nicht, welche Wirkung Allbee im Restaurant auf ihn gehabt hatte. Philip hatte seiner Ansicht nach bemerkt, wie sehr ihm der Vorfall zugesetzt hatte, und verbarg daher taktvoll die eigenen Gefühle. Es drängte ihn, mit ihm darüber zu sprechen. Aber er wollte seine Besorgnisse nicht verraten und fürchtete sich darüber hinaus, ein Gespräch zu beginnen, ohne vorher zu wissen, wohin es führte. Und vielleicht maß er dem Jungen auch zu viel Beobachtungsgabe zu. Aber die Stimmung ihrer Exkursion war umgeschlagen. Philip sah nachdenklich aus; er hatte nichts mehr zu sagen, und es wäre nur natürlich gewesen, wenn er den Vorfall mindestens einmal erwähnt hätte. Denn er hatte ihn bestimmt nicht vergessen.

»Was ist denn, Phil?« fragte er.

»Nichts. Meine Füße sind müde«, antwortete dieser, und Leventhal blieb im ungewissen, was Philip wirklich empfand.

Er entschloß sich, ein Taxi zur Fähre zu nehmen, und stand auf mit den Worten: »Komm, Phil. Es ist Zeit, dich nach Hause zu bringen.« Er legte zur Fifth Avenue einen schnellen Schritt vor. Philip schien durch seine Eile ein wenig verdutzt, aber er genoß die Fahrt in der Taxe mit offenem Schiebedach. Leventhal begleitete ihn bis nach Staten Island und setzte ihn dort in den Bus. Dann fuhr er nach Manhattan zurück.

Gegen neun Uhr, nach einem Abendessen, bestehend aus Schalentieren des Meeres, die er kaum schmeckte, befand er sich auf dem Heimweg, ohne an ein anderes Ziel zu denken. Er schlenderte in einen Tabakladen, sah sich die Regale hinter der Flamme auf dem Ladentisch an und kaufte eine Schachtel Zigaretten. Er nahm geistesabwesend das Wechselgeld in Empfang, statt es aber in die Tasche zu stecken, besah er es und fand einen Nickel, um Williston anzurufen. Denn er spürte urplötzlich das verzehrende Bedürfnis, heute abend sofort eine Erklärung zu erhalten. Er konnte nicht verstehen, warum er es die ganze Woche vor sich hergeschoben hatte. Er blätterte rasch im Telefonbuch, schrieb sich die Nummer auf und ging in die Zelle.

Phoebe Williston war am Telefon, und der Klang ihrer

Stimme versetzte ihm unerwartet einen Stich; sie erinnerte ihn an die unzähligen Male, wenn er Williston um einen Gefallen, einen Rat oder eine Empfehlung gebeten hatte. Die Willistons hatten ihm meistens Geduld bewiesen; oft hatte er hilflos und dumpf seine Probleme in ihre Hand gegeben und gewartet, in ihrem Wohnzimmer gehockt oder am Telefon gehangen, hatte gewartet, während seine Probleme erwogen wurden, wissend, daß er zu ihrer Lösung nichts beitrug, wünschend, er könne sie zurückziehen, aber in dieser Hinsicht machtlos. Unbedingt hatte es Zeiten gegeben, in denen seine Anrufe unwillkommen gewesen waren und die Geduld der Willistons dem Platzen nahe. Immer wenn er ihre Klingel zog oder einen Nickel in den Schlitz warf und das Amtszeichen hörte, erhob sich die Frage in seinem Herzen: »Wie wird es diesmal sein?« Auch jetzt war sie vorhanden, obwohl die Umstände ganz anders lagen.

»Hier spricht Leventhal«, sagte er. »Wie geht es Ihnen?«

»Leventhal? Ach, Asa Leventhal. Was machen Sie, Asa?« Er fand, daß sie nicht unfreundlich klang. Es war wohl nicht zu verlangen, daß ihr Ton ausgesprochen herzlich war, da er seit drei oder vier Jahren nicht mehr angerufen hatte.

»Mir geht's recht gut.«

»Sie wollen wahrscheinlich mit Stan sprechen.«

»Ja.«

Er vernahm, wie der Hörer mit einem Klapp auf den Tisch gelegt wurde und danach, einige Minuten lang, das Geräusch einer weiter weg geführten Unterhaltung. »Er will nicht mit mir reden«, dachte Leventhal. »Er hält ihr wahrscheinlich vor, sie hätte sagen sollen, daß er außer Hause sei.« Gleich darauf wurde der Hörer aufgenommen.

»Hallo.«

»Ja, hallo. Sind Sie das, Asa?«

Leventhal sagte ohne weitere Umschweife: »Sagen Sie,

Stan, ich möchte Sie gern sprechen. Haben Sie heute abend ein bißchen Zeit für mich?«

»Wie, heute abend? Das kommt ziemlich plötzlich.«

»Ja, ich weiß. Ich hätte fragen sollen, ob Sie heute abend ausgehen.«

»Ja, wir hatten es für später eigentlich vorgehabt.«

»Ich bleibe nicht lange. Nur etwa eine Viertelstunde.«

»Wo sind Sie denn jetzt?«

»Nicht weit. Ich kann mir ein Taxi nehmen.«

Es kam ihm so vor, als wolle Williston seine geringe Lust gar nicht verhehlen. Als er aber sagte: »Na schön«, machte sich Leventhal nicht einmal die Mühe, auf Wiedersehen zu sagen. Es war ihm egal, wie Williston seinem Besuch zustimmte, solange er es nur tat. Er begab sich mitten auf die Straße und winkte einem Taxi. Als er einstieg, überlegte er, daß Williston über seinen Anruf und die Art, wie er mit seinem Wunsch herausplatzte, ohne die üblichen Formalitäten zu beachten, natürlich ungehalten war. Aber da gab es ganz andere Dinge, über die man nachdenken mußte, vorausgesetzt, daß Williston wirklich die Partei von Allbee ergriffen hatte. Es gab Fairneß, den Ruf eines Menschen, Ehre. Und viele andere Überlegungen. Das Taxi raste nach Norden, und Leventhal fühlte plötzlich sein Gesicht heiß werden, denn ihm war ein Reim eingefallen, den sein Vater aufzusagen pflegte:

Ruf mir Joschke, ruf mir Moschke,
Aber gib mir die groschke.

»Nenn mich Jied, nenn mich mies, aber gib mir den Kies. Was macht's mir schon, wenn du mich verachtest? Was, glaubst du, bedeutet mir die Gleichberechtigung? Was hast du schon, das mir am Herzen liegt, außer den *groschen*?« Das war der Standpunkt seines Vaters. Aber nicht der seine. Er wies ihn von sich und zuckte davor zurück. Jedenfalls hatte sein Vater arm gelebt und war arm gestorben, dieser strenge, stolze alte Narr mit seinem wilden Aussehen, für den nichts wichtig war außer seinem Vorteil und daß er durch das Geld aus den Klauen seiner Feinde befreit wurde. Wer waren nur seine Feinde? Die Welt – alle. Sie waren eingebildet. Da gab es keinen Vorteil. Er benahm sich wie ein fürstlicher Kaufmann zwischen seinen Ballen und Resten und war bereit, Packesel zu sein, um Löwe zu werden. Auch darin lag kein Vorteil, er wurde nie Löwe. Es schmerzte Leventhal, an die Einstellung seines Vaters zu denken. Er riß sich hoch, um dem Fahrer zu sagen, er solle sich eilen. Da aber das Taxi schon in Willistons Block angekommen war, faßte er nach dem Türgriff.

Er erkannte den ältlichen Neger, der ihn im Fahrstuhl hinauffuhr. Klein, breitschultrig und langsam bückte er sich über den Schalthebel, den er mit größter Bedächtigkeit bediente. Sie fuhren aufwärts und hielten sanft im vierten Stock. Der Türklopfer von Willistons Wohnung war ihm auch altbekannt – ein Frauenkopf in Kupfer, der durch sein Gewicht überraschte.

Phoebe Williston ließ ihn ein. Leventhal gab ihr die Hand, und sie ging ihm voraus durch den grauen Korridor mit den hohen Wänden zum Wohnzimmer. Williston stand von seinem Stuhl im Erker auf; eine Zeitung rutschte ihm vom Schoß und breitete sich um den Fuß der Stehlampe aus. Er war in Hemdsärmeln. Die Manschetten waren an den glatten rötlichen Unterarmen hochgekrempelt. Er hatte nichts von seiner rötlichen Farbe eingebüßt. Sein braunes Haar war seitlich gescheitelt, und sein dunkelgrüner Seidenschlips hing ungeknotet vom geschlossenen Kragen herunter.

»Noch ziemlich derselbe, wie?« fragte er mit seiner angenehmen tiefen Stimme.

»Ja, ungefähr. Sie anscheinend auch.«

»Rundum ein paar Jahre älter«, erwiderte Phoebe.

»Ja, das versteht sich von selbst.«

Williston stellte einen zweiten Stuhl in den Erker, und die beiden Männer setzten sich. Phoebe blieb stehen, das Gewicht auf einem Bein ruhend, die Arme verschränkt, und Leventhal meinte, daß ihr Blick länger auf ihm verweilte, als eigentlich nötig war. Er unterzog sich diesem langen Blick mit einer Miene, als räume er ihr unter den Umständen das Recht ein, ihn zu mustern.

»Sie scheinen in guter Verfassung zu sein, etwas voller geworden«, sagte sie. »Was macht Ihre Frau?«

»Sie ist einige Zeit verreist, im Süden, bei ihrer Mutter und Familie. Es geht ihr gut.«

»Mein Gott! Bei diesem Wetter im Süden? Sind Sie noch, wo Sie waren?«

»Wohnung oder Arbeitsplatz? Beides noch dasselbe. Dieselbe Stellung, Burke & Beard; dieselben Leute. Ich glaube, Stan weiß das.«

Das Dienstmädchen trat ein mit einer Frage an Phoebe. Sie war ein blasses, langsam sprechendes Mädchen. Phoebe hörte sie an, neigte den Kopf und drehte die Halskette in ihren Fingern. Sie ging mit dem Mädchen in die Küche. Williston erklärte: »Das ist ein neues Mädchen, das sich erst eingewöhnen muß.« Leventhal hatte wie schon in früheren Zeiten den Eindruck eines Haushalts, dem die Atmosphäre eingefleischter Gewohnheiten mehr anhaftete als allen anderen. Williston lag entspannt in seinem Stuhl, mit gekreuzten Füßen und in den Hosenbund vergrabenen Fingern. In dem Metallgitter des halbkreisförmigen Fensters standen mehrere Blumentöpfe, deren Blüten derb aussahen wie Stücke aus rotem Erz. Während Leventhal sie betrachtete, überlegte er, wie er das Gespräch beginnen sollte. Er war nicht vorbereitet. Es hatte ziemlich einfach geschienen; er kam mit einer Beschwerde und verlangte eine Erklärung. Vielleicht hatte er sich vorgestellt, daß Williston ihm feindlich begegnen würde; er hatte bestimmt nicht vorausgesehen, daß er im Stuhl zurückgelehnt warten würde, während Minute auf Minute der erbetenen Zeit verrann. Auch hatte er Willistons Ausstrahlung nicht eingerechnet, hatte vergessen, wie er wirkte. Mehr als einmal hatte er ihm in den alten Tagen mißtraut. Er war mit Groll gegen ihn erfüllt gewesen, als er glaubte, daß Williston sein Empfehlungsschreiben bereute. Aber in dieser Sache, wie auch in anderen, hatte er die Meinung geändert; das geschah immer wieder, wenn er sich Williston gegenübersah. Er kam mit Klagen zu ihm, begann aber, ohne zu wissen wie, gleich seiner Sache unsicher zu werden. So war es auch jetzt und erschwerte ihm den Anfang. Er saß in dem Erker und sah hinunter, über die Blüten der Pflanzen hinweg, auf die eilenden Scheinwerfer unten im Park, wenn sie unter dem Netz der Bäume in die Kurve gingen, die Felsen und kümmerlichen Büsche der steilen Abhänge beleuchteten und, Strahl auf Strahl, durch die Unbeweglichkeit von Schwarz und Grün zogen.

»Ich wollte mit Ihnen über Ihren Freund Allbee sprechen«, sagte er endlich. »Vielleicht begreifen Sie, was er im Schilde führt.«

Willistons Interesse war sogleich geweckt; er hob sich in seinem Stuhl. »Allbee? Haben Sie ihn gesehen?«

»Das kann man sagen.«

»Ich habe ihn vor Jahren aus den Augen verloren. Was treibt er denn? Wo haben Sie ihn gesehen?«

Aber Leventhal wollte keine Fragen beantworten, ehe er nicht wußte, woran er mit Williston war. »Was trieb er denn das letztemal, als Sie ihn sahen?« fragte er.

»Nichts. Er hat vom Versicherungsgeld gelebt. Seine Frau ist doch getötet worden.«

»Das habe ich gehört.«

»Das hat ihn sehr mitgenommen. Er hat sie geliebt.«

»Meinetwegen hat er sie geliebt. Er ist nicht zu ihrer Beerdigung gefahren. Warum hat sie ihn verlassen?«

Williston sah ihn neugierig an. »Ja«, sagte er mit einer gewissen Zurückhaltung, »das kann ich nicht mit Bestimmtheit sagen. Das ging nur die beiden was an.«

Leventhal spürte sehr schnell den Verweis in diesen Worten und änderte ein wenig seinen Ton. »Ja, ich glaube auch, daß ein Dritter in solchen Dingen niemals die Wahrheit erfährt. Ich dachte nur, daß Sie vielleicht Bescheid wüßten.« Er merkte, daß er sich näher erklären mußte. »Ich will nichts in Erfahrung bringen, was mich nichts angeht. Ich habe einen guten Grund. Möglicherweise ahnen Sie schon, welchen ...«

»Ja, ich glaube«, erwiderte Williston.

Leventhals Herz hämmerte. »Soviel ich weiß, sind Sie auf seiner Seite«, sagte er. »Sie wissen doch, in welcher Beziehung. Sie glauben ebenso wie er, daß ich an allem schuld bin.«

»An allem schließt eine Menge ein«, entgegnete Williston. »Worauf wollen Sie hinaus? Ich würde die Dinge, die ich einem Menschen anlasten will, ein bißchen präzisieren.« Er war jetzt nicht mehr ganz so beherrscht und herzlich; seine Stimme begann, gepreßt zu klingen, und Leventhal dachte: »Besser so, viel besser. Vielleicht erreichen wir jetzt etwas.« Er beugte sein schweres dunkles Gesicht nach vorne.

»Ich will Ihnen keine Vorwürfe machen, Stan. Ich mache Ihnen keine Szene. Ich wollte Sie nur fragen, warum Sie gewisse Behauptungen über mich aufstellen, ohne erst mich darüber anzuhören.«

»Wenn Sie mir nicht genau angeben, wovon Sie reden, kann ich Ihnen nicht antworten.«

»Soll ich etwa glauben, daß Sie's nicht wissen? Sie wissen

es ...« Er machte eine schwer bestimmbare schiebende Handbewegung. »Bitte sagen Sie mir gerade heraus, ob ich Ihrer Meinung nach daran schuld bin, daß Allbee bei *Dill's Weekly* rausgesetzt wurde.«

»So? Soll ich das?« fragte Williston grimmig, als wollte er ihm Gelegenheit geben, die Frage noch einmal zu überdenken oder zurückzuziehen.

»Ja.«

»Nun gut, ich glaube es.«

Ein schwerer Stoß der Enttäuschung und Wut durchfuhr Leventhal und benahm ihm den Atem. Seine Glieder waren wie leer, seine Schenkel hohl und starr wie Erz; er konnte seine Hände nicht heben. Er wußte kaum, welche Gefühle sich auf seinem Gesicht spiegelten.

»Ich bin's ... ich bin's also?« sagte er ringend. »Ich sehe nicht ein warum.«

»Aus bestimmten Gründen.«

Leventhal sagte mit bitterem und unsicherem Blick stokkend: »Ich wollte wissen ...«

Williston schien eine Antwort nicht für nötig zu halten.

Mit größerer Sicherheit fuhr Leventhal fort: »Ich habe Sie gefragt und Sie waren daher verpflichtet, mir Ihre Meinung zu sagen. Wenn Sie recht haben, ist nichts dagegen einzuwenden. Wenn Sie aber unrecht haben? Sie könnten ja unrecht haben.«

»Ich bin nicht unfehlbar.«

»Nein. Wenn Sie sagen, daß ich schuld bin, dann sagen Sie damit gewissermaßen, daß ich Allbee absichtlich in Schwierigkeiten gebracht habe, weil er sich damals Harkavy gegenüber hier in Ihrem Haus so schlecht benommen hat. Es muß bedeuten, daß ich mich wegen seiner Äußerungen über die Juden an ihm rächen wollte.« Willistons Stirnrunzeln ließ ihn erkennen, daß er das nicht hören wollte. Oho, er sollte es aber hören, sagte sich Leventhal zornig. »Das jedenfalls behauptet Allbee, daß ich es ihm nicht durchgehen lassen wollte und einen Plan ausgeheckt habe, um ihn in seiner Stellung unmöglich zu machen. Nun, ist das auch Ihre Meinung?«

»Das habe ich nicht gesagt.«

»Wenn Sie mich aber verantwortlich machen, müssen Sie das ebenfalls glauben. Ich sehe da keinen Unterschied. Und wenn es nun nicht stimmte? Wäre es nicht furchtbar, wenn Sie unrecht hätten? Stempelt es mich nicht zu einem Bösewicht, ohne mir die Möglichkeit zu geben, mich zu verteidigen? Ist das gerecht? Sie meinen vielleicht, daß Sie die Dinge aus einer anderen Perspektive sehen als Allbee, aber es läuft auf dasselbe hinaus. Wenn Sie glauben, daß ich es mit Absicht getan habe, um mich zu rächen, dann nicht nur weil ich persönlich unleidlich bin, sondern auch weil ich Jude bin.«

Willistons Gesicht war jäh errötet. An beiden zusammengepreßten Mundwinkeln sah man einen weißen Fleck. Sein Blick sollte Leventhal offenbar warnen, daß seine Beherrschung auf eine harte Probe gestellt war.

»Ich sollte Ihnen nicht erst versichern müssen, Asa, daß dieser Gedanke mir nicht gekommen ist«, sagte er. »Sie haben mich mißverstanden. Ich hoffe, Allbee hat nicht behauptet, daß ich ihm darin beipflichte. Das tue ich nicht.«

»Das klingt sehr schön, Stan. Aber für mich läuft es auf dasselbe hinaus. Sie denken, daß er mich in Wut gebracht hat und daß ich ihm etwas antun wollte. Warum? Weil ich Jude bin, und Juden sind empfindlich; wenn man sie verletzt, verzeihen sie es nicht. Das ist ihr Pfund Fleisch. Oh, ich weiß, Sie glauben, daß dafür in Ihnen kein Platz ist; das ist Aberglaube. Aber Sie ändern nichts dadurch, daß Sie es Aberglauben nennen. Immer wieder hört man Leute sagen: ›Das stammt ja aus dem Mittelalter.‹ Mein Gott! Wir haben für alles einen Namen, außer für das, was wir wirklich denken und fühlen.«

»Sieht so aus, als wüßten Sie ziemlich genau, was ich denke und fühle«, sagte Williston ätzend und biß die Zähne zusammen, um seinen Unwillen zu bekämpfen. »Der jüdische Teil ist Ihre eigene Erfindung. Sie halten es für bewiesen, daß ich denke, Sie hätten Allbee absichtlich in Ungelegenheit gebracht. Ich habe das nicht gesagt. Vielleicht haben Sie darauf abgezielt, ihm wehzutun, vielleicht auch nicht. Meine Meinung ist, daß Sie es nicht wollten. Aber die Wirkung war die gleiche. Sie haben ihn seine Stellung gekostet. Er hätte sie möglicherweise mit der Zeit sowieso verloren. Er wackelte bei *Dill's;* man hatte ihn auf Bewährung gesetzt.«

»Woher wissen Sie das?«

»Ich wußte es damals schon und habe später mit Rudiger darüber gesprochen.«

Leventhals schwarze Augen wurden blicklos. »Sprechen Sie weiter«, sagte er.

»Das wär's. Ich hätte es Ihnen gleich gesagt, aber Sie wollten mich erst mal zur Sau machen. Rudiger behauptete, daß Allbee Sie vorsätzlich zu *Dill's* geschickt und Ihnen Instruktion gegeben oder gewußt habe, daß Sie sich so aufführen würden, wie Sie's taten. Sie konnten sich gegenseitig nicht riechen. Ich vermute, daß es nicht leicht ist, mit Rudiger auszukommen. Er gab Allbee eine letzte Chance, aber es ist mehr als wahrscheinlich, daß er seinen falschen Schritt herbeisehnte, um ihm den Garaus zu machen. Er muß schon die ganze Zeit hinter ihm hergewesen sein und wußte daher am besten, ob Allbee Gründe hatte, ihm eins auszuwischen.«

»Das Ganze ist völlig verrückt. Man kann nicht für jeden einstehen, den man empfiehlt. Sie wissen das ... Aber das hat Rudiger Ihnen erzählt?«

Williston nickte.

»Und hatte Allbees Saufen nichts damit zu tun?«

»Er hat eine Anzahl von Stellungen verloren, weil er trank. Ich will's nicht leugnen. Sein Ruf war nicht gut.«

»War er auf einer schwarzen Liste?« fragte Leventhal mit brennender Neugier.

Williston sah ihn nicht an. Sein Gesicht war sinnend den Blumen zugewandt, deren Blätter in der warmen Nachtluft rauh und runzlig erschienen.

»Wie ich sagte, war er bei *Dill's* auf Bewährung. Ich habe Rudiger nach seinem Trinken gefragt. Er mußte zugeben, daß Allbee das Trinken aufgegeben hatte. Er wurde nicht entlassen, weil er trank.«

»Dann ...«, sagte Leventhal leer. »In gewisser Weise scheint es also doch meine Schuld gewesen zu sein, nicht wahr?« Er schwieg und sah abwesend zu Williston hinüber, die Hände noch bewegungslos auf den Knien. »In einer gewissen Weise. Ich habe selbstverständlich nicht beabsichtigt, ihn in Ungelegenheiten zu bringen. Ich wußte ja nicht, wie dieser Rudiger beschaffen war.«

»Nein, das wußten Sie nicht.«

In dieser Erwiderung lag mehr als Zustimmung. Leventhal wartete, daß Williston sich näher erklären würde, er wartete aber vergeblich. »Wie sollte ich denn wissen, worauf ich mich einließ?« fragte er. »Dieser Rudiger ... ich begreife nicht, wie überhaupt noch ein Mensch für ihn arbeitet. Er ist bösartig. Er hat sofort begonnen, mich anzufallen wie ein Hund.«

»Rudiger sagte, er habe nie in seinem Leben eine solche Unterredung geführt.«

»Weil ihm nie jemand widersprochen hat. Er war gewöhnt zu tun, was ihm paßte. Er ...«

Williston, der sich wieder zu einem tiefen Rot verfärbt hatte, unterbrach ihn. »Lassen Sie sich nicht so leichten Kaufs davonkommen. Sie haben sich in jenen Tagen mit allen zerkracht. Sie waren bei Rudiger am schlimmsten, aber ich habe es auch von anderen gehört. Sie haben ihn um eine Stellung gebeten, und er wollte Ihnen keine geben. Er mußte ja nicht, oder? Sie hätten mehr Verstand haben sollen, als Ihre Wut auszulassen.«

»Wie, mir seinen Speichel vom Gesicht abwischen und wie ein Gentleman das Zimmer verlassen? Ich würde vor mir nicht viel Achtung haben, wenn ich das täte.«

»Das ist es ja gerade.«

»Was ist? Wieviel Achtung ich vor mir habe? Ja ...« Er hielt inne, seufzte und zuckte ein wenig unterwürfig die Achseln. »Ich weiß nicht. Sie kommen zu einem Mann, weil Sie Arbeit suchen. Es ist nicht nur die Arbeit, sondern das Recht zu leben. Das ist natürlich nicht seine Verantwortung, er hat seine eigenen Interessen. Aber Sie glauben, Sie haben etwas, was er brauchen kann. Sie sind dort, um sich ihm zu verkaufen. Und dann erzählt er Ihnen, Sie haben, verdammt nochmal, nichts zu bieten. Nicht nur nicht, was er braucht, sondern überhaupt nichts. Mein Gott, niemand läßt sich gern so abkanzeln.« Er fühlte sich plötzlich schwachköpfig und verwirrt; sein Gesicht war naß. Er änderte unbehaglich die Stellung seiner Füße auf dem weichen Kreis des Teppichs.

»Sie haben falsch gehandelt.«

»Mag sein«, sagte Leventhal geknickt. »Ich war am Ende meiner Nerven. Und ich habe nie die Menschen richtig anfassen können. Ich kann nicht schöntun.«

»Sie haben kein besonderes Talent für Takt, das ist bestimmt richtig«, meinte Williston. Er schien ein wenig versöhnt.

»Ich hatte nie die Absicht, Allbee zu schaden. Darauf gebe ich mein Ehrenwort.«

»Ich glaube Ihnen.«

»Wirklich? Vielen Dank. Sie täten mir einen Gefallen, wenn Sie's auch Allbee sagten.«

»Ich kriege ihn nicht zu Gesicht. Ich habe Ihnen schon vorher gesagt, daß ich ihn seit Jahren nicht mehr gesehen habe.«

Allbee schämte sich, den alten Freunden unter die Augen zu treten, dachte Leventhal. Das war allerdings nur zu begreiflich.

»Er glaubt, ich sei sein schlimmster Feind.«

»Wo sind Sie ihm denn begegnet? Was treibt er? Ich wußte nicht einmal, daß er noch in New York ist. Er ist ganz aus dem Blickfeld verschwunden.«

»Er folgt mir überall nach«, sagte Leventhal. Und er erzählte Williston von seinen drei Begegnungen mit Allbee. Williston hörte mit einer ernsthaft prüfenden Miene und einer unterdrückten, aber doch erkennbar abweisenden Spannung der Mundwinkel zu. Leventhal schloß: »Ich weiß nicht, worauf er hinauswill. Ich kann nicht herausbekommen, was er wünscht.«

»Das sollten Sie aber«, sagte Williston. »Das sollten Sie ganz entschieden.«

»Soll das heißen, daß ich etwas für ihn tun sollte?« fragte sich Leventhal. Das war unverkennbar damit gemeint. Aber was und wie? Das war überhaupt nicht klar. Er fühlte, daß er nicht alles gesagt hatte, was er hatte sagen wollen. Die wirklich wichtigen Dinge, die tieferen Probleme waren nicht einmal angerührt worden. Aber er sah, daß er einen Teil der Schuld an Allbees Elend auf sich nehmen mußte. Er hatte dazu beigetragen, obwohl er sich noch schlüssig werden mußte, in welchem Grade er schuld war. Allbee hatte eine letzte große Anstrengung gemacht, seine Stellung zu halten ... Es war jedoch Zeit zu gehen. Er hatte viel mehr als seine erzwungenen fünfzehn Minuten in Anspruch genommen. Er stand auf.

Williston sagte an der Tür, daß er erwarte, von ihm in der Angelegenheit zu hören; es interessiere ihn sehr, was mit Allbee geschehe.

Leventhal drückte auf den Knopf für den Fahrstuhl. Dieser startete mit einem unterdrückten Klirren und Schließen der Metalltüren und stieg mit gemessener Langsamkeit nach oben.

Später im Bett, als er nahe an der Wand lag mit hochgezogenen Knien und dem Gesicht auf dem gestreiften Matratzenbezug, vergegenwärtigte sich Leventhal noch einmal seine Fehler. Einige ließen ihn zusammenzucken, andere griffen ihm zu sehr ans Herz, als daß er noch hätte zucken können; so erstickte er jegliche Gemütsbewegung und alle Gefühlsäußerungen völlig und senkte nur noch die Augenlider. Er versuchte nicht, sich zu schonen, er ging alle Fehler durch, von seinem Angriff auf Williston heute abend bis zu der anfänglichen Szene in Rudigers Büro. Als er dabei anlangte, legte er sich auf den Rücken und kreuzte die nackten Arme über den Augen.

Aber gerade als er das tat, erkannte er eins der tiefsten Probleme, das er vorher nicht erfaßt hatte. Er war bereit, sich schuldig zu fühlen, weil er bei *Dill's* den Kopf verloren hatte. Aber warum hatte er ihn verloren? Nur weil Rudiger ihn beschimpft hatte? Nein, er hatte selbst zu fürchten begonnen, daß der niedrigste Preis, zu dem er sich verkaufte, immer noch zu hoch war, und er konnte kaum verstehen, warum überhaupt jemand für seine Dienste Geld ausgeben wollte. Und unter Rudigers Einfluß hatte er das gefühlt. »Er machte mich glauben, was ich fürchtete«, dachte Leventhal und bezweifelte, ob Williston das wohl verstanden hätte. Denn er gehörte zur Fachwelt und hielt ihr die Treue. Für ihn war immer ein Platz vorhanden, da oder anderswo. Und die Worte oder Blicke eines anderen konnten ihn nie in seinen eigenen schlimmsten Feind verwandeln. Darüber brauchte er sich keine Sorgen zu machen.

Zugegeben: Williston hatte nicht versucht, Rudiger zu rechtfertigen, aber es war Leventhal klar, daß er selbst als der größere Sünder angesehen wurde. Und wenn man den Vorfall von Rudigers Standpunkt betrachtete und Allbees Charakter dabei in Rechnung stellte, dann war es schließlich und endlich ganz plausibel, daß er, Leventhal, mit dem Auftrag geschickt worden war, eine Szene zu machen. Harkavy hatte Allbee und Rudiger verdächtigt, ihrerseits ein abgekartetes Spiel zu treiben. Es war ihm einleuchtend erschienen und schien auch Rudiger einleuchtend. Nur war für Rudiger der Argwohn sofort Tatsache, und zwar wahrscheinlich deshalb Tatsache, weil es ihm einfiel. So war er eben gebaut.

Dann gab es noch eine Überlegung – er fuhr mit der Hand über die Kehle und durch das Haar auf seiner Brust, das direkt an der Rasierlinie oberhalb des Schlüsselbeins begann. Hatte er unwissentlich, das heißt unbewußt, sich an Allbee rächen wollen? Nein, bestimmt nicht. Selbstverständlich war er am Abend der Party wütend gewesen. Aber seitdem nicht mehr. Williston hatte gesagt, daß er ihm glaube; er zweifelte jedoch, ob das auch stimmte. Es war schwer zu sagen, woran man mit Williston war.

10

Leventhal lief Harkavy eines frühen Sonntagnachmittags in einer Cafeteria der 14. Street in die Arme.

Er hatte sie nicht nur betreten, um zu essen, sondern auch um dem heißen Wind zu entgehen. Die Glastür schloß sich gegen den staubigen Trubel hinter ihm; er bewegte sich ein paar Schritte über den grünen Kachelfußboden und stand still. Dabei öffnete er den Mund ein wenig, um die Kühle des Lokals auf sich wirken zu lassen. Die Tabletts waren auf einem nahen Stand aufgeschichtet; er nahm sich eins und begab sich zur Theke. Die Kassiererin rief ihn zurück. Er hatte vergessen, einen Bon aus der Maschine zu ziehen. Sie lächelte. »Sonntagskater, oder was?« Aber Leventhal reagierte nicht. Er wandte sich vom Automaten weg und sah sich Harkavy gegenüber, der ihm den Weg vertrat.

»Bist du heute morgen schwerhörig? Mann, ich habe dich drei- oder viermal gerufen.«

»Guten Tag. Ach ja, die Kassiererin hat auch geschrien. Ich kann nicht alles auf einmal hören.«

»Du bist heute wohl etwas schwer von Begriff, oder? Aber setz dich wenigstens zu uns. Ich bin hier mit einigen anderen Leuten. Mein Schwager – du weißt doch, Julias Mann, Goldstone – und ein paar Freunde von ihm.«

»Kenne ich sie?«

»Ich glaube ja«, sagte Harkavy. »Shifcart ist einer von ihnen.«

»Der Musiker? Der Trompeter?«

»Lange nicht mehr. Mach bei der Frau deine Bestellung,

oder du wirst nie bedient. Nein, diesen Beruf hat er nicht mehr. Er arbeitet für eine große Firma in Hollywood, Persevalli & Co., Impresarios und Talentschnüffler, oder wie du's sonst nennen willst. Und du erinnerst dich noch an Schloßberg.«

»Wirklich?«

»Oh, ganz bestimmt. Der Journalist. Er schreibt für die jüdischen Zeitungen.«

»Was schreibt er?«

»Ich glaube alles, was ihm in die Finger kommt. Im Augenblick Theatererinnerungen – er war früher mit dem Theater verbunden. Aber auch Naturwissenschaftliches, wie ich höre. Du weißt ja, daß ich Jiddisch nicht lesen kann.«

»Ich hätte gern Schweizer Käse auf Graubrot«, sagte Leventhal über die Theke. »Ein älterer Mann, nicht wahr? Habe ich ihn nicht einmal mit jemand anderem zusammen in deinem Haus kennengelernt?«

»Richtig, mit seinem Sohn, den er im Alter von fünfunddreißig Jahren immer noch unterstützt.«

»Ist er krank?«

»Nein, er sieht sich nur um, hat sich noch nicht für einen Beruf entschieden. Es sind auch Töchter da. Die sind noch schlimmer.«

»Frivol?«

»Hier ist dein Sandwich«, sagte Harkavy. Die Frau ließ den Teller mit einem Effet und mit Geklapper über den Schanktisch sausen, und Harkavy nahm Leventhal eilends an seinen Tisch. Die drei Männer rückten ihre Stühle, um Platz zu machen.

»Dies ist ein alter Freund von mir: Leventhal.«

»Ich glaube, Mr. Shifcart kenne ich schon«, sagte Leventhal. »Wie geht es denn? – Als ich Dans Zimmergenosse war, sind wir einander begegnet.«

»In den Junggesellentagen«, erklärte Harkavy. »Goldstone – eine Vorstellung ist nicht nötig. Und dies ist Mr. Schloßberg.«

Shifcart war kahl und sehr rot im Gesicht, sein Nacken war feist und seine Lippen klein, aber fleischig. Er sagte freundschaftlich: »Ja, ich glaube, ich kann mich an Sie erinnern«, und umspannte die runde Goldfassung seiner Brillengläser. Schloßberg wiederholte seinen Namen klangvoll, aber offensichtlich ohne zu wissen, wer er war. Er sprach mit tiefer Stimme, aber nicht immer deutlich, weil er so schwer atmete. Er war ein großer, alter Mann mit einem breiten grauen Kopf, mächtigen Schultern und einem großen, verlebten Gesicht; seine Augen waren blau und unverhältnismäßig klein, sogar ihr Blick war ziemlich abgenutzt. Er war jedoch kraftvoll und mußte einmal (einige seiner Bemerkungen beschworen für Leventhal sein Bildnis als jüngerer Mann herauf) sinnlich, strotzend, elegant, ein Dandy gewesen sein, wie seine doppelreihige Weste und seine spitzen Schuhe zu erkennen gaben. Er trug einen gestrickten Schlips, der beim Ziehen seine Form verloren hatte und mit einem kühnen, breiten Knoten gebunden war. Leventhal fühlte sich sehr zu ihm hingezogen.

»Wir haben gerade von einer Schauspielerin gesprochen, die Shifcart vor einigen Jahren westwärts geschickt hat«, sagte Goldstone und fuhr mit der langen, knochigen, behaarten Hand an seinen Hinterkopf. »Wanda Waters.«

»Persevalli ist der Mann, der ihnen zum Erfolg verhilft«, sagte Shifcart. »Er ist ein großer Theatermann.«

»Aber Sie haben das Mädchen entdeckt.«

»Ich wußte gar nicht, daß sie Ihr Fund gewesen war, Jack«, sagte Harkavy.

»Doch, ich habe sie eines Abends mit einer Band singen sehen.«

»Das ist ja toll.«

»An der Küste von New Jersey. Ich war auf Urlaub.«

»Sie ist sehr reizvoll«, meinte Goldstone.

»Sie würden sie als Mensch vielleicht nicht so sehr schätzen.«

»Nun ja, sie sieht im Film bestimmt wie ein scharfes Mädchen aus«, sagte Harkavy.

»Ja, sie hat magnetische Augen. Aber Sie könnten jeden Tag auf der Straße an ihr vorbeigehen, ohne sie zu beachten.«

»Ach, ich weiß nicht«, entgegnete Harkavy. »Sie haben dazu eine berufliche Einstellung, weil Sie so viele Schönheiten zu Gesicht bekommen. Ich bin noch unverdorben. Man kann wahrscheinlich mit Bemalung und Kameras eine Menge erreichen, aber zunächst muß ja mal etwas dasein. Man kann doch schließlich für diese umwerfenden Sex-Maschinen keine Attrappen nehmen! Oder ist es wieder das leichtgläubige Publikum? Mir sehen sie echt aus.«

»Manche sind es auch. Und wenn euch der Rest Sand in die Augen streut, dann tun sie nur, was sie sollen.«

»Es muß ein Talent sein, sie zu finden.«

»Reine Intuition ist es bestimmt nicht. Man kann nicht jedes Mädchen, das man sieht, einer Talentprobe unterziehen. Aber mich persönlich lassen selbst einige der besten Schlager kalt, die ich nach Hollywood geschickt habe.«

»Wer läßt dich denn nicht kalt?« fragte Goldstone.

»Na ja«, sagte er langsam, nachdenkend, »zum Beispiel Nola Hook.«

»Das ist doch nicht dein Ernst«, meinte Schloßberg. »Eine kleine Kaktuspflanze – mager, trocken ...«

»Ich finde, sie hat einen gewissen Charme. Oder was habt ihr gegen Livia Hall?«

»Eine schöne Entdeckung.«

»Das ist sie. Ich lege für sie meine Hand ins Feuer.«

»Oh, eine Feuersbrunst.« Das Gesicht des alten Mannes war zu großflächig für feine Nuancen der Ironie. Nur Shifcart, dessen Lippen schon zu einer Erwiderung geöffnet waren, stimmte nicht in das Gelächter ein.

»Was ist denn? Hat sie denn nichts?«

»Sie hat was.« Schloßberg besänftigte ihn. »Gott hat sie als Frau geschaffen, was sollen wir also noch viel sagen? Aber sie ist keine Schauspielerin. Ich habe ihre Feuersbrunst letzte Woche in einem Film gesehen. Wie hieß er noch schnell? Sie vergiftet ihren Mann.«

»In *Die Tigerin*.«

»Wie lahm.«

»Ich weiß nicht, was Sie erwarten. Eine hervorragende Besetzung. Wer hätte es denn sonst spielen sollen?«

»Die Wood, bei Gott! Sie vergiftet ihren Mann und sieht zu, wie er stirbt. Sie will die Versicherung kassieren. Er verliert seine Stimme und versucht, sie zu beschwören, daß sie ihm hilft. Man hört keine Worte. Was soll sich in ihrem Gesicht also spiegeln? Furcht, Haß, Hartherzigkeit, Grausamkeit, Faszination.« Einen Augenblick schloß er fest und stolz die Augen; man sah die Adern in den Lidern. Dann hob er sie langsam, wandte das Gesicht ab, und ein Zittern ging über seine Wangen, als er posierte.

»Donnerwetter, das ist vorzüglich«, rief Harkavy.

»Das ist der alte russische Stil«, erklärte Shifcart. »So etwas zieht nicht mehr.«

»Nicht? Wo wird's denn besser gemacht? Was tut sie schon? Saugt die Wangen hohl und stiert. Ein Mann stirbt zu ihren Füßen, und sie kann nichts, als die Augen rausquellen lassen.«

»Ich finde, sie war wunderbar in jenem Stück«, meinte Shifcart. »Niemand kann das besser.«

»Sie ist keine Schauspielerin, weil sie keine Frau ist, und sie ist keine Frau, weil ihr ein Mann nichts bedeutet. Ich weiß nicht, was sie ist. Fragt mich nicht. Ich habe einmal die Nazimowa in *Die drei Schwestern* gesehen. Sie ist diejenige, deren Soldat bei einem Duell wegen eines Nichts, einer reinen Narretei getötet wird. Man erzählt ihr davon. Sie wendet den Blick vom Publikum weg, nur mit dem Hals und dem Kopf – welche Ausdruckskraft! Aber dieses Mädchen ...!«

»Fürchterlich, wie?« fragte Shifcart sardonisch. »Nein, etwa nicht? Und so was ist ein Schlager? So was ist dieser Tage dein Schlager. Du hast gesagt, du könntest an dieser Waters auf der Straße vorübergehen und sie nicht erkennen. Man stelle sich vor!« sagte der alte Mann und ließ sie alle sein gewichtiges Erstaunen spüren. »Eine Schauspielerin nicht erkennen, oder als Mann eine schöne Frau nicht bemerken! Früher war es so, daß eine Schauspielerin auch eine Frau war. Sie hatte einen Mund, sie hatte Fleisch am Körper, sie hatte ein Auftreten. Wenn sie flüsterte, stiegen einem die Tränen in die Augen, und wenn sie ein Wort sprach, schmolzen einem die Beine. Und es machte keinen Unterschied: auf der Bühne oder nicht auf der Bühne, man wußte, daß sie eine Schauspielerin war.«

Er schwieg. Sie bedachten ernsthaft seine Worte.

»Hört mal«, begann Harkavy. »Mein Vater pflegte eine Geschichte von Lily Langtry, der englischen Schauspielerin, zu erzählen, als sie von Edward VII. bei Hof vorgestellt wurde. Die alte Queen Victoria war noch am Leben, und er war damals der Prince of Wales.«

»Man nannte sie Jersey Lily, nicht wahr?« fragte Shifcart. »Ich kenne diese Sache.« Goldstone stand auf und nahm Leventhals Tablett. »Will jemand Kaffee? Ich gehe zur Theke.«

»Ist die Geschichte gut, Monty?«

»Die Lieblingsgeschichte meines Schwiegervaters.« Er ging zum Heißplattentisch.

»Papa erzählte sie mir, als ich das Wahlalter erreicht hatte. Er sparte seine besten Geschichten bis zu meiner Mündigkeit auf. Davor ... Aber natürlich schnappt man selbst alles irgendwo auf, und das wissen die auch. Sie wollen es nur nicht wahrhaben. Sie wissen ja, daß Edward sich vor nichts fürchtete. Und als er sich in die Langtry verliebte, wollte er sie bei Hof vorstellen. Man sagt, daß Verliebte sich gern zusammen in der Öffentlichkeit sehen lassen. Stolz darauf, daß es bekannt wird. Ich nehme an, daß die Folgen manchmal recht gefährlich sind. Wie dem auch sei, er wollte sie vorstellen. Alle waren schockiert. Was würde Lily zu der alten Dame sagen, und würde Victoria nicht zornig darüber sein, daß die Mätresse ihres Sohnes in St. James oder Windsor oder wo immer erschien? Sämtliche Reporter warteten nach der Zeremonie. Sie trat heraus und wurde gefragt: ›Lily, was haben Sie zu Ihrer Majestät gesagt?‹ ›Ich hatte Angst, daß ich das Falsche sagen könnte‹, erwiderte Lily. ›Aber im letzten Moment kam mir der richtige Gedanke. Ich küßte den Saum ihres Gewandes und sagte: *Ich dien*!‹«

Um den Tisch lächelten alle. Goldstone, der das Tablett trug, zog mit dem Fuß seinen Stuhl beiseite.

»Das Motto des böhmischen Königs im Hundertjährigen Krieg«, erläuterte Harkavy, dessen runde Augen leuchteten. »Man entdeckte es an seinem Helm nach der Schlacht von Poitiers.«

»Ich bezweifle sehr, daß sie den Saum des königlichen Gewandes geküßt hat«, sagte Leventhal. »Ist das ein Bestandteil der Zeremonie?«

»Hofknicks«, lachte Goldstone und entfaltete seine Serviette, um ihn zu demonstrieren.

»Meinetwegen, ich erzähle die Geschichte, wie sie mein Vater erzählt hat. Ich habe kein Wort geändert.«

»Da die alte Dame eine Deutsche war, hat sie wahrscheinlich angenommen, sie würde sie verstehen«, erklärte Schloßberg.

»Das waren noch Zeiten. Eine deutsche Königin, ein britisches Empire und ein italienischer Jude als Premierminister.«

»Disraeli ein Italiener?« fragte Goldstone. »War er nicht in England geboren?«

»Ja, aber sein Vater.«

»Nicht einmal sein Vater. Sein Großvater. Er war ein authentischer Engländer, wenn die Staatsangehörigkeit überhaupt etwas bedeutet.«

»Für die Engländer war er kein Engländer«, sagte Leventhal.

»Warum? Sie haben ihn geliebt.«

»Wer hat denn dann gesagt, er sei der Affe auf John Bulls Brust?«

»Er hatte natürlich auch seine Feinde.«

»Soviel ich weiß, hat man ihn niemals in die Gesellschaft aufgenommen«, erklärte Leventhal.

»Falsch!« rief Harkavy aus. »Er war eine Zierde für sie und für uns.«

»Das sehe ich nicht.« Leventhal schüttelte langsam den Kopf.

»Es hat ihnen nichts ausgemacht, daß Victoria eine Deutsche war. Aber Disraeli ...«

»Er hat Europa gezeigt, daß ein Jude ein nationaler Führer sein kann«, meinte Goldstone.

»Da habt ihr Leventhal, wie er leibt und lebt«, rief Harkavy aus. »Das zeigt euch, wo er steht.«

»Juden und Empires? Suez und Indien und so weiter? Ich habe das nie für richtig gehalten.«

»Der Welt mit leeren Händen eine Lektion erteilen – ich kenne das auswendig.« Harkavy starrte ihn mit entsetzten, vorwurfsvollen Augen an. »Das Empire war ohne Zweifel sein Geschäft. Er war ein Engländer und ein großer dazu. Bismarck hat ihn bewundert. *Der alte Jude, das ist der Mann*!«

»Besteht denn ein so großer Unterschied zwischen einem Empire und einem Warenhaus?« fragte Shifcart. »Man betreibt sein Geschäft.«

»Und er betrieb das Unternehmen?« fragte Goldstone. »Bull & Co. Die Sonne geht über unserm Laden nie unter. B. Disraeli, Haupteinkäufer.«

Leventhal hatte am Anfang keine Lust gehabt zu sprechen und hatte ein flüchtiges Gefühl, daß es ein Fehler wäre, sich aus dem Schweigen ziehen oder locken zu lassen. Auch hatte er bei seiner ersten Bemerkung nicht den Eindruck gehabt, daß er zu dem Thema viel zu sagen hätte. Jetzt aber war er zu seiner eigenen Überraschung nicht imstande, mit seinen Gedanken zurückzuhalten – sie waren selbstverständlich die seinen, aber er hatte sie bisher nie ausgesprochen, und sie klangen ihm fremd.

»Sie bringen die Sprache auf Bismarck«, entgegnete er. »Warum hat er *Jude* gesagt statt Engländer? Disraeli war ein Schacherer, also war er für ihn natürlich ein Jude.«

»Stelle über Bismarck und seine Einstellung zu den Juden keine falschen Behauptungen auf«, mahnte Harkavy. »Sei vorsichtig, Mann. Er hat ihr Los erleichtert.«

»Ja, er hat etwas über die Züchtung einer großen Rasse zu sagen gehabt. Wie ging das noch? ›Ein deutscher Hengst und eine jüdische Stute!‹«

»Ein regelrechtes Pferderennen«, sagte Schloßberg. »Heu für jedermann.«

»Verurteilen Sie den Mann nicht um einer Redewendung willen«, sagte Goldstone. »Er war ein alter Kavallerist. Er wollte damit nur die besten Eigenschaften beider herausstreichen.«

»Wer braucht seine Komplimente?« fragte Schloßberg. »Wer hat sie verlangt?«

»Halten Sie das für eine Schmeichelei?« Leventhal hob fragend die Hand, die auf seinem Schädel ruhte.

»Ich weiß, was Ihnen im Kopf spukt«, erwiderte Goldstone. »Sie wollen ihm die Deutschen von heute vorwerfen.«

»Das will ich nicht«, rief Leventhal. »Aber warum seid ihr so froh, von Bismarck gelobt zu werden, mit einem sehr verkniffenen Lob?«

»Warum ist dir denn Disraeli so verdächtig?« erkundigte sich Harkavy.

»Er ist mir nicht verdächtig. Aber er wollte England führen. Der Tatsache, daß er Jude war, zum Trotz, nicht weil ihm viel an Empires gelegen hätte. Man lachte über seine Nase, deshalb nahm er Boxunterricht. Man lachte über seine poetischen Seidengewänder, also kleidete er sich schwarz, man lachte über seine Bücher, also zeigte er, was er konnte. Er ging zur Politik und wurde Premierminister. Alles nur Unverfrorenheit!«

»Nun mach mal Schluß«, sagte Harkavy.

»Unverfrorenheit«, beharrte Leventhal. »Das ist imponierend. Ich will es zugeben. Aber ich bewundere es nicht. Es ist durchaus in Ordnung, eine Schwäche zu besiegen, aber es kommt darauf an, wie man's macht, und was man Schwäche nennt ... Julius Cäsar war Epileptiker. Er lernte, mit auf dem Rücken verschränkten Händen zu reiten, und schlief auf dem nackten Boden wie ein gemeiner Soldat. Aus welchem Grund? Wegen seiner Krankheit. Warum sollten wir derartige Menschen bewundern? Dinge, die für andere Leben und Tod bedeuten, stellen sie nur auf die Probe. Wozu nützt diese Größe?«

»Aber du erliegst doch selbst all den Dingen, die du gegen uns vorgebracht hast«, begann Harkavy mit vorwurfsvollem Ton.

»Nein, das glaube ich nicht«, erwiderte Leventhal. Er lehnte es ab, weiter zu diskutieren. Er hatte schon zuviel geredet und gab, indem er seine Stimme senkte, zu erkennen, daß er nichts mehr zu sagen wünsche.

Ein philippinischer Diener räumte den Tisch ab. Er war ein alter und gebrechlich aussehender Mensch; seine Hände und Unterarme waren gebleicht, weil er sie immerzu ins heiße Wasser tauchen mußte. Als er den Geschirrwagen beladen hatte, beugte er sich tief darüber, bis ihm die Lenkstange an die Brust stieß, und schob ihn langsam fort. Hinter den Heißdampftischen wurden weiß beschriftete Menütafeln heruntergeholt und andere klappernd im Stahlrahmen hochgezogen.

»Ich habe nur einen Schauspieler gesehen, der Disraeli gespielt hat«, sagte Goldstone. »Das war George Arliss.«

»Er war für die Rolle geschaffen, dieser Mann«, versicherte Shifcart.

»Den habe ich in der Rolle gut gefunden«, erklärte Schloßberg. »Du hast recht, Jack war dafür geschaffen. Er hatte das richtige Gesicht dafür, mit seinen dünnen Lippen und der langen Nase.«

»Irgendwie habe ich mir alle Victorias entgehen lassen«, bemerkte Goldstone. »Ich habe nicht eine einzige gesehen.«

»Und was hast du damit versäumt?« fragte Schloßberg. »Eine gelungene Victoria ist mir noch nicht begegnet.«

Es war eine träge Stunde im Restaurant. Auf allen Seiten standen lange Reihen von übereck gestellten Tischen mit schwarzen Platten, so daß sie Karos bildeten, jeder mit einem symmetrischen Arrangement von Zucker, Salz, Pfeffer und einem Serviettenkasten. Von einem bis zum anderen Ende brachte ihre Symmetrie eine Art Bewegung in das fast leere Lokal. Im Hintergrund, unter einer an die Wand gemalten

Waldlandschaft, saßen die Angestellten, rauchten und blickten hinaus zum Sonnenlicht auf der Straße.

»Ich habe gute gesehen«, bekannte Shifcart. »Hat dir keine gefallen?«

»Nein. Denn erstens, warum sollte es so viele Victorias geben? Vielleicht weil sie so reizlos war. Eine durchschnittlich aussehende Königin hat heute eine große Anziehungskraft. Alles muß ein bißchen heruntergedrückt werden. Stimmt das nicht? Warum ist sie so populär?« Er streckte die Hand gegen sie aus, als wollte er dadurch eine bessere Antwort provozieren. »Sie hat Albert geliebt, sie war eigensinnig, sie war eine gute Hausfrau. So was kommt an.«

»Ich fand Eunice Sherbarth eine gute Victoria«, sagte Harkavy.

»Sie ist eine kräftige, schöne Frau, es ist ein Vergnügen, sie anzusehen«, meinte Schloßberg.

»Was ist dann gegen sie zu sagen?« fragte Shifcart. »Sie kann nicht schauspielern? Du wünschst dir bloß, daß du ihren Vertrag hättest, Schloßberg.«

»Warum nicht«, gab Schloßberg zu. »Und wenn ich mir schon was wünsche, möchte ich heute dreißig Jahre alt sein und daß der Tod ein wenig weiter weg wäre, als er ist. Außerdem glänzen meine Hosen. Und wer kann kein Geld brauchen? Sie muß 'ne Menge verdienen, stelle ich mir vor. Und teilweise gebührt es ihr auch, denn sie ist gut anzusehen. Aber spielen? Ich könnte eine bessere Victoria spielen.«

Und das könnte er sicher auch, dachte Leventhal mit mehr Respekt als Belustigung, wenn seine Stimme nicht so tief wäre.

»Ja, in Röcken könntest du eine Sensation werden«, sagte Shifcart.

»Heute kann jeder eine Sensation werden«, erwiderte Schloßberg. »Wo das Publikum so wild darauf ist, sich freuen zu können. Es ist ein regelrechter Karneval. Alle stehen auf der Seite der Illusion. Sag mir, Jack, glaubst du, jemals eine gute Schauspielerin entdeckt zu haben?«

»Du meinst wahrscheinlich eine Künstlerin, nicht einen kleinen Typ wie die Waters.«

»Ich meine eine Schauspielerin.«

»Dann sage ich Livia Hall.«

»Das ist dein Ernst?«

»Ja.«

»Unmöglich«, sagte Schloßberg. »Ein paar Streichhölzer als Beine.«

Shifcarts feistes Genick wurde fleckig rot, und er sagte, nur einen Hauch vom Zorn entfernt: »Sie ist kein billiger Erfolg. Nicht alle sind so schwer zufriedenzustellen, Schloßberg. Es ist anscheinend eine große Sache, dich zu unterhalten, und vielleicht hat das noch niemand geschafft.«

»Du bist ein scharfer Kritiker, Marcus«, sagte Goldstone.

»Schaffe ich die Kriterien?« fragte Schloßberg. *»Narrischer mensch*! Ich spreche doch auch für dich. Das ist hier nicht das Publikum. Unter uns können wir wohl die Wahrheit sagen, oder nicht? Was hast du gegen die Wahrheit? Alles kommt in Paketen. Wenn's im Paket ist, kann man den Teufel ins Haus bringen. Die Menschen verlassen sich auf die Pakete. Wenn man's einwickelt, nehmen sie's auch.«

»Ich habe ja nicht behauptet, die Frau sei eine Ellen Terry. Ich habe nur gesagt, sie sei eine gute Schauspielerin. Du mußt zugeben, Schloßberg, sie hat Talent.«

»Vielleicht für manches. Nicht allzu viel.«

»Aber manches?«

»Ja, manches«, räumte Schloßberg achselzuckend ein.

»Ihm gefällt wenigstens *manches*, Gott sei Dank!« sagte Shifcart.

»Ich versuche, jedem das Seine zu geben«, erklärte der alte

Mann. »Ich bin kein Nörgler. Ich bin nicht zu gut für diese Welt.«

Niemand widersprach ihm.

»Gut«, sagte er. »Und worum bemühe ich mich?« Er bezwang ihr Lächeln und fesselte sie alle mit seinem ernsten, verbrauchten blauen Blick. »Ich will's euch verraten. Es ist schlimm, weniger als menschlich zu sein, und es ist schlimm, mehr als menschlich zu sein. Was ist denn mehr als menschlich? Unser Freund« – er meinte Leventhal – »hat eben davon gesprochen. Cäsar wollte, wenn ihr euch erinnert, im Drama sein wie ein Gott. Kann ein Gott siech sein? Das ist dann also eines siechen Mannes Vorstellung von Gott. Hat eine Statue Wachs in den Ohren? Natürlich nicht. Sie schwitzt auch nicht, außer vielleicht Blut an Feiertagen. Wenn ich mich selbst dazu überreden kann, daß ich niemals schwitze, und alle anderen so handeln lasse, als sei das wahr, dann kann ich vielleicht auch etwas mit dem Tod arrangieren. Wir wissen nur, was das Sterben ist, weil manche Menschen sterben, und wenn wir uns von ihnen sondern, dann brauchen wir es vielleicht nicht? Weniger als menschlich ist die Kehrseite davon. Darauf komme ich noch. So steht denn die ganze Sache. Gutes Schauspielern ist genau menschlich. Und wenn ihr sagt, ich sei ein scharfer Kritiker, dann drückt ihr damit aus, daß ich vom Menschlichen eine hohe Meinung habe. Das ist die ganze Erklärung. Mehr als menschlich: Weiß man etwas mit dem Leben anzufangen? Weniger als menschlich: auch dann nicht.«

Er machte eine Pause – es war keine Pause, die eine Unterbrechung duldete – und fuhr fort.

»Dieses Mädchen Livia in *Die Tigerin*. Was ist da los? Sie begeht einen Mord. Was fühlt sie dabei? Keine Liebe, keinen Haß, keine Lunge, kein Herz. Ich schäme mich zu erwähnen, was sonst noch fehlt. Nichts! Der arme Ehemann. Nichts tötet ihn, weniger als menschlich. Eine Niete. Und es sollte so fürchterlich sein, daß alle Zuschauer Angst haben müßten, ihr ins Gesicht zu sehen. Aber ich weiß nicht, ob sie zu hübsch ist oder was sonst, um Gefühle zu haben. Man merkt sofort, daß sie vom Menschlichen keine Ahnung hat, weil der Tod ihres Mannes ihr nichts bedeutet. Es ist alles in Paketen, und erst atmet das Paket noch, dann atmet es nicht mehr; und man hat das Paket versichert, so daß man nun ein anderes Paket heiraten und für den Winter nach Florida reisen kann. Jetzt wird vielleicht jemand einwenden: ›Das klingt sehr interessant. Du sagst: weniger als menschlich, mehr als menschlich. Sag mir bitte, was ist denn menschlich?‹ Und in der Tat studieren wir die Menschen jetzt so ausgiebig, daß man – nachdem wir die menschliche Natur unablässig betrachtet, gewogen, gedreht und unters Mikroskop gelegt haben (ich schreibe ja selbst wissenschaftliche Artikel) – sagen könnte: ›Was soll das Geschrei? Der Mensch ist nichts, sein Leben ist nichts. Oder es ist sogar schäbig und billig. Aber das paßt Euer Hoheit nicht, sie putzt es auf. Womit? Mit Größe und Schönheit. Schönheit und Größe? Schwarz und Weiß kenne ich; ich habe es nicht erfunden. Aber Schönheit und Größe?‹ Ich sage jedoch: ›Was weißt du? Nein, erzähl mir, was du weißt. Du schließt ein Auge und besiehst etwas, und es erscheint dir als etwas Bestimmtes. Dann schließt du das andere Auge, und es erscheint dir anders. Ich weiß genausoviel über Größe und Schönheit wie ihr über Schwarz und Weiß. Wenn für mich das menschliche Leben etwas Großes ist, dann *ist* es etwas Großes. Wißt ihr es besser? Ich habe soviel Recht wie ihr. Warum denn auch knauserig sein? Muß das sein? Hält euch jemand beim Genick? Habt Würde, versteht ihr mich? Wählt die Würde. Niemand ist so gescheit, daß er sie von sich weisen könnte.‹ Wem sollte das nun gesagt sein, wenn nicht dem Schauspieler? Wenn er nicht der

Würde ergeben ist, dann laßt mich euch sagen, daß irgendwo etwas grundlegend falsch ist.«

»Bravo!« sagte Harkavy.

»Amen und amen!« lachte Shifcart. Er zog eine Karte aus einer Brieftasche und warf sie ihm zu. »Besuch mich mal, ich laß dich bei mir vorspielen.«

Die Karte fiel neben Leventhal, dem als einzigem dieser Scherz zu mißfallen schien. Selbst Schloßberg mußte lächeln. Das Sonnenlicht fiel durch das breite Fenster über ihre Köpfe. Es kam Leventhal so vor, als ob Shifcart, obwohl er lachte, ihn mit besonderem Mißfallen betrachtete. Trotzdem stimmte er nicht ein. Er nahm die Karte auf. Die anderen erhoben sich.

»Vergeßt eure Hüte nicht, meine Herren«, rief Harkavy.

Das musikalische Krachen der Bonmaschine füllte ihre Ohren, als sie am glänzenden Käfig der Kassiererin warteten, bis sie an der Reihe waren.

11

Ich habe gestern abend Williston gesehen«, bemerkte Leventhal zu Harkavy, als sie draußen waren.

»Wie geht es Stan? Ach ja, wegen dieser Angelegenheit, die du mir erzählt hast.« Harkavy hätte wahrscheinlich noch mehr gesagt, aber die anderen warteten auf ihn. »Hör zu, an einem dieser Tage mußt du mir berichten, wie du damit fertig wirst, nicht wahr?«

»Sicher«, erwiderte Leventhal. Und Harkavy schlenderte auf der 14. Street mit Goldstone und seinen Freunden ostwärts. Er war unter ihnen der größte. Sein blondes Haar lag schütter und seidig über der kahlen Stelle seines Kopfes. Leventhal sah ihm nach. Er wollte sich nicht zugeben, daß er sich verlassen vorkam. »Vielleicht ist es ein gutes Zeichen, daß er sich nicht dafür interessiert«, dachte er. »Ich weiß nicht, ob ich es überhaupt erklären könnte. Es wird zu verwickelt. Er würde mir nur allerhand nutzlose Ratschläge erteilen – das Übliche. Jedenfalls bin ich froh. Ich glaube nicht, daß ich wirklich davon reden wollte.« Er blieb entschlußlos eine Weile auf demselben Fleck stehen und ging dann fort, die umfangreiche Sonntagsausgabe der Zeitung unter den Arm geklemmt. Er hatte kein bewußtes Ziel und fühlte nur von ferne die Angst, in der Stadt der einzige Mensch ohne Ziel zu sein.

Im nächsten Straßenblock erinnerte er sich, daß er Elena noch nicht angerufen hatte, um sich zu vergewissern, daß Philip gut nach Hause gekommen war, und um sich nach Mickey zu erkundigen. Er trat in einen Zigarrenladen ein und wählte Villanis Nummer. Er saß in der Zelle und streckte ein Bein zur Tür hinaus. Niemand meldete sich. Er beugte sich hinaus und sah nach der Uhr, die rechteckig in den gemusterten Zinnbeschlag der Wand gefügt war. Es war halb drei, und Elena war vermutlich ausgegangen, um Mikkey zu besuchen. Er rief das Krankenhaus an, obwohl er wußte, daß Informationen über Patienten nicht zuverlässig waren. Er hörte, daß es Mickey recht gut gehe, was zu hören er erwartet hatte. In dem Krankenhaus befanden sich mehr als dreitausend Betten. Wie konnten die Mädchen der Telefonzentrale mehr als die primitivsten Tatsachen von dem einzelnen Patienten wissen – das heißt, ob er noch lebte oder tot war? Das Wort »tot«, losgelöst von seinem bisherigen Gedankengang, begleitete ihn unheilschwanger aus dem Laden; er beeilte sich, es abzuschütteln, indem er in einer anderen Parzelle seines Hirns anmerkte, wie abergläubisch er geworden war. Er hatte nichts anderes gemeint, als daß das Krankenhaus zu groß war, und plötzlich mußte er ein zufälliges Wort tilgen. Was denn, jeder Erdengeborene war dann und wann einmal krank. Niemand wuchs heran, ohne einmal krank gewesen zu sein. Er hatte selbst Lungenentzündung gehabt und eine Ohrenentzündung, und auch Max hatte darniedergelegen – er wußte nicht mehr womit.

Er begann sich zu fragen, wie lange Max seine Rückkehr noch aufschieben würde. »Vielleicht hat er Angst, daß er zur Rückkehr verlockt werden sollte«, dachte er. »Ich habe ihm einiges zu erzählen, wenn ich ihn sehe. Dieses eine Mal in unserem Leben. Es ist Zeit, daß ihm jemand die Meinung sagt. Elena tut's nicht. Deshalb macht er einfach, was er will.« Und was würde Max zu seiner Verteidigung anführen? Etwas Einfältiges und Törichtes, soviel war sicher. Denn er war töricht. Philip hatte jetzt schon mehr gesunden Menschenverstand als sein Vater. Leventhal stellte sich das erregte Gesicht seines Bruders vor und hörte in der Phantasie seine Ungereimtheiten. »Er schickt ihnen Geld und beweist sich dadurch als Vater. Damit endet seine Verantwortung. Das ist die Vaterschaft«, wiederholte er sich. »Das ist seine Auffassung von Pflicht.«

Er trat aus dem dunklen Treppenhaus und der Diele in das gleißend sonnenhelle Vorderzimmer. Er setzte sich auf den Bettrand und streifte die Schuhe ab. Die Laken fühlten sich warm an. Die schweren Falten des Vorhangs, die braune Tür, die hübschen roten Blumen des Teppichs, die sich allmählich in einen dünnen rauchigen Staub verloren, gab ihm die Empfindung von Aufschub und Stille. Am Drahtnetz vor dem Fenster hing ein langer Spinnenfaden, der rot, blau und tiefer blau gegen die Drähte zuckte, wie der allerletzte biegsame, veränderliche Gegenstand in der erstarrenden, fixierenden Hitze. Einen bestrumpften Fuß auf den anderen gesetzt und mit hängenden Schultern sah Leventhal hinaus, sein Gesicht war schläfrig, die Hände hatte er so gefaltet, als würde es großer Anstrengung bedürfen, sie wieder auseinanderzunehmen.

Gleich darauf ging er in die Küche. Er spülte geistesabwesend ein paar Teller unter dem blubbernden Wasserstrahl, löste, als er in das Vorderzimmer zurückkehrte, seinen Gürtel, zog die Vorhänge vor und schlief mit der unbeachteten Sonntagszeitung unter den Füßen ein.

Ein tiefes, rollendes Geräusch weckte ihn. Er dachte zuerst, daß es von unten kam, aus dem Schacht der Untergrundbahn. Aber das begleitende Beben des Hauses war nicht zu spüren. Er verlegte es alsbald nach draußen und nach oben. Es war Donnergrollen. Er blickte hinaus. Es hatte gewittert. Das Drahtnetz hing noch voller Regentropfen. Die Straße war von den Wolken und dem nassen Sandstein sanft verdunkelt. In einem Zimmer auf der anderen Straßenseite brannte eine zweiarmige grüne Lampe. Eine Frau, die einen Arm über die Augen gebeugt hatte, lag auf dem Sofa. Beim nächsten Grollen des abziehenden Gewitters bewegte sie die Beine.

Leventhal sah wieder in den Dunst und auf das Wasser der Straße, ging dann zum Telefon und versuchte, Villani zu erreichen. Es meldete sich immer noch niemand. Anscheinend waren sie ausgegangen und feierten den Tag. Er hielt den Hörer über der Gabel, zielte und ließ ihn fallen.

Er zwängte die Füße in die Schuhe, drückte die Fersen herunter und ging zu einem frühen Abendessen ins Restaurant. Der Kellner, derselbe kahle, hagere Mann, der letzte Woche mit einer Geste gespielter Ratlosigkeit seinem Protest gegen den schlechten Tisch zuvorgekommen war, schien mit seinen Gedanken beschäftigt zu sein. Sein schwarzer Anzug sah feucht aus, und sein lederner Binder war nicht gebunden, sondern hing am Gummiband aus einem Knopfloch. Er brachte Leventhal ein Kalbskotelett sowie eine Flasche Bier und eilte mit muskulösem Wiegen davon, leise – seine Schuhsohlen waren mit Sägespänen gepolstert –, um an einem langen Tisch mit *Boccia*-Spielern zu bedienen, deren Spiel verregnet war und die nun Wein und Kaffee tranken. Es roch deutlich nach nassem Holz. Leventhal verweilte nicht lange bei seinem Mahl. Er war bald wieder draußen. Die Luft war dämmriger als zuvor und heißer. Er wandte sich an der 18. Street nach Westen und sah Allbee, der an der Ecke auf ihn wartete. Er mußte in dem flimmernden, langgezogenen Grau und dem Schatten der nassen Straße zweimal hingucken, bevor er ihn erkannte. Leventhal hielt erst an, als Allbee ihm in den Weg trat und ihn zum Stehen brachte. Er senkte zaghaft und unbeholfen den Kopf, als wollte er Leventhal um Verständnis bitten, daß er zu seinem Verhalten gezwungen sei.

»Nun?« fragte Leventhal nach einem Augenblick des Schweigens.

»Warum haben Sie nicht gehalten? Sie haben mich doch gesehen ...«

»Und wenn schon. Ich suche Sie nicht. Sie suchen mich. Sie folgen meinen Spuren.«

»Sie sind wütend wegen gestern, nicht wahr? Das war ein Zufall.«

»Ja, zweifellos.«

»Ich wollte nun einmal gestern mit Ihnen sprechen. Sie würden mich nicht aufspüren. Wenn ich mit Ihnen sprechen will, muß ich die Gelegenheit ausfindig machen.«

»So sehen Sie das also.«

»Als mir dann aber einfiel, daß es Samstag war – ihr Leute arbeitet ja samstags nicht –, habe ich's aufgeschoben.« Diese Behauptung schien ihm Spaß zu machen. Danach jedoch veränderte sich seine Miene. Er schien die Ärmlichkeit seines Scherzes zu begreifen und davon eingeschüchtert zu sein. Er sah Leventhal düster und ernst an, und dieser verstand, daß Allbee ihm erklären wollte, welche Gefühle zu diesem Scherz geführt hatten, und außerdem, daß diese Gefühle schlimm und mächtig seien und der sie vertuschende Witz so etwas wie eine Höflichkeit darstelle.

»Ich halte den Feiertag nicht ein«, erklärte Leventhal bedachtsam und sachlich.

»Nein, selbstverständlich nicht«, erwiderte Allbee und begann wieder zu lächeln. Eine Sekunde später fügte er hinzu: »Was ›den Spuren folgen‹ anbelangt, so ist das nicht die richtige Bezeichnung. Ich habe durchaus das Recht, Sie zu sehen. Sie tun so, als triebe ich ein Spiel mit Ihnen, während Sie es sind, der das Spiel treibt.«

»Wie kommen Sie darauf?«

Allbee hob die Hand. »Sie benehmen sich, als hätte ich Ihnen gegenüber keinen Grund zur Klage. Das ist ein Spiel.« Seine Finger strichen über seine Brust, dann bedeckte er seinen Mund und räusperte sich.

»Hören Sie ... das mit dem Kind ... dergleichen muß aufhören.«

»Ich wußte nicht, daß er zu Ihnen gehörte.«

»Bestimmt nicht! Dann sage ich es Ihnen eben! Übrigens habe ich Ihnen schon bei der ersten Begegnung erklärt, daß ich Ihnen niemals Schaden zufügen wollte.«

»Darüber gehen unsere Meinungen auseinander. Und dann hatten wir ja auch eine zweite Begegnung.« Er mimte einen beschreibenden Stoß, der kurz vor Leventhals Schulter endete. »Das war ein bißchen zu viel Spiel für mich. Oder haben Sie versucht, mich einzuschüchtern?«

»Wenn dem so wäre, dann meinen Sie, daß ich's nicht könnte, oder?«

»Na ja«, schlug Allbee vor, »Sie hätten mich ja ins Krankenhaus bringen können und wären mich auf diese Weise eine Zeitlang losgeworden.« Er grinste. »Sie haben selbst gesagt, Sie hätten mir den Hals brechen sollen.«

Leventhal sagte verächtlich: »Abgesehen davon – einschüchtern? Es ist unmöglich, Sie einzuschüchtern, nicht wahr?«

»Vor einem Jahr wäre ich nicht zu Ihnen gekommen. Aber nachdem ich es jetzt getan, mich dazu entschlossen habe, ist es unmöglich.«

»Was war vor einem Jahr denn so anders?« fragte Leventhal.

»Damals habe ich mich irgendwie durchgeschlagen und wäre nicht auf den Gedanken gekommen, mich Ihnen zu nähern«, erwiderte er durchaus ernsthaft.

»Und jetzt?«

»Meine Frau hat mir etwas Geld hinterlassen. Es war nicht viel, aber ich habe es in die Länge gezogen. Solange es ging – ja, wenn ich noch zurechtkäme, würden Sie nie etwas von mir hören. Das sage ich noch mal. Aber vielleicht habe ich kein rechtes Ehrgefühl, oder ich würde mich nicht in eine solche Lage begeben. Ich meine, wahres Ehrgefühl. Das ist nun mal nicht zu ändern, glaube ich, Ehre ist Ehre. Entweder man hat sie bis hier«, er markierte eine Linie an seiner Kehle, »oder man hat keine. Man ist nicht glücklicher, wenn man sich einredet, man sollte sie haben. Es ist wie alles andere, worauf's im Leben ankommt. Man muß ihr Opfer bringen. Sie wissen, daß ich aus einer alten neuenglischen Familie stamme. Was die Ehre anlangt, so muß ich zugeben, daß ich keinen sehr hohen Standard wahre. Wäre ich aber mit einem gerüttelten Maß davon in New York geboren worden, dann wäre ich noch übler dran. Mein Gott – New York! Die Ehre gab es bestimmt schon vor New York. Man sieht sie hierorts nicht nachts in feurigen Lettern an den Himmel geschrieben. Man sieht andere Worte. Derartige Dinge werden einfach aufgesogen bei diesen Verhältnissen – dem modernen Leben. Drum habe ich Glück, daß ich kein Gefühl dafür geerbt habe. Ich würde mit Don Quichotte wetteifern. Mit Ihnen ist das allerdings eine andere Sache. Sie sind darin regelrecht zu Hause, wie diese Dinger da, die in den Flammen leben – die Salamander. Wenn Ihnen jemand wehtut, dann schlagen Sie zurück, wie es gerade trifft, und alles ist erlaubt. So wird das hier gemacht. Es ist hart. Und ich kann's begreifen. Gewiß, die Ehre, die mir vertraut ist, läßt so etwas nicht zu. Meine gebietet mir, keinen Schadensersatz zu verlangen und so weiter. Aber meine ist verwässert, das ist klar.«

Allbee sagte das im Gesprächston, ganz sachlich, dennoch

vernahm Leventhal den gehässigen Tonfall. Er ließ jedoch kein Gefühl erkennen und äußerte sich nicht dazu.

»Das scheint mir eine Ware zu sein, die im Aussterben ist.«

»Sie haben das Geld durchgebracht«, sagte Leventhal, ohne auf das andere einzugehen. »Warum haben Sie sich keine Arbeit verschafft?«

»Wofür wollte ich denn arbeiten? Was für eine Arbeit konnte ich überhaupt bekommen? Niemand wollte mir geben, was ich suchte. Glauben Sie denn, ich nehme eine Laufarbeit an wie ein Schuljunge? Ein Laufbursche? Zudem hatte ich keine Eile. Warum sollte ich wohl?«

»Waren Sie auf der schwarzen Liste?« Leventhal konnte seine Besorgnis nicht verbergen. »Ist das der Grund?«

Allbee gab darauf keine direkte Antwort. »Auf jeden Fall hätte mich Rudiger auch nicht wieder eingestellt, um Aschenbecher auszuleeren.«

Danach schwiegen beide eine Zeitlang. Die Lampenkugel neben ihnen begann unter ihrem flachen Rand in der graublauen Tiefe der Luft zu leuchten. Man sah plötzlich, daß Allbees Gesicht mit Schweiß bedeckt war. Die Ringe unter seinen Augen verliehen ihm den Ausdruck von leidendem Zorn und Haß. Dennoch schien er diese Bloßstellung nicht zu bemerken und sprach mit Fassung.

»Nein, ich wollte nicht arbeiten«, sagte er. »Ich hatte es verdammt schwer, als meine Frau gestorben war, und entschloß mich, eine Weile vom Markt zu verschwinden. Ich habe wie ein Gentleman gelebt.«

Leventhal sagte sich voller Ingrimm: »Aha, Gentleman. So sieht es auch aus. Ein toller Gentleman.«

»Schön, und was wollen Sie jetzt von mir?« fragte er Allbee. »Sie haben wie ein Gentleman gelebt. Das heißt vermutlich, daß Sie jeden Tag um elf oder zwölf Uhr aufgestanden sind. Ich stehe um sieben auf und gehe an die Arbeit. Sie hatten lange Ferien. Trotzdem verlangen Sie von mir, daß ich etwas für Sie tue. Ich weiß nicht, was Sie wollen. Was wollen Sie denn?«

»Ich könnte Hilfe gebrauchen. Die Ferien haben ein bißchen zu lange gedauert.«

»Welche Art Hilfe?«

»Ich weiß nicht, welche Art. Das wollte ich mit Ihnen besprechen. Sie könnten mir helfen, wenn Sie wollten. Sie müssen Beziehungen haben. Ich möchte aus meiner alten Branche aussteigen, etwas Neues tun, einen vollständigen Wechsel.«

»Zum Beispiel?«

»Glauben Sie, daß Sie mir etwas in einer Bank verschaffen könnten?«

»Ach, Sie wollen geradewegs dahin gehen, wo man's aufbewahrt, wo das Geld sitzt?« sagte Leventhal.

»Oder ein Maklerbüro.«

»Lassen Sie Ihre Witze«, sagte Leventhal etwas scharf. »Ich finde an Ihren Witzen keinen Geschmack. Ich bin Ihnen in keiner Weise verpflichtet. Ich tue etwas für Sie, wenn ich kann. Und das soll bitte nicht heißen, daß ich irgend etwas anerkenne. Ich halte Sie für verrückt. Aber Stan Williston findet, ich sollte Ihnen helfen, und aus Respekt vor ihm will ich's versuchen.«

»Was?« rief Allbee aus. »Sie haben über mich mit Williston gesprochen? Was haben Sie ihm von mir erzählt?«

»Aha, das ist Ihnen unangenehm? Ja, man sieht's«, sagte Leventhal. »Ich habe nichts erfunden.«

»Was haben Sie ihm erzählt?« fragte er wieder erregt.

»Was glauben Sie, hätte ich ihm erzählen können? Haben Sie Angst, daß ich Sie angeschwärzt habe? Legen Sie so großen Wert auf Ihren guten Ruf? Ich dachte, Sie hätten Ihr Ehrgefühl eingebüßt?«

»Sie hatten kein Recht – kein Recht, verdammt nochmal!« rief Allbee mit einer solchen Wallung von Haß und so tiefem Schamgefühl, daß Leventhal wider Willen verstört war.

»Sie sind verrückt, Sie blöder Hund«, sagte er. »Was haben Sie denn? Sie kommen mir hier mit dem Quatsch, daß Sie zu tief gesunken sind, um noch irgendein Gefühl des Stolzes übrig zu haben – Sie können sogar zu mir kommen und was sonst nicht alles. Ich habe ja gewußt, daß das alles nur Schaumschlägerei war. Eine Minute sind Sie am Boden zerstört, können gar nicht tiefer sinken, und die nächste spielen Sie schon beinahe Lord Byron.«

Darauf folgte ein Schweigen, währenddessen Allbee um Fassung zu ringen schien. Dann sagte er mit leiser Stimme: »Williston ist ein alter Freund von mir. Ich habe zufällig ein besonderes Verhältnis zu ihm und Phoebe. Aber ich nehme an, das ändert auch nichts.« Allmählich fand er sein Lächeln wieder, wandte die Augen von Leventhal ab, betrachtete lange die flimmernde Straße hinter sich und bemerkte: »Ich hätte mir denken können, daß Sie auch diese Chance nicht auslassen würden, um mich zu demütigen.«

»Sind Sie noch bei Sinnen?« fragte Leventhal. »Haben Sie noch Ihren Verstand im Kopf? Kommt das vom Saufen? Allmächtiger Gott! Jeden Tag entdecke ich neue Verdrehtheiten.« Er blickte himmelwärts und stieß ein kurzes Lachen aus. »Wahrhaftig, das ist wie eine Menagerie. Es heißt, man gehe in den Zoo, um sich in den Tieren zu sehen. Es gibt nicht genug Tiere in der Welt, um sich vollständig in ihnen zu finden. Man brauchte eine Million neuer Federn und Schwänze. Kein Ende der Verdrehtheiten.«

Allbee, der in die Betrachtung der verblassenden Violett- und Grautöne der Dämmerung und die der Lichtschwärme versunken war, schien das auch komisch zu finden.

»Da haben Sie mir nichts voraus«, sagte er.

»Meinen Sie?«

»Sie kommen mir genauso vor wie ein Ungetüm.«

»Wirklich?«

»Zum Donnerwetter, ja. Sie sehen sowieso schon aus wie Caliban«, sagte Allbee beinah ernst. »Aber das ist es nicht allein. Sie persönlich sind nur einer unter vielen. Vielen Sorten. Sie selbst könnten das nicht sehen. Manchmal habe ich das Gefühl – ich meine das ganz ernst –, habe ich das Gefühl, als befände ich mich in einer Art ägyptischer Finsternis. Sie wissen doch, daß Moses die Ägypter mit einer Finsternis bestraft hat. So kommt mir das häufig auch vor. Als ich geboren wurde und als ich noch ein Junge war, war alles ganz anders. Wir glaubten, das Tageslicht würde ewig währen. Wissen Sie eigentlich, daß einer meiner Ahnen Gouverneur Winthrop war? Gouverneur Winthrop!« Seine Stimme zitterte leidenschaftlich; ein unterdrücktes Lachen schwang darin. »Ich bin gerade der richtige, um über Tradition zu sprechen, denken Sie sich wahrscheinlich. Aber ich bin trotzdem hineingeboren worden. Und versuchen Sie nun, sich vorzustellen, wie New York auf mich wirkt. Ist es nicht absurd? Es ist tatsächlich so, als ob die Kinder Calibans überall am Steuer säßen. Sie gehen hinunter zur Untergrundbahn, und Caliban gibt Ihnen zwei Nickel für Ihren Dime. Sie gehen nach Hause, und er hat einen Bonbonladen in der Straße, in der Sie geboren wurden. Die alten Geschlechter sind verschwunden. Die Straßen tragen ihre Namen. Aber was sind sie selber? Überbleibsel.«

»So steht's also, Sie sind eigentlich ein Aristokrat«, sagte Leventhal.

»All dies fällt Ihnen vielleicht nicht so auf wie mir«, sagte Allbee. »Aber ich gehe ab und zu in die Bibliothek, um mich zu orientieren, und letzte Woche habe ich ein Buch über

Thoreau und Emerson von einem Mann namens Lipschitz gesehen ...«

»Was ist damit?«

»Ein solcher Name?« Allbee sagte das mit großem Ernst. »Schließlich können meiner Meinung nach Leute solcher Abstammung einfach nicht verstehen ...«

»Dieser gottverdammte Unsinn!« schrie Leventhal. »Hören Sie zu, ich habe noch einiges zu erledigen. Ich muß telefonieren. Das ist wichtig. Sagen Sie mir, was Sie in Teufels Namen wollen, und sputen Sie sich!«

»Ich versichere Ihnen, ich hatte nicht die Absicht, boshaft zu sein. Ich habe das nur aufs Tapet gebracht ...«

»Ich versichere Ihnen, Sie hatten die Absicht. Ich versichere es Ihnen!« schleuderte ihm Leventhal entgegen. »Wonach steht also Ihr Begehren? Vermutlich ein paar Dollar für Whisky.«

Allbee lachte laut. »Man sagt, das Trinken sei nur eine andere Art der Erkrankung«, sagte er. »Wie ein Herzfehler oder die Syphilis. Mit einem Herzkranken würden Sie nicht so hart umspringen, oder? Sie wären etwas mitfühlender. Man sagt sogar, das Verbrechen sei nur eine Art Krankheit, und wenn man mehr Krankenhäuser hätte, brauchte man weniger Gefängnisse. Sehen Sie nur, wie viele Mörder loskommen und ärztlich behandelt, statt hingerichtet werden. Wenn sie krank sind, trifft sie keine Schuld. Warum können Sie sich diese Auffassung nicht zu eigen machen?«

»Warum?« wiederholte Leventhal unwillkürlich. Er war verwirrt.

»Weil Sie mir Schuld geben müssen, darum«, erklärte Allbee. »Sie wollen nicht glauben, daß es nicht ausschließlich mein Fehler ist. Sie müssen unbedingt überzeugt sein, daß ich mein Schicksal verdiene. Es kommt Ihnen nicht in den Sinn – oder doch? –, daß ein Mensch sich nicht dagegen wehren kann, niedergehämmert zu werden. Was sagen Sie? Vielleicht kann er sich nicht helfen? Nein, wenn ein Mann am Boden ist, ein Mann wie ich, dann ist es seine Schuld. Wenn er leidet, ist es seine Strafe. Im Leben als solchem ist das Böse nicht enthalten. Und wissen Sie was? Das ist ein jüdischer Standpunkt. Sie finden ihn überall in der Bibel. Gott begeht keine Irrtümer. Er ist die Abteilung für Gewicht und Maß. Wenn Sie in Ordnung sind, ist er auch in Ordnung. Das wird dem Hiob von seinen Freunden vorgehalten. Aber ich will Ihnen etwas dazu sagen. Wir werden grundlos geschlagen, wir leiden grundlos, und es läßt sich nicht leugnen, daß das Böse so wirklich ist wie das Sonnenlicht. Glauben Sie mir, ich weiß, wovon ich rede. Für Sie steht es fest, daß ich verdient haben muß, was mir widerfährt. Dabei bleiben Ihre Hände sauber, und Sie brauchen sich nicht weiter zu kümmern. Ich verlange ja nicht, daß ich Ihnen leid tue, aber jedenfalls haben Sie keinen Schimmer davon, was einen Menschen zum Säufer macht.«

»Schön, dann habe ich keine Ahnung. Und wenn schon! Wofür haben Sie mich angehalten, nur um mir das mitzuteilen?«

»Nein, die Ahnung haben Sie nie gehabt, und ich will Ihnen auch den Grund sagen. Weil ihr zunächst einmal eure Schäfchen ins Trockene bringt. Ihr haltet euren Verstand hinter Schloß und Riegel. So werdet ihr erzogen. Ihr macht ihn zum Geschäftspartner, und er ist sicher und zahm und führt zu nichts Riskantem. Nichts Gefährlichem und nichts Großem. Nie seid ihr versucht, euch zu lösen. Wozu auch? Was steckt drin? Keine Prozente.«

Leventhals Gesicht zeigte einen Ausdruck der Verständnislosigkeit und des Entsetzens. Seine Stirn war gefurcht. Sein Herz schlug schmerzhaft, und er stammelte: »Ich begreife nicht, wie Sie so reden können. Das ist reines Geschwätz. Millionen von uns sind umgekommen. Wie steht's denn damit?«

Er schien auf eine Antwort zu warten, aber bevor sie kommen konnte, drehte er sich um und ging rasch fort. Allbee blieb allein unter der Laterne stehen.

12

Leventhal ging blicklos und schnell nach Hause, sein kräftiger Körper erbebte unter dem ungewohnten Schritt. Der Schweiß lief von seinem buschigen, glanzlosen Haar über die dunkel getönte Haut. Er dachte, er hätte etwas tun, Allbee über den Kopf hauen, ihn nicht ungestraft ziehen lassen sollen. Er fühlte, daß er dumm geantwortet hatte, obwohl er nicht wußte, was er statt dessen hätte sagen sollen; er konnte sich nicht an alles erinnern, was gesprochen worden war. Als sich aber die ersten Wallungen des Zornes in Schmerz verwandelten, kam es ihm so vor, als hätte er die ganze Zeit, während der gesamten Unterhaltung gewußt, was zu tun war, hätte es aber versäumt und sich dem, was klar, offenbar und notwendig war, nicht gewachsen gezeigt. »Ich hätte es tun sollen«, dachte er, »auch wenn es bedeutet hätte, daß ich ihn ermorde.«

Gerade in diesem Augenblick brachte ihn das Blinken eines gelben Lichtes auf der Straßenmitte in Trab. Eine Wolke von Auspuffgas blies ihm ins Gesicht. Er befand sich hinter einem Bus. Mit knirschender Gangschaltung fuhr er davon, und Leventhal trat atemlos auf den Bürgersteig. Nach einer kurzen Verschnaufpause ging er weiter, wobei er seine Schritte allmählich zu seiner gewöhnlichen Gangart verlangsamte. Sein Kopf schmerzte. Eine Stelle zwischen den Augen tat besonders weh; auch schien die Haut empfindlich. Er drückte darauf. Sie schien der absolute Mittelpunkt all seines Starrens und seiner Konzentration gewesen zu sein. Er merkte, daß seine Nerven zerrütteter waren als je zuvor, daß ihm der Zorn geschadet und sogar sein Blut in Mitleidenschaft gezogen hatte. Er hatte die Vision von schlechtem Blut als etwas Schwarzem, Dickem, Schaumigem, durch Krankheit, Wollust oder übermäßigen Ärger verursacht. Sein Herz schlug wieder schneller. Er warf einen Blick zurück. Einige Leute gingen in die entgegengesetzte Richtung. »Er soll mir lieber nicht zu nahe kommen«, knurrte er. Sein Kopf war klarer, und der einzige Mordgedanke, der je in ihm aufgestiegen war, hatte sich verflüchtigt. Immerhin bedauerte er, Allbee nicht geschlagen zu haben, und hätte eine neue Gelegenheit beinahe willkommen geheißen. Was half es schon, wenn man an derartiges Gesindel Worte vergeudete? Zugeschlagen! Das verstand es. Als Mary vor zwei oder drei Jahren im Kino eine Frau gebeten hatte, ihren Hut abzunehmen, hatte sich diese umgedreht und eine Beleidigung über die »jüdische Frechheit« ausgestoßen. Frau oder nicht, Leventhal hatte den heftigen Drang verspürt, ihr mit der Faust auf den Kopf zu schlagen und den Hut abzureißen. Er hatte später mit Mary gestritten, daß man in manchen Fällen so handeln sollte. »Was hättest du davon?« war Marys Antwort. Praktisch gesprochen hatte sie unzweifelhaft recht; sie wußte, was ein kühler Kopf wert war. Aber er bedauerte es. Oh, wie er manchmal bedauerte, daß er diesen Hut nicht runtergeschlagen hatte. Bei seinem Vater hatte immerhin noch dieses »*gib mir die groschke*« einen denkbar realen Ausgleich geschaffen. »Aber wie steht's mit mir?« fragte Leventhal mit einem unvollkommenen Aufschlag seiner großen grüblerischen Augen. Die Wolken zeigten ein trübes Rot, das von den Neonlichtern und dem Uhrenturm der Fifth Avenue aufgesogen wurde. Sein Vater hatte zumindest danach gestrebt, sich seinen Anteil zu sichern. Darin lag eine gewisse Weisheit. Man konnte sich nicht als Herr seiner selbst fühlen, wenn es so viele Menschen gab, die einen demütigen konnten. Und

Mary hatte bei ihrer Antwort sicher an die Nacht gedacht, als er sie vor Jahren in Baltimore gestoßen hatte. Vielleicht wollte sie ihn daran erinnern. Natürlich gab es dafür keine Entschuldigung. Aber er fand immer noch, daß man der Frau den Hut hätte abreißen und wegwerfen sollen.

Und er stieß ein leises unwillkürliches Gelächter aus, als er daran dachte, wie er dagestanden hatte, nur dagestanden, nicht einmal geistesgegenwärtig genug, um zu merken, daß man ihn beschimpfte. Es lag nämlich nur an seiner mangelnden Geistesgegenwart, genau wie bei Dunhill, dem Setzer, der ihm die unerwünschte Karte verkaufte. Bei Allbee war die Verwirrung noch größer, weil er seine Beleidigungen so vorbrachte, als gehörten sie zur Diskussion. Anfangs schien er immer noch unpersönlich zu sprechen, obwohl er hier und dort einen tückischen Witz einflocht. Aber auf einmal brachte er in vollem Ernst etwas Hanebüchenes vor. Gewiß war er krank. Er selbst hatte das Thema der Krankheit angeschnitten, also mußte er sich dessen bewußt sein. Aber war seine Krankheit, wie auch immer geartet, der Grund für sein Gerede, oder hätte die Gesundheit ihm nur die Kraft verliehen, es für sich zu behalten? Manche Menschen, die von Natur aus sanft sind, wurden in der Krankheit gütig. Leventhal sagte sich unwillig: »Es gibt ungefähr zwei Milliarden Menschen auf der Welt, und *ihm* geht's dreckig. Was ist an ihm so besonders?«

Mrs. Nunez stand auf der Sandsteintreppe. Sie und ihr Mann waren gerade von einem Sonntagsausflug zurückgekehrt. Sie trug Handschuhe und eine rote Lackledertasche. Ihr Hut war aus weißem Stroh mit Kirschen auf der Krempe. Ihr indianisches Gesicht war schmal, aber sie hatte eine plumpe Figur mit breiten Hüften. Sie trug ein enggeschneidertes gestreiftes Kostüm, hatte hohe Schultern und einen hohen Busen, und ihre Lippen waren geöffnet wie am Ende eines langen Atemzugs. Mary, der nichts entging, hatte einmal über Mrs. Nunez' Kostüme gesagt: »Ich weiß nicht, warum sie sie trägt. Sie könnte in Kleidern aus bedruckter Seide sehr hübsch aussehen.« Bis dahin hatte Leventhal sie kaum beachtet. Als er ihr jedoch jetzt guten Abend sagte und ihr zunickte, mußte er daran denken und empfand für einen Augenblick heftige Sehnsucht nach seiner Frau.

»Sind Sie in den Regen geraten?« fragte Mrs. Nunez.

»Nein, ich habe das ganze Unwetter verschlafen.«

»Wir waren im Prospect Park, um uns die Blumen anzusehen. Mein Bruder arbeitet im Treibhaus. Mein Gott, es war schrecklich. Ein Baum ist umgefallen. Der Blitz hat ihn getroffen.«

»Das muß ja beängstigend gewesen sein.«

»Fürchterlich. Wir waren im Haus. Aber ich hatte Angst. Ach, entsetzlich«, sagte sie mit einem Stoßseufzer. »Kommt Ihre Frau schon zurück?«

»Noch nicht.«

Sie zog die Handschuhe aus und zupfte daran mit ihren langen braunen Fingern, deren Größe und Stärke er mit geistesabwesender Überraschung feststellte.

»Kommt sie bald?«

»Ich glaube nicht.«

»Ach, wie schade, wie schade«, sagte sie in ihrer leisen, tonlosen schnellen Sprechweise. Leventhal war oft an der Tür der Nunez' stehengeblieben, um amüsiert ihrem schnell fließenden Spanisch zuzuhören, von dem er nicht ein Wort verstand. »Wie schade«, wiederholte sie, und Leventhal suchte mit einem argwöhnischen Blick auf ihr schmales Gesicht unter der weißen Hutkrempe zu ergründen, welche Anspielung in ihrer Sympathiekundgebung enthalten sein mochte. Ein Schwall von Musik erscholl von oben; jemand hatte ein Fenster geöffnet.

»Ich werde wohl noch etwa einen Monat Junggeselle sein«, sagte er.

»Oh, vielleicht macht es Ihnen sogar Spaß; eine Zeitlang ist es ja eine Abwechslung.«

»Nein«, sagte er schroff.

Er ging ins Treppenhaus, wo der Hund der Nunez' auf ihn zuraste und an ihm hochsprang. Er beugte sich nieder, drückte das Tier an sich und rieb ihm den Kopf. Es leckte ihm das Gesicht und stieß seine Schnauze unter den Ärmel seiner Jacke.

»Er ist ganz verrückt nach Ihnen«, sagte Nunez vor der Tür. »Ich glaube, er wittert, wenn Sie kommen.« Er putzte seine Brille mit einem geblümten Taschentuch seiner Frau. Neben dem Bett in seinem Zimmer sah man Bierdosen und Zeitungen.

»Das ist ein freundlicher Hund. Ich habe selbst für Hunde sehr viel übrig.«

»Steh auf, Smoke«, sagte Nunez. »Werden eigentlich Hunde ohnmächtig, Mr. Leventhal? Manchmal glaube ich, daß dieser hier ohnmächtig wird, wenn Sie ihm den Bauch kraulen.«

»Ich weiß es nicht. Werden Tiere ohnmächtig? Kann jemand vor Wonne ohnmächtig werden?«

»Jemand«, scherzte Nunez. »Vielleicht eine Dame mit einem schwachen Herzen. Sehen Sie sich das an, wie er auf dem Rücken liegt. Sehen Sie sich diese Brust von ihm an.« Er setzte sich die Brille auf und lehnte sich an die Türkante, auf deren schwarzen Holz sich das Rot der Eingangshalle und das Gelb seiner Wohnung spiegelte. Sein Sporthemd war offen, und ein religiöses Medaillon baumelte über dem Haarbüschel seiner dunklen rötlichen Brust.

»Kommen Sie rein und trinken Sie ein Bier«, sagte er.

»Ich kann nicht, danke vielmals, ich habe zu tun.« Leventhal erinnerte sich, daß er Elena bisher noch nicht erreicht hatte. Zudem fiel ihm ein, daß Nunez seiner Balgerei mit Allbee im Treppenhaus zugesehen hatte. Er sah ihn mißtrauisch an und begab sich zur Treppe.

Zum dritten Mal meldete sich niemand bei Villanis, und er bekam es mit der Angst zu tun. Die Villanis hatten kleine Kinder, und kleine Kinder mußten ins Bett gebracht werden. Es war schon nach acht. »Vielleicht sollte ich lieber Elena und Phil besuchen«, sagte er sich. »Ich habe heute abend ja nichts zu tun.« Aber insgeheim dachte er, daß Villanis Abwesenheit ein schlechtes Zeichen war. Er machte sich wieder auf den Weg und nickte Mrs. Nunez auf dem Vorplatz zu, als sähe er sie zum ersten Mal.

Er fand Villani und die alte Frau mit Phil und Elena im Wohnzimmer sitzen. Sie waren gerade vom Krankenhaus zurückgekehrt; er schloß daraus, daß sich Mickeys Zustand verschlechtert hatte. Er hatte anscheinend abgenommen. Villani verriet seine Befürchtungen durch den Überschwang seines Optimismus. Er rief: »Macht euch über die da draußen keine Sorgen. Sie werden schon gezwungen zu essen. Das gibt es ja gar nicht in einem Krankenhaus, daß man nicht ißt. Die sehen schon darauf. Die können mit Kindern umgehen, die haben Erfahrung.« Elena verharrte in kaltem Schweigen. Offenbar hatte sie dem Krankenhaus vorgeworfen, daß man dem Kind nichts zu essen gab. Sie sah wächsern aus. Alles – ihr schwarzes Haar, die dunklen Nasenflügel und die weißen Lippen, ihre Reglosigkeit bei seiner Ankunft, selbst die Tatsache, daß sie zum Ausgehen angezogen war und nicht ihr Kattunkleid über dem Nachthemd trug – wirkte auf Leventhal beunruhigend.

»Gebt ihnen Zeit«, sagte Villani. »Er ist noch nicht lange da. Was meinen Sie?«

Leventhal gab einen zustimmenden Laut von sich und

wandte den Blick von Elena zu der alten, dunkel gekleideten Frau hinüber. Ihre hageren Handgelenke, von dicken stumpfblauen Adern durchzogen, lagen in ihrem Schoß. Er bemerkte, daß ihre Knöchel über den unmodernen schwarzen Schuhen geschwollen waren – vermutlich vom Gehen durch die langen Korridore des Krankenhauses. Ihr Mund war dünn, die Unterlippe nicht ganz der ausdruckslosen Oberlippe angepaßt, weil das Kinn eingesunken war. Die Haltung ihres Körpers im Sessel, ihre gekreuzten Füße gaben den Anschein von Ruhe, und doch war es gerade die Ruhe, die sie zu bekämpfen schien, indem sie die Schultern von dem untergeschobenen Kissen wegzog. Immer wenn ihre Lider sich hoben, zeigten ihre Augen eine grimmige Wut wie die eines Hahnes. Ganz wider Willen war Leventhal von ihrem Gesicht fasziniert. Andere Leute konnten sich noch verändern, es war schwer, ging auch vielleicht nicht mehr, aber sie konnten es versuchen. Die Frau war, so wie sie war, für immer geprägt.

Er nahm die erste Gelegenheit wahr, Villani zuzuflüstern, daß man vielleicht jetzt Max kommen lassen sollte, und Villani schloß zustimmend die Augen. Es war also doch ernst. Er wollte am Morgen den Arzt anrufen und sich bei ihm Auskunft holen. Denisart hatte versprochen, ihm mitzuteilen, wenn er Max benachrichtigen sollte.

Unter dem Vorwand, sich ein Glas Wasser zu holen, entwich er eine Zeitlang in die Küche. Tatsächlich fürchtete er, die Beherrschung zu verlieren, wenn er Elena noch lange gegenübersaß. Sein Gesicht könnte anfangen zu zucken oder die Stimme ihm versagen. Was aber das schlimmste war, er könnte sie vielleicht fragen, warum sie glaube, daß er schuld sei, und das wäre absolut falsch und möglicherweise sogar gefährlich. Ganz offenbar machte sie ihn verantwortlich. Er hatte sie gedrängt, den Jungen ins Krankenhaus zu schicken. Aber das hatte auch der Arzt getan. Und worauf konnte er sich noch gefaßt machen, wenn sie ihm jetzt schon die Schuld gab? Dies war nur der Anfang, nach den Zeichen zu urteilen, die Villani gab. Mehr stand zu erwarten. Sie selbst, die Eltern, waren ebenso verantwortlich wie jeder andere. Vor allem Max. Warum verschob er seine Heimkehr? Weil er glaubte, daß er sich aus der Affäre ziehen konnte? Er konnte sich aus der Affäre ziehen, aber nur, wenn Mickey, der im Krankenhaus in Lebensgefahr schwebte, davonkam. Nicht daß Maxens Anwesenheit zu Hause jetzt noch einen Unterschied für das Kind gemacht hätte, aber auf alle Fälle würde er dann nicht so vollkommen dem riesigen Krankenhaus ausgeliefert sein, und Max würde sich zu seinen Pflichten bekennen. Denn wenn man schließlich heiratete und Kinder hatte, löste man damit eine Kette von Konsequenzen aus. Am Anfang war es unmöglich zu sagen, was noch alles geschehen konnte. Und vielleicht war es nicht fair, wenn man mit vierzig Jahren für das einstehen mußte, was man mit zwanzig getan hatte. Wenn man jedoch nicht mehr als menschlich oder weniger als menschlich war, wie Mr. Schloßberg es formuliert hatte, dann mußte man die präsentierten Rechnungen honorieren. Leventhal war über das »weniger als menschlich« anderer Ansicht. Da so viele es taten, was konnte es anderes sein als menschlich? »Mehr als menschlich« betraf eine viel geringere Zahl. Aber die meisten Menschen trugen eine Angst in sich – Angst vor dem Leben, Angst vor dem Tod, mehr vielleicht vor dem Leben als vor dem Tod. So viel stand jedoch fest, daß sie Angst hatten, und wenn ihre Angst alles andere überstieg, wollten sie sich aller weiteren Lasten entledigen. Mit zwanzig hatten sie noch Energie und waren daher leichtsinnig, aber später fühlten sie sich zu schwach, um sich der Verantwortung zu stellen. Sie sagten: »Laß mich in

Frieden, mehr will ich nicht.« Aber entweder fanden sie die Kraft, die Kosten zu tragen, oder sie weigerten sich und überließen sich einem Taumel – einem völligen Taumel, dem Taumel der Lust vor der Katastrophe. Man mochte es »weniger als menschlich« nennen, wenn man sich verweigerte; er hätte gern geglaubt, daß »menschlich« gleichbedeutend mit »verantwortlich« war, trotz aller Schwächen – zäh genug im letzten Moment, um auszuhalten. Wenn man jedoch danach urteilte, was in der Mehrzahl der Fälle geschah, war der letzte Taumel am typischsten und verdiente am ehesten diesen Namen.

Für eine Weile kehrte er ins Wohnzimmer zurück. Als er erklärte, daß er gehen wolle, sah Elena ihn an, bot ihm aber keine gute Nacht.

Philip, mit müden Augen und voller Schwermut, saß außerhalb des Kreises der Erwachsenen, die Arme um die Rükkenlehne des Stuhles geschlungen. Sein Hemd hing an den Seiten aus der Hose, und seine Schuhe waren nicht geschnürt.

»Müde davon, daß er ihnen den ganzen Tag nachgetrottet ist«, bemerkte Leventhal für sich. »Leg dich schlafen, Phil«, sagte er.

»Das will ich auch.«

»Hat's dir gestern gefallen?«

»Ja, sehr.«

»Wenn der Junge aus dem Krankenhaus kommt, machen wir einen Ausflug mit dem Dampfer um die Insel. Das soll wirklich herrlich sein.«

Philip legte seine Wange auf die oberste Querleiste des Stuhles, mit einer Bewegung, die sich durch die Müdigkeit allein nicht erklären ließ. Leventhal strich mit der Hand über sein kurzes Haar und sagte: »Schon gut, mein Junge.« Aber darüber hinaus konnte er nichts vorbringen. Er erschlaffte, der Faden der Beschwichtigung war verloren, ja selbst den Atem, mit dem er Beschwichtigungen vorbringen konnte, hatte ihm das Mitleid für die Kinder verschlagen. Er eilte die schmutzigen Kachelstufen hinunter. Ein Bus tauchte einen halben Straßenzug entfernt von ihm auf, und er rannte über die Straße. Obwohl die Plätze rings um ihn leer waren, blieb er stehen und hielt sich an der glänzenden Stange fest, hörte kaum die Luftstöße der Bremsen und die pneumatischen Türen, sondern sah nur chaotisch verschwommene Farben vor seinen überquellenden Augen. Philip mußte bemerkt haben, daß er mit Villani geflüstert hatte. Aber vielleicht hatte er auch schon früher angefangen zu begreifen. Er wußte Bescheid, davon war Leventhal überzeugt. Und vielleicht hatte es sogar der kleine Mickey in gewisser Weise begriffen, nach der Art, wie eine Kerzenflamme auf verschiedene Luftströme reagiert, wie alles, das seine Ursprungsform bewahren will, von dem, was es nährt oder gefährdet, beeinflußt wird.

Schwankend und schaukelnd erreichte der Bus die Wasserfront. Leventhal bemerkte den Geruch des Hafens und die aufblitzenden Lichter an den Arkaden. Er ging durch das dämmrige Holzgebäude zum Bug des Schiffes und blickte auf das Wasser, die klaren Sterne und die roten und gelben Flecken an den Kranen und Schiffsrümpfen, die zwischen dem Landeplatz und der schimmernden niedrigen Kruste des Ufers hin und her schwangen.

13

Die folgende Woche war für ihn schauderhaft. Dr. Denisart war am Montag nicht optimistisch, und da er vorher schon bewiesen hatte, daß er alles andere war als ein Schwarzseher, mußte Leventhal darin eine berufsbedingte Warnung sehen, daß nur wenig Hoffnung bestand. Am Dienstag sagte er, er halte es für ratsam, daß Max nach Hause käme. Leventhal rief ins Telefon: »Was wollen Sie damit sagen? Ist es soweit?« Der Doktor antwortete: »Der Vater sollte greifbar sein.«

»Es kommt also mit anderen Worten zum Austrag«, sagte Leventhal. Er schickte das Telegramm, fuhr an jenem Abend und am nächsten zum Krankenhaus hinaus und versuchte dabei mit allen Mitteln, eine Begegnung mit Elena zu vermeiden. Mickey war jetzt nicht bei Bewußtsein und mußte intravenös ernährt werden. Heiß und schmutzig nach der langen Fahrt beugte sich Leventhal über das Bett. Das Gesicht des Jungen war dunkel vom Fieber; die Nadel war mit Pflasterstreifen an seinen Arm geklebt, deren Breite für einen erwachsenen Mann gereicht hätte. Der Spiegel der Flüssigkeit in dem Behälter, der mit einer Klammer an der langen Stange befestigt war, schien sich nicht zu ändern. Leventhal ging zum Fenster und hob mit dem Zeigefinger den Rand des Rollos ein wenig hoch; er blickte auf die Steintöpfe mit Rankengewächsen und Geranien, die für den kleinen niedrigen Hof zu massiv waren. Er ging hinaus, nicht ohne am Fuß des Bettes zu zögern. Er war zwei Stunden gefahren, um zehn Minuten in Mickeys Zimmer zu verbringen.

Er sagte sich fortwährend: »Es kommt zum Austrag« – schuldbewußt, denn er hatte im Grunde seines Herzens keine Hoffnung. Das Wort selbst war eine Ausflucht, und er, nicht der Arzt, hatte es aufgebracht. Aber es war ein vielsagendes Wort; es umfaßte mehr als Mickeys Krise oder Elenas oder seine eigene Auseinandersetzung mit Allbee. Diese waren darin enthalten, was sich z. B. mit Allbee abspielte, durfte nicht ewig so weitergehen. Was er jedoch mit dem ihn beschäftigenden Wort »Austrag« ausdrücken wollte, war ein Umschwung, der seinen Widerstand gegen etwas, dem er nicht widerstehen durfte, beenden würde. Krankheit, Wahnsinn und Tod zwangen ihn, sich seiner Schuld zu stellen. Er hatte jedes Mittel, vor allem Gleichgültigkeit und Nachlässigkeit, gebraucht, um sie sich nicht eingestehen zu müssen, und wußte immer noch nicht, worin sie eigentlich bestand. Aber das lag daran, daß er sich ums Wissen gedrückt hatte. Er hatte viel getan, um sich das Leben zu erleichtern, hatte beschwichtigt, besänftigt, zur Seite geguckt. Je mehr er jedoch das, wogegen er sich wehrte, unterdrücken wollte, desto mehr wütete es, und der Augenblick nahte, in dem seine Widerstandskraft erschöpft sein würde. Sie war schon jetzt beinahe erschöpft.

Es war fast Mitternacht, als er am Mittwoch nach Hause kam. Noch bevor er die Tür aufschloß, hörte er den Kühlschrank keuchen, als versuche er, die Luft der leeren Wohnung mit Energie aufzuladen. Er drehte im vorderen Zimmer und im Badezimmer, wo er sich auskleidete und seinen Pyjama anzog, das Licht an. Als er den Medizinschrank öffnete, starrte er hinein wie ein Mensch, der vergessen hat, was er sucht; tatsächlich war sein Kopf leer. Seine Hand berührte den Rasierapparat, er wechselte gedankenlos die Klinge und legte ihn zurück in die rotsamtene Vertiefung im Kasten. Barfuß ging er in das Vorderzimmer. Auf dem Schreibtisch lag Papier, und ihm kam der Einfall, einen Brief an Mary zu schreiben. Er setzte sich hin, verschränkte die Beine um die Stuhlbeine, schrieb ein paar Worte und hielt inne, um zu überlegen, was er sagen oder nicht sagen sollte. Er hatte eine Menge Auswahl. Daß er sie vermißte? Daß es immer noch heiß war? Er legte den Federhalter nieder und beugte sich über den Tisch, wobei er die Brust gegen die Tischkante drückte. Stumm und unbeweglich in dem stillen Zimmer hörte er draußen das Zuschlagen von Autotüren und das Aufheulen von Motoren. Plötzlich erklang ein anhaltendes, nervenzerreißendes Klingeln. Ein Finger drehte den Knopf unbarmherzig in seiner Fassung. Er eilte zur Tür und schrie: »Ja?« Er hörte seinen Namen mehrere Male gesprochen und rief zurück: »Wer ist das?« Als er sich über das Geländer bückte, erblickte er unten am Treppenabsatz Allbee. Darauf zog er sich in die Diele zurück und schloß die Tür. Sofort wurde die Klinke gedrückt, noch einmal leise gedrückt und dann geschüttelt.

»Ja, ja, was wollen Sie denn jetzt wieder?« fragte er. Allbee klopfte. Leventhal riß die Tür auf und sah ihn mit erhobenem Fingerknöchel, bereit, wieder anzuklopfen.

»Was gibt's?«

»Ich möchte Sie sehen«, sagte Allbee.

»Schön, Sie sehen mich.« Er tat so, als wolle er die Tür schließen, aber Allbee streckte mit einer Bewegung des melancholischen Protestes schnell den Kopf vor, wobei er Leventhal ansah, wenn auch ohne Groll.

»Das ist nicht fair«, erklärte er. »Ich bringe meinen ganzen Mut auf, um Sie aufzusuchen. Dazu brauche ich fast einen Tag.«

»Um etwas Neues auszubrüten.«

Allbees Miene war ernst. Der Zug von Wahnsinn, der meistens in seinem Lächeln enthalten war, fehlte.

»Neulich abend – letzte Woche – wollte ich auf etwas zu sprechen kommen«, sagte er. »Ich wollte Ihnen etwas sagen.«

»Ich wünsche keine Diskussionen mehr. Ich lasse sie mir nicht länger bieten. Es ist immerhin schon nach Mitternacht.«

»Ja, ich weiß, daß es spät ist«, gab Allbee zu. »Aber es war noch etwas Wichtiges zu besprechen. Wir sind auf die falsche Bahn geraten.«

»Sie vielleicht«, sagte Leventhal schwerfällig. »Ich war nicht einmal beteiligt.«

»Ich weiß wohl, worauf Sie anspielen. Aber was ich auch gesagt habe, ich habe es nicht persönlich gemeint. Sie sollten nicht denken ...«

»Was? Das war alles nur Theorie, theoretisch?« fragte er sarkastisch.

»Nun ja, teilweise. Zum Teil war's auch Scherz«, erklärte Allbee mühevoll. »Das ist eine eingefleischte Gewohnheit von mir. Ich weiß, daß es schlecht ist.«

»Tut mir leid, aber ich verstehe Sie nicht. Vielleicht verstehe ich auch Emerson nicht. Das geht in einem.«

»Bitte ...«, sagte Allbee zerknirscht.

Stille herrschte im Treppenhaus unter den stumpfen Speichen des Dachfensters und dem trüben Glas.

»Sie fassen das alles falsch auf«, fuhr er fort.

»Wie soll ich es denn auffassen?«

»Sie sollten einsehen, daß ich nicht völlig ...«, er rang nach Worten, »daß ich mich nicht völlig in der Hand habe.« Die Schatten, die auf sein bleiches fleischiges Gesicht fielen, ließen es unstet erscheinen. Die Ringe unter seinen Augen erinnerten Leventhal an die Druckstellen unter einer Apfelschale. »Die Dinge entgleiten mir manchmal. Ich versuche nicht, mich zu entschuldigen. Aber Sie würden nicht glauben, wieviel ...«

»Doch, heutzutage kann man fast alles glauben«, sagte Leventhal und stieß ein kurzes unlustiges Gelächter aus.

Mit einem flehenden Blick beschwor Allbee ihn, nicht in diesem Sinne weiterzusprechen. Seine Augenbrauen hoben sich, er strich mit den Fingern durch das schmutzig-blonde Haar, und Leventhal sagte sich, daß in allem, was er tat, ein Komödienelement enthalten war. Aber plötzlich war er sich auf seltsame, vertraute Weise Allbees bewußt, seines Gesichts und seines Körpers, er hatte ein Gefühl intimer Nähe, wie er es auch im Zoo erlebt hatte, als er sich hinter Allbees Rücken glaubte; damals sah er mit mikroskopischer Deutlichkeit die Fältchen in seiner Haut, die kleinsten Härchen und atmete in seinem Dunstkreis. Die gleichen Empfindungen wiederholten sich; er konnte beinahe das Gewicht seines Körpers und die Berührung seiner Kleider spüren. Mehr noch: Die Gegenwärtigkeit seines Gesichtes, lose in den Bakken, fest in Stirn und Kinnpartie, überwältigte ihn in ihrer Deutlichkeit, und der Blick des Erkennens, den Allbee auf ihn richtete, gab nur seinen eigenen Blick wieder. Dessen war er sicher. Trotzdem hielt er den Gedanken lebendig, daß Allbee ihn haßte, und seine Urteilskraft, wenn auch durch die sonderbare Emotion der Nähe abgestumpft – denn es war eine Emotion –, ließ ihn nicht im Stich. Seine stämmige, gespannte Gestalt wich nicht aus dem Türrahmen, ebensowenig wie die Speichen im Dachfenster.

»Möchten Sie mich nicht einlassen?« fragte er endlich.

»Wozu?«

»Ich will mit Ihnen reden.«

»Ich habe Ihnen gesagt, daß es spät ist.«

»Es ist spät für Sie, aber für mich ist es ganz egal, welche Zeit es ist. Sie sagten, Sie würden mir helfen.«

»Ich habe jetzt keine Lust, über Ihre Zukunft zu debattieren. Gehen Sie.«

»Es ist die Gegenwart, nicht die Zukunft.«

Leventhal fühlte sich ihm gegenüber unerklärlich schwach. »Vergesse ich alles, was er mir gesagt hat, wie wütend ich war über diese häßlichen Sachen?« fragte er sich. Aber es war so, die Kränkung, die er erlitten hatte, schmerzte nicht mehr; seine Selbstvorwürfe machten sie nicht schmerzhafter. Das Treppenhaus war stickig, ganz wie Mickeys Zimmer gewesen war. Er lechzte nach einem freien Atemzug. Seine Augen waren heiß und müde, und das Gefühl der Dumpfheit schien alle anderen Gefühle verdrängt oder abgestumpft zu haben.

»Wieso die Gegenwart?« fragte er.

»Nun, Sie können reingehen, die Lichter ausmachen und sich schlafen legen«, sagte Allbee. »Es gibt nichts, worüber Sie sich Gedanken machen müssen. Aber ich habe keine Bleibe. Schon in den letzten paar Nächten nicht mehr. Ich bin rausgesetzt worden.«

Leventhal betrachtete ihn stumm. Dann trat er beiseite und sagte: »Gut. Kommen Sie.« Er ließ Allbee vor sich das Vorderzimmer betreten und deutete auf einen Stuhl. Er selbst ging zum Fenster, steckte den Kopf hinaus und blickte kurz auf die geröteten und verdunkelten klobigen Formen der Straße, wobei er tief einatmete. Er setzte sich auf das knarrende Bett. Es war seit einer Woche nicht mehr gemacht worden; Papiere und Pappkringel, die die Wäscherei in die Hemdkragen steckte, lagen darüber verstreut. Als Allbee die Beine übereinanderschlug, zupfte er seine fleckigen, schlotternden Hosenbeine zurecht. In manchen Dingen benahm er sich beharrlich wie ein Gentleman. Er verschränkte die Finger um das Knie.

»So, nun bitte noch einmal. Was ist passiert? Sie sind rausgeschmissen worden? Wo haben Sie gewohnt? In einem Hotel oder einem Zimmer?«

»Einem möblierten Zimmer. Mein Hauswirt hat meine Sachen beschlagnahmt. Nicht daß es viel gewesen wäre.«

Ein Lächeln kroch Allbee einen Augenblick lang in die Mundwinkel und war dann vergangen. »Aber so viel eben da war.«

»Für rückständige Miete?«

»Ja.«

»War es viel?«

»Ich habe keine Ahnung, was ich ihm schuldig war. Oder ihnen. Denn es gibt auch eine Hauswirtin. Tatsächlich geht auf sie der ganze Schlamassel zurück. Die Punts. Sie sind ein deutsches Paar. Sie ist eine fette alte Frau mit Raubtierzähnen. Der Neffe ist Schauermann. Er ist nicht so schlimm. Es ist die Schuld dieser stinkigen alten Frau. Sie hat ihn getrietzt. Alte Leute, besonders alte Frauen, sind die härtesten Kunden. Sie haben's geschafft, darum zum Teufel mit allen anderen.«

»Was geschafft? Wovon reden Sie?«

»So lange gelebt. Sich durchgewurschtelt. Ein langes Leben«, sagte Allbee. »All die Entbehrungen. Aus demselben Grunde sind die Reichen roh gegen die Armen. Der Veteran ist roh gegen den Rekruten. So geht's die ganze Skala runter. Das wissen Sie ja selbst ...«

»Wieviel schulden Sie ihnen? Zehn Dollar, zwanzig?« fiel Leventhal ihm ungeduldig in die Rede.

»Wahrscheinlich eher vierzig oder fünfzig. Um ehrlich zu sein, ich kann's nicht einmal schätzen. Ich habe ihnen ab und zu eine kleine Abschlagszahlung geleistet. Ich weiß nicht. Weniger, als sie sagen, dessen können Sie sicher sein.«

»Haben sie's denn nicht gesagt?«

»Ich kann mich nicht erinnern.«

»Das soll ich Ihnen glauben!«

Allbee erwiderte nichts.

»Möchten Sie nicht wieder zurückgehen und ihnen etwas bezahlen? Wenn's vierzig Dollar sind, habe ich eine solche Summe zwar nicht zur Hand, aber wenn Sie ihnen etwas geben ...«

»Nein, danke, das ganze Haus stinkt. Verzeihen Sie, aber diese alte Mrs. Punt – ich kann solche Unsauberkeit nicht vertragen.«

»Ich wette, Sie sind ein vorbildlicher Mieter.«

»Ich bin nicht der schlimmste.«

»Entschuldigen Sie, ich hatte ganz vergessen, daß Sie Aristokrat sind«, murmelte Leventhal und lachte kurz auf. Allbee sah ihn ohne den geringsten Vorwurf an.

»Nun gut. Wo sind Sie denn bis jetzt untergekommen?«

»Glücklicherweise war es schönes Wetter. Ich habe draußen geschlafen. Im Freien. Ich hätte in ein Asyl oder eine Mission gehen können. Wenn sich das Wetter verschlechtert hätte, dann hätte ich's vielleicht auch getan. Ich könnte sogar vorübergehend religiös werden. Aber es ist herrlich gewesen.«

»Ich verstehe nicht, wie Sie's so weit haben kommen lassen. Falls Sie die Wahrheit sagen.«

»Wenn ich Ihnen die ganze Wahrheit erzählte, würde es nicht mehr plausibel klingen, deshalb erzähle ich Ihnen nur einen Teil. Ich kürze sie ab. Ja, ich hätte die Dinge nicht so schießen lassen sollen. Letzte Woche habe ich mir zugeredet, ich müsse jetzt schleunigst etwas tun. Aber aus irgendeinem Grunde konnte ich mich nicht zusammenreißen, und dann hat mich Punt rausgeschmissen, und da war ich.«

Er drehte die Hand einwärts mit einer Geste der Selbstdarbietung. »So wie ich aussehe, wäre Perlentaucher so ziemlich die einzige Arbeit, die ich bekommen könnte.«

»Wieviel Geld hat Ihnen Ihre Frau hinterlassen?« fragte Leventhal unvermittelt.

Allbee errötete. »Was geht Sie das an?« fragte er.

»Ja, lieber Mann, Sie hätten etwas damit anfangen sollen, statt es nur zu verjuxen.«

»Man kann die Welt mit etwas Versicherungsgeld nicht in die Knie zwingen ...« Er zögerte und fügte hinzu:

»Ich bin Ihnen doch keine Erklärung schuldig, oder?«

»Sie schulden mir nichts. Ich schulde Ihnen auch nichts.« Das ließ Allbee zwar nicht gelten, gab aber sein mangelndes Einverständnis nur durch ein Achselzucken zu erkennen. Dann betrachtete er Leventhal gründlich. »Ich hatte Gründe für meine Handlungsweise«, sagte er. »Ich befand mich in einem sonderbaren Geisteszustand und wollte aus diesem Karussell aussteigen. Ihre Frau ist doch jetzt verreist. Wenn Sie nun in einem Unfall getötet würde? Dann hätten Sie das Recht, mir eine solche Frage zu stellen.«

»Sie sind ein Idiot«, sagte Leventhal.

»Ich bedaure nur, daß wir nicht im selben Boot sitzen. Warten Sie, bis Sie sich im selben Boot befinden.«

»Gott behüte!«

»Gewiß! Wer möchte schon, daß ein anderer Mißgeschick erleidet? Aber Unglücksfälle kommen vor. Das sollten Sie doch wenigstens einsehen.«

»Hören Sie zu«, sagte Leventhal. »Es ist, wie ich sage. Ich schulde Ihnen nichts. Aber ich gebe Ihnen ein paar Dollar ... Gehen Sie in Ihr Zimmer zurück oder in ein Hotel.«

»Ich kann nicht zurück. Das ist unmöglich. Ich kann um diese Nachtzeit bei Punt nicht klingeln. Übrigens haben die ja schon jemand anderen im Zimmer. Deshalb haben sie mich ja auch rausgeschmissen. Und was für ein Hotel würde mich wohl reinlassen? So wie ich bin? Ohne Gepäck? Es sei denn, Sie schlagen ein Absteigequartier vor.«

»Schön«, sagte Leventhal. »Warum um den heißen Brei gehen? Ich sehe, Sie haben es sich in den Kopf gesetzt, heute nacht hier zu schlafen. Das habe ich schon die ganze Zeit gemerkt.«

»Können Sie mir eine Bleibe empfehlen?«

»Sie laden sich hier einfach ein. Es ist nach ein Uhr, wissen Sie das?«

Allbee antwortete nicht.

»So, wie Sie sich aufgeführt haben, sollte ich Sie rausschmeißen. Wenn Sie wirklich die Hälfte von dem, was Sie mir gesagt haben, glauben, sollten Sie nicht den Wunsch haben, mit mir unter demselben Dach zu wohnen. Sie sind ein lausiger Heuchler.«

»Wieso, Sie haben doch die ganze Wohnung für sich. Sie können mich aufnehmen«, sagte Allbee mit stillem Lächeln. »Ich würde Ihnen nicht zur Last fallen. Aber wenn ich die richtige Einstellung beweisen soll ...« Und zu Leventhals Erstaunen – er war zu verwirrt, als es geschah, als daß er einen Laut hervorgebracht hätte – sank Allbee aus dem Sessel auf die Knie.

Dann schrie er: »Stehen Sie auf!«

Allbee zog sich hoch.

»Zum Donnerwetter lassen Sie diese verfluchte Komödie. Wofür halten Sie das eigentlich?«

Mit einem belustigten Ausdruck, die Augen starr und aufgerissen, schien Allbee erst die eine und dann die andere Lippe zu schmecken.

»Ich warne Sie«, sagte Leventhal. »Ich lasse mir Ihre Mätzchen nicht länger bieten. Ihre Scherze!« Sein Ekel war voller Leidenschaft. »Ich weiß, es sind keine Scherze, sie sollen nicht komisch sein. Sie wollen mich nur unter Druck setzen. Sie glauben, Sie können mich aus dem Gleichgewicht bringen, daß ich nicht mehr weiß, was geschieht.«

»Sie verstehen mich nicht. Ich wollte nur tun, was sich geziemte.«

»Gut also«, sagte Leventhal grimmig, als hätte er es nicht gehört. »Schreiben Sie sich das hinter die Ohren – meinetwegen lasse ich Sie hier heute nacht schlafen, um Ihnen einen Gefallen zu erwidern, und dann Schluß. Haben Sie verstanden?«

»Sie schulden mir also *doch* etwas?«

»Bin ich denn der einzige? Haben Sie niemals jemand anderem einen Gefallen erwiesen? Es sieht so aus, als sei ich der einzige. Und was schulde ich Ihnen? Sie haben mich schon genug erpreßt. Ich könnte Sie mit einem reinen Gewissen ins Treppenhaus rausschubsen und Ihnen die Tür ins Gesicht schmettern.«

»An Ihrer Stelle – wenn ich da wäre, und ich sage nicht, daß ich es könnte – wäre mein Gewissen nicht rein.«

»Meinethalben, Gewissen. Ich will jetzt mein Gewissen nicht zur Debatte stellen«, sagte Leventhal. »Es ist spät.«

Er nahm Bettzeug aus dem Schrank, ging damit ins Speisezimmer und warf es auf die Couch.

»Es ist weich«, bemerkte Allbee, der die Matratze befühlte.

»Nun, was brauchen Sie sonst noch? Wollen Sie sich waschen? Da ist das Badezimmer.«

»Ich würde mich gern duschen«, sagte Allbee. »Es ist schon lange her seit dem letzten Mal.«

Leventhal gab ihm ein Handtuch und fand einen alten Bademantel im Schrank. Er setzte sich in seinem verknitterten Pyjama aufs Bett und hörte beunruhigt dem Wasser zu, das gegen den Duschvorhang prasselte und in die Wanne strömte. Bald kam Allbee mit den Kleidern überm Arm heraus. Naß und gekämmt verlieh ihm das blonde Haar ein ganz anderes Aussehen. Leventhal betrachtete seine Füße mit einem seltsamen Widerwillen. Der Spann war rot, aufgerauht und geschwollen, die Zehen lang und verkrümmt mit dicken Nägeln.

»Erstaunlich, was eine Dusche einem guttun kann«, sagte Allbee.

»Ich gehe schlafen«, erklärte Leventhal. Er drehte die Bettlampe aus.

»Gute Nacht«, sagte Allbee. »Ich bin Ihnen für diese Gastfreundschaft wirklich dankbar.«

»Okay. Im Kühlschrank ist Milch, wenn Sie etwas wollen.«

»Danke, ich hole mir vielleicht ein Glas.« Er ging ins Eßzimmer.

Leventhal deckte sich zu und zog das Kissen zurecht. Die Tür des Kühlschranks schnappte auf, und er dachte: »Er nimmt sich welche.« Er war schon am Einschlafen, als sie geschlossen wurde.

14

Er schlief, aber ruhte nicht aus. Sein Herz schlug schnell, und die Gefühle des Tages bewegten ihn noch. Er hatte einen unklaren Traum, in dem er sich zurückhielt wie ein Zuschauer wider Willen, dennoch war er es, der alles tat. Er befand sich mit einem schweren Koffer in einem Bahnhof und bahnte sich einen Weg durch die Menge. Das Schlurfen ihrer Füße klang bis zu den Fahnen hinauf, die zu Hunderten in den Bögen hingen. Er hatte seinen Zug verpaßt, aber der Lautsprecher verkündete, daß ein Nachzug in drei Minuten abfahren werde. Das Eingangstor war kaum in Sicht; er konnte es keinesfalls mehr rechtzeitig erreichen. Die Menge flutete zurück – die Kontrollbeamten mußten sie zurückgeschoben haben –, er befand sich in einem Korridor, der frisch gepflastert und gestrichen war. Er schien zum Bahnsteig hinabzuführen. »Vielleicht haben sie ihn gerade erst geöffnet, und ich bin der erste, der ihn findet«, dachte er. Er fing an zu rennen und kam plötzlich an eine Schranke, ein bewegliches Gerüst, das aussah wie ein Sägebock. Er stieß sie mit dem vorgehaltenen Koffer beiseite. Zwei Männer hielten ihn auf. »Sie können nicht durch, hier arbeiten Leute«, sagte der eine. Er trug einen Geschäftsanzug und einen weichen Hut und sah aus wie ein Unternehmer. Der andere Mann war im Overall. »Ich muß, ich will zum Bahnsteig«, sagte Leventhal. »Oben ist der Eingang. Hier ist für die Öffentlichkeit verboten. Haben Sie denn nicht die Aufschrift an der Tür gesehen? Durch welche Tür sind Sie gekommen?«

»Ich bin durch keine Tür gekommen«, erwiderte Leventhal ärgerlich. »Dies ist dringlich, mein Zug fährt ab.« Der zweite Mann schien ein nachdenklicher und mitfühlender Mensch zu sein, aber er war ein Angestellter und mischte sich nicht ein. »Sie können auch nicht so zurückgehen, wie Sie gekommen sind«, erklärte der Unternehmer. »Dort oben ist ein Schild angebracht. Sie müssen hier rausgehen.« Leventhal wandte sich; ein Stoß gegen die Schulter brachte ihn in einen Durchgang. Sein Gesicht war von Tränen benetzt. Ein paar Leute merkten es, aber er kümmerte sich nicht darum.

Er fand sich nicht geradezu wach, aber doch so annähernd wach, daß er sich bewußt war, im Dunkeln zu liegen. Er hatte die Empfindung einer wundersamen Erleichterung am Ende des Traumes. Er schwebte, so wie es ihm vorkam, im Zustand einer großen Klarheit und erlebte ein seltenes reines Glücksgefühl. Er war überzeugt, daß er die Wahrheit kannte, und sagte sich mit Genugtuung: »Ja, ich kenne sie, tatsächlich. Werde ich sie auch am Morgen kennen? Jetzt kenne ich sie.« Denn was er dachte, wäre dem wachen Geist sehr seltsam vorgekommen, schwer annehmbar, wenn nicht gar absolut töricht. Aber warum war das so? »Warum?«, überlegte er. »Mein Gott, bin ich so faul, so schwach, ist meine Seele fett wie mein Körper?« Sein Herz tat einen schmerzhaften Sprung, dennoch fühlte er sich zuversichtlich und beglückt. Was war es? Was taten er und andere? Zugegeben, wie andere hatte er Unrecht getan. Das war auch nicht so wichtig. Jeder beging Fehler und Verstöße. Aber es war ihm in höchstem Maße klar, daß alles, alles ohne Ausnahme, sich so ereignete, als geschehe es in einer einzigen Seele oder Person. Und doch – hier fühlte er sich fast versucht, über sich zu lächeln –, und doch argwöhnte, mehr als argwöhnte, wußte er, daß dies morgen unhaltbar sein würde. »Ich werde nicht imstande sein, daran festzuhalten«, dachte er. Etwas würde es verhindern.

Er erinnerte sich besonders lebhaft an das betonte Erkennen in Allbees Augen, das ohne Zweifel etwas in seinen eigenen Augen widergespiegelt hatte. Woher kam es? »Rede ich von Schwarz und Weiß«, sann er. Schwarz und Weiß waren Mr. Schloßbergs Worte, auf die er häufig zurückkam. Entweder war die Wahrheit simpel, oder wir mußten uns damit abfinden, daß wir sie nicht erkennen konnten, und wenn wir das nicht konnten, gab es nichts, woran wir uns halten konnten. »Es gibt Grenzen für unser Tun. Was hilft es schon, wenn wir uns für nichts abmühen?« sagte sich Leventhal. Nein, die Wahrheit muß etwas sein, was wir auf Anhieb verstehen, ohne eine Einführung oder Erklärung, was aber so alltäglich und vertraut ist, daß wir es nicht immer um uns herum wahrnehmen.

Er packte das Kissen, drehte sich um und schloß die Augen. Aber er war zu aufgewühlt, um zu schlafen. Er konnte Allbee atmen hören, stand auf und schloß die Verbindungstür.

Er hatte vergessen, den Wecker zu stellen und wachte zu spät auf. Verärgert darüber, daß er verschlafen hatte, zog er sich hastig an und rasierte sich. Nachdem er den Seifenschaum abgespült hatte, sah er immer noch unrasiert aus. Er schüttete etwas Puder auf ein Handtuch, rieb ihn auf sein Kinn und zog sich ein Hemd über den Kopf. Er hatte keine Zeit, im Restaurant zu frühstücken. In der Küche nahm er sich eine Apfelsine, um sie auf dem Weg zur U-Bahn zu essen. Er ging ins Eßzimmer, wo Allbee auf dem Gesicht lag, fest ins Laken gewickelt. Seine breiten Waden waren entblößt, die Arme vorgestreckt, eine Hand berührte den Stuhl, auf dem seine Kleider in einem Haufen lagen. Leventhal zog an der Matratze, aber Allbee rührte sich nicht. Er war im Begriff, ihn zu schütteln, zögerte aber nervös und mißmutig und entschied dann, daß es unklug wäre. Denn wenn er ihn jetzt aufweckte, würde er wahrscheinlich den halben Morgen damit verbringen müssen, ihn aus dem Haus zu kriegen. Leventhal wußte nicht, was er mit ihm anfangen sollte. Er hatte jedoch – er sah auf seine Uhr – keine Zeit, jetzt darüber nachzudenken. Voll schlimmer Ahnungen begab er sich auf den Weg zum Büro.

Fast begrüßte er den grünen Metallschreibtisch mit seinen Hunderten von Papieren. Die große, bewölkte graue Fläche, die seine Fenster freigaben, schien stillzustehen. Die um ihn herrschende Geschäftigkeit, die Mädchen, die durch die Schwingtüren gingen, das Zittern und Flimmern der langgeflügelten Ventilatoren wirkten auf ihn beruhigend. Er arbeitete gut. Um elf Uhr hatte er einen vollständigen Satz Korrekturfahnen durchgeackert und ging zu Mr. Beard, um einen Leitartikel für die nächste Ausgabe zu besprechen. Millikan, der Schwiegersohn, war anwesend und saß neben dem alten Mann. Er nahm am Gespräch nicht teil. Beard versuchte ein paar Einwände, nur um der Autorität willen, wie es Leventhal schien, weil er vermeiden wollte, sofort zuzustimmen, nicht weil er Gegenvorschläge hatte. Sein Augenschirm, der die Stirn mit ihren weißen Flecken von dem unteren Gesicht trennte, gab seinen Gesichtsausdruck nicht ganz preis, aber er ließ erkennen, daß er recht zufrieden war. Mund und Kinn verrieten es.

»Nun, kann ich Ihre verdammte Arbeit leisten?« hätte Leventhal gern gefragt. Aber er sprach es nicht aus, er machte ein unbeteiligtes Gesicht. Dennoch spürte er ein inneres Zittern der Genugtuung. »Alles geht glatt«, bemerkte er. Keiner von beiden antwortete. Leventhal ließ das Schweigen fast eine Minute lang dauern, bis er Beard ein Nicken abgenötigt hatte, dann ging er hinaus. Er behauptete nicht, unentbehrlich zu sein, dennoch konnten sie gelegentlich, ohne sich dabei umzubringen, eingestehen, daß er für sie wertvoll sei. Bei all seinen Sorgen und Ablenkungen wurde er immer noch termingerecht mit seiner Arbeit fertig. Und Beard wußte wohl, wie tüchtig er war; deshalb hatte er auch Mr. Fay gegenüber diese häßliche Bemerkung gemacht. »Es geht ihm an die Nieren«, dachte Leventhal, »eingestehen zu müssen, daß er jemand für seinen Betrieb braucht. Er möchte das ein und alles sein, die Seele vom Geschäft. Aber so läßt sich ein modernes Unternehmen nicht leiten. Er wird immer nur ein kleiner Fisch sein.«

Als er zu seinem Schreibtisch zurückkehrte, begegnete er Mr. Fay. Der Umstand, daß sich Fay damals bemüht hatte, ihn zu verteidigen, hatte Leventhal auf mehr hoffen lassen, auf eine Anspielung auf das Geschehene, einen Versuch, ihn zu warnen oder ihm zu raten. Ein Zeichen hätte genügt. Es könnte nichts schaden, einen Freund im Betrieb zu haben. Außerdem wollte er Fay danken, weil er für ihn ein gutes Wort eingelegt hatte.

»Vielleicht tut er eines Tages mal den Mund auf«, sagte sich Leventhal. Fay hielt ihn an und erwähnte einen Reklamekunden, der gerade eine neue Fabrik aufgemacht hatte, über die man schreiben sollte. Er hatte schon früher davon gesprochen. Diesmal hörte Leventhal genau zu, erkundigte sich nach Einzelheiten, machte sich auf einem Block Notizen und sagte: »Das läßt sich leicht einrichten.« Er sah Fay so erwartungsvoll an, daß dieser zu glauben schien, er wolle noch etwas sagen, und stehenblieb, die dunklen Augen unter den ergrauenden kurzen Brauen und hinter den glänzenden Scheiben der Brille mit fragender Teilnahme auf ihn gerichtet. »Ja«, sagte Leventhal, »ich verschaffe Ihnen die Sache«, und wandte sich mit sehr gemischten Gefühlen ab, vor allem mit dem Eindruck, daß Fay ihn enttäuschen würde.

Das Läuten des Telefons, das ihn an seinen kranken Neffen und an Allbee erinnerte, der bei seinem Fortgehen noch geschlafen hatte, trieb ihm das Blut ins Gesicht. Er ruckte ungeschickt mit dem Hals, als er den Hörer zwischen Schulter und Ohr klemmte, und betete darum, daß es ein geschäftliches Gespräch sein möge. Mit einer Hand fummelte er fieberhaft an den Drähten.

Zuerst hörte er niemand und versuchte, das Fräulein in der Zentrale zu erreichen. Aber plötzlich meldete sie sich ungerührt mit den Worten: »Ein Herr namens Williston will Sie sprechen.« Um seine Beherrschung wiederzugewinnen, hielt er einen Augenblick den Atem an. Dann sagte er: »Verbinden Sie mich.« Er lehnte sich langsam in seinem Stuhl mit dem Lederrücken zurück, zog mit der Schuhspitze eine Schublade auf und legte sein Bein darauf.

»Hallo«, sagte Williston.

»Hallo, Stan. Wie geht es Ihnen?«

»Recht gut.«

»Rufen Sie an wegen Allbee?« Leventhal wußte sehr wohl, daß Williston diese direkte Frage am wenigsten schätzte. Williston war mehr für Umgehungstaktik. Aber warum sollte er dem Vorschub leisten?

Er antwortete nicht sofort.

»Nun, etwa nicht?«

»Ja, vielleicht. Ja, das stimmt«, sagte Williston widerstrebend. »Ich wollte wissen, ob Sie ihn gesehen haben.«

»Oh, ich habe ihn gesehen. Er hat sich bei mir gemeldet. Er hat mich sogar gestern nacht besucht und sagte, er sei aus seiner Bude rausgesetzt worden. Ich habe ihn aufgenommen. Er ist über Nacht geblieben.«

»Rausgesetzt?« fragte Williston ungläubig.

»Ja, was ist, meinen Sie, ich übertreibe? Sie haben ihn nicht gesehen. Hätten Sie einen Blick auf ihn geworfen, würden Sie's nicht mehr für unmöglich halten.«

»Was hat er denn vor?«

»Ich würde es Ihnen gern sagen, aber das könnte er vermutlich selber nicht. Wenn es Sie interessiert, ich glaube, er ist krank. Irgend etwas scheint bei ihm nicht zu stimmen.«

Williston schien darüber nachzudenken; eine Zeitlang erwiderte er nichts. Dann sagte er: »Hat er Ihnen keinen Anhalt dafür gegeben, was er vorhat?«

»Zuviel Anhalt. Ich kann nichts Bestimmtes aus ihm rauskriegen, das ist der Fehler.« Er zog das Bein von der Schublade herunter, beugte sich über den Schreibtisch und nahm den Hörer in beide Hände. »Sie sollten ihn einmal hören, dann würden Sie schnell merken, daß etwas nicht stimmt.«

Willistons Stimme kam zurück mit einem gedehnten Gelächter.

»Er will mich beruhigen«, dachte Leventhal entmutigt. »Er denkt, ich trage meine Beschwerden zu dick auf, und will sie ins Lächerliche ziehen.«

»Ach, so schlimm wird's doch wohl nicht sein, wie?« fragte Williston.

»Es ist sehr schlimm. Sie ahnen nicht, wie schlimm es ist. Ich sage Ihnen, Sie haben ihn nicht gesehen und nicht gehört, was er vorzubringen hat, was er für Redensarten macht. Ich weiß, ich habe mich bei Rudiger verhauen, und die ganze Geschichte war mißlich. Ich will mich nicht davor drücken, obwohl ich es könnte, wenn ich wollte. Aber glauben Sie mir, Sie haben keine Ahnung, in welchem Zustand er ist. Vielleicht wäre es das beste, ihm eine Arbeit zu verschaffen. Ob er sie allerdings annehmen würde, ist eine andere Frage. Vielleicht will er gar nicht arbeiten. Ich kann es nicht sagen. Er will alles, aber ich glaube, er will nichts dafür tun. Vor mir spielt er immer Komödie.« Er unterbrach sich und murmelte vor sich hin: »Ich sag' ihm meine Meinung, ob er sie hören will oder nicht.«

»Aber bitte, das ist nichts als Jungenhaftigkeit«, sagte Williston.

Leventhal konnte sich nicht entscheiden, auf wen von ihnen beiden sich die Jungenhaftigkeit beziehen sollte. Er rang nach Worten, er spannte heftig sein Gesicht an, um gegen die Schwierigkeit, diese Unterhaltung weiterzuführen, anzukommen. Sie war zwecklos und nur eine weitere Last.

»Vielleicht könnten Sie einen nützlichen Vorschlag machen, Stan.«

»Ich habe gesagt, ich würde alles tun, was in meiner Macht steht.« Williston schien sich selbst angeklagt zu fühlen.

»Schließlich soll ich sein Feind sein, und Sie sind sein Freund.« Er hörte die Antwort nicht vollständig. Er verstand nur den Hinweis auf einen »praktischen« Schritt und begriff, daß Williston über den Verlauf der Unterhaltung verärgert war.

»Gewiß bin ich für etwas Praktisches«, erwiderte er. Aber sobald die Worte ausgesprochen waren, wurde ihm klar, daß er und Williston sich weiter als je, ja hoffnungslos weit, von den gegebenen Tatsachen entfernt hatten. Übers Telefon war ein »praktischer Schritt« hinlänglich unverbindlich, aber wenn er ihn auf Allbee anwenden wollte, löste er sich ins Bedeutungslose auf. Für ihn war es ein praktischer Schritt, diesen Mann loszuwerden, und gerade das hatte Williston nicht gemeint. »Lassen Sie sich was einfallen«, bat er. »Sie kennen ihn doch. Vielleicht können Sie sich etwas ausdenken, was ihn befriedigen würde.«

»Er muß ein klares Ziel haben. Wenn ich mit ihm sprechen könnte, würde ich's vielleicht aus ihm rausbringen.«

»Wie sollten Sie mit ihm ins Gespräch kommen? Er will nicht, daß Sie etwas über ihn wissen. Er war wütend, als er hörte, daß ich mit Ihnen über ihn gesprochen hatte. Aber ich will's ihm vorschlagen und sehen, was geschieht.«

»Dann höre ich also wieder von Ihnen«, sagte Williston. »Sie denken daran, mich anzurufen, ja?«

»Ich rufe Sie an«, versprach Leventhal. Er legte auf, stellte das Telefon als Gewicht auf einige Papiere, überblickte geistesabwesend seinen Tisch, zog die Jacke von der Stuhllehne und ging zum Lunch.

Er fuhr im Fahrstuhl mit einer Mädchenschar von der Handelsschule im oberen Stock, ohne das Vergnügen, das ihre glatten Arme und Gesichter ihm bereiteten, bewußt zu empfinden. Der Fahrstuhl sank in dem muffigen Schacht mit einem Summen von Signalen und Aufleuchten kleiner Pfeilspitzen langsam nach unten. Auf der Straße kaufte Leventhal eine Zeitung, die er in der Cafeteria überflog. Nach dem Essen ging er zum Fluß hin, über Straßenmärkte und zwischen Säcken mit Kaffeebohnen hindurch. Der Röstgeruch mischte sich mit Benzindunst. Gelegentliches Pfeifen eines Schleppers oder das tiefe Brüllen eines Dampfers übertönten das Trampeln von Füßen und Rangieren von Lastwagen, und Mastbäume standen so dicht wie die Stacheln einer Agave. Sie teilten das Weiß des Himmels wie die Landungsstege das des Wassers.

Er kehrte als erster ins Büro zurück; die Räume waren leer. Ein Luftzug fuhr über die Papiere, die auf den Tischen lagen oder noch in der Schreibmaschine steckten, und beschattete die grünen Leinenvorhänge an den Querstangen der Fenster. Er trat auf die Feuerleiter hinaus, um seine Zigarre zu Ende zu rauchen, und hatte sie gerade auf dem Geländer ausgedrückt, als eins der Telefone zu läuten begann. Er drehte sich so heftig um, daß er sich die Schulter am Türrahmen stieß und einen Augenblick nichts sehen konnte – das Innere des Büros schien schwarz. Das Läuten erfüllte schrill die Luft und kam aus allen vier Ecken des Zimmers zugleich. Er fühlte, wie Entsetzen sein Herz packte; das schrille, durchdringende Läuten der Klingel war unendlich viel schneller als das Fließen seines Blutes. Er erreichte den Schreibtisch. Der Anruf galt ihm.

»Ja? Wer will mich sprechen?« rief er dem Telefonfräulein zu.

Es war Villani.

Leventhal schloß die Augen. Es war, was er erwartet hatte. Mickey war tot. Er hörte Villani eine Weile zu und brüllte dann auf: »Wo ist mein verdammter Bruder?«

»Er ist gestern abend angekommen«, antwortete Villani. »Er ist geradewegs ins Krankenhaus gefahren. Es war schon zu spät. Der arme kleine Junge.«

Leventhal legte den Hörer nieder. Er konnte das Zucken seiner Halsmuskeln nicht beherrschen. Er stemmte sich von der Tischkante weg, als wolle er sich erheben, und mit dem schwindelnden Sturz des volleren Begreifens verlor sein breites Gesicht jegliche Farbe, und seine Züge verdickten sich.

Nach ein paar Minuten ergriff er einen Notizblock, schrieb mit großen Strichen Mr. Beards Namen in Blockschrift darauf und darunter »Todesfall in der Familie«. Dann stand er auf, um ihm den Zettel auf den Tisch zu legen.

Er ging mit zorniger Kraftanstrengung zur Toilette und hielt seinen Kopf unter Wasser. Er hatte rasende Kopfschmerzen. Über dem Waschbecken, als sein Gesicht naß war, begann er zu weinen. Er riß ein Papierhandtuch aus der Rolle und bedeckte damit die Augen. Dann hörte er jemand kommen und tastete sich in eine der Kabinen. Er verriegelte die Tür, lehnte sich mit dem Rücken dagegen und gewann allmählich, mit stummem Ringen, seine Fassung zurück.

15

Auf der Fähre war nur eine Strömung brackiger Luft statt der sonstigen frischen Brise. Mit einem mißmutigen Dröhnen unter dem breiten Rand seines Bugs teilte das Schiff das Wasser. Die Luft war kreidig, und die Nachmittagssonne erschien blaß. Einer der Deckmatrosen saß mit dem bloßen Rücken gegen das Lotsenhaus gelehnt, der Kopf ruhte auf den Knien, die großen Unterarme waren um die Beine verschränkt. An der Anlegestelle schleppte er sich mit der Kette die Leiter herunter, aber Leventhal sprang an ihm vorbei und eilte durch das Fährhaus. Sein Bus war gerade dabei abzufahren, aber er rannte nebenher und donnerte mit der flachen Hand gegen die Tür. Der Bus hielt an, die Tür schob sich auf, und er drängte sich unter die Passagiere auf dem unteren Trittbrett. Der Fahrer hob sich aus seinem Sitz und rief etwas mit schneidender Stimme. Seine Stimme war zornig und gepreßt, sein grauer Hemdkragen von Schweiß geschwärzt. Da niemand antwortete, zog er nach einigem Warten knirschend den Schalthebel nach unten und fuhr wieder los. Leventhal keuchte. Er schenkte weder seinem schweißgebadeten Gesicht noch dem Prickeln in seiner Hand Beachtung. Er dachte, wie auch auf dem Schiff, daß er sich auf Vorwürfe gefaßt machen mußte. Elena würde ihm sicher die Schuld geben und ihre Mutter sie noch dazu aufstacheln. Er hatte sich für das Krankenhaus eingesetzt, er hatte den Spezialisten gebracht, er hatte sich eingemischt. Die alte Frau war nicht wichtig, aber seine Furcht vor Elena war übermächtig. Wahrscheinlich war die Krankheit bereits in einem hoffnungslosen Stadium, als Denisart den Fall übernahm. Im Krankenhaus hatte Mickey zum mindesten eine Chance gehabt, und hätte sie auf den Rat des ersten Arztes gehört, wäre er vielleicht gerettet worden. Wenn also jemand Schuld hatte, dann war sie es. Aber gerade weil ihre Beschuldigung so außerhalb jeder Vernunft lag, fürchtete er sie. Dennoch mußte er sich ihr stellen. Er konnte sich jetzt nicht davor drücken.

Er suchte unter den Klingelknöpfen, fand die seines Bruders, klingelte und stieg hinauf. Die Tür der Wohnung war einen Spalt offen. Er drückte dagegen und war verblüfft, als er von innen her einen Gegendruck spürte. Er ließ den Türknopf los und trat einen Schritt zurück. Der Gedanke fuhr ihm durch den Kopf, daß hinter dieser Tür kein Kind stand, nicht Philip. Und warum sollte Max versuchen, ihm den Eingang zu wehren. Könnte es Elena sein? Eine heiße Angstwelle überflutete ihn bei dem Gedanken, daß die Kraft des Wahnsinns sich seinem Druck widersetzte. »Wer ist da?« fragte er heiser. »Wer ist es?« Er trat wieder an die Tür. Diesmal öffnete sie sich bei der bloßen Berührung. Elenas Mutter stand in der Diele. Er verstand sofort, was geschehen war. Da sie an der Türangel stand, um zu sehen, wer kam, war sie in der engen Diele gegen die Wand gedrückt worden.

»Was tun Sie hier?« Sein Ton war barsch.

Sie blieb stumm; ihr Blick verwirrte ihn; hinter der Rachsucht glaubte er Spuren einer irrsinnigen Belustigung zu entdecken.

»Wo sind die anderen?«

»Ausgehen. Ich alleine«, sagte sie mit ihrer heiseren Stimme. Er hatte sie nie vorher Englisch sprechen hören. Es überraschte ihn. Was jedoch die Belustigung anlangte, so mußte er sich wohl geirrt haben. Es war die Konzentration ihres

Blickes, die daran denken ließ. Denn schließlich war der Junge ja ihr Enkel.

»Wo sind sie hingegangen?«

Entweder wußte sie es nicht oder konnte es nicht erklären. Sie stieß ein paar Laute aus. Aus der Küche quoll Dampf, der hinter ihr aufstieg. Kochte sie sich etwas zu essen?

»Wo sind sie? In der Kapelle? Ist heute das Begräbnis?« Sie zuckte nur die Achseln, sie weigerte sich zu antworten und warf ihm noch einen jener furchterregenden, aus Trotz und Triumph gemischten Blicke zu, als sei sie der Teufel.

»Sie kommen doch zum Essen nach Hause, oder? – *mangare*? Wann?«

Es war Zeitverschwendung. Sie wollte ihn nur los sein. Er wandte sich von ihr ab und ging die Treppe hinunter. Niemand antwortete, als er bei den Villanis klopfte. Seine Kopfschmerzen wurden schlimmer. Er runzelte die Stirn und hämmerte verzweifelt gegen die Tür. Dann fiel ihm ein, es beim Hauswart zu versuchen. Er fand ihn im Hof, wo er im Schatten der Kellertreppe eine Zeitung las.

»Wissen Sie vielleicht, wo ich meine Verwandten finden kann?« fragte er. »Ich bin Max Leventhals Bruder.«

Der Hauswart stand auf. Alt und langsam stützte er sein Gewicht auf die krummen und geschwollenen Knöchel.

»Ja doch, der Junge wird von Boldis Bestattungsinstitut aus begraben.«

»Die alte Schwiegermutter ist oben, aber sie wollte mir's nicht sagen. Wo ist das Bestattungsinstitut?«

»Zwei Blocks von hier. Wenden Sie sich nach links, wenn Sie aus dem Haus gehen. Auf derselben Straßenseite. An der Ecke steht eine Kirche.« Er bückte sich, um die Zeitung aufzuheben, die sich über seinen braunen Filzpantoffeln geöffnet hatte.

Die Sonne war zu einem klareren Teil des Himmels gelangt, und ihr Licht war übermächtig. Leventhal zog sich die Jacke aus. Die Hitze der Pflastersteine drang durch seine Schuhsohlen; er fühlte sie bis in die Fußknochen. In einem langen schwarzen halbinselförmigen Hof wuchs eine Reihe von dürren, leblos grünen Büschen. Die rohen Mauern flammten, und alles, die kränklichen Büsche, das Gesicht einer Frau, die an einem Vorhang erschien, ein Haufen Melonen vor einem Lebensmittelgeschäft, erreichte ihn, als habe die Luft allem eine neue Kraft und eine ganz andere Beschaffenheit verliehen; die Farben, körnig und blutig, schwarz, grün, blau, flimmerten wie Gase über den unverrückbaren Grundlinien des Schattens. Die offene Tür des Lebensmittelladens glich dem Eingang zu einer Höhle oder einem Bergwerksschacht; die Konservendosen glänzten wie eingebettete Steine. Er hatte den flüchtigen Eindruck, als befinde er sich in einer fremden Stadt, als er die Kirche sah, die der Hauswart erwähnt hatte – ihre Massigkeit, ihre Pracht, ihren Verfall, das eingezäunte Gemeindehaus, den Garten und die kleine Fontäne, dick mit weißem Blei belegt und von spärlichem Wasser leicht verschleiert.

Er ging durch Boldis Büro und trat in den Warteraum. Dort sah er Philip in einem Korbstuhl sitzen. Seine Beine waren auf einem Fußschemel gekreuzt, sein Kopf ruhte auf der hochgezogenen Schulter.

»Was machst du, mein Junge?« fragte Leventhal still.

»Guten Tag, Onkel«, sagte Philip. Er machte einen schlaffen Eindruck.

»Ich höre, dein Vater ist wieder hier.«

»Ja, er ist gekommen.«

Leventhal bemerkte den Kerzenschimmer durch die ovalen Fenster der nägelverzierten Ledertür. Er ging in die Kapelle. Es war kühl. Ein gewaltiger Ventilator murmelte irgendwo im Gebäude. Hinter den dichten funkelnden Gläsern des Altars hing ein lebensgroßer Christus. Leventhal nahm den Hut vom Kopf und ging zum Sarg. Er war betroffen von der Weichheit des kindlichen Gesichtes, in dem keine Anzeichen des Schreckens oder der Furcht sichtbar waren. Er bemerkte den Bogen seiner Nase, die Fläche des nach oben gebürsteten Haares, dessen Spitzen die Falten des Seidenfutters berührten, das kleine, über der Brust schwebende Kinn und sagte sich: »Er wäre einmal wie Max und ich geworden. Ein Leventhal.« Nachdenklich strich er über die glatte Kupferstange mit ihrem Knoten von dunklem Plüsch und blickte hoch. Die Kapelle mißfiel ihm. Ohne Zweifel hatte Elena auf einem katholischen Begräbnis bestanden. Das war ihr Recht. Aber vom Standpunkt der Leventhals, und der Junge war auch einer von ihnen, war es trotzdem unsinnig, daß man sich nach so vielen Generationen dazu hergegeben hatte. Von einem unbestimmten Gefühl begleitet, dachte er bei sich: »Danke, gebt euch keine Mühe, wir werden schon selbst damit fertig ...« Er drehte sich von der Stange weg und begegnete seinem Bruder. Sein Anblick versetzte Leventhal einen furchtbaren Schlag. Er war darauf gefaßt, ihm zornig entgegenzutreten, sein allererstes Wort sollte ein Vorwurf sein. Aber statt zu sprechen, betrachtete er das Aussehen seines Bruders, die Dunkelheit und den Schmerz des verquollenen Gesichtes, die Narbe am Mundwinkel, die von einem Stich herrührte, den er vor Jahren bei einer Balgerei in Hartford erhalten hatte. Die Arbeit im Freien hatte ihn verwittert, der Verlust verschiedener Zähne ließ sein Kinn länger erscheinen. Sein Anzug – solche Anzüge pflegten die Arbeiter im Laden seines Vaters zu kaufen. Seine neuen schwarzen Schuhe waren staubig.

»Ich bin nicht mehr rechtzeitig gekommen«, sagte er.

»Das habe ich gehört, Max.«

»Ich bin sofort gefahren, als das Telegramm ankam. Ich bin etwa zehn Minuten zu spät gekommen.«

»Wann ist die Beerdigung?«

»Um vier Uhr.« Durch eine Geste bat ihn Max beiseite. Im Gang neben der Wand griff er nach Leventhals Hand, beugte sich darüber und brach in Tränen aus. Er flüsterte, aber gelegentlich brach ein Schluchzen oder eins seiner halbartikulierten Worte hervor und hallte durch den Raum. Leventhal machte den Arm steif, um ihn zu stützen. Er hörte ihn sagen: »Er war zugedeckt«, und Stück um Stück, nach vielen Wiederholungen erfuhr er, Max war, ohne zu wissen, daß Mickey tot war, ins Zimmer getreten und hatte ihn schon mit einem Tuch bedeckt vorgefunden.

»Entsetzlich«, sagte er. »Entsetzlich.«

Er starrte auf Maxens breiten Rücken, sein sonnenverbranntes Genick, und als sein Blick über die polierten Bankreihen glitt, sah er auch Elena zwischen Villani und einem Priester sitzen. Der Blick ihrer Augen war voll von bitterem Groll. Obgleich das Licht schlecht war, konnte kein Zweifel darüber walten. Ihr Gesicht war weiß und gespannt. »Was habe ich getan?« dachte er. Seine Panik war so groß, als hätte er das nie vorausgesehen. Er fürchtete, daß sie seinem Auge begegnen könnte, und gab daher ihren Blick nicht zurück. Er half Max den Gang hinauf und setzte sich neben ihn, wobei er ihm immer noch den Arm stützte. Was sollte er tun, wenn sie – um auf das Schlimmste gefaßt zu sein – ihn auf der Stelle anschreien und beschuldigen würde? Noch einmal wandte sie ihm über die Schulter das Gesicht zu; weiß wie es war, schien es zu glühen. Sie mußte von Sinnen sein.

Sie war von Sinnen. Er erlaubte sich nicht, das Wort noch einmal zu gebrauchen. Er hielt es verzweifelt zurück wie ein Mensch, der Angst hat zu flüstern, um nicht mit Brüllen zu enden.

Mit Villani und dem Priester fuhr er zum Friedhof hinaus, hinter der Limousine, in der Max, Elena, Philip und Mrs. Villani saßen. Während der Beerdigung suchte er Schutz unter einem Baum und hielt sich zurück von den anderen, die am Grabe unter der prallen Sonne standen. Als man begann, das Grab zuzuschaufeln, ging er zum Auto zurück. Der Chauffeur saß wartend auf dem Trittbrett am Rande des mit Schotter aufgeschütteten Fahrwegs. Der Glanz der Sonne in den Akazien verlieh seiner Uniform einen gelblichen Schimmer. Er hatte weißes Haar, seine Augen waren blutunterlaufen und seine langen Lippen ungeduldig verzogen, als er die Hitze Augenblick um Augenblick und Atemzug um Atemzug erleiden mußte. Bald kamen auch Villani und der Priester. Der Priester war ein Pole, dick und blaß. Er rückte an seinem schwarzen Homburg, zündete sich eine Zigarette an, nahm tiefe Züge und ließ den Rauch zwischen den kleinen Zähnen wieder entweichen. Er zog ein Taschentuch heraus und wischte sich damit über Gesicht, Nacken sowie seine Handrücken.

»Sie sind ein Verwandter, nicht?« richtete er zum erstenmal das Wort an Leventhal.

Villani antwortete für ihn. »Er ist der Bruder des Mannes, Hochwürden.«

»Ah so, traurige Sache.« Seine Finger, fast ohne Nägel und an den Kuppen gewölbt, drückten an der Zigarette herum. Er blickte aufmerksam zum Himmel empor, legte die dicke weiße Haut seiner Stirn in Falten und machte eine Bemerkung über die Hitze. Die Familie näherte sich jetzt den Wagen, und die Chauffeure starteten ihre Motoren.

»Zu heiß da hinten für drei«, sagte Leventhal und stieg vorne ein. Er wollte sich den Priester vom Leibe halten. Als er das heiße Metall der Türklinke berührte, sagte er im Geiste: »Lebwohl, mein Junge« und sah hinaus aus dem sich fortbewegenden Fenster auf das Gelb und Braun der großscholligen Erde und auf die zwei gestiefelten Männer, die mit den Spaten arbeiteten. Hin und wieder sah er Max auf dem Hintersitz des Cadillac und versuchte, sich Elena ins Gedächtnis zu rufen; ständig sah er sie vor sich, wie sie zwischen Max und Villani zum Grabe ging, mit ihrer fülligen schwarzbekleideten Figur, wie ihre Hände sich um beide Arme klammerten und ihr Kopf zuckte. Armer Max, was wollte er mit ihr anfangen? Und was wurde aus Philip? »Ich würde ihn jederzeit zu mir nehmen«, dachte er.

Er verabschiedete sich nicht von der Familie. Als er die Fähre erreichte, war die Sonne schon untergegangen. Das Boot fuhr langsam durch das träge dahinfließende Wasser. Das Plätschern eines größeren Schiffes wurde hörbar, und Leventhal erblickte kurz das dämmrige Orange eines Rumpfes, gleich der Erscheinung eines Hochofens auf dem Wasser. Das Suchlicht auf der Brücke glitt darüber hin und war im gleichen Augenblick verschwunden, ausgelöscht. Aber sein gigantisches Waten war zur See hin noch hörbar in der heißen schwarzen Luft.

Als er die Untergrundbahn verlassen hatte, ging er noch nicht nach Hause. Er verweilte im Park. Die Menge war heute abend außerordentlich dicht. Dieselbe Schar von Erwekkungspredigern stand am Rinnstein. Eine Frau sang. Ihre Stimme und die Begleitung der Orgel waren sehr dünn, nur ein paar Noten ließen sich unter dem ungeheuren endlosen Dröhnen vernehmen.

Er suchte lange Zeit, bevor er einen Platz am Teich fand, in dem ein paar halbnackte Kinder planschten. Die Bäume waren in einen erstickenden Staub gehüllt, und die Sterne erschienen schwach und spärlich durch den Dunst. Die Bänke bildeten ein dichtes doppeltes Rad von Menschen; die Pfade waren überfüllt. Es herrschte eine überwältigende menschliche Enge und Dichte, und Leventhal war sich nicht nur dieser Menge im Park bewußt, sondern ungezählter Millionen, die einander kreuzten, berührten, drängten. Was war das für eine Geschichte über die Hölle, die er einmal gelesen hatte, die vor dem Wüten des Meeresgottes auseinanderkrachte, so daß all die zusammengepferchten Seelen hinausschauen konnten? Aber diese hier waren lebendig, dort das junge Paar mit den bloßen Armen, diese hochschwangere Frau, die daherschlenderte, jener Stiefelputzer, der seinen Kasten an einem langen Lederriemen trug.

Leventhal mußte daran denken, daß die heutigen Ereignisse in Staten Island für seinen Vater gänzlich unverständlich gewesen wären. In Hartford pflegte der alte Mann auf die Blumenkörbe in den Hauseingängen zu deuten und zu bemerken, wie viele ausländische Kinder aus Italien oder Irland starben. Er war über die Größe der Familien verwundert, über die Zahl derer, die geboren wurden und starben. Wie seltsam, wenn er wissen könnte, daß sein eigener Enkel einer von ihnen war, in einem katholischen Friedhof begraben. Mit Blumen, wie die anderen. Und getauft. Zum erstenmal kam Leventhal der Gedanke, daß Elena ihn getauft haben mußte. Und daß ein Sohn von ihm ein Arbeiter war, ununterscheidbar von denen, die in den Laden kamen, um Socken, Mützen und Hemden zu kaufen. Er hätte es nicht begriffen.

Mit wehem Herzen und übermüdet begab sich Leventhal um zehn Uhr nach Hause. An Allbee dachte er erst, als er die Treppen hinaufzusteigen begann, und er beschleunigte seinen Schritt. Er drehte den Schlüssel herum, stieß die Tür heftig auf und machte das Licht an. Auf der Couch im Speisezimmer lagen Laken, Bademantel und Handtuch ineinander verknäult. Ein halbes Glas Milch stand auf dem Boden.

Er ging ins Vorderzimmer zurück und streckte sich auf dem Bett aus, denn er wollte noch eine Weile ausruhen, bevor er sich entkleidete und das Licht ausmachte. Mit einem Ächzen legte er die Hand auf sein Gesicht. Fast unmittelbar schlief er ein.

Während der Nacht hörte er ein Geräusch und setzte sich auf. Die Lichter brannten noch. Jemand war in der Wohnung. Er ging leise in die dunkle Küche. Die Tür zum Speisezimmer war offen, und beim Fenster sah er Allbee, der sich auszog. Er stand in seinen Unterhosen da und zog sich das Hemd über den Kopf. Die Furcht, die Leventhal spürte, dauerte, obwohl sie tief saß, nur eine Sekunde, ein einziger Stich. Auch sein Ärger war nur von kurzer Dauer. Er ging in das Vorderzimmer zurück und entkleidete sich. Dann machte er die Lichter aus und ging durch das Dunkel zu seinem Bett, indem er murmelte: »Gehe, bleibe – mir ist alles gleich.« Er war in einem Zustand der Teilnahmslosigkeit, die schon an Betäubung grenzte, und legte sich nieder, mehr beeindruckt von der Hitze als den eigenen Gefühlen.

16

Mr. Millikan, der in der Druckerei die Herstellung unter sich hatte, vertrat die Firma bei einer Industrietagung, und deshalb mußte sich Leventhal um die Mittagszeit nach Brooklyn Heights in die Werkstatt begeben, um ihn dort zu ersetzen.

Er wartete auf dem Untergrundbahnsteig in der totbraunen Luft und fühlte sich ermattet. Er wußte nicht, wie er den Tag überstehen sollte. Der Zug kam angerollt, und er setzte sich apathisch unter den langsam kreisenden Ventilator, der die Hitze aufrührte. Immer wieder mußte er über den Tod des Kindes nachdenken. So schnell eingesargt und zugedeckt. So schnell.

Er wiederholte es unwillkürlich, während sein Kopf während der langen schütternden Fahrt unter dem Fluß, die unter dem St. George Hotel endete, hin und her wackelte. Er verließ den Zug und fuhr mit dem Fahrstuhl zur Straße hinauf.

Millikan hatte vier Seiten bearbeitet, so daß ihm noch vier blieben. Die Arbeit ging langsam; er wurde schläfrig und machte Fehler, die langwierige Rechenexempel im Gefolge hatten. Gegen vier Uhr begann er zusammenzuklappen. »Es ist die Maschine«, dachte er. Die Druckerpressen waren im oberen Stock und liefen den ganzen Tag ohne Unterlaß. Er nahm sich Zeit für einen Spaziergang. Es war seltsam, daß er sich so dumpf und schwer fühlte und doch zu gleicher Zeit so angstgeschärft.

Er ging in ein Restaurant, um eine Tasse Kaffee zu trinken. Die Stühle standen auf den Tischen, und ein junger Mann mit einem breiten roten Schädel und sommersprossigen sehnigen Schultern wischte den Kachelfußboden auf. Die Kellnerin umging den auf sie zukommenden Rand schmutzigen Wassers, um Leventhal zu bitten, zur Seite zu treten. Er trank seinen Kaffee an der Bar, wischte sich den Mund an einer länglichen Papierserviette, die er nicht erst auffaltete, schlenderte durch die Empfangshalle des St. George Hotel, betrachtete ein paar Zeitschriften und ging zur Druckerei zurück. Als er die Seiten mit den Leerstellen durchsah, seufzte er und griff nach der Schere. Die Pressen standen still, bevor er fertig war. Um halb sieben kleisterte er den letzten Streifen auf und rieb sich mit einem Stück Papier die Hände sauber.

Auf dem Weg zum Abendessen ging er an seiner Wohnung vorbei, um in den Hausbriefkasten zu sehen. Er fand darin eine kurze Nachricht von Mary, daß sie dabei sei, einen langen Brief zu schreiben, den sie am nächsten oder übernächsten Tag abschicken wolle. Enttäuscht steckte er die kurze Notiz in seine Hemdtasche. Er ging nicht nach oben. Nicht weit von der Ecke traf er den mit grobem Kattunzeug und einem Strohhut bekleideten Nunez, der ein Einkaufsnetz voller Lebensmittel trug.

»Eh, eh, he! Wie geht es Ihnen, Mr. Leventhal? Ich sehe, daß Sie sich Gesellschaft zugelegt haben, während Ihre Frau verreist ist.«

»Woher wissen Sie das?« fragte Leventhal.

»Wir Hauswarte sind allen Dingen auf der Spur, die mit dem Haus zu tun haben. Wir müssen neugierig sein. Aber das ist es nicht einmal, man merkt Dinge, selbst wenn man's gar nicht will. Man kommt nicht drumrum. Die Mieter wundern sich. *Brujo*, ich sehe durch die Wand. Die wissen's nicht, oder?« Er beschrieb mit den Fingern eine Spirale und hatte großen Spaß dabei. »Nein, Sie gehen morgens weg, und ich höre Ihr Radio spielen. Heute nachmittag geht der Wandaufzug zum vierten Stock. Und später, was ist drin? – Eine leere Suppenbüchse und eine Flasche Whisky.«

»Das tut er also«, dachte Leventhal. »Er säuft den ganzen Tag. Dafür habe ich ihn reingelassen.« Er sagte zu Nunez: »Einer meiner Freunde wohnt bei mir.«

»Oh, das ist mir gleich, wen Sie haben.« Nunez stieß ein bedeutungsvolles Lachen aus und krauste die Nase vor Vergnügen, so daß auf seiner Stirn die Adern hervortraten.

»Was glauben Sie denn, wen ich habe?«

»Ist schon gut. Wie der Wandaufzug nach oben fuhr, hat keine Frau am Seil gezogen. Ich weiß das. Machen Sie sich keine Sorgen.« Er schwang die Einkaufstasche mit seinem grobknochigen, muskulösen Arm, auf dem ein blutendes Herz tätowiert war. Leventhal ging weiter zum Restaurant. »Kein Geld für die Miete«, sagte er, als er die Treppe hinunterging und sich unter der Markise bückte. »Aber für Fusel hat er welches. Für Fusel kann er's auftreiben. Wo?« Ihm kam der Gedanke, daß Allbee etwas aus dem Haus gestohlen und versetzt hatte. Aber was gab es dort schon an Wertsachen? Marys Sealmantel war beim Kürschner. Löffel? Das Silber lohnte das Stehlen nicht. Kleidung? Aber ein Pfandleiher würde ein großes Risiko auf sich nehmen, so wie Allbee angezogen war, sich mit ihm einzulassen. Nein, Pfandleiher mußten an ihre Lizenzen denken. Leventhal hatte um seine Kleidungsstücke eigentlich keine Angst. Er hatte einen Tweedanzug, der in einem mottensicheren Beutel im Schrank hing, der Rest brachte nichts, wenn man ihn versetzte. Und wenn man Allbee dafür loswurde, war der Anzug noch ein geringer Preis. Allbee war bestimmt klug genug, um das zu merken. Allerdings wurden Säufer leichtsinnig, wenn sie durstig oder verzweifelt waren. »Aber die paar Dollar locken ihn nicht«, überlegte Leventhal. Denn er hatte ihm schon Geld angeboten. Allbee mußte noch eigenes Geld haben, da er sich leisten konnte, Whisky zu kaufen. Wie kam es dann, daß er seine Wohnung hatte räumen müssen, war das nur eine Erfindung? Und was hatte es mit seiner äußeren Erscheinung auf sich, diesem dreckigen Anzug, den er anhatte, diesem Hemd und seinem langen Haar? Leventhal kam zu dem vorläufigen Schluß, daß er sich ein bißchen Geld für den Whisky übrigbehalten hatte, indem er es von der Miete und anderen Dingen eingespart hatte. »Aber unterdessen schließe ich doch lieber meine Wertsachen weg«, sagte er sich.

Er aß ein kleines Abendbrot mit einem Kalbsbraten, der zu sehr mit Thymian gewürzt war, trank ein Glas eisgekühlten Tee mit sandigem, unaufgelöstem Zucker und zündete sich eine Zigarre an. Max und die Familie hatten Allbee aus seinen Gedanken verdrängt. Sollte er anrufen? Jetzt noch nicht, nicht heute abend – eifrig brachte er gute Ausflüchte vor, zuckte aber ein wenig vor dem Schatten seiner eigenen Schwäche zurück, auf der sie begründet waren. Er wußte, daß diese Schwäche existierte. Aber jetzt war wirklich nicht die Zeit anzurufen. Später, wenn sich die Dinge ein wenig beruhigt hatten, würde Max sehr bald feststellen – immer vorausgesetzt, daß Elenas letzter Blick in der Kapelle das bedeutete, was er glaubte –, wie die Dinge standen. Vielleicht hatte auch unter diesen Umständen nichts Außergewöhnliches in dem Blick gelegen. Vielleicht – Leventhal betrachtete die Nahtstelle in der langen Asche seiner Zigarre – war seine Phantasie mit ihm durchgegangen. Kummer, der das Herz überlastete ... »Entsetzen, weißt du?« erklärte er stumm. Menschen, die weinten, sahen manchmal mit ihren verzerrten Gesichtern so aus, als lachten sie, und so weiter. »Nun, wolle Gott, daß ich unrecht habe«, sagte er.

»Ich hoffe es. Und wenn er das alte Weib aus dem Haus vertreiben kann, werden sie sich vielleicht durchbeißen.« Der Tod des Jungen sollte wenigstens die Familie enger zusammenschließen. Der Einfluß der alten Frau auf Elena war schlecht, und besonders jetzt konnte sie sie umgarnen. Schon um Philips willen sollte Max der alten Hexe die Tür zeigen. Mit ihrem Kochen und ihrer Hausarbeit konnte sie unter den obwaltenden Umständen versuchen, sich eine Machtstellung im Hause zu sichern. Er mußte Max, der sie vielleicht bleiben ließe, auf diese Gefahr hinweisen. »Schmeiß sie raus, laß sie gar nicht erst ran!« rief Leventhal aus. Wenn Max sich auf sie verließ, ja dann ... Und wenn es ihn befreite, würde er vielleicht wieder das Weite suchen und Philip in ihren Händen lassen. Nein, sie mußte rausgesetzt werden. Er saß eine Weile an dem düsteren Ecktisch; seine schwarzen Augen verrieten nur sehr wenig von der düsteren Angst, die ihn erfüllte.

Zu Hause zog er in der Diele seine Jacke aus. Durch das Fenster in der klaren Tiefe über dem wandernden braunen Rauch und dem niedrig hängenden Rot der dämmrigen Wolken sah er den Abendstern. Er ging durch die schmale Küche ins Eßzimmer, das leer war. Als er in das Vorderzimmer zurückkam, bemerkte er Allbees Anwesenheit nicht sofort. Erst nachdem er sich in einen Stuhl neben dem Fenster hatte fallen lassen, entdeckte er, daß Allbee zwischen dem Schreibtisch und der Zimmerecke saß und rief wütend aus: »Was soll das heißen?«

Er sprang auf und knipste die Tischlampe an. Seine Hände bebten.

»Ich habe die Abendstimmung genossen.«

»Ausgerechnet die Abendstimmung«, grollte Leventhal. »Besoffenes Schwein!«

Danach bewahrte er ein hartnäckiges Schweigen, denn er

wollte, daß Allbee als erster redete. Die elektrische Uhr surrte rasch. Allbees Kopf lag auf der Rückenlehne des Stuhles, die großen Beine waren weit gespreizt, ihr Gewicht ruhte auf den Absätzen. Seine Hände waren mit lockeren Gelenken über der Brust gefaltet. Nach einer Weile rührte er sich ein wenig und seufzte: »Diese mörderische Hitze nimmt mir die ganze Energie.«

»Es könnte nicht etwas außer der Hitze sein, das sie Ihnen nimmt, oder?«

»Was –«

»Whisky«, sagte Leventhal. »Ich denke, Sie suchen Arbeit. Was haben Sie getan? Hier gesessen und gesoffen? Als Sie kamen, dachte ich, Sie wollten sich Arbeit schaffen und ein Zimmer suchen.«

Allbee streckte den Kopf vor.

»Ich möchte mich nicht Hals über Kopf in etwas hineinstürzen«, sagte er und begann zu lächeln. »Bei jedem Handel – das wissen Sie ja, müssen es schon instinktmäßig wissen – ist die Eile immer von größtem Übel. Bevor man sich entschließt ... wenn man sich für einen Pfifferling, für Pfennige verdingt ... Man muß sich das gründlich überlegen«, schloß er mit einem unsteten, freudigen, irren Blick der Selbstzufriedenheit. War er betrunken? Leventhal war nicht sicher.

»Sie, einen Handel?« fragte er verächtlich. »Was für einen Handel können Sie denn bieten?«

»Oh, vielleicht habe ich einen. Vielleicht habe ich was.«

»Wie kommen Sie hier überhaupt rein und raus? Ich habe gestern abend die Tür zugeschlossen. Ich bin sicher, daß ich sie zugeschlossen habe.«

»Ich hoffe, Sie sind mir nicht böse. In der Küche waren mehrere Schlüssel, von denen einer paßte.«

Leventhal machte ein finsteres Gesicht. Hatte Mary ihren

Schlüssel vergessen? Oder war das ein Extraschlüssel? »Ursprünglich hat uns die Agentur zwei gegeben«, dachte er, »und den Schlüssel für den Hausbriefkasten sowie den Schlüssel für den Spind im Keller. Oder waren es drei Hausschlüssel?«

»Ich wußte nicht, ob ich zurückkommen würde«, sagte Allbee. »Aber solange die Möglichkeit bestand, hielt ich es immerhin für praktischer, einen Schlüssel dabei zu haben. Ich habe gestern versucht, Sie in Ihrem Büro anzurufen, aber Sie waren nicht da.«

»Fangen Sie auch noch an, mich im Büro zu stören?« sagte Leventhal erregt. »Was wollten Sie denn?«

»Ich wollte erstens Ihre Erlaubnis wegen des Schlüssels einholen. Und dann war noch etwas anderes, was mir einfiel, nämlich daß vielleicht durch einen blöden Zufall eine Stelle bei Beard und Co. für mich offen wäre, um die ich mich bewerben könnte. Sie wären ja in der Lage, mir dort zu helfen.«

»Bei Beard? – Das ist Ihnen doch nicht gerade so eingefallen! Das glaube ich nicht.«

»Aber doch«, begann Allbee rasch, verstummte aber. Seine breiten dicken Lippen waren leicht geöffnet, und sein lautes Atmen ließ auf unterdrücktes Lachen schließen; er sah ihn mit komischer Neugier an. Als er jedoch Leventhals starrem Blick begegnete, fing er von neuem an, diesmal ernster.

»Nein, tatsächlich. Es überkam mich ganz plötzlich, als ich frühstückte. ›Warum sollte Leventhal mir nicht helfen, in seiner Firma einen Job zu finden?‹ Und das ist doch auch ganz rechtmäßig, finden Sie nicht? Ich habe Sie bei Rudiger eingeführt. Wir wollen nicht zählen, was geschehen ist. Wir vergessen das lieber. Nehmen wir's besser als einen Gefallen, den Sie erwidern. Sie verschaffen mir einen Termin mit Mr.

Beard – nimmt er die Einstellungen persönlich vor? –, und dann sind wir quitt.«

»Die brauchen keinen.«

»Lassen Sie mich das selber feststellen.«

»Auf keinen Fall könnten Sie dort die Art von Stellung bekommen, die Sie wollen.«

»Aber das ist Ihnen doch egal, was für eine Stellung ich will. Es würde Ihnen doch nichts ausmachen, wie?« fragte er grinsend. »Ob ich Tellerwäscher oder Straßenkehrer werde oder mich als menschlicher Köder verdinge.«

»Nein, das wäre mir egal, das stimmt«, erwiderte Leventhal.

»Warum machen Sie sich dann über die Arbeit Gedanken, die man mir in Ihrer Firma anbieten würde?«

»Habe ich Sie nicht von einem Handel sprechen hören?« fragte Leventhal. Er ging zum Kaminsims, fingerte in einer Dose nach einer Zigarette und ließ beim Hinsetzen die Hand über das Fensterbrett bis zu einer Streichholzschachtel hin gleiten, die im Aschbecher lag. Allbee sah ihm zu.

»Wissen Sie, wenn ich sehe, wie Ihr Verstand arbeitet, dann tun Sie mir tatsächlich leid«, sagte er endlich.

Leventhal nahm einen langen Zug von seiner Zigarette; da sie an seinen Lippen klebte, machte er sie los.

»Also die Antwort ist ein glattes Nein. Und bitte keine Diskussion. Ich habe ohnedies genug Sorgen. Bitte keine weiteren Debatten.« Seine Selbstbeherrschung war unbeständig wie die Spiegelung im Wasser, die von der ersten Welle zerstört werden kann.

»Ich verstehe. Sie haben Angst, daß ich den Spieß umdrehe und Ihnen das antue, was sie mir bei *Dill's* angetan haben. Sie denken, ich will mich revanchieren, indem ich Sie rausschmeißen lasse. Aber Ihre Einführung ist nicht notwendig. Ich kann Ihnen auch ohne das das Leben schwer machen.«

»Dann tun Sie's.«

»Sie wissen, daß ich's kann.«

»Na schön!« Er begann, von den Wogen erschüttert zu werden. »Glauben Sie, daß mir die Stellung wertvoll ist? Ich kann ohne sie leben. Also tun Sie Ihr Schlimmstes. Und zum Teufel damit!«

»Ich habe damals Willistons Empfehlung für bare Münze genommen. Er hat für Sie gutgesagt, also habe ich Ihnen die Verabredung mit Rudiger verschafft. Sehen Sie? Ich war nicht argwöhnisch. Das liegt nicht in meinem Charakter, Gott sei Dank. Ich wußte nicht einmal, wer Sie waren, außer daß ich Sie ein paarmal auf seinen Gesellschaften gesehen hatte.«

»Ich fühle mich zu mies, als daß ich mit Ihnen Zirkus spielen wollte, Allbee. Ich bin bereit, Ihnen zu helfen. Das habe ich Ihnen bereits gesagt. Aber wenn es darum geht, Sie im selben Büro zu haben, wo ich Sie jeden Tag sehen könnte – nein! Es gibt genug Leute da, die ich lieber nicht jeden Tag sehen möchte. Zu denen würden Sie besser passen als ich. Bei denen habe ich keine Wahl. Aber bei Ihnen habe ich sie. Das kommt also überhaupt nicht in Frage. Nein! – und Schluß damit. Ich könnte es nicht ertragen.«

Allbee schien etwas in Leventhals Worten zu finden, das ihm gefiel, denn sein Lächeln wurde breiter.

»Ja«, gab er zu. »Sie brauchen mich nicht um sich zu haben. Und Sie haben recht. Ich glaube, Sie haben wirklich recht. Sie haben eine Wahl. Darum beneide ich Sie, Leventhal. Denn wenn's bei mir auf Biegen und Brechen ging, hatte ich nie die Möglichkeit zu wählen. Ich wollte nicht, daß meine Frau starb. Und wenn ich die Wahl gehabt hätte, dann hätte sie mich auch nicht verlassen. Es war auch nicht meine Wahl, daß Sie mir bei *Dill's* den Dolch in den Rücken gestoßen haben.«

»Wer? Ich hätte Ihnen den Dolch in den Rücken gestoßen?« fragte Leventhal außer sich und ballte die Faust.

»Es war nicht meine Wahl, von Rudiger auf die Straße gesetzt zu werden, wenn Ihnen das besser paßt. Auf alle Fälle sind Sie in einer unabhängigen Position und ich nicht.« Er verfiel bereits wieder in jenen Ton des ernsten Nachdenkens, den Leventhal haßte. »Jetzt glaube ich, das Glück ... denn es gibt tatsächlich so etwas wie Glück und solche, die es haben oder nicht haben. Auf die Dauer gesehen weiß ich nicht, wer besser dran ist. Es muß einem sehr unrealistisch vorkommen, wenn man die ganze Zeit Glück hat. Aber es ist in gewissen Dingen ein Segen, und besonders dann, wenn es einem die Möglichkeit gibt, eine Wahl zu treffen. Das kommt nicht sehr häufig vor, wie? Für die meisten Leute? Nein, keineswegs. Sich damit abzufinden, ist sehr bitter, aber wir müssen uns abfinden. Uns steht nicht viel zur Wahl. Wir wählen zum Beispiel nicht, geboren zu werden, und außer wenn wir Selbstmord begehen, wählen wir auch nicht den Zeitpunkt des Todes. Aber wenn man zwischendurch ein paarmal wählen kann, kommt man sich selbst weniger wie ein Zufall vor. Es gibt einem das Gefühl, daß das Leben nötig ist. Die Welt ist verdammt überlaufen. Sie ist ein übervölkerter Platz. Für die Toten ist genügend Raum. Aber auch sie werden in Schichten begraben, wie ich höre. Es gibt für sie genug Raum, weil sie nichts wollen. Aber die Lebenden ... Wollen sie etwas? Gibt es irgend etwas, was sie wollen? Es gibt hundert Millionen andere, die verflucht genau dasselbe wollen. Es ist ganz gleich, ob das ein Sandwich ist oder ein Platz in der Untergrundbahn oder sonst was. Ich weiß nicht recht, wie Sie darüber denken, aber ich für meinen Teil finde es schwer zu glauben, daß mein Leben notwendig sein sollte. Sie sind mit dem katholischen Katechismus wohl kaum vertraut, wo die Frage steht: ›Für wen ist die Welt geschaffen?‹

Etwas in dieser Art. Und die Antwort lautet: ›Für den Menschen.‹ Für jeden Menschen? Für jeden letzten Sohn einer Mutter. Jeden Mann, der Gott teuer ist, bitte sehr, zu seinem höheren Ruhm gemacht und mit der ganzen gesegneten Erde beschenkt. Wie Adam. Er gab den Tieren seinen Namen, und sie gehorchten ihm. Ich wünsche, ich könnte das tun. Ja, das ist gescheit. Für jeden, der wiederholt ›für den Menschen‹, bedeutet es ›für mich‹. ›Die Welt wurde für mich geschaffen, und ich bin absolut erforderlich, nicht nur jetzt, sondern immerdar. Und es ist alles für mich, immerdar.‹ Ergibt das einen Sinn?«

Er stellte die Frage mit einer unvollendeten theatralischen Geste, und als Leventhal in sein schwitzendes Gesicht sah, merkte er erst, wie betrunken er war. »Wer will alle diese Menschen schon hier haben, und noch dazu für immerdar. Wo will man sie alle hintun? Wer braucht sie denn alle? Sehen Sie sich all die lausigen Ichs an, für die die Welt geschaffen wurde und mit denen ich sie teile. Liebe deinen Nächsten wie dich selbst? Wer zum Teufel ist mein Nächster? Das möchte ich wissen. Ja, mein Herr, wer und was? Selbst wenn ich ihn hassen wollte wie mich selbst, wer ist er? Wie ich? Gott helfe mir, wenn ich bin wie das, was ich um mich sehe. Und was das ewige Leben anlangt, so plaudere ich wohl kaum ein Geheimnis aus, wenn ich sage, daß die meisten Menschen mit dem Tod rechnen ...«

Leventhal spürte einen Lachreiz. »Machen Sie nicht soviel Lärm«, sagte er. »Ich kann nichts dafür, wenn Sie die Welt zu voll finden, aber seien Sie ein bißchen leiser.«

Allbee lachte auch, gezwungen, mit starrem Gesicht, all seine Züge waren verkrampft. Er schrie mit schwerer Zunge: »Heiße Sterne und kalte Herzen, das ist Ihr Universum!«

»Hören Sie auf zu schreien. Das reicht jetzt. Gehen Sie lieber schlafen. Gehen Sie und schlafen Sie's aus.«

»Ach, der gute, alte Leventhal. Gutherziger Leventhal. Sie tiefgründiger Hebräer ...«

»Genug! Schluß damit!« unterbrach Leventhal. Allbee gehorchte, obgleich er immer noch feixte. Von Zeit zu Zeit stieß er seinen aufgestauten Atem aus und sank tiefer in seinen Lehnsessel. »Wollen Sie wirklich etwas für mich tun?« fragte er.

»Erst müssen Sie mal aufhören, Komödie zu spielen.«

»Ach, ich will den alten Mann Beard gar nicht sehen«, versicherte Allbee. »Ich werde Ihnen dort nicht in die Quere kommen, wenn Sie das meinen.«

»Erst müssen Sie versuchen, selbst wieder auf die Beine zu kommen.«

»Aber Sie wollen's wirklich probieren? Sie wissen schon, Ihre Beziehungen für mich einsetzen?«

»Zum Donnerwetter, ich kann nicht viel tun. Und solange Sie sich so benehmen ...«

»Ja, Sie haben recht. Ich muß mich erst mal selbst in die Hand nehmen. Ich muß mich ändern. Ich will es auch. Das ist mein Ernst.«

»Das sehen Sie doch selbst ein, nicht?«

»Ja, natürlich. Glauben Sie, daß ich überhaupt keinen Verstand habe? Ich muß mich in die Hand nehmen, bevor sich mir alles entwindet ... muß wieder werden, was ich war, als Flora noch lebte. Ich fühle mich unnütz. Ich weiß, was ich bin. Ein Nichtsnutz.« Tränen des Deliriums stiegen ihm in die Augen. »Ich hatte gute Anlagen.« Er kämpfte und fuchtelte herum, wirkte dabei halb abstoßend in der Inbrunst seiner Selbsterniedrigung, aber halb – ach ja, halb konnte man dem Mitleid nicht wehren. »Williston wird es Ihnen erzählen. Auch Flora täte es, wenn sie noch hier wäre, um zu sprechen und mir zu vergeben. Ich glaube, sie täte es. Sie hat mich geliebt. Sie können sehen, wie heruntergekommen ich bin, wenn ich mit Ihnen so spreche. Wäre sie noch am Leben, ich würde nicht so sehr darunter leiden, daß ich versagt habe.«

»Ach, hören Sie –!«

»Ich würde mich immer noch schämen, hätte mir aber wenigstens nicht soviel vorzuwerfen.«

»Sie? Sie Heuchler würden sich nie in Ihrem Leben etwas vorwerfen. Ich kenne Ihren Typ.«

»Ja, ich habe Schuld. Ich weiß es. Mein Liebling!« Er legte den Handballen an seine nasse Stirn, öffnete häßlich weit den Mund und weinte.

Leventhal betrachtete ihn mit einem unbehaglichen Mitleid. Er stand auf, wußte aber nicht aus noch ein.

»Man sollte ihm vermutlich Kaffee machen«, entschloß er sich. Er ging eilends den Topf füllen, entzündete ein Streichholz und hielt es an den Gasbrenner. Die Flammen spritzten sternförmig hoch. Er tauchte den Löffel in die Kaffeebüchse und maß den Kaffee zu.

Als er zum Vorderzimmer zurückkam, war Allbee eingeschlafen. Er schrie: »Wachen Sie auf, ich mache Ihnen Kaffee.« Er schlug ihm auf die Hände und schüttelte ihn. Schließlich hob er eins seiner Augenlider, um sein Auge zu sehen. »Bewußtlos«, murmelte er. Und er dachte mit grimmigem Ekel: »Kann ich ihn hier so liegen lassen? Er könnte aus dem Sessel rutschen und die ganze Nacht auf dem Boden liegen.« Der Gedanke, daß er die Nacht so verbringen müsse, mit Allbee auf dem Boden, der dann vielleicht noch aufwachte, versetzte ihn ein wenig in Angst. Außerdem begann er den widerlichen Alkoholgeruch wahrzunehmen, der von Allbee aufstieg. Er zerrte ihn vom Sessel und begann, ihn aus dem Zimmer zu schleppen. In der Küche ergriff er ihn bei den Handgelenken, hob ihn auf den Rücken und trug ihn ins Speisezimmer, wo er ihn auf die Couch fallen ließ.

17

Labor Day war nahe; die kommende Woche war somit verkürzt. Die Drucktermine mußten vorverlegt werden, und alles Material mußte bis Freitag fertiggestellt sein. Beard berief eine Sitzung der Redakteure ein, um das bekanntzugeben. Er war in gesprächiger Stimmung und hampelte mit seinem Stuhl hin und her, wobei sich rote Teppichfäden in den Stuhlenden verfingen. Bei jedem zweiten Satz hob er die Hand, um sie schlaff wieder fallen zu lassen. Er machte wegen des Feiertags aus der Sitzung ein offizielles Ereignis. Er wolle sie nicht lange aufhalten. Sie hätten ja ihre Arbeit, und in der Kürze läge die Würze. Aber dies sei ein gutes Jahr für die Firma gewesen, und er wolle dem Personal zu verstehen geben, wie sehr er seine Treue und seinen Fleiß anerkenne. Wenn man Arbeit sage, so meine man Anstand. Das hinge zusammen. Und deshalb danke er seinen Angestellten nicht so sehr, als daß er ihnen seine Anerkennung ausspreche. Es sei besser zu verschleißen, als zu verrosten, wie man oft sage. Er selbst sei ein fleißiger Arbeiter. Er wohne zwar fünf Meilen vom Büro entfernt, aber er erlaube sich immer genügend Zeit, daß er die Entfernung vor neun Uhr zu Fuß schaffen könne, wenn einmal die Untergrundbahn nicht funktioniere. Wenn eine Stellung das Bleiben wert sei, sei sie auch die Treue wert. Leben ohne Treue – Shakespeare hat es gesagt – sei ein schales, zahmes Ding. Leventhal im weißen Hemd – sein Gesicht verriet nicht den dumpfen, verdrossenen Ärger – wußte, daß das auf ihn gemünzt war. Er hielt den Blick auf die hell gestreifte Jalousie gerichtet, die sich im Glas des schon für den Feiertag aufgeräumten Schreibtisches bauschte wie ein großes Segel.

»Großer philosoph«. Als Leventhal durch das Büro ging, wiederholte er die Redensart seines Vaters mit dem ganzen Hohn seines Vaters. Ausgerechnet heute soviel Zeit zu verschwenden. Er machte sich wieder an die Arbeit, bevor noch die Lampe über seinen Papieren völlig ihr bläuliches Licht erstrahlen ließ. Er hatte sich versprochen, heute eine Pause zu machen, um nachzudenken. Es tat ihm aber nicht eigentlich leid, daß er dafür zu beschäftigt war.

Mr. Millikan, mit bleichem Gesicht und aufgeblähten Nasenflügeln, ging mit Korrekturfahnen in beiden Händen durch das Büro. Mr. Fay kam vorbei, um Leventhal an seinen Fabrikanten zu erinnern, der einen Artikel haben wollte.

»Gleich nächste Woche werde ich mich drum kümmern«, sagte Leventhal. »Am Dienstag.«

»Übrigens, es tut mir leid zu hören, daß Ihre Familie ein solcher Schlag getroffen hat – ein Verlust.« Mr. Fays Lippen wurden schmal, sein Ton war förmlich, und die Haut auf seiner Stirn faltete sich. »Wer war es denn?«

»Ein Sohn meines Bruders.«

»Ach, ein Kind?«

»Ein kleiner Junge.«

»Das ist sehr traurig. Beard hat es mir erzählt.«

Die Strenge seiner Lippen gab ihm ein solch kaltes Aussehen, daß er fast leidend wirkte. Leventhal verstand, was dem zugrunde lag.

»Sind andere Kinder vorhanden?«

»Sie haben noch einen Sohn.«

»Das macht es etwas leichter.«

»Ja«, sagte Leventhal.

Er ließ seine Arbeit kurze Zeit treiben, während er Mr. Fay nachblickte. Der war wenigstens anständig. Beard hätte sich einen Augenblick Zeit nehmen können, um etwas zu sagen. Und als Millikan vorbeihastete, hatte er nicht einmal Zeit zu nicken. Es zeigte die niedrige Qualität dieser Leute, ihre Minderwertigkeit und Kleinlichkeit. Nicht daß es ihm etwas ausmachte. Wenn sich dieser Millikan einmal dazu bequemte, eine persönliche Frage zu stellen, hörte er niemals auf die Antwort, sondern tat nur so. Er war wie ein Krebs im nassen Sand, man war für ihn nur wie das Geräusch des Wassers. Leventhal überblickte seinen Schreibtisch – die Papiere, das Glas mit farbigen Bleistiften, das dicke Tintenfaß, den Drahtkorb für die Post. Auf dem Dorn staken mehrere Nachrichten, die er herunterriß. Eine mit dem gestrigen Datum stammte von Williston, der angerufen werden wollte. Leventhal hielt den Zettel mit der Hand gegen die Brust und schaute auf ihn herunter. Er dachte: »Ich rufe ihn an, wenn ich von diesem Druck befreit bin. Es konnte nicht so dringlich sein, oder er hätte versucht, mich im Büro anzurufen oder gestern abend zu Hause.«

Gegen Mittag telefonierte die Empfangsdame, ein Mann sitze im Warteraum, der ihn besuchen wolle.

»Wie heißt er?«

»Das hat er nicht gesagt.«

»Dann fragen Sie ihn doch bitte.« Das Telefon verstummte. Er erhielt keine Antwort, als er versuchte, die Zentrale ein paar Minuten später zu erreichen. Er ging auf den Gang, um nachzusehen. Der Platz am Telefon war leer. Er nahm seinen Strohhut vom Haken und setzte ihn auf. Er hatte anfänglich gedacht, daß Max der Besucher sei. Max hätte jedoch seinen Namen genannt. Also war es vermutlich Allbee. So weit reichte sein Versprechen, ihn bei der Arbeit nicht zu belästigen. Der Warteraum war leer. Leventhal, der versuchte, die

Milchglasscheibe mit Gewalt aufzuschieben, um zu sehen, ob das Telefonfräulein durch einen anderen Eingang inzwischen zu ihrem Apparat zurückgekehrt war, hörte sie hinter sich. Sie kam durch die Bürotür.

»Nun, haben Sie ihn gefunden?«

»Ja, er ist vor der Tür, aber er will weder seinen Namen nennen noch hereinkommen.« Sie lachte verwundert, und ihre kleinen Augen schienen Leventhal zu fragen, was das zu bedeuten habe. Er trat hinaus.

Allbee betrachtete die Kabel und die hochziehenden Gewichte an der hinteren Wand des Fahrstuhlschachts. Er trug seine Jacke über dem Arm, sein Gesicht war gelb und unrasiert, sein schmutziges Hemd offen; er stand mit lockeren Hüften und einer Hand auf der Brust. Seine Schuhe waren nicht geschnürt. Er schien die Kleidung unmittelbar nach dem Aufstehen übergeworfen zu haben und ohne eine Sekunde zu verlieren, aufgebrochen zu sein, um ihn aufzusuchen. Kein Wunder, daß das Mädchen gelacht hatte. Aber Leventhal störte weder ihr Lachen noch Allbees Anwesenheit besonders. Die untere Hälfte der roten Kugel über den Türen leuchtete auf, und der Fahrstuhl gelangte zu einem sanften Halt. Er und Allbee zwängten sich zwischen die Mädchen der Handelsschule im oberen Stock.

»Hübsch«, flüsterte Allbee. Sie standen dicht aneinandergedrängt. Leventhal konnte kaum seine Arme bewegen. »Hübsche, zarte kleine Dinger. Bald werden wir, Sie und ich, zu alt sein, um darauf zu achten.« Leventhal schwieg. »Gestern nacht hat er noch seiner Frau nachgeflennt«, dachte er, als sie langsam im Schacht herabsanken.

Allbee folgte ihm schnell durch die Eingangshalle auf die Straße.

»Ich dachte, Sie wollten nicht herkommen«, sagte Leventhal.

»Sie werden gemerkt haben, daß ich draußen gewartet habe.«

»Ich möchte Sie aber hier nicht sehen. Das habe ich Ihnen gesagt.«

Allbees Augen funkelten ihn mit vorwurfsvoller Ironie an. Sie waren ziemlich klar, wenn man bedachte, wie betrunken er gewesen war. Seine Stimme dagegen war noch belegt. »Ich habe Ihnen versprochen, daß ich Ihnen hier keine Unannehmlichkeiten bereiten würde. So wie die Dinge zwischen uns nun einmal liegen, sollten Sie ein bißchen Vertrauen zu mir haben.«

»So?« sagte Leventhal. »Und wie liegen die Dinge zwischen uns?«

»Übrigens habe ich mir den Betrieb da drinnen ein bißchen angesehen. Das ist nichts für mich.«

»Schön, was haben Sie auf dem Herzen. Machen Sie's schnell. Ich muß mein Lunch essen und gleich wieder zurück.«

Allbee kam nicht sofort zur Sache. Lag es daran, fragte sich Leventhal, daß er unvorbereitet war und etwas improvisierte? Oder war es ein Teil der Komödie, etwas unbeholfen zu wirken?

»Ich weiß, daß Sie mir nicht recht trauen«, sagte er.

»Los, nun reden Sie schon.«

Er fuhr sich mit der Hand über die Augen. Man sah Ermüdungsfalten um die Nasenwurzel.

»Ich muß mich erst wieder ankurbeln.«

»Was, wollen Sie gehen?«

»Nein, das habe ich damit nicht gemeint. Nun ja, sobald ich kann. Das versteht sich. Aber vor allem wollte ich sagen ...« Er dachte nach. »Ich war gestern abend todernst; ich möchte mich auf die Beine bringen. Aber bevor ich damit anfangen kann, muß ich Verschiedenes haben ... ich muß mich säubern, mich anständiger herrichten. In diesem Aufzug kann ich bei niemand vorsprechen.« Leventhal stimmte zu.

»Ich sollte mir die Haare schneiden lassen. Und dieses Hemd.« Er zupfte daran. »Mein Anzug müßte gereinigt werden. Oder wenigstens gebügelt. Ich brauche etwas Geld.«

»Sie finden ja Geld für Ihren Whisky. Das scheint Ihnen nicht schwerzufallen.«

Allbees Miene war ernst und sogar etwas imponierend, trotz der unwirschen Kränklichkeit seines Gesichtes.

»Vielleicht waren Sie gestern nacht nicht betrunken. Womit haben Sie sich vollaufen lassen, mit Wasser aus dem Abwaschbecken?«

»Das war der allerletzte Rest von Floras Geld, die letzten paar Dollar. Das letzte greifbare Bindeglied zu ihr«, er stieß die Worte langsam aus.

Leventhal schenkte ihm einen skeptischen Blick. Er enthielt alles, was er dazu zu sagen hatte. Er zuckte die Achseln und wandte sich ab.

»Ich hatte von Ihnen weder Zustimmung noch etwa Mitleid erwartet. Leute Ihres Schlages – im großen und ganzen, und das ist nur eine Beobachtung, nichts weiter, bitte nehmen Sie's, wie's gemeint ist – können nur Gefühle tolerieren, die den ihren gleichen. Aber das war der Abschied von meiner Frau. Das war nicht sentimental. Genau das Gegenteil. Sich von ihren letzten paar Dollar die Haare schneiden zu lassen oder ein neues Hemd zu kaufen, das wäre sentimental gewesen. Schlimmer noch. Das wäre Heuchelei gewesen.« Seine breiten Lippen formten einen Laut des Ekels. »Heuchlerisch. Das Geld mußte verschleudert werden wie der Rest. Es wäre billig und unehrlich gewesen, den letzten Groschen anders anzulegen als den ersten.«

»Mit anderen Worten, es geschah Ihrer Frau zu Ehren.«

»Das war es. Ich wollte keinen Cent davon für mein Fortkommen anlegen. Ich fühlte mich verpflichtet, so zu handeln, wie sehr es mich auch schmerzte. Und es hat mich geschmerzt.« Er legte die Hand auf die Brust. »Aber auf diese Weise bin ich wenigstens anständig gewesen. Ich habe mir nicht mit ihrem Geld den Erfolg erkauft. Ich bin nicht geworden, was ich nicht schon vor ihrem Tode war. Und infolgedessen kann ich mir heute ins Gesicht sehen.« Er stand schwankend über ihm, unappetitlich, sein Mund begann sich spöttisch vorzustülpen. »Sie hätten das nicht getan, Leventhal.«

»Vielleicht hätte ich's nicht nötig gehabt«, sagte Leventhal angewidert.

»Das ist leicht für Sie zu sagen. Sie hat's noch nicht gepackt. Warten Sie, bis es Sie packt.«

»Wie bitte?«

»Warten Sie, bis Ihrer Frau etwas zustößt.«

Leventhal fuhr auf. »Unterlassen Sie Ihr dauerndes Gerede, daß etwas passiert, und diese Andeutungen. Sie haben's schon einmal getan. Verflucht nochmal, hören Sie auf damit.«

»Ich möchte ja nicht, daß etwas passiert«, sagte Allbee. »Ich habe nur versucht, Ihnen zu beweisen, daß Sie glücklicher gewesen sind als ich. Sie sollten aber nicht vergessen, daß das Glück nach beiden Seiten hin operiert, und bereit sein, und wenn Sie in meiner Lage sind – *falls* Sie je hineingeraten ... Auf dieses *falls* kommt es entscheidend an.« Er hatte seine Lieblingsmasche gefunden, wodurch sich seine Laune besserte. »Das *falls* schwingt uns bei den Ohren im Kreise wie die Kaninchen. Aber *falls* ...! Und Sie müssen alles mit sich in Einklang bringen, jeden Fehler, den Sie begangen haben, alle Ihre Sünden gegen sie, und Sie werden dann vielleicht zugeben, daß es nicht so einfach ist. Mehr will ich gar nicht sagen.«

»Aha, jetzt sind wir bei meinen Sünden.«

»Ich rede nicht davon, daß Sie Ihrer Frau untreu sind. Ich weiß nicht, wie's damit steht, aber das ist ein sehr unwichtiger Teil des Ganzen – daß Sie ihr oder sie Ihnen untreu ist. Was ich sage, bleibt trotzdem wahr. Sie dürfen nicht vergessen, daß Sie ein Tier sind. Damit beginnt schon viel unnötiges Herzeleid. Nicht daß ich Untreue befürworte. Sie wissen, wie ich über die Ehe denke. Aber man sieht viele Ehen, in denen sich ein Partner zu viel vom anderen gefallen läßt. Wenn eine Frau dem Mann zu viel entzieht, versucht er so viel wie möglich bei einer anderen Frau zurückzuholen. Und die Frau genauso. Jeder versucht, ein Gleichgewicht herzustellen. Die Natur ist manchmal zu leidenschaftlich für die menschlichen Ideale, und die Ideale sollten ihr einen großen Spielraum gewähren. Immerhin sind wir keine Affen und sollten nach den Idealen leben, nicht nach der Natur. Das bringt uns wieder auf Sünden und Fehler. Ich habe von einem Fall gehört ...«

Leventhal rief: »Glauben Sie, ich will hier stehen und mir Ihre Fälle anhören?«

»Ich dachte, es könnte Sie interessieren«, sagte Allbee.

»Tut es aber nicht.«

»Nun gut.«

Leventhal ging zum Restaurant, Allbee an seiner Seite. Die schrägen Schattenparallelen der Hochbahnschienen waren zu ihren Häupten. Die Fenster und Fenstermetalle flimmerten und blitzten.

»Wo essen Sie denn hier?«

»Etwas weiter runter.«

Sie kamen an eine Ecke. »Es hat keinen Zweck, mit Ihnen weiterzugehen«, sagte Allbee. »Ich habe Kaffee getrunken, bevor ich in die Untergrundbahn stieg.«

»Auf Wiedersehen«, sagte Leventhal gleichmütig, ohne anzuhalten, er blickte auf eine Verkehrsampel. Allbee heftete sich, ein wenig zurückbleibend, an seine Fersen.

»Ich wollte Sie fragen – würden Sie mir ein paar Dollar leihen? Fünf oder so ...?«

»Um ein neues Leben zu beginnen?« fragte Leventhal und blickte ihn immer noch nicht an.

»Sie haben mir vor einer Weile etwas angeboten.«

»Erklären Sie mir, warum ich Ihnen etwas geben sollte.« Leventhal wandte sich ihm voll zu.

Dem begegnete Allbee mit einem unsicheren, verwunderten Lächeln, während sich Leventhal fester verankert und zuversichtlicher fühlte.

»Erklären Sie's mir«, sagte er wieder.

»Sie haben es mir angeboten. Sie kriegen es zurück.« Allbee senkte den Blick, und man konnte ein sonderbares Zukken wahrnehmen, nicht nur in seinen gesenkten Lidern, die die Augen ganz bedeckten, sondern auch an den Schläfen.

»Ja, natürlich kriege ich es«, sagte Leventhal. »Sie sind ein Ehrenmann.«

»Ich wollte mir zehn Dollar oder so borgen.«

»Sie haben es gesteigert. Vorher haben Sie fünf gesagt, und fünf gebe ich Ihnen. Aber ich warne Sie schon jetzt, wenn Sie betrunken zurückkommen ...«

»Sie brauchen keine Angst zu haben.«

»Angst? Es ist nicht mein Anliegen.«

»Ich bin kein Säufer. Kein richtiger.«

Leventhal war fast versucht, ihn zu fragen, was er denn eigentlich wäre, wofür er sich in Wirklichkeit hielte. Aber er sagte statt dessen mit beiläufiger Ironie: »Und dabei hatte ich Ihren Versicherungen geglaubt, daß Sie leichtsinnig seien.« Er öffnete seine Brieftasche und zog fünf Dollarscheine heraus.

»Ich danke Ihnen«, sagte Allbee und faltete das Geld und knöpfte es in seine Hemdtasche ein. »Sie kriegen es bis auf den letzten Penny zurück.«

»Okay«, erwiderte Leventhal trocken.

Allbee wandte sich ab, und Leventhal dachte: »Wenn er nur einen Schluck nimmt – und er glaubt wahrscheinlich, er kann nach dem ersten Schluß machen –, dann nimmt er auch zwei und ein Dutzend. So sind diese Burschen.«

Am Abend erwartete ihn ein Brief von Mary. Er zog ihn dankbar aus dem Postfach. Allbees Andeutungen hatten ihm mehr zugesetzt, als er ahnte. Er hatte sie beiseite geschoben. Welchen Grund hatte er, ihretwegen ängstlich zu sein? Immerhin gab es Zufälle, man sprach von etwas, und dann traf es ein. Er schob den Finger unter den Umschlag und riß ihn auf. Der Brief war dick. Er setzte sich auf die Treppe und las ihn gespannt und mit tiefer Freude. Er war von Dienstagabend datiert; sie war gerade vom Essen bei ihrem Onkel zurückgekommen. Sie fragte nach Mickey – Leventhal hatte ihr nicht mehr von ihm geschrieben – und beklagte sich milde über ihre Mutter. Es war komisch und verwunderlich, daß ihre Mutter sie wie ein Kind behandelte. Sie kochte morgens nicht genug Kaffee für zwei Personen, weil sie annahm, daß ihre Tochter noch Milch trank, denn sie konnte nicht begreifen, daß diese nicht nur eine erwachsene, sondern auch eine nicht mehr ganz junge Frau war. An diesem Morgen hatte sie ein paar graue Haare entdeckt. Alt! Leventhal mußte lächeln, aber sein Lächeln war von Besorgnis durchsetzt. Er drehte das Blatt um. Sie hatte so viel Zeit und so wenig zu tun, daß sie Meterware gekauft hatte und sich Unterröcke nähte, die sie mit Spitzen von alten Blusen ihrer Mutter säumte, »die noch in gutem Zustand und sehr hübsch sind, wie Du sehen wirst, wenn ich wieder nach Hause komme«. Der Rest des Briefes handelte von den Kindern ihres Bruders. Er hielt ihn vor den Mund, als wolle er damit einen Husten verdecken, und berührte das Papier mit den Lippen.

Wäre sie noch in Baltimore, dann würde er zum Feiertag hinfahren. Aber von Charleston konnte er bis Dienstag nur zurückkommen, wenn er flog. Außerdem war in Charleston auch ihre Mutter, die erst seit kurzem verwitwet und ohne Zweifel schwierig war. Er wollte warten und Mary in ein paar Wochen ganz für sich haben, wenn sich die Dinge beruhigt hatten. Sie würde sie schon beruhigen. Er hatte großes Vertrauen zu ihrer Fähigkeit, normale Verhältnisse herzustellen.

Der Gedanke an ihre Wiederkehr machte den Eintritt in das Haus um so schwerer. Er lauschte an der Tür, bevor er hineinging. Er wollte vermeiden, wieder überrumpelt zu werden. Man hörte keinen Laut. »Laß ihn nur betrunken zurückkommen«, sagte sich Leventhal. »Das würde genügen.«

Innerhalb weniger Tage war die Wohnung verdreckt. Das Waschbecken war voller Geschirr und Abfall, Zeitungen waren über den Boden des Vorderzimmers verstreut, die Aschenbecher waren überfüllt, und die Luft stank. Entmutigt öffnete Leventhal die Fenster. Wo war Wilma? Kam sie nicht gewöhnlich am Mittwoch. Vielleicht hatte Mary vergessen, ihr zu sagen, daß sie in ihrer Abwesenheit weitermachen solle. Er entschloß sich, morgen Mrs. Nunez zu bitten, bei ihm sauberzumachen. Er nahm einen Aschenbecher und trug ihn in die Toilette, um ihn auszuschütten. Die Kacheln waren schlüpfrig. Er griff nach dem Duschvorhang, um sich festzuhalten; er war naß. Im Dunkeln stieß sein Fuß gegen etwas Feuchtes; er tat den Aschenbecher in das Waschbecken und hob seinen Bademantel auf. Er tat einen schnellen zornigen Schritt in das Vorderzimmer und breitete den tropfnassen Mantel vor dem Licht aus. Man sah darauf den Abdruck von Schuhen und um die Tasche blaßblaue Flecken, die aussahen wie Tintenflecken. Er leerte die Tasche und fand darin ein paar Anzeigen, die aus der Zeitung ausgerissen waren, Jack Shifcarts Firmenkarte, die dieser im Scherz Schloßberg zugeworfen hatte, und zerknittert und verschmiert die zwei Postkarten, die er vor einigen Wochen von Mary erhalten hatte. Er warf den Mantel wütend in die Wanne. Sein Gesicht war verzerrt, sein Mund zornig geöffnet. »Dieser schmierige Schweinehund!« brachte er hervor, fast unartikuliert und wild gegen den würgenden Druck in seiner Kehle ankämpfend. Er stieß den Stuhl vor dem Schreibtisch beiseite, fegte die Schreibunterlage zu Boden, riß Papiere aus den Fächern und Schubladen und begann sie durchzusehen – als könne er, in seiner blinden Betäubung, feststellen, was fehlte. Ungeschickt, mit steifen Händen, breitete er sie aus, Briefe, Rechnungen, Zertifikate, Bündel von entwerteten Schecks, alte Bankbücher, Kochrezepte, die Mary auf Pappe geklebt und weggeräumt hatte. Er stapelte sie wieder zusammen, hob die Unterlage auf, stieß mit dem Knie die Tischplatte hoch und schob den Stapel mitsamt der Unterlage in das Schubfach. Er schloß es ab, steckte den Schlüssel in seine Uhrtasche und setzte sich aufs Bett. Immer noch hatte er die Postkarten und die Anzeigen, die er aus der Tasche des Bademantels genommen hatte, bei sich. »Ich schlage ihn tot!« schrie er und ließ die Faust wuchtig auf die Matratze zwischen seinen Knien fallen; dann verstummte er und saß mit großen stieren Augen da, als wolle er seine innere Blindheit mit der scharfen Schneide des Tatsächlichen gewaltsam öffnen. Er rieb mit den Fingern plump auf der Stirn. Gleich darauf begann er Marys Karten zu lesen, die vertraulichen Worte, die nur für ihn bestimmt waren. Es gab ein paar intime Anspielungen und Abkürzungen, die niemand sonst verstehen konnte, aber die Bedeutung der anderen Worte konnte man kaum mißverstehen. »Sie so herumzutragen, sie sich aufzuheben und allen

Blicken preiszugeben«, dachte er. Er fühlte sich von Scham übergossen wie von einer heißen Flüssigkeit, die Genick und Schultern benetzte. »Wenn das nicht häßlich, krank und von aasiger Schmutzigkeit ist!« Es bereitete ihm Übelkeit. Wenn Allbee sie zufällig gefunden hätte ... auch das wäre ihm entsetzlich gewesen. Aber es war kein Zufall: Allbee war in seinen Bereich, in seinen Schreibtisch eingedrungen, Shifcarts Karte bewies es, denn Leventhal war sicher, daß er sie weggeräumt hatte, er hatte seine Korrespondenz durchgeschnüffelt und die Karten behalten, um sich daran zu ergötzen. Vielleicht hatte er auch Marys erste Briefe gelesen, die Briefe der Versöhnung, nachdem die Verlobung auseinandergegangen war. Sie lagen irgendwo im Schreibtisch. War das vielleicht der Grund, weshalb er heute seine Anspielungen über die Ehe und das andere gemacht hatte? Er hätte sie auch ohne dieses Wissen machen können, einfach in der Annahme, daß er dafür empfänglich war. Denn das war fast jeder. Leventhal dachte mit einem Stich im Herzen an jenen Vorfall vor seiner Heirat und an Marys Verhalten, das er immer noch nicht verstand. Wie hatte sie das nur tun können? Aber er hatte sich längst entschlossen, diese Tatsache hinzunehmen und sich über den Grund nicht mehr den Kopf zu zerbrechen. Für Allbee hingegen, der die Briefe gelesen haben mochte, mußte es ein wunderbarer Fund gewesen sein: Mary war weg, also konnte man eine Andeutung fallen lassen. Er konnte ja nicht wissen, daß Leventhals alter Nebenbuhler tot war. Er war vor zwei Jahren am Herzschlag gestorben. Marys Bruder hatte bei seinem letzten Besuch im Norden davon erzählt. Das stand in keinem Brief.

Sich selbst sagte er: »Was weiß schon so ein dreckiger Säufer von einer Frau wie Mary?«

18

Die Dunkelheit brach herein. Er zündete nicht die Bettlampe an, sondern saß, immer noch mit den Karten in der Hand da und wartete auf Allbee; er versuchte, Schritte zu hören und vernahm statt dessen eine Vielfalt von Geräuschen von unten, das Dröhnen der Radiomusik durch die Etage, wirre Stimmen, das Reiben der Seile im Wandaufzug; die Rufe von Jungen, die die Straße herunterhasteten, übertönten alles andere, deutlich wie Funken im Feuer. Mit dem Untergang der Sonne rollten die bunten, schimmernden Wolkenkämme schneller und schneller ins Grau und Blau, während auf den Spitzen der Gebäude rote Lichter auftauchten, Flugzeugwarnungen wie Ufersignale an einer Küste. Die kleinen Fehler in der Scheibe, durch die Leventhal blickte, erinnerten an das Verdicken des Wassers, wenn man aus großer Tiefe zur Oberfläche hinaufblickt. Die Luft hatte einen salzigen Geruch. Eine Brise hatte sich aufgemacht; sie blähte die Vorhänge und raschelte in den Papieren auf dem Boden.

Nach einiger Zeit hielt Leventhal sein Handgelenk den schwachen goldenen Lichtpunkten unter dem Fenster entgegen und suchte die Uhr zu erkennen. Es war schon acht vorbei; er hatte über eine Stunde gesessen. Er blickte nachdenklich auf die Straße hinunter. Sein erster Ärger war verraucht. Vom Warten auf eine Begegnung mit Allbee war er unmerklich in einen Zustand entschlußloser Ruhe hinübergeglitten; jetzt fühlte er sich hungrig und stand auf, um essen zu gehen. Es hatte keinen Sinn, auf Allbee zu warten, der wahrscheinlich den letzten Rest der fünf Dollar in einer Bar versoff und sich auf diese Weise auf schnellstem Wege zugrunde richtete. Es war auch nicht schlimm, dachte er, daß Allbee sich nicht gezeigt hatte, denn was er unzweifelhaft anstrebte, war, daß man ihn ernst nahm. Sobald ihm das einmal gelungen war, konnte er ihn, Leventhal, um den Finger wickeln. Das wollte er wohl auch.

Das Restaurant war voll, um die kleine Bar drängten sich die Menschen. Er ging in den hinteren Teil, um sich einen Tisch zu suchen. »Ich habe Gäste, die noch an der Bar sind«, sagte der knochige dunkle Kellner, »aber ich will sehen, was ich für Sie tun kann.« Er hatte in beiden Händen eine Tasse Kaffee und eilte davon. Leventhal war unentschlossen, ob er mit den anderen warten oder sich an der Küchentür aufstellen sollte. Es war nicht sehr wahrscheinlich, daß ihm der Kellner außer der Reihe einen Tisch geben würde, wenn er sich mit den anderen anstellte. Also blieb er am Küchendurchgang stehen und lehnte sich an die Wand. Durch die Bogentür sah er einen der Köche neben dem Backsteinherd sich das Mehl von den Armen wischen und mit der Schürze wedeln, um sich das Gesicht zu kühlen. Leventhal streifte jemanden, der ihm zufällig mit seinem Arm den Weg zu versperren schien. Ohne aufzusehen, sagte er: »Entschuldigen Sie bitte«. Ein Mann sagte lachend: »Warum passen Sie nicht auf?« Und obwohl es sonderbar war, daß dies mit einem Lachen gesagt wurde, drehte er sich nicht um, sondern nickte nur und ging weiter, bis er merkte, daß man ihn an der Jacke zupfte. Es war Williston. Phoebe war auch dabei.

»Ja, guten Tag«, sagte sie. »Sprechen Sie nicht mehr mit einem?«

Es war Leventhal, als werfe sie ihm vor, sie absichtlich geschnitten zu haben.

»Ich war mit meinen Gedanken woanders«, sagte er, während seine Wangen dunkelrot wurden.

»Setzen Sie sich. Sind Sie allein?«

»Ja. Man hat mir einen Tisch versprochen, also lassen Sie mich nicht ...«

»Ach, kommen Sie schon. Hier.« Williston schob einen Stuhl zurück. Leventhal zögerte, und Phoebe sagte: »Was haben Sie denn, Asa?« in einem Ton, der es unmöglich machte, noch eine Sekunde zu schwanken, ohne sie zu kränken.

»Ach, Mary ist verreist«, sagte er, »und ich lege auf meine Mahlzeiten nicht allzuviel Gewicht. Ich laufe aus dem Hause und hole mir etwas. Und Sie sind schon fast fertig.«

»Nun setzen Sie sich doch schon«, sagte Williston.

»Was hat die Abwesenheit Ihrer Frau damit zu tun? Mein Gott!«

Leventhal betrachtete ihren totenbleichen Teint, ihre dikken, waagerechten Augenbrauen und die kurzen regelmäßigen Zähne, die sie beim Lächeln zeigte. Der Lärm im Lokal unterbrach ihr Gespräch für einen Augenblick. Er nahm den Stuhl, beengte aber mit seiner Körperfülle den Platz am Tisch, als der Kellner hinter ihm vorbeiging. Mit verstörtem Gesicht rappelte er sich wieder hoch, um ihn auf sich aufmerksam zu machen. Dann setzte er sich erneut und ermahnte sich, nicht so nervös zu sein. Warum sollten sie ihn so aus der Fassung bringen? Die Hand an der Stirn, las er die Speisekarte, fühlte die Hitze und Feuchtigkeit unter den Fingern und brachte Ordnung in seine wirren Gefühle. »Was ist denn los; kann ich mich ihnen gegenüber nicht behaupten?« fragte er sich. Die Herausforderung gab ihm Kraft. Als er die Speisekarte zusammenfaltete, fühlte er sich sicherer. Der Kellner kam.

»Was ist Ihre Spezialität heute?« fragte er.

»Suppe, wollen Sie Bohnensuppe? *Lasagna* ist's heute abend.«

»Ich sehe Muscheln.« Er deutete auf die Schalen.

»Sehr gut«, sagte Phoebe.

»A la possilopo.« Der Kellner schrieb.

»Und eine Flasche Bier; vorher einen Teller Suppe.«

»Kommt sofort.«

»Ich habe versucht, Sie zu erreichen«, sagte Williston.

»So?« Leventhal sah ihn an. »Ist was Besonderes los?«

»Dasselbe.«

»Ich habe Ihre Benachrichtigung gefunden. Ich wollte zurückrufen, aber ich wurde abgehalten.«

»Wovon?« fragte Phoebe.

Leventhal überlegte seine Antwort. Er hatte keine Lust, von seiner Familie zu sprechen, er wollte den Eindruck vermeiden, als hasche er nach Beileid, und zudem fühlte er sich außerstande, Mickeys Tod gesprächsweise zu erwähnen. Der Gedanke war ihm zuwider.

»Nun, was es so gibt«, sagte er.

»Labor-Day-Trubel, wie?« fragte Williston.

»Das, und ein paar Privatangelegenheiten. Aber vorwiegend Arbeit.«

»Was treiben Sie denn am Wochenende?« fragte Phoebe. »Haben Sie vor, wegzufahren? Wir sind nach Fire Island eingeladen.«

»Nein, ich gehe nirgendwo hin.«

»Wollen Sie drei Tage allein in der Stadt verbringen? Sie armer Mann.«

»Genau gesprochen bin ich nicht eben allein.« Leventhal hielt ruhig sprechend den Blick auf sie gerichtet. »Einer Ihrer Freunde wohnt bei mir.«

»Unserer Freunde?« rief sie. Er sah, daß er sie aus dem Gleichgewicht gebracht hatte. »Sie meinen Kirby Allbee?«

»Ja, Allbee.«

»Danach wollte ich Sie fragen«, erklärte Williston. »Ist er immer noch bei Ihnen?«

»Immer noch.«

»Erzählen Sie, wie geht es ihm?« fragte Phoebe. »Ich wußte nicht, daß Sie neulich abend seinetwegen gekommen waren. Sonst wäre ich nicht in der Küche geblieben.«

»Ich ahnte nicht, daß Sie so großen Anteil nehmen.«

»Nun, jetzt möchte ich wenigstens wissen, wie es ihm geht«, sagte sie. Leventhal hätte gern gewußt, inwieweit Williston ihr seine Beschreibung wiederholt hatte.

»Hat Stan nichts erzählt?«

»Ja, aber ich möchte mehr von Ihnen hören.« Ihre übliche kühle, gute Laune war verschwunden. Ein schwacher roter Fleck erschien unter ihren Augen und er bemerkte zu sich selbst: »Zur Abwechslung einmal aus der Reserve gelockt.« Er zögerte die Antwort hinaus, weil er glaubte, Williston würde eingreifen. Der Kellner stellte die schwarzen und grünen Muscheln vor ihn hin, und er sagte, indem er die Gabel aufnahm, als wolle er sie wiegen: »Oh, er macht sich.« Er begann zu essen.

»Ist er wegen Flora sehr gebrochen?«

»Seiner Frau? Ja, er ist gebrochen.«

»Das muß furchtbar für ihn gewesen sein. Ich hätte nie gedacht, daß sie sich trennen würden. Sie haben so glänzend angefangen.«

»Glänzend?« dachte Leventhal. Er schwieg und ließ sie merken, daß das Wort ihn getroffen hatte. »Was meint sie damit. Das ist nun die Art der Frauen, über die Ehe zu sprechen. Was könnte daran glänzend sein? Dieser Allbee, glänzend?« Er machte eine oberflächliche Geste des Einverständnisses.

»Ich war bei der Hochzeit, wenn Sie wissen wollen, warum es mich interessiert«, sagte sie.

»Phoebe und Flora haben in der Schule im selben Zimmer gewohnt.«

»Tatsächlich?« fragte Leventhal ein wenig neugierig. Er

schenkte sich Bier ein. »Ich bin ihr ein paarmal in Ihrem Haus begegnet.«

»Ja, das muß stimmen«, sagte Williston.

Für einen kurzen Augenblick gewann Phoebe ihr gewöhnliches Gehaben zurück. »Ich erinnere mich, daß sie in der Kirche eine Sängerin haben wollten, es aber seiner Mutter wegen unterließen. Sie wollten sie nicht kränken. Alle machten ihr Komplimente wegen ihrer Stimme. Sie hatte jahrelang in Boston studiert. Sie war etwa sechzig und mochte einmal eine Stimme gehabt haben, aber zu dieser Zeit hatte sie bestimmt keine mehr. Sie sang aber trotzdem. Sie war dazu entschlossen, da ihr Sohn heiratete. Man konnte sie nicht halten. Armer Kirby. Trotzdem war die alte Dame sehr nett. Sie erzählte mir, daß sie als Mädchen schöne Beine gehabt hätte und so stolz darauf war; war es da nicht schändlich, daß sie lange Röcke tragen mußte? Sie sagte, sie sei zu früh geboren.«

»Entschuldigen Sie die Frage«, unterbrach Leventhal, »aber hielt man diese Heirat, von der Frau her gesehen, für günstig?«

»Was meinen Sie damit?«

»Hat ihre Familie ihn gemocht?«

»Sie war mißtrauisch. Aber ich glaube, man hat sich etwas von ihm versprochen. Intelligent und charmant. Auch viele andere Leute fanden das. Ich war überzeugt, er würde all unseren Freunden den Rang ablaufen.«

Williston bestätigte das. »Ja, er ist klug und belesen. Er pflegte ungemein viel zu lesen.«

»Und dann plötzlich stürzt das alles zusammen. Ich wüßte gern, wer die Schuld daran trägt.« Phoebe seufzte und wandte ihr langes, hübsches, sinnendes Gesicht mit den auffallend waagerechten Brauen erst ihrem Mann und dann Leventhal zu.

»Sie war doch jedenfalls nicht schuld daran, oder?« fragte Leventhal.

»Seine Frau?«

»Nein.« Phoebe schien irritiert. »Warum sollte sie? Sie hat ihn ja geliebt.«

»Wenn sie also nicht schuld war, wer bleibt dann übrig?« fragte Leventhal. »Sie hat ihn doch immerhin verlassen?«

»Ja, das hat sie. Wir haben nie erfahren, warum. Sie hat es mit mir nicht besprochen. Wir haben's größtenteils von außen mitangesehen. Es war schwer zu begreifen, weil er so charmant war.«

»Charmant!« wiederholte sich Leventhal verächtlich. »– ein glänzender Anfang!« Was konnte diese Frau mit ihren zwei Augen tatsächlich gesehen haben? Was gestattete sie sich zu sehen? Konnte etwas, was so gut, so verheißungsvoll angefangen hatte, so schlecht enden? Da muß doch von vornherein schon ein Makel gewesen sein, jedem sichtbar, der sehen wollte. Aber Phoebe wollte eben nicht sehen. Und was Allbee betraf, so war's kein Wunder, daß er sich von den Willistons fernhielt, da sie ja eine so hohe Meinung von ihm hatten.

Er sagte zurückhaltend: »Angeblich machen Leute, die trinken, gewöhnlich einen guten Eindruck. Sie sollen sehr liebenswert sein.«

»Er trinkt also noch, wie?« fragte Williston halblaut.

»Noch?« Leventhal zuckte die Achseln als wolle er sagen: »Was soll die Frage?«

»Nein, er war genau, wie ich sage. Fragen Sie Stan. Sogar bevor er anfing zu trinken. Aber Sie haben mir noch nicht erzählt, wie er sich durchschlägt und was er tut.«

»Er tut nichts. Und er hat mir auch nicht mitgeteilt, was er zu tun gedenkt.«

»Dann richten Sie ihm doch bitte aus, uns zu besuchen.«

Ihr Gesicht bebte vor verhohlenem Ärger.

»Mit Vergnügen.« Leventhals Stimme klang ziemlich schroff.

Williston drehte einen Löffel in seinen kurzen Fingern. Er hatte wenig gesprochen, weil er vielleicht wußte, daß Phoebe sich falsch verhielt, aber fürchtete, durch sein Eingreifen die Dinge zu verschlimmern. Leventhal verbarg seinen Mißmut. Sie wollten Allbee sehen – sie konnten ihn mit Haut und Haaren haben, soweit er in Frage kam –, aber sie sagten nicht, daß sie ihn bei sich aufnehmen wollten, sondern nur seinen Besuch. Auch hätte Leventhal gern gewußt, warum es Phoebe nicht einfiel zu fragen, aus welchem Grund Allbee bei ihm war und nicht bei seinen Freunden. Logischerweise hätte er zu ihnen gehen müssen. Als er aber ihr weißes Gesicht ansah, wurde ihm klar, daß es gewisse logische Fragen gab, die sie lieber nicht stellen wollte. Sie wollte keine Tatsachen, sondern hielt sie sich vom Leibe. Im großen und ganzen verstand sie sie gut genug, dessen war er sicher. Sie wollte nur die Gewißheit haben, daß man sich Allbees annahm. Es war auch zu vermuten, daß sie ihn ebensowenig in seinem gegenwärtigen Zustand sehen wollte, wie er sie. Sie wußte wahrscheinlich, wie es um ihn stand. Ach, selbstverständlich wußte sie's. Aber sie wollte ihn in das zurückverwandeln, was er einst gewesen war. »Verehrte Dame«, protestierte Leventhal in Gedanken, »ich verlange nicht, daß Sie die Dinge mit meinen Augen sehen, aber sie doch immerhin sehen. Das würde schon genügen. Sehen Sie nur hin!« Indessen, und darauf kam er immer wieder zurück, waren die Willistons gut zu ihm gewesen; er war in ihrer Schuld. – Dennoch war das, was Williston für ihn getan hatte, nichts im Vergleich zu dem, was er, wie man ihm andeutungsweise zu verstehen gab, für Allbee tun sollte.

Williston rappelte sich hoch, oder wenigstens schien es so.

»Ich glaube nicht, daß Kirby uns jetzt besuchen will, meine Liebe«, sagte er. »Sonst wäre er schon gekommen.«

»Wirklich schade, daß er's nicht getan hat«, sagte Leventhal.

Er sprach vielleicht mit mehr Gefühl, als er gewollt hatte, und Phoebe nagelte ihn darauf gleich fest.

»Ich glaube nicht, daß ich Sie verstehe, Asa«, sagte sie.

»Sie brauchten ihn nur zu sehen. So, wie Sie über ihn reden, würden Sie ihn wahrscheinlich gar nicht erkennen. Auch ich erkenne ihn nicht als den Mann von früher.«

»Nun, das wäre vielleicht dann nicht meine Schuld.« Sie brach ab, indem sie kurz den Atem ausstieß. Die roten Flekken bildeten sich erneut unter ihren Augen.

»Ich vermute, er hat sich verändert«, sagte Williston bedächtig.

»Glauben Sie mir, er ist nicht so, wie Phoebe ihn schildert. Ich versichere es Ihnen.« Leventhal beschränkte sich hartnäckig auf diese Auskunft, um das aufsteigende Gefühl der Kränkung im Zaum zu halten.

»Sie sollten barmherziger sein«, sagte Phoebe.

Darüber hätte er beinahe den Kopf verloren; er starrte sie an, während sich die Röte über ihre Wangen verbreitete. Er stieß seinen Teller zurück und sagte zwischen den Zähnen: »Ich kann mich Ihnen zu Gefallen nicht verändern.«

»Was?« fragte Williston.

»Ich sagte, wenn ich's nicht bin, bin ich's nicht.«

»Ich glaube, Phoebe hat nicht ganz das gemeint, was sie gesagt hat. Phoebe? Ich glaube, Asa hat einen falschen Eindruck gewonnen.«

»Ich sehe, daß Sie mich falsch verstanden haben«, sagte sie widerstrebend.

»Nun, das macht nichts.«

»Ich wollte nichts anderes sagen, als daß Kirby wirklich zu

vielen Hoffnungen Anlaß gab und so weiter. Ich habe nichts anderes gesagt.«

Was wußte sie von ihm, dachte Leventhal bitter. Aber er schwieg.

»Ich habe angerufen, um zu hören, ob ich mit etwas Geld aushelfen kann«, sagte Williston. »Ich habe mir noch keine Arbeit für ihn ausdenken können, aber er muß sich ja Sachen kaufen. Ich nehme an, er könnte ein paar Dollar gebrauchen.«

»Das stimmt«, sagte Leventhal.

»Dann gebe ich Ihnen etwa zehn. Sie brauchen ihm ja nicht zu sagen, woher es kommt. Vielleicht würde er von mir lieber kein Geld annehmen.«

»Ich werd's ihm geben«, sagte Leventhal. »Das ist sehr nett von Ihnen.«

Die Willistons gingen. Leventhal beobachtete sie in dem blauen Spiegel der Bar, über den dicht gedrängten Formen der Flaschen. Stan wartete, als Phoebe anhielt, um ihren Hut zurechtzurücken; dann gingen sie zusammen die Treppe hinauf und unter der Markise hindurch.

19

Von der Eingangshalle aus sah er Mrs. Nunez mit gekreuzten Beinen auf dem Diwan sitzen und ihr frisch gewaschenes Haar hochstecken. Sie hielt das Kinn gegen die Brust, hatte ein paar Haarnadeln im Mund und andere über die braunen und weißen Quadrate ihres Rockes verstreut. Als er klopfte, strich sie das Haar von den Augen zurück, ohne jedoch sonst ihre Stellung zu ändern oder ihre Beine mit den schief angebrachten Strumpfbändern zuzudecken.

»Ich will Sie nicht stören«, sagte er mit einem Blick auf ihre Beine. »Ich dachte nur – meine Wohnung ist ziemlich schmutzig. Könnten Sie mir zu einer Putzfrau verhelfen? Unsere hat sich nicht sehen lassen.«

»Putzen? Da weiß ich niemanden. Wenn's Ordnung machen ist, dann will ich's für Sie tun. Die schwere Arbeit mache ich nicht.«

»Nichts Schweres. Ich will nur, daß der Platz etwas gepflegter aussieht.«

»Gern. Ich will ihn für Sie in Ordnung bringen.«

»Ich bin Ihnen sehr dankbar. Mir wird's nämlich zuviel.«

Der Anblick seines Vorderzimmers bei Lampenlicht widerte ihn an. Es hätte Phoebe gut getan, ihn zu sehen. Er bedauerte halb, daß er die Willistons nicht zu sich nach Hause eingeladen hatte. Er machte sich daran, die Papiere vom Fußboden aufzusammeln, breitete saubere Laken über sein Bett und legte seinen Pyjama zurecht. Im Badezimmer weichte er den Bademantel ein und spülte ihn; dann rieb er die Tintenflecken mit einer Bürste und Seifenpulver aus. Er nahm ihn mit aufs Dach, wrang ihn aus und hängte ihn über eine Wäscheleine. Der Wind trug den Geruch des nahenden Herbstes. Leventhal ging über den geteerten Kies zur Brustwehr des Daches. Nach Osten hin vereinigten sich die Lichter der beiden Ufer zu einem langen Saum in der Flußmitte. Bald nach dem Feiertag würde der Sommer zu Ende sein; und mit dem Beginn des Herbstes mußte sich alles ändern; davon fühlte sich Leventhal unerklärlicherweise überzeugt. Der Himmel war bedeckt. Er blickte eine Weile um sich und ging zur Treppe zurück, wobei er im Dunkeln sorgfältig auf die Leinen und Drähte achtgab. Im Vorbeigehen berührte er den Bademantel. Im Wind wurde er schnell trocken.

Auf dem Treppenabsatz hörte er jemand kommen und blickte hinunter. Es war Allbee. Seine Hand ergriff regelmäßig das Geländer und ließ es wieder los, als er nach oben stieg. Als er bei der letzten Wendung Leventhal erblickte, blieb er stehen, hob den Kopf und schien ihn prüfend anzusehen. Das schwache Licht fiel über sein Gesicht bis zu den Brauen und Augen und verlieh ihm, wahrscheinlich ganz zufällig, den Ausdruck nackter Bosheit. Leventhal fühlte sich peinlich berührt.

Er erinnerte sich jedoch sogleich, daß Allbee ihm wegen einiger Dinge Rede und Antwort stehen mußte. Aber vor allem, war er betrunken? Er war jedoch bereits ziemlich sicher, er konnte es spüren, daß er nüchtern war.

»Nun?« sagte er.

Als Allbee den Treppenabsatz erreicht hatte, gab er ihm ein zurückhaltendes Nicken. Sein Haar war geschoren. An den Seiten und die Backen herunter sah man einen deutlichen weißen Streifen von der Rasur. Sein Gesicht glänzte. Er hatte ein neues Hemd an sowie einen schwarzen Schlips und trug eine Tüte. Als er sah, daß Leventhal ihn prüfend betrachtete, sagte er: »Ich hab' dies alles in der Second Avenue aufgegabelt, in einem Discountladen.«

»Ich habe Sie nicht gefragt.«

»Ich schulde Ihnen Rechenschaft«, sagte er sachlich. Leventhal lauschte auf eine herausfordernde Note in dieser Antwort, entdeckte aber keine. Er sah ihn argwöhnisch an.

»Ich habe heute nichts getrunken«, erklärte Allbee.

»Kommen Sie rein. Ich möchte etwas klären.«

»Worum handelt es sich?«

»Nicht hier; in der Wohnung.«

Allbee hielt sich zurück. »Was ist passiert?« fragte er.

Leventhal ergriff ihn beim Jackett und zog ihn vorwärts. Als Allbee sich sträubte, packte er ihn mit beiden Händen und zerrte ihn mit einem Blick dumpfer Entschlossenheit und mit wiedererwachtem Zorn in die Wohnung und stieß die Tür mit dem Fuß zu. Er drehte ihn um. Allbee versuchte erneut, sich loszumachen, und Leventhal schrie: »Wieviel, zum Teufel, glauben Sie eigentlich, daß ich mir von Ihnen gefallen lasse?«

»Wovon sprechen Sie?«

»Sie werden mir Rede stehen. Sie werden dem nicht entschlüpfen.«

Allbee riß sein Jackett aus Leventhals Griff und schnellte zur Seite. »Was soll das?« fragte er verwundert mit einem zitternden kurzen Lachen. »Haben Sie vor, mich zu verprügeln?«

»Wieviel glauben Sie, lasse ich mir von Ihnen gefallen?« Leventhal keuchte. »Meinen Sie, daß Sie sich alles erlauben können?«

»Verlieren Sie jetzt nicht den Kopf.« Das Lachen war ihm vergangen, und er sah ihn ernst an. »Schließlich kann ich erwarten, wenigstens mit Anstand behandelt zu werden. Ich bin in Ihrem Haus, und Sie haben mir gegenüber gewisse

Vorteile ... Auf alle Fälle sollten Sie mir sagen, worum es sich überhaupt dreht.«

»Darum dreht es sich.« Leventhal zog die Karten hervor. »Daß Sie wie ein verdammter Verbrecher und Erpresser meinen Schreibtisch durchwühlen. Darum dreht es sich.«

»Ach, *das* ist es?« Er deutete nonchalant auf die Karten.

Leventhals Stimme überschlug sich, als er schrie: »*Das*? Ist das nichts? Sie sind mir vorher schon nachgegangen und haben herumspioniert. Ich habe Sie hier eingelassen, und Sie stecken Ihre schmierigen Pfoten in alle meine Sachen, meine Privatangelegenheiten, meine Briefe.«

»Na also, das ist nicht wahr. Ich habe Ihre Briefe nicht angerührt. Ich interessiere mich nicht für Ihre Angelegenheiten.«

»Wo habe ich denn diese gefunden?« Leventhal warf die Karten nieder. »In meinem Bademantel, den Sie getragen haben.«

»Da habe ich sie gefunden. Ich will mich gegen derartige Anschuldigungen nicht verteidigen. Sie sind nicht fair. Mit solchen Dingen kann man Leute ins Unrecht setzen.«

»Gehört Ihnen das nicht?« Leventhal hob eine der Zeitungsannoncen hoch.

»Oh, ich weiß, was in der Tasche war. Aber einiges war schon drin, als ich den Bademantel anlegte. Vielleicht haben Sie etwas dagegen, daß ich den Mantel benutzt habe. Das tut mir leid, ich ...«

Aber Leventhal ließ sich nicht vom Thema abbringen. »Sie wollen behaupten, daß Sie meinen Schreibtisch nicht durchsucht haben?«

Allbee machte eine Bewegung aufrichtiger und schlichter Verneinung.

»Und was ist dieses? Wo haben Sie das gefunden?« Leventhal deutete auf Shifcarts Karte.

»Die habe ich auf dem Fußboden gefunden. Nun, da will ich zugeben ... wenn ich wirklich einen Vorwurf verdiene, dann darum, weil ich diese Karte genommen habe. Sie lag auf dem Boden bei Ihrem Bett. Ich hatte kein Recht, sie zu behalten. Vielleicht war sie Ihnen von Nutzen. Ich hätte fragen sollen. Aber daran habe ich gar nicht gedacht. Ich fand sie interessant. Tatsächlich wollte ich sie im Zusammenhang mit einer Sache erwähnen, die ich mir überlegt, aber immer wieder vergessen habe.«

»Sie lügen.«

Allbee schwieg. Er stand da und sah ihn an.

»Ich habe die Postkarten nicht in den Bademantel gesteckt«, sagte Leventhal, »und diese Karte von Shifcart lag in meinem Schreibtisch.«

Allbee erwiderte schlicht: »Wenn Sie sie dort nicht hingelegt haben, dann war es ein anderer. Ich weiß, daß ich es nicht war.«

»Aber Sie haben sie gelesen!« Er sagte es heftig, wäre aber lieber in den Boden versunken.

»Ja, das habe ich.« Allbee schlug die Augen nieder, als wollte er ihn schonen.

»Sie verdammter Schweinehund!« schrie Leventhal voller Bedrängnis und Wut. »Und das ist nicht alles, was Sie gelesen haben. Was sonst?«

»Nichts.«

»Doch!«

»Nein, das war alles. Ich konnte nicht umhin, sie mir anzusehen. Es geschah nicht absichtlich. Ich hatte sie aus der Tasche genommen und mußte deshalb nachsehen, was sie waren. Vor allem ist aber Ihre Frau schuld. Sie hätte sie in einen Umschlag stecken sollen – bei so einem Text. Ich hätte niemals einen Brief aus einem Umschlag gezogen. Das habe ich aber gelesen, bevor ich merkte, was es war. Das ist doch nicht schlimm, wie? Was ist an Ihren Karten schon dran? Jede Frau könnte das an einen Mann schreiben, oder ein Mann an seine Frau. Und ein alter Ehemann wie ich ... es ist doch nicht dasselbe, als wenn sie einer jungen Person, sagen wir einem jungen Mädchen, in die Hände gefallen wären. Und selbst dann, ich zweifle, ob heute noch einer so unschuldig ist. Und letzten Endes glaube ich auch nicht, daß es Ihrer Frau soviel ausmachen würde. Das ist schließlich nicht etwas, was man auf Postkarten schreibt. Wenn sie großen Wert darauf legte, hätte sie's in einem Brief geschrieben.«

»Und ich glaube immer noch, daß Sie lügen.«

»Nun, in dem Falle kann ich Sie nicht vom Gegenteil überzeugen. Aber ich lüge nicht. Warum schließen Sie Ihren Schreibtisch nicht ab, wenn Sie mir schon nicht trauen?«

»Er ist jetzt abgeschlossen.«

»Das hätten Sie früher tun sollen. Niemand läßt sich gern so überfallen. Halten Sie ihn verschlossen. Sie haben jedes Recht, die Fassung zu verlieren, wenn der schlüssige Beweis vorliegt, daß jemand mit Ihren privaten Dingen Schindluder treibt. Das ist nicht sehr fein. Aber derartige Beschuldigungen sind's auch nicht. Nehmen wir einmal an, ich hätte in Ihren Schreibtisch geguckt, was ich entschieden in Abrede stelle, warum sollte ich dann diese Karten mit mir rumtragen?«

»Warum Sie das sollten! Soll ich das wissen?«

»Wie ein Irrer? Ich nicht. Da sind Sie an den Falschen gekommen.«

Leventhal wußte nicht, was er sonst vorbringen sollte. Vielleicht hatte er Unrecht. Was Allbee sagte, klang vernünftig – außer dem, was er von den jungen Mädchen behauptete –, und selbst das war vielleicht bei näherer Betrachtung nicht bedeutungslos. Außerdem machten das geschorene

Haar, das Hemd, der Schlips und die Tatsache, daß er nüchtern war, einen Unterschied. Vor allem der Haarschnitt; er verlieh ihm ein neues Aussehen. Sein Gesicht schien gefestigter. Plötzlich hatte Leventhal keine starken Gefühlsregungen mehr; er empfand Allbee gegenüber nur noch eine gewisse Neugier. Er setzte sich neben den Schreibtisch. Allbee sank in den Sessel und streckte die Beine aus.

Nach ein paar Minuten des Schweigens sagte er: »Haben Sie die heutige Morgenzeitung gelesen?«

»Warum, was steht drin?«

»Eine Notiz, von der ich dachte, daß Sie sie bemerkt hätten. Sie betraf Rudiger. Oder eigentlich Rudigers Sohn, aber er war auch erwähnt. Sein Sohn ist Soldat und wurde gestern zum Major befördert.«

»Und was soll das?«

»Ich habe es lediglich gesehen. Ich habe im Friseurladen die Zeitungen durchgeblättert und sah das Bild des jungen Mannes. Er hat eine Zeitlang im Betrieb gearbeitet. Er ist ein sehr durchschnittlicher junger Mensch. Nett ... ich kann nichts gegen ihn sagen. Ein regelrechter College-Boy, sehr alltäglich, kein besonderer Funke. Aber das geht mich nichts an, das heißt, es ist mir im Guten wie im Bösen egal. Ich interessiere mich jedoch immer dafür, wie sich die Dinge entwickeln. Da verbringt einer, der keine Beziehungen hat, zwanzig Jahre im Militärdienst, erst in einem Kasernenloch, dann in einem anderen, lebt mit den eingeborenen Mädchen, weil er sich nicht leisten kann zu heiraten. Vielleicht erhält er später einen höheren Dienstgrad, etwa den Leutnantsrang. Sie können mir nicht einreden, daß Beziehungen da keine Rolle spielen.«

»Kann schon sein«, sagte Leventhal uninteressiert.

»Ja. Ich will ihm keineswegs ankreiden, daß er zufällig der Sohn seines Vaters ist. Warum sollte er die Stellung seines alten Herren nicht ausnutzen? Und was kann der alte Herr sonst für ihn tun?« Plötzlich, mit einem kurzen Lachen, wechselte er das Thema. »Haben Sie meinen Haarschnitt bemerkt?«

»Ja.«

»Ich habe auch nicht getrunken. Das haben Sie mir doch nicht zugetraut, wie?«

»Überraschen Sie mich nur.«

»Nein, Sie dachten doch, ich würde wieder in Teufels Küche geraten.«

»Kann sein.«

»Ich habe Ihnen ja gesagt, daß ich nicht so tief gesunken bin.«

»Es freut mich, das zu sehen.«

»Wirklich?« In seine Heiterkeit mischte sich eine Note der Erregung.

»Gewiß«, sagte Leventhal. Er fühlte, wie sich ein antwortendes Lachen in seiner Brust staute, drängte es aber zurück. »Was wollen Sie, einen Korb voll Rosen?«

»Warum nicht?«

»Einen Orden?« Leventhal begann zu lächeln.

»Ja, einen Orden.« Er hustete schwer. »Den müßte ich kriegen.«

»Sie müßten ihn kriegen.«

»Nun, ich habe mich nicht einmal versucht gefühlt, um ganz ehrlich zu sein. Ich brauchte kein Verlangen niederzukämpfen; nicht die geringste Anfechtung.«

Allbee beugte sich vor, legte die Hand auf Leventhals Armlehne, und eine kurze Zeit sahen sich die beiden Männer an. Leventhal fühlte sich plötzlich mit einer Art Zuneigung zu Allbee hingezogen. Das bedrückte ihn, es stieß ihn ab. Er wußte nicht, wie er sich verhalten sollte. Immerhin hieß er es auch willkommen. Er war von ferne etwas verstört, daß er so wechselhaft war. Dennoch schien es gerade in diesem Moment kein ernster Fehler zu sein.

»Ich habe mich an den Seiten mit der Maschine scheren lassen.« Allbee tippte mit den Fingerspitzen an die Schläfen. »Daran habe ich mich gewöhnt. Es ist sauberer so, habe ich mir sagen lassen. Der Nissen wegen. Aber davon haben Sie wohl noch nichts gehört, wie?«

Leventhal zuckte die Achseln.

»Oh, wenn Sie sie in Ihrem Haar hätten, solchem Haar ... Ihr Haar setzt mich in Staunen. Wenn ich's sehe, muß ich's immer bewundern. Bei manchen Menschen hat man hin und wieder Zweifel, ob es echt ist, und möchte prüfen, ob der Mann nicht eine Perücke trägt. Aber Ihr Haar; ich habe mir oft vorzustellen versucht, wie es wäre, solches Haar zu haben. Ist es schwer zu kämmen?«

»Was meinen Sie mit ›ist es schwer‹?«

»Ich meine, verzottelt es sich nicht? Es muß doch den Kämmen die Zinken ausbrechen. Sagen Sie, darf ich's bitte mal anfühlen?«

»Seien Sie kein Narr. Es ist Haar. Was ist schon Haar?« sagte er.

»Nein, es ist kein alltägliches Haar.«

»Ach, lassen Sie das«, sagte Leventhal zurückweichend. Allbee stand auf. »Nur um meine Neugier zu befriedigen«, sagte er lächelnd. Er befühlte Leventhals Haar, und Leventhal fand sich unter seiner Berührung gefangen und unfähig zu handeln. Aber dann stieß er seine Hand weg und rief: »Schluß jetzt!«

»Es ist erstaunlich. Es ist wie Tierhaar. Sie müssen eine tolle Konstitution haben.«

Leventhal rückte seinen Stuhl weg und runzelte die Stirn in Verwirrung und beginnendem Zorn. Dann schimpfte er: »Setzen Sie sich. Sie Irrer!«, und Allbee begab sich an seinen

Platz zurück. Er setzte sich auf die vordere Stuhlkante, ungelenk, die Hände unter den Schenkeln, das Kinn nach einer Seite verschoben, genau wie in der Nacht, als er Leventhal zum erstenmal im Park in den Weg getreten war. Das Weiß seiner geschorenen Schläfen und des rasierten Gesichts hoben das Blau seiner Augen hervor.

Eine Zeitlang wurde kein Wort gesprochen. Leventhal versuchte, seine Gefühle zu beruhigen und zu entscheiden, wie er den Boden, den er bei diesem letzten Beweis von Irrsinn verloren hatte, wiedergewinnen könne.

»Es ist schwer, von allem die richtige Mischung zu haben«, begann Allbee plötzlich.

»Worauf zielt das nun wieder?« fragte Leventhal.

»Ach nur, daß Sie mich einen Irren nennen, wenn ich einem Impuls nachgebe. Niemand kann sicher sein, daß er über die richtige Mischung verfügt. Ich möchte Ihnen nur ein Beispiel geben. Vor kurzem, es mag ein paar Wochen her sein, ging ein Mann auf den Geleisen der Untergrundbahn. Ich habe keine Ahnung, wie er dorthin gelangt ist. Aber er befand sich auf den Geleisen, als ein Zug kam, der ihn gegen die Wand quetschte. Er hat sich verblutet. Ein Polizist, der runterkam, verbot sofort allen Leuten, vor der Ankunft des Krankenwagens diesen Mann zu berühren. Und zwar deshalb, weil er Instruktionen für Unfälle hatte. Das ist also ein Zuviel – daß man sichergehen will. Der Impuls befiehlt, den Mann zu retten, aber die Politik rät, sich an die Regeln zu halten. Der Krankenwagen kam, der Mann wurde rausgezogen und starb auf der Stelle. Da ich kein Arzt bin, kann ich nicht sagen, ob er irgendwann noch eine Chance hatte. Aber nehmen wir mal an, er hätte gerettet werden können? Das meine ich mit Mischung.«

»Hat er um Hilfe geschrien? Welche Linie war das?« fragte Leventhal mit einem schmerzhaften Stirnrunzeln.

»Die East-side-Linie. Ja, natürlich, wenn ein Mensch derartig plattgewalzt ist. Er hat den ganzen Tunnel mit seinem Geschrei erfüllt. Und die Menschenmenge! Die Züge wurden aufgehalten, und der Bahnhof war knüppeldick voll. Sie sind runtergeströmt. Die Leute hätten den Polizisten wegschieben und den Mann runternehmen sollen. Aber alle standen nur da und hörten ihm zu. Das sind die richtigen ›Wetterfahnen‹.«

»Wetterfahnen?«

»Sie sind nicht für Gott und nicht für den Gottseibeiuns. Sie glauben, daß sie für sich selber sind, aber sie sind nicht einmal das.«

»Wozu erzählt er mir das eigentlich?« dachte Leventhal. »Will er mir die Seele massieren? Vielleicht weiß er selber nicht warum.«

Allbee begann zu lächeln. »Sie hätten beobachten sollen, wie überrascht Sie aussahen, als ich stocknüchtern auftauchte. Sie werden aber noch größere Überraschungen erleben, wissen Sie!«

»Wodurch denn?«

»Sie haben heute morgen mit mir über einen neuen Anfang gewitzelt. Sie wollten mich nicht ernst nehmen.«

»Glauben Sie denn selbst daran?«

»Machen Sie sich keine Sorgen«, sagte er zuversichtlich. »Ich weiß, was in meinem Inneren vorgeht. Und ich will Sie in ein Geheimnis einweihen. Alle Menschen wissen es. Dieser ganze Schwindel mit ›kenne dich selbst‹! Jeder kennt sich, aber niemand will es eingestehen. Das ist es nämlich. Manche Schwimmer vermögen lange Zeit den Atem anzuhalten – diese griechischen Schwammtaucher zum Beispiel –, und das ist interessant. Wie wir aber unsere Augen geschlossen halten, ist auch ein ziemliches Kunststück, denn sie sind dazu geschaffen, offen zu sein.«

»So. Sie sind schon wieder aufgedreht. Sie können's auch ohne Whisky. Ich dachte, es sei der Whisky.«

»Meinetwegen«, rief Allbee. »Jetzt will ich Ihnen mal was erklären. Es ist zwar ein christlicher Gedanke, aber warum sollten Sie ihn nicht trotzdem verstehen können? ›Tut Buße.‹ Das ist Johannes der Täufer, der aus der Wüste kommt. Ändere dich, sagt er, und sei ein anderer Mann. Du mußt es sein, weil du es sein kannst, und wenn deine Zeit kommt, dann bist du da. Aber es steckt noch etwas anderes hinter diesem ›Tut Buße‹. Und das ist, daß wir wissen, wofür wir Buße tun sollen. Wie?« Sein Gesicht, aus dem das Lächeln verschwunden war, hielt Leventhals Aufmerksamkeit in Bann. »Ich weiß es. Jeder weiß es. Aber die Furcht vor dem Eingeständnis kann nur durch eine noch größere Furcht ausgetrieben werden. Ich habe gehört, daß die Ärzte anfangen, Patienten mit Elektroschocks zu behandeln. Die zerreißen sie fast bei lebendigem Leib, aber danach geben sie sich nicht mehr mit Lappalien ab. Sehen Sie, man muß so weit kommen, daß man es nicht mehr aushalten kann, im alten Geleise weiterzumachen. Und wenn man diese Stufe erreicht hat« – er verkrampfte die Hände, daß die Sehnen an den Handgelenken hervortraten. »Es braucht sehr lange, bis man bereit ist, das Versteckspiel aufzugeben. Und der Schmerz ist unterdessen fürchterlich.« Er zwinkerte mehrere Male wie ein Blinder, als wolle er die Augen von einem Fremdkörper befreien. »Wir sind wie die Maultiere, deshalb müssen wir solche Schläge hinnehmen. Wenn wir keinen anderen Schlag mehr hinnehmen können, ohne zu sterben, dann ändern wir uns. Und manche Menschen ändern sich nie. Sie stehen da, bis der letzte Schlag fällt, und sterben wie die Tiere. Andere haben die Kraft, sich lange vorher zu wandeln. Aber ›Tut Buße‹ bedeutet *jetzt,* in dieser Minute und auf immerdar, ohne noch mehr Zeit zu vergeuden.«

»Und diese Minute ist für Sie schon eingetreten?«

»Ja.«

»Ich weiß nicht, wen Sie an der Nase herumführen, mich oder sich.«

»Jedes Wort ist aufrichtig, auf-richtig!« sagte Allbee, indem er den Kopf neigte und ihn anblickte. Er zögerte, die dicken Lippen blieben geöffnet, die obere, mit der langen Kerbe, zuckte ein wenig.

»Machen Sie weiter.« Leventhal mußte plötzlich lachen.

»Nun, ich wollte wenigstens *versuchen*, es Ihnen zu erklären.« Er drehte sich etwas in seinem Stuhl, lehnte eine Schulter gegen das Kissen und rieb sich langsam die Seite seines ausgestreckten Beines. »Ich bin nicht religiös oder dergleichen, aber ich weiß, daß ich nächstes Jahr nicht sein muß, was ich letztes Jahr war. Ich war am einen Ende und kann zum anderen gelangen. Dem, was ich sein kann, ist keine Grenze gesetzt. Und selbst wenn es mir nicht gelingen sollte, so brillant zu sein, dann weiß ich doch, daß der Gedanke daran echt ist.«

»Wir wollen sehen, was Sie nächstes Jahr sind.«

»Sie werden derselbe sein, das weiß ich. Ihr Leute ...« Er schüttelte den Kopf, so daß seine Wange gegen den Kragen rieb.

»Wenn Sie wieder damit anfangen, dann befinden Sie sich innerhalb einer Minute auf der Treppe.« Leventhal begann sich drohend aufzurichten.

»Meinetwegen, meinetwegen, lassen wir das. Nur wenn ein Mensch etwas Ernstgemeintes über sich vorbringt, dann möchte er, daß man ihm glaubt«, sagte Allbee. »Mir erscheint es sinnvoll, daß ein Mensch wiedergeboren werden kann. – Beim Himmelreich passe ich, aber wenn ich meines jetzigen Zustandes überdrüssig bin, kann ich ein neuer Mensch werden. Mehr sage ich gar nicht.«

Er setzte sich gerade im Sessel auf, schwieg und hielt seine großen Hände locker zusammen. Aber an der Linie seines Mundes konnte Leventhal ablesen, daß er mit sich sehr zufrieden war. In der Tat deutete die Haltung seiner Hände mehr auf Beifall als auf Entspannung. Der ungefüge Schatten hinter ihm verlängerte sich gelegentlich mit den leisen Bewegungen seines Kopfes. Die Lampe mit ihrem grünen Seidenschirm warf einen zweiten, weicheren Lichtkegel auf die Schreibtischpolitur. Ein Summen gedämpfter Geräusche stieg von der Straße hoch, und ein Windhauch bauschte und teilte die Vorhänge; sie flossen wieder zusammen.

In diesem Moment fühlte Leventhal Allbees Gegenwart und alles, was ihn betraf, wie eine große, ermüdende Last. Er sah ihn mit tödlicher Ermattung an, die Finger unbeweglich auf seinen Schenkeln. Etwas lag in der Luft, etwas, was er nicht voraussehen konnte. Was es auch sein würde, er wäre zu verwirrt und erschöpft, um damit fertig zu werden. Er war ausgehöhlt. Seine alte Schwäche, seine Nerven waren niemals so schlecht gewesen; er konnte sich nicht lange genug konzentrieren, um irgendeins seiner Probleme zu lösen, er mußte warten, bis er sich dieses oder jenes zur Kenntnis bringen durfte, und war langsam und sprunghaft im Denken. Er hätte sich um das kümmern sollen, was sich in Staten Island vollzog, und wäre es nur um Philips willen; er hätte Max mindestens einmal anrufen müssen. Max hatte sich in der Kapelle an ihn geklammert, er hatte niemand anders, an den er sich klammern konnte. Inzwischen mußte er schon erkannt haben, daß er niemand auf der ganzen Welt hatte. Daß Leventhal jedoch vor einem Anruf zurückschreckte, hatte darin seinen Grund, daß er nicht imstande war, seine Gedanken zu klären oder sie auf einen Punkt zu richten, und nicht mehr über die Kraft verfügte, in seinen Bemühungen fortzufahren. Übrigens waren aber auch die Funken, der klare Funke von Mickeys Leben, der Funke von Elenas gesundem Verstand, die Funken von Gedanken und Mut, selbst einem Mut, der Marys Zuversicht enthielt – wie waren solche Funken verjagt und überrollt, ertränkt und ausgelöscht! Was fruchtete dann das Denken? Sein dunkles, vergrübeltes Gesicht mit den vollen Wangen und dem hochstehenden stumpfen Haar neigte sich auf die Brust. Er holte tief und unregelmäßig Atem und hob die Hände von seinem Schoß in einer Geste der Beschwörung gegen den Bann von Verwirrung und Verzweiflung. »Gott wird mir heraushelfen«, fuhr ihm durch den Sinn, und er hielt sich nicht mit der Frage auf, was er genaugenommen damit meinte.

»Übrigens die Karte, die ich aufgehoben habe«, sagte Allbee. »Die Geschäftskarte: Ist der Mann vielleicht ein Filmagent? Ich möchte Ihnen erklären, warum ich sie aufgehoben habe. Sie kennen ihn doch wohl.«

»Ein wenig.«

»Was treibt er? Was ist seine Tour?«

»Ich glaube, er sucht Talente aufzuspüren.«

»Hat er Einfluß? Ich meine, ist er ...« Aber Allbee ließ die Frage fallen, als sei sie ein Zeichen seiner ungebrochenen Arglosigkeit und Weltfremdheit.

»Ist er was?«

»Oh ... im inneren Kreis?« Seine Lippe begann sich zu kräuseln, seine Augen waren aufgerissen und humorlos nackt. »Ich bin zu folgendem Schluß gekommen: Wenn man's heute zu was bringen will, muß man mit den Mächten mithalten. Es hat keinen Zweck, sich gegen sie zu stemmen.«

»Wer hat Ihnen gesagt, daß Shifcart zu den Mächten gehört?«

Allbee verweigerte die Antwort. Er hob nur die Schultern und wandte den Blick geringschätzig ab.

»Wer?« wiederholte Leventhal.

»Sagen wir, er kann mir dann helfen, und lassen wir andere Überlegungen beiseite.«

»Wollen Sie Schauspieler werden?«

»Würde ich keinen guten abgeben?«

»Sie?«

»Ist das so komisch?«

Ein schwaches Lächeln überflog Leventhals düsteres Gesicht. »Soviel ich weiß, hat Ihre Mutter geglaubt, sie sei eine Sängerin«, sagte er. »Und Sie glauben, Sie seien ein Schauspieler.«

»Aha, Sie haben also von meiner Mutter gehört. Wer hat Ihnen von ihr erzählt? Phoebe?«

»Ja, sie hat auch bei Ihrer Hochzeit gesungen, nicht wahr?«

»Sensationell«, sagte Allbee in einem Tonfall, aus dem man nicht klug wurde, und nach einer Pause: »Nein, ich will natürlich nicht schauspielern. Aber ich dachte, daß ich mit all meiner Erfahrung bei Zeitschriften vielleicht imstande wäre, in die Filmarbeit einzusteigen. Ich habe mal von jemandem gehört – einem Bekannten eines Bekannten –, der eine Art vordramaturgische Arbeit tun mußte, indem er Stories aufstöberte, ihren Inhalt kurz darstellte, und wenn ich da hineinkäme ... Vielleicht könnte mir da Ihr Freund einen Tip geben.«

»Er ist kein spezieller Freund von mir. Vor wie langer Zeit haben Sie davon gehört?«

»Das weiß ich jetzt nicht mehr. Vor ein paar Jahren.«

»Woher wollen Sie dann wissen, daß Sie eine solche Stellung heute noch bekommen können? Warum fragen Sie nicht Ihren Bekannten? Worauf wollen Sie sich denn stützen? Erkundigen Sie sich doch.«

Allbee erwiderte rasch: »Das geht nicht. Ich wüßte nicht, wo er zu finden wäre oder wo ich ihn suchen sollte. Außerdem ist er mir nichts schuldig, Leventhal. Warum sollte ich zu ihm gehen?«

»Warum? Ja warum denn zu mir? Das ist ebenso hirnverbrannt.«

Seine Erwiderung brachte Allbee entsetzlich in Wut. »Warum? Aus sehr guten Gründen, den besten in der Welt!« Er erschreckte Leventhal, weil er seine Fäuste vor der Brust ballte, als wollte er ungestüm drohen, alle Zurückhaltung fallen zu lassen. »Ich gebe Ihnen eine Chance, fair zu sein, Leventhal, und zu tun, was recht ist. Ich will von Ihnen, was recht ist. Zerren Sie da niemand anders herein. Das ist ausschließlich zwischen uns beiden.«

»Seien Sie nicht verrückt.«

»Nur Sie und ich. Nur wir beide.«

»Ich habe niemals ... Ich habe niemals ...«, stammelte Leventhal.

»Ich kann mir keine Späßchen leisten. Das Spaßen ist mir ausgetrieben worden. Ich habe eine harte Lehre durchgemacht, eine Lehre, die man mit Jahren seines Lebens bezahlt.« Er starrte ihn mit gesenktem Kopf an, bevor er weitersprach. Man bemerkte ein deutliches Pulsieren an den Seiten seines Gesichtes neben den Augen, und in den Augen war ein Glanz, der Leventhal erstaunte; er hatte Ähnliches noch nie erlebt. »Hören Sie«, sagte Allbee bestimmt, wenn auch mit leiserer Stimme. »Wenn ich sage, daß Sie mich mit diesem Shifcart bekanntmachen sollen, dann bedeutet das, daß ich bereit bin, mit Ihnen Frieden zu machen. Ich biete Ihnen die Beilegung unseres Streits. Ich biete Ihnen an, daß ich meine Flagge streiche. Falls er mir hilft. Verstehen Sie das?«

»Nein, ich verstehe es nicht«, sagte Leventhal. »Ich verstehe kein einziges Wort. Und solange Sie von einer Beilegung reden, rühre ich keinen Finger für Sie.«

»Hören Sie zu«, sagte Allbee. »Ich weiß, daß Sie die Sache beilegen wollen. Und ich will es auch. Und wenn ich sage, daß ich mit Ihnen ehrlich verfahren will, dann weiß ich, wovon ich rede. Die Welt hat den Besitzer gewechselt. Ich bin wie ein Indianer, der einen Eisenbahnzug durch die Prärie fahren sieht, wo die Büffel zu ziehen pflegten. Nun, da die Büffel verschwunden sind, will ich von meinem Pony heruntersteigen und in diesem Zug Schaffner werden. Ich verlange ja nicht, in der Gesellschaft Aktionär zu sein. Ich weiß, das ist unmöglich. Viele Dinge sind unmöglich, die es früher nicht waren. Als ich jünger war, hatte ich in Gedanken schon mein ganzes Leben geplant. Ich plante seinen Verlauf in der Annahme, daß ich von den Herren der Erde abstammte. Ich hatte allerhand Erwartungen. Aber Gott lenkt. Es hat keinen Zweck, sich etwas vorzumachen.«

Leventhal, die Augen zur Decke erhoben, schien zu fragen: »Kommen Sie da mit? Ich nicht.«

Es klopfte an die Tür.

20

Es war Max. Er stand vor Leventhal mit einer zusammengerollten Zeitung unter dem Arm, das Hemd an der Kehle offen, so daß das schwarze Haar seiner Brust zum Vorschein kam, und den weichen Kragen übers Jackett gelegt, genau wie der von Philip am Tag ihres Ausflugs. Er trug denselben zweireihigen Anzug wie bei der Beerdigung. Als die Tür sich öffnete, schien er auf der Treppe zu zögern, und Leventhal rief mit überschnappender Stimme: »Max! Komm rein, um Himmels willen!«

»Seid ihr zu Hause?« fragte Max gepreßt und immer noch zögernd. Es fiel Leventhal auf, daß sein Bruder so tat wie jemand, der das Haus eines Fremden betreten will. Er war noch niemals hier gewesen.

»Ich bin bestimmt zu Hause. Ich hatte keine Gelegenheit, es dir neulich zu erzählen. Mary ist verreist. Aber komm rein.« Als er ihn über die Schwelle und ins Vorderzimmer führte, war er voll schlimmer Befürchtungen über diese neue Komplikation. Er wußte nicht, was er von Allbee zu erwarten hatte und was dieser sagen würde, wenn er erfuhr, wer Max war. Schon beugte er sich neugierig vor. Einen Augenblick stand Leventhal wie angewurzelt da, unfähig zu sprechen oder sich weiterzubewegen. Als Max ins Zimmer sah und Allbee erblickte, sagte er entschuldigend: »Sag mal, du hast zu tun. Ich komme später wieder.«

»Ich habe nichts zu tun«, flüsterte Leventhal. »Komm nur.«

»Ich hätte erst anrufen sollen.«

Aber Leventhal hielt ihn am Arm und zog ihn herein.

»Das ist mein Bruder Max. Und das ist Kirby Allbee.«

»Ihr Bruder? Ich wußte nicht, daß Sie einen hatten.«

»Nur einen.«

Schweigsam und verschlossen blickte Max zu Boden, vielleicht um zu zeigen, daß er an der Entfremdung auch nicht unschuldig war.

»Ich weiß nicht, wie ich auf den Gedanken gekommen bin, daß Sie wie ich ein Einzelkind sind.« Allbee war gesprächig und lebhaft, so daß sich Leventhal fragte, worauf er hinauswollte, und seine bösen Ahnungen hinter einer unbewegten Miene verbarg. Er zog einen Stuhl heran, auf den Max sich setzte. Die Spitzen seiner staubigen Schuhe waren einwärts gekehrt. Die eine Hälfte seines gesenkten Gesichtes und sein starker Nacken bildeten eine Fläche, von der Kurve seiner Nase bis zu den ausgestopften Wülsten seiner Schultern.

»Ich habe mir oft gewünscht, daß wir zu zweit wären«, sagte Allbee.

»Wie steht's denn zu Hause?« fragte Leventhal.

»Ach«, sagte Max. »Du weißt doch ...« Leventhal erwartete, daß er den Satz beenden würde, aber er ging unter.

Lächelnd schien sich Allbee irgend etwas an der Erscheinung der beiden Brüder anzumerken. Leventhal machte eine heimliche Bewegung mit dem Kopf zur Tür. Allbees Brauen hoben sich fragend. Seine ganze Miene besagte: »Warum sollte ich?« Leventhal beugte sich zu ihm herüber und raunte: »Ich möchte mit meinem Bruder sprechen.«

»Was ist denn passiert?« fragte Allbee laut.

Grimmig machte Leventhal dasselbe Zeichen mit seinem Kopf. Aber Max hatte ihn gehört. »Haben Sie mich gefragt, was passiert ist?« fragte er.

Allbee sah Leventhal an, zuckte die Achseln, um seine Ungeschicklichkeit einzugestehen. Er antwortete nicht.

»Man sieht es mir wahrscheinlich an«, sagte Max.

»Wir hatten kürzlich einen Todesfall in der Familie«, erklärte Leventhal.

»Mein jüngster Sohn.«

Ein Ausdruck verbreitete sich über Allbees Gesicht, den Leventhal nicht deuten konnte. Ein kaltes Furchen der Züge. »Oh, das tut mir leid. Wann denn?«

»Vor vier Tagen.«

»Das haben Sie mir gegenüber gar nicht erwähnt«, sagte Allbee zu Leventhal.

»Nein«, erwiderte Leventhal kurz, indem er seinen Bruder ansah.

Allbee beugte sich hastig in seinem Stuhl vor. »Sagen Sie, war das der Junge von neulich ...?«

»Nein, nicht der, der mit mir war. Er meint Phil«, sagte Leventhal erklärend zu Max. »Ich habe ihn vor einiger Zeit ins Kino mitgenommen, und dabei sind wir Mr. Allbee begegnet.«

»Ach Phil. *Knock wood*. Das ist mein anderer Sohn, den Sie gesehen haben.«

»Ah ja. Zwei Kinder ...«

»Gehen Sie jetzt?« fragte ihn Leventhal beiseite.

»Wollen Sie mir eine Verabredung mit Shifcart verschaffen?«

Leventhal umklammerte seinen Arm. »Gehen Sie?«

»Sie haben gesagt, Sie würden mir helfen.«

»Darüber sprechen wir später.« Leventhal wurde wild vor Ungeduld. »Glauben Sie ja nicht, daß Sie mich erpressen können.«

»Ich will beim Geschäftlichen nicht stören«, sagte Max.

»Was für Geschäftlichem? Wir haben nichts Geschäftliches.«

Allbee erhob sich. Leventhal begleitete ihn in die Diele.

»Ich komme zurück, um mir Ihre Antwort zu holen«, sagte Allbee. Er betrachtete Leventhals Gesicht, als entdecke er darin einen ganz neuen Zug. »Ich bin tatsächlich überrascht. Hier stößt Ihnen so etwas zu – Ihr Neffe. Ich bin im selben Haus, und Sie sagen kein Wort davon.«

»Warum sollte ich wohl mit Ihnen darüber sprechen wollen?«

Bevor Allbee darauf antworten konnte, hatte er die Tür zugeschlagen.

»Wer ist das?« fragte Max, als Leventhal zurückkam.

»Ein Freund?«

»Nein, nur jemand, der hier ab und zu auftaucht.«

»Er sieht sonderbar aus ...« Max unterbrach sich und sagte dann: »Ich hoffe, daß ich dir nicht in etwas reingeplatzt bin.«

»Aber nein. Ich wollte dich sowieso anrufen, Max. Aber ich dachte, ich warte lieber ein bißchen.«

»Das hatte ich eigentlich erwartet, weil du doch so viel Teilnahme gezeigt hast und zur Beerdigung gekommen bist und all das.«

Max sprach zaghaft mit ihm, ein wenig formell, er tastete sich mit unbeholfener Höflichkeit voran, beinahe der Höflichkeit eines Fremden. Verschüchtert, übermüdet und offensichtlich, für Leventhals Augen, gequält, gab er sich immerhin Mühe, einen passenden Ton zu finden, der nicht allzu vertraulich war. Das Blut strömte in Leventhals schuldbewußtes Herz. Er wollte Max darüber etwas sagen. Er wußte nur nicht, wie, und hatte Angst, dadurch eine neue, größere Schwierigkeit zu schaffen. Wie sollten sie miteinander reden, wenn sie niemals seit ihrer Kindheit eine einzige Stunde zusammen verbracht hatten? Und er vermutete auch, daß die Wohnung, der Kontrast zwischen seinen Polstersesseln und guten Teppichen und den Boraxmöbeln auf Staten Island –

abgenutzt, bevor noch die Hälfte der Raten bezahlt war – Max unterwürfig machte.

»Wie geht es denn nun?« fragte er. Er dachte, daß Max über Elena sprechen wollte. Er war sogar ganz sicher, daß es das Hauptanliegen seines Besuches war, sich über sie auszusprechen.

»Ich glaube so gut, wie man erwarten kann.«

»Ist Phil wohlauf?«

»Nun ja, wenn das eine Kind stirbt, ist es ziemlich hart für das andere.«

»Er wird's schon überwinden.«

Max sagte nichts dazu, und Leventhal begann zu glauben, er sei mit sich uneins, ob er Elena überhaupt erwähnen sollte, unentschieden noch im letzten Moment und mit sich selbst im Kampfe.

»Ja, Kinder überwinden so etwas«, wiederholte Leventhal.

»Ich wollte dich was fragen«, sagte Max. »Ich möchte die Angelegenheit zwischen dir und dem Spezialisten begleichen. Er sagt, du hättest ihm für den ersten Besuch zehn Dollar gegeben.«

Seine Hand fuhr ins Innere der Jacke.

»Aber nein.«

Max öffnete jedoch seine Brieftasche und legte, sich halb erhebend, einen Zehndollarschein neben die Lampe auf den Schreibtisch.

»Das ist nicht nötig.«

»Ich möchte es dir zurückzahlen. Danke vielmals.«

»Jetzt nimmt er die Zügel in die Hand«, war Leventhals unausgesprochener Kommentar. Sein ursprünglicher Ärger über Max lebte wieder auf, so daß er ein wenig kühl entgegnete: »Bitte sehr.«

»Nicht nur für das Geld«, sagte Max. »Auch das andere.«

Leventhals Temperament ging mit ihm durch.

»Dafür, daß ich einen kleinen Teil dessen getan habe, wozu du eigentlich hättest hier sein sollen.«

Max überlegte, hob sein gekerbtes Gesicht mit dem breiten Kinn und der gebogenen sommersprossigen Nase.

»Ja«, erwiderte er, »ich hätte hier sein sollen.« Er war ergeben und schien in sich nichts zu finden, womit er hätte Widerstand leisten können.

Leventhal konnte die nächste Frage nicht unterdrücken.

»Was sagt denn Elena?«

»Worüber?«

»Über mich.«

Max schien überrascht.

»Was sollte sie sagen? Sie hat nur gesagt, es sei doch seltsam, daß du nach der Beerdigung nicht ins Haus gekommen bist. Aber sie sagt ja nicht viel. Sie liegt meistens im Bett und weint.«

Leventhal war langsam vorgerückt. Das Licht der Lampe schien in sein Haar und über seine Schultern.

»Macht sie dir das Leben sehr schwer, Max?«

»Schwer? Bedenk doch mal. Es ist ein grausamer Schlag. Sie weint. Das ist ziemlich natürlich.«

»Du kannst ruhig offen mit mir reden.«

Maxens Verwunderung wuchs.

»Worüber sollte ich denn nicht offen sein?«

»Wenn du's nicht weißt, weiß ich's auch nicht. Aber du hast jetzt eine Chance, dich auszusprechen, wenn du willst. Ich bin mir klar, daß wir nicht sehr eng miteinander stehen. Aber hast du sonst jemanden, mit dem du reden kannst? Vielleicht hast du Freunde. Ich habe bei der Beerdigung nicht viele wahrgenommen.«

Max sagte unsicher: »Ich verstehe nicht genau, worauf du hinauswillst.«

»Ich habe dich gefragt, ob Elena dir das Leben schwer macht.«

Das Blut strömte dunkel in Maxens Gesicht, unter der dikken Maske seines schlecht rasierten Bartes. Angst und Verwirrung zeichneten sich in seinen Augen, und er machte eine widerstrebende Bewegung der Verneinung mit seinen Händen, deren Nägel Trauerränder zeigten; er beendete sie jedoch nicht, sondern brach sie ab.

»Sie beruhigt sich.«

»Was sagt sie denn?«

»Allerhand«, erwiderte Max mit offensichtlicher Überwindung, wich aber immer noch einer direkten Antwort aus.

Aber Leventhal brauchte keine direkte Antwort. Er konnte sich Elena im Messingbett vorstellen, in dem Mickey gelegen hatte, in diesem fürchterlichen Zimmer, weinend und schäumend; und Max, der dasaß, wie er ihn jetzt sitzen sah, und zerknirscht zuhörte. Denn was konnte er tun? Und Philip mußte auch zuhören. Dieser Gedanke traf ihn tief. Wie konnte man nur den Jungen schützen. Er würde hören und lernen müssen. Leventhal glaubte an das, was er Max gesagt hatte, daß Kinder das Unglück verwinden. Sie wurden schon bei der Geburt mißhandelt und streckten sich im Wachsen, weil die Knochen weich waren. Auch später mißhandelt, konnten sie sich wieder erholen. Sie war seine Mutter, also sollte er nur sehen und hören. War das grausam? Er war voller Liebe für den Jungen. Aber es hatte keinen Zweck, weich zu sein. Weich sein, wenn die Tatsachen hart waren? Nicht, daß Weichheit zu verdammen war, aber zuzeiten war sie bloß eine andere Bezeichnung für Schwäche. Weichheit? Nur der Mensch, als einziger in der Schöpfung, war ihrer fähig, und er war halbwegs hart.

»Hast du einen Arzt für sie kommen lassen?« fragte er.

»Warum glaubst du, daß sie einen braucht?«

»Denke doch an Mama!«

Max fuhr auf. »Wovon redest du?« sagte er mit plötzlich aufflammendem Zorn.

»Ich mache dir keinen Vorwurf, daß du davon nicht sprechen wolltest.«

»Warum bringst du Mama ins Gespräch? Erinnert sie dich an Mama?«

Leventhal zögerte. »Hin und wieder ja ... Aber du gibst doch zu, daß sie dir Schwierigkeiten macht.«

»Was erwartest du? Sie dramatisiert es. Natürlich dramatisiert sie es. Es ist schließlich ein Kind. Das tut weh. Aber sie wird schon zurechtkommen. Sie hat sich bereits gebessert.«

»Max, ich glaube, du verstehst nicht. Die Menschen verlieren sehr leicht den Verstand. Ich vermute, sie sind in dieser Beziehung nicht mehr so stark, wie sie waren, und wenn es wirklich hart auf hart geht, brechen sie zusammen. Solche Fälle mehren sich immerzu. Jeder fühlt es. Auch ich fühle es oft. Elenas Einstellung zu dem Kind und dem Krankenhaus war sehr merkwürdig. Und darüber macht sie doch das Geschrei, nicht wahr? Das Krankenhaus?«

Er fühlte sich immer unsicherer. »Und ich dachte ...«

»Ich erinnere mich auch ziemlich oft an Mama und Hartford und all das. Du bist nicht der einzige.«

»Nein?« fragte Leventhal. Er sah ihn forschend an.

»Und du irrst dich in bezug auf Elena.«

»Du glaubst doch wohl nicht, daß ich recht haben will?«

»Die größte Schwierigkeit, die ich mit ihr habe, ist die, daß ich die Familie nach dem Süden mitnehmen will. Ich habe mir eine Wohnung in Galveston gesucht. Darum hat es nämlich so lange gedauert. Ich habe eine gefunden und auch schon eine Anzahlung darauf gemacht. Ich wollte sie alle dorthinbringen.«

»Das ist gut. Das Beste, was du tun könntest. Nimm Philip

weg aus New York. Es ist nicht die Stadt, in der er aufwachsen sollte.«

»Aber ich kann Elena nicht überreden.«

»Warum nicht?«

»Vielleicht habe ich zu schnell nach der Beerdigung damit begonnen. Aber sie sagt, sie will nicht fort.«

»Sag mal, ist die alte Frau noch oft bei euch – ihre Mutter?«

»O ja, sie geht bei uns aus und ein.«

»Um Gottes willen, schmeiß sie raus.«

Seine Heftigkeit verblüffte Max.

»Sie hat damit überhaupt nichts zu tun.«

»Laß sie keinen Einfluß gewinnen. Schütze dich gegen sie.«

Max begann zum erstenmal zu lächeln.

»Die tut mir nichts.«

»Ich wette, sie rät Elena, nicht fortzuziehen. Woher weißt du, was sie ihr erzählt? Du verstehst ja nicht, was sie sagen.«

Max' Gesichtsausdruck änderte sich von neuem; er wurde ernst, und er zog die Mundwinkel herunter. »Ein bißchen verstehe ich sie«, sagte er, »du meinst wohl, ich hätte eine Jüdin heiraten sollen.«

»Das hast du mich niemals sagen hören«, erwiderte Leventhal nachdrücklich. »Niemals.«

»Nein.«

»Und du wirst es auch nie hören. Ich spreche nicht von Elena, sondern von ihrer Mutter. Du hast mir vor Jahren selbst erzählt, daß die alte Frau dich gehaßt hat. Sie wird dir soviel schaden, wie sie kann. Vielleicht bist du an den alten Satansbraten gewöhnt und merkst nicht mehr, wie sie wirklich ist. Aber ich habe sie beobachtet. Für mich ist es klar wie der Tag, daß sie den Tod des Kindes für die Strafe Gottes hält, weil Elena dich geheiratet hat.«

Max fuhr auf, seine Lippen spannten sich, man sah den unterdrückten lodernden Zorn unter seinem natürlichen dunklen Teint und die zusätzliche dunkle Farbe der Besorgtheit. »Was ist das für ein Gerede?« fragte er. »Ich habe in meinem ganzen Leben noch nicht so etwas Abwegiges gehört. Erst hast du Halluzinationen über Elena und jetzt über die alte Frau.«

»Du bist weggewesen«, sagte Leventhal. »Du weißt nicht, wie sie sich aufgeführt hat. Sie ist Gift.«

»Du bist aber mißtrauisch geworden.« Maxens Gesichtszüge wurden sanfter, und er seufzte.

»Sie ist voller Haß«, beharrte Leventhal.

»Ach, geh doch! Sie ist eine harmlose alte Frau.«

Wenn er sich bei Elena getäuscht hatte, dachte Leventhal, wenn er über das Ziel hinausgeschossen war und ihren letzten Blick in der Kapelle falsch gedeutet hatte, dann war das ein schrecklicher und schlimmer Fehler; aber die Verwirrung der Seele, aus der heraus er entstanden war, war noch schrecklicher. Wenn er ruhiger und kräftiger war, mußte er einmal mit sich selber abrechnen. Das war jetzt unmöglich. Aber bei der alten Frau hatte er recht, dessen war er sicher. »Du mußt dich deiner Schwiegermutter entledigen, Max!« sagte er mit leidenschaftlichem Ernst.

»Ach, was redest du eigentlich?« sagte dieser ziemlich verdrossen. »Sie ist eben eine alte Witwe, alt und zänkisch. Elena ist ihre einzige Tochter. Ich kann ihr das Haus nicht verbieten. In dieser Woche hat sie viel geholfen, hat das Haus besorgt und für uns gekocht. Ich weiß, daß sie mich nicht leiden kann. Und wenn schon. Eine abgearbeitete alte Frau. Ich fühle mich manchmal traurig, wenn ich sie ansehe. Nein, wir ziehen nach Galveston. Phil wird dort im Herbst zur Schule gehen. Er möchte hin und Elena auch. Ich kann sie dazu überreden. Sie will raus aus New York, sie ist noch völlig durcheinander. Aber sie wird kommen. Ich muß zu meiner Arbeit zurück, und wir wollen uns nicht wieder trennen. Ich weiß nicht, warum du wegen der alten Frau so verstört bist. Wenn sie das Schlimmste ist, was ich zu bestehen habe ...« Die große Hülle seiner Jacke reichte wie ein Rock beinahe bis zu den Knien, auf denen seine Hände ruhten. Seine unförmigen Finger verdickten sich da, wo sie sich verjüngen sollten, und die Kerben der Gelenke glichen den Gewinden flach geklopfter Schrauben. »Du kennst Elena nicht, wenn Not am Mann ist«, nahm er wieder auf. »Sie ist erregbar und aus dem Häuschen, bevor etwas geschieht, aber wenn es geschieht, ist sie im allgemeinen stärker als ich. Als ich während der Wirtschaftskrise im Bett lag, ist sie auf die Straße gegangen und hat von Tür zu Tür hausiert.«

»Ich habe niemals gehört, daß du krank warst.«

»Das war ich aber. Und als wir dann Wohlfahrtsunterstützung bezogen, hat ihr Bruder, ein anrüchiger Kunde, mich in ein Schwindelgeschäft hineinnehmen wollen, das er draußen in Astoria betrieb. Ich hätte dabei etwas verdienen können, aber sie hat nein gesagt und sich mit Händen und Füßen dagegen gewehrt, so daß es ›nein‹ war und wir bei der Wohlfahrt blieben. Eine andere Frau hätte gesagt: ›Mach's ruhig.‹«

»Aha.«

»Als sich dann später die Lage verbesserte, dachten wir, daß wir die Familie vergrößern sollten. Mickey war niemals so gesund wie Phil. Vielleicht haben wir auch Fehler gemacht. Aber was kann man dagegen tun? Es ist nicht wie bei Gott in der Bibel, du weißt schon, wo er Adam seinen Atem einhaucht, oder wer immer es auch war. Ich habe dir wohl schon erzählt, daß ich im Krankenhaus eine Schwester gefragt habe, in welchem Zimmer er liegt. Als ich dort eintrat, da war er schon zugedeckt. Ich habe das Tuch zurückgeschlagen und ihn mir angesehen.«

»Diese Idioten!« rief Leventhal aus. »Daß sie da niemanden zur Wache aufgestellt haben.«

Max entschuldigte sie mit einer abwehrenden Handbewegung. »Nicht alle Schwestern konnten es wissen. Es ist ein großes Haus.«

Gleich darauf sprach er weiter: »Wenn ich jetzt in den Süden ziehe, dann will ich noch einmal von vorn anfangen. Ich habe bereits eine Anzahlung geleistet und so weiter. Aber offen gestanden, erwarte ich nicht viel. Ich fühle mich schon halb ausgebrannt.«

Leventhal fühlte sein Herz beben. »Halb ausgebrannt?« wiederholte er. »Ich bin älter als du und rede nicht so.«

Max antwortete nicht. Sein großer Körper wirkte unförmig in dem doppelreihigen Anzug.

»Es hat Zeiten gegeben, wo ich mich auch so gefühlt habe«, fuhr Leventhal fort. »Das ist ein Gefühl, das kommt und geht.«

Sein Bruder wandte sein grobgeschnittenes dunkles Gesicht zu ihm auf, und seine Stimme erstarb.

So saßen sie sich schweigend gegenüber, bis Max sich endlich rührte und aufstand. Leventhal begleitete ihn zur Untergrundbahn. Dichter Nebel lag über der Straße. Am Drehkreuz steckte er zwei Münzen in den Schlitz, und Max sagte über seine Schulter: »Du brauchst nicht mit mir zu warten.«

Aber Leventhal schob sich durch die Sperre. Sie standen am Rand des Bahnsteigs, bis das Knirschen des nahenden Zuges sie erreichte.

»Wenn ich dir irgendwie behilflich sein kann ...« sagte Leventhal.

»Danke.«

»Das ist mein Ernst.«

»Danke dir.« Er streckte die Hand aus. Leventhal breitete ungeschickt die Arme aus und drückte ihn an sich. Sie fühlten das Schüttern des Zuges und die streifige Vorderseite des Zuges, dessen Scheinwerfer in einem Staubwirbel auf sie zuraste; die Fenster jagten vorbei. Max erwiderte die Umarmung.

»Ruf mich an«, sagte Leventhal heiser in Maxens Ohr. Die Menge quirlte an den Türen um sie herum. Als der Zug anfuhr, sah er Max einen Halteriemen ergreifen und sich über die Köpfe der Fahrgäste beugen, um herauszuschauen.

Leventhal zog ein Taschentuch hervor, um sich den Schweiß abzuwischen. Er keuchte die lange, mit Stahlstreifen versehene Treppe nach oben und öffnete den Mund, um sich das Atmen zu erleichtern. Auf halbem Wege blieb er stehen, drückte sich gegen die Wand, um andere vorbeizulassen, und sah aus, als habe ihm der Luftmangel den Verstand geraubt. Die Erweiterung seines Herzens machte ihn schwindlig.

Dann ging er weiter. Der Nebel hatte sich zu einem leichten Regen verdichtet. Am oberen Ende der Treppe sah er einen Regenschirm aufreißen wie eine Fledermaus im kalten Luftstrom. Die Stangen der Drehtür schwirrten und klirrten. Er knöpfte sich den Mantel zu, schlug den Kragen hoch und lenkte seine Augen von den blendenden Scheinwerferlichtern der Autos, die die Straße entlangflossen, zu den hochschwebenden Lichtern weit voraus, nicht ganz stetig in der ungeheuren Finsternis.

21

Bei der Samstagspost war eine Einladung von Mrs. Harkavy zu einer Gesellschaft am selben Abend, bei der der siebente Geburtstag ihrer Enkelin gefeiert werden sollte. Der Postbote, den Leventhal im Nebel auf der Straßentreppe traf, übergab sie ihm. Von Mary war nichts dabei, worüber er insgeheim froh war, denn in Wahrheit hatte er das Gefühl, daß er sich fortstehle und Allbee im Besitz des Hauses lasse. Dem Anschein nach ging er aus, um Kaffee zu trinken. Beim Aufstehen hatte er die Wohnung kalt, die Fenster triefend vom Nebel und grau wie Zinn gefunden. Allbee schlief noch im Speisezimmer, sein nackter Arm war um die schmale Matratze gewunden, er lag gespreizt und ungeschlacht da. Seine Kleider waren auf dem Boden verstreut, die Luft war zum Ersticken. Leventhal war in die Küche gegangen und hatte Kaffeewasser aufgesetzt, als er sich jedoch vorstellte, daß er sich im freudlosen Vorderzimmer hinsetzen sollte, um ihn zu trinken, schnitt er eine Grimasse, stellte das Gas ab und ging hinunter, um im griechischen Restaurant zu essen. Aber er hatte nicht die Absicht, nach dem Frühstück zurückzukommen.

Um Mrs. Harkavys Einladung herum baute er halb unbewußt und in einer kompliziert indirekten Manier einen Stundenplan auf. Zuerst war er nicht sicher, ob er überhaupt zur Gesellschaft gehen sollte. Sollte er so schnell nach Mickeys Tod eine Geburtstagsfeier besuchen? Nachdem er sich aber entschlossen hatte, daß es ihm guttun würde, unter Menschen zu kommen, fuhr er ins Zentrum der Stadt, um dem Mädchen ein Geschenk zu kaufen. Und da er sich um die Mittagszeit in der Nähe der Bibliothek befand, verbrachte er ein paar Stunden damit, einige Fachzeitschriften zu überfliegen, um zu sehen, was die Konkurrenz leistete. So war es beinahe Abend geworden. Aber erst als er aus einem Wochenschaukino am Times Square herauskam, wurde ihm klar, daß hinter allem, was er sich ausgedacht hatte, um diesen trüben Tag auszufüllen, seine Abneigung und Unfähigkeit stand, Allbee gegenüberzutreten. Er war zielbewußt den Broadway in südlicher Richtung heruntergegangen, aber jetzt schien etwas die stete Bewegung seiner Beine zu beeinträchtigen; er stockte und begann den Schritt zu verlangsamen.

»Nun gut, ich schicke ihn zu Shifcart«, entschied Leventhal. »Was macht mir das schon aus? Ich tue es, und wenn's ihm nicht genügt, werden wir weitersehen. Nur was wird Shifcart denken?« Aber er war Shifcart ohnedies schon mißliebig geworden, denn dieser hatte ihn in der Cafeteria beleidigt angesehen, als er seinen Witz nicht belachte. »Es wäre für ihn besser, aus heiterem Himmel bei ihm aufzutauchen als mit einer Empfehlung von mir. Da Allbee jedoch so fest an Beziehungen glaubt, soll er sich nur selbst überzeugen.«

Vor dem Abendessen ging er kurz nach Hause, um sich ein frisches Hemd anzuziehen. Allbee war ausgegangen. Der Schmutz und die Unordnung in der Wohnung verursachten Leventhal Übelkeit. Abfall lag auf dem Küchenboden, die Überreste einer Mahlzeit standen auf dem Tisch. »Er würde sich in einem Absteigequartier besser aufführen. Er versucht nur, sich mir gegenüber aufzuspielen«, dachte Leventhal. Er fegte die Küche auf. Als er sich mit der Kehrichtschaufel niederbeugte, fühlte er eine merkwürdige Spannung der Gesichtshaut. Er warf den Besen in die Ecke, wusch sich die Hände und ging.

Mrs. Harkavy kam ihm in der Diele entgegen und brachte ihn mit den Worten aus der Fassung: »Ich war sehr bestürzt, als ich die Sache von Ihrem Neffen hörte.« Denn er hatte gerade noch im Fahrstuhl an Mickey gedacht. »Doktor Denisart hat mir davon erzählt. Ich bin sicher, daß er sein Bestes getan hat.«

Leventhal murmelte, daß er das auch glaube. Weil er so verstört war, fühlte er deutlicher als sonst die stärkende Wirkung, die die Begegnung mit einem der Harkavys auf ihn hatte. Er mochte sie gern, sie waren voller Güte, aber er hatte es nie vermocht, mit ihnen zu einem befriedigend ausgeglichenem Verhältnis zu gelangen. Mrs. Harkavys Züge waren wie die ihres Sohnes, lebhaft und sprunghaft. Und doch lag in ihrer Lebhaftigkeit ein beständiger Unterton von Melancholie, die manchmal zum Vorschein kam und ihn überrumpelte.

»Eines Tages wird die Wissenschaft den Tod überwinden«, sagte sie. »Letzten Sonntag waren darüber Beiträge in der *Times* zu lesen.«

Leventhal nahm sich so sehr zusammen, daß er antworten konnte: »Das hoffe ich ...«

»Ja, das scheint ganz endgültig zu sein. Dann muß man die Bevölkerungszahl kontrollieren. Aber die Wissenschaft wird auch das lösen. Es gibt genügend Intelligenz für alles. Dieser Mann hat etwas entdeckt, was dem Zellgewebe ein ewiges Leben gewährt. Ich glaube nicht, daß wir zu unseren Lebzeiten noch viel erwarten können. Das ist für spätere Generationen. Inzwischen müssen wir uns mit dem bescheiden, was wir haben. Ich glaube, Mr. Bantings Vater ist etwa ein Jahr vor der Entdeckung des Insulins an Diabetes gestorben. Und dieser Mr. Bogomolets konnte sein eigenes Serum wegen seines schwachen Herzens nicht benutzen und ist deshalb gestorben. Asa, wie alt war das Kind?«

»Dreieinhalb oder vier ...«

Die Sprunghaftigkeit schien sie zu verlassen. Nur ihre Augen bewegten sich und begegneten den seinen mit einer vertrauten, plötzlichen Bedeutsamkeit.

»Das ist der Bruder, der in Queens lebt?«

»Staten Island.«

»Asa, manchmal fühle ich mich wie ein schlechter Mensch, weil ich in meinem Alter noch hier bin, während Kinder sterben.«

Darauf konnte er keine Antwort finden.

»Aber ich beraube ja niemanden damit«, sagte sie, indem sie in ihre Exzentrizität zurückfiel; in den Winkeln ihrer grün umrandeten Augen war ein Zittern.

»Mama«, rief Julia.

»Die Männer sind im Speisezimmer, Asa. Sie finden dort Wein und Likör auf der Anrichte ...« Ihr Gesicht war gerötet, und sie wandte sich ab, mit breiten Hüften und in einem blauen Kleid, das an den Schultern bunt bestickt war.

Die Gäste, von denen er keinen kannte, spielten Pinochle. Er war enttäuscht. Er hatte gehofft, Schloßberg oder Shifcart zu treffen.

»Spiel mit«, sagte Harkavy.

»Nein, ich will lieber nicht. Kommt sonst noch jemand, Dan?«

»Wir erwarten noch ein paar Leute«, erwiderte Harkavy. Er war ganz in seine Karten vertieft.

Leventhal schenkte sich ein Glas Wein ein und nahm ein karoförmiges Biskuit, das mit Zucker bestreut war. Plötzlich erinnerte er sich an das Geschenk, das er mitgebracht hatte, trank den Wein aus, zog das Paket aus der Tasche und ging in die Küche. Über dem Herd schwebte eine Wolke. Julia hob gerade ein Sieb mit Pommes frites aus dem Öl, drehte ihr Gesicht vor dem spritzenden Fett weg und rief nervös: »Mutter, Mutter, behalte Libbie bei dir.«

»Geh weg da, Liebes. Julia, laß dir Zeit mit den Kartoffeln. Sonst sind sie roh.«

Leventhal brachte sein Paket zum Vorschein.

»Ich habe etwas für das Mädchen mitgebracht.«

»Oh, wie aufmerksam von Ihnen«, sagte Mrs. Harkavy. »Wo Sie so viele eigene Sorgen haben.«

Leventhal reagierte nicht.

»Hier«, sagte er. »Herzlichen Glückwunsch zum Geburtstag.«

Ein goldenes Siegel war auf das Seidenpapier geklebt, das Libbie mit einem kurzen Blick auf ihn abzuknibbeln begann.

»Nicht einmal ›danke sehr, Onkel Leventhal‹?« Julia war wütend.

»Julia, das ist nur Schüchternheit und Nervosität.«

»Sag danke sehr, du kleines Ungeheuer.«

Das Mädchen rannte in die Diele, während Leventhal ins Speisezimmer zurückkehrte. Er nahm sich ein zweites Glas von dem süßen Wein und dann ein drittes.

»Kommen Sie, setzen Sie sich dazu«, sagte Goldstone zu ihm.

Er schüttelte den Kopf, lehnte sich nachlässig an die Anrichte, stützte den Ellbogen auf und trank. Dies war sein viertes Glas, und er begann, eine schwere, lösende, milchige Wärme zu empfinden. Er war sich bewußt, äußerst klarsichtig zu sein, alles sehen und jede Bewegung wie unter einer außergewöhnlichen Beleuchtung wahrnehmen zu können. Während die Karten über den roten Lederbezug klatschten und huschten, belustigte er sich damit, die Hände zu beobachten, wie sie mischten, austeilten, geschickt mit dem Geld umgingen, die Vielfalt der Knöchel und Finger. Harkavys waren weiß, spitz und schlicht im Aussehen. Die Hände des Mannes neben ihm waren von Adern durchzogen und behaart, der Daumen war zurückgebogen und geschwärzt, vielleicht vom Blei – möglicherweise war er Drucker. Das Fleisch seiner Hände war rot und grausam schraffiert.

»Hart beansprucht«, reflektierte Leventhal. Dennoch waren diese Hände behende mit Münzen, die sie mit der Leichtigkeit genauer Kenntnis zählten und verteilten.

Er entfernte sich von der Anrichte und ging in das dunkle Wohnzimmer, wo er sich eine Zigarre anzündete. Er fühlte das Blut in Herz und Hirn als eine sehr reiche und dynamische Mischung, die vorwiegend lustvoll war. Auch ein wenig schmerzhaft. Aber der gelinde Schmerz war ein Teil der Lust. Er nahm einen Schluck Wein, leckte am Fuß des Glases und wischte ihn an seinem Handgelenk ab, damit sich kein Ring bildete; dann setzte er es auf einen kleinen Tisch.

Mrs. Harkavys Stimme tönte über den Gang. »Spätere Generationen!« grinste er. »Mein Gott!« Er setzte sich lahm und schwergliedrig hin.

Nach einiger Zeit sah er Harkavy ins Zimmer kommen, der ihn offensichtlich suchte. Er sprach ihn aus seiner Ecke an: »He, hier!«

»Aha, du hast dich versteckt, um eine stille Zigarre zu rauchen. Das Haus wird voll. Mama und Julia sind im Begriff anzurichten.«

Leventhal hörte das Scharren von Stühlen auf dem Parkettfußboden des Speisezimmers.

»Sag mal, erwartest du heute abend noch Shifcart?«

»Ich glaube nicht, daß wir ihn gebeten haben. Wozu brauchst du ihn?«

»Glaubst du, daß ich ihn neulich ungünstig beeindruckt habe?«

»Ich weiß, daß du mich ungünstig beeindruckt hast. Ich habe noch nie eine solche Schaustellung von Ghettopsychologie erlebt. Dein Urteil über Disraeli hat mich erstaunt.«

»Nein, das meine ich nicht. Hat er etwas zu dir gesagt?«

»Nichts. Ist das ein Anfall deiner alten Schwäche – daß du dir Gedanken machst, ob die Menschen dich leiden mögen?«

»Ich wollte wegen einer Angelegenheit bei ihm sondieren ... Um zu hören, was er sagt. Ob er mir bei jemandem aushelfen könnte.«

»Für wen soll das sein?«

»Darauf kommt es doch wohl nicht an, oder?« fragte Leventhal.

»O nein. Du brauchst es mir nicht zu sagen.« Aber in seiner Stimme war schon ein Unterton von Ärger.

»Wer es ist, spielt gar keine Rolle.«

»Ich habe nur gefragt, um zu helfen. Aber ich will mit dir nicht Wurst wider Wurst spielen. Besonders da du einen Schwips hast. Ich habe dich trinken sehen.«

»Du hättest viele Möglichkeiten finden können, mir zu helfen«, sagte Leventhal.

»Ach ja, es muß dieser Dingsda sein, der dich belästigt hat«, sagte Harkavy mit einem plötzlichen belustigten Gekicher über seine Entdeckung. »Der ist es doch, nicht wahr?«

Leventhal nickte stumm.

»Wozu dann die Geheimnistuerei?«

»Keine Geheimnistuerei«, murmelte Leventhal.

»Warum brauchst du für ihn Hilfe? Was will er denn? Ich verstehe nicht, was Shifcart dabei soll?«

»Nun, Dan, dieser Allbee interessiert sich für dramaturgische Arbeit, und da er mich einmal bei *Dill's* eingeführt hat, will er, daß ich für ihn dasselbe bei Shifcart tue, der ja mit Filmen arbeitet. Ich tu's eigentlich nur, um's getan zu haben.«

»Du weißt doch, daß Shifcart mit Dramaturgie nichts zu tun hat. Er fahndet nach Schauspielern, Talenten.«

»Allbee dachte, daß er vielleicht irgendwo Beziehungen hätte. Ich habe es zwar nicht geglaubt, aber er hat mich gebeten, und ich dachte ... Nun ja, um die Wahrheit zu gestehen,

Dan, ich wußte nicht, was ich denken sollte. Ich hatte meine Zweifel. Aber er hat mir seinerzeit das Interview mit Rudiger verschafft. Also dachte ich: Bitte, soll er gehen und Shifcart besuchen. Warum soll ich ihm anstelle von Shifcart antworten? Ich beweise ihm meine gute Absicht und revanchiere mich für die Gefälligkeit und so weiter. Das ist alles.«

»Das glaube ich nicht. Es kommt mir so vor, als hielte er dich ganz schön auf Trab.«

Eine von Mrs. Harkavys Pflanzen stand hinter Leventhal. Er fühlte, wie ein Blatt über sein Haar strich, als er die Augen schloß und sich zurücklehnte.

»Wie hat er dich nur an diesen Gedanken verkaufen können?« fragte Harkavy. »Wo hat er denn von Shifcart gehört?«

»Er befand sich zufällig in meiner Wohnung und entdeckte dort eine Karte von Shifcart.«

»Er kommt also immer noch zu dir? Du mußt ihm Vorschub leisten. Ich dachte, wir seien zu dem Schluß gekommen, daß er übergeschnappt ist.«

»*Du* bist zu dem Schluß gekommen!« In blinder Erregung streckte Leventhal den Arm aus. »Du warst es. Das hast du gesagt. Du hast ihn mit deiner Tante verglichen.«

»Gott, bist du heute ungestüm. Wir beide sind zum gleichen Schluß gelangt.«

»Nein, nein!« Leventhal weigerte sich, ihn anzuhören. »Ich stelle das absolut in Abrede. Absolut!«

»Wo soll ich das wohl herhaben, wenn du es nicht gesagt hättest? Ich kann dich nicht verstehen. Ich habe den Mann doch gar nicht zu sehen gekriegt. Übrigens, kommt es denn wirklich darauf an? Warum sollten wir uns darum streiten? Ich merke nur, daß du immer mehr aus der Bahn gerätst. Gewiß hast du ein gehöriges Quantum Wein in deinem System, und vielleicht erklärt das zum Teil dein seltsames Gebaren. Ja, es ist sehr seltsam. Ich habe schon immer geglaubt, daß du dich nicht schützen kannst. Aber dieser Mann hat dich so weit, daß du ihm aus der Hand frißt. Er kommt zu dir, du erregst dich, wenn du von ihm redest, du willst ihn zu Shifcart schicken ...«

»Ich würde ihn wer weiß wohin schicken, um ihn loszuwerden«, sagte Leventhal.

»Siehst du, das würdest du nicht sagen, wenn du nicht ziemlich tief im Schlamassel stecktest. Ich sehe es dir an, daß du hinterm Berg hältst; man braucht kein großer Gedankenleser zu sein, um das zu merken. Um dir zu helfen, kann ich nicht mehr tun, als dich daran erinnern, daß es hier ums Ganze geht. Du bist kein Junge mehr.«

»Dan, du kennst doch Shifcart. Es muß sein. Sag mir ...« Er ergriff Harkavys Hand.

»Besprich es selbst mit ihm.«

»Ja, das will ich auch, aber ich möchte dich fragen ...«

»Gehen wir lieber rein. Die warten sicher schon auf uns. Wir besprechen das morgen, wenn dein Kopf etwas klarer ist und du offen mit mir reden willst.«

Die Gäste, alle männlichen Geschlechts, hatten ihre Jacken ausgezogen und saßen auf den Stühlen mit den hohen Lehnen. In der Küchentür stand Mr. Schloßberg und unterhielt sich mit Mrs. Harkavy. Er war gerade erst gekommen und trug noch seinen braunen Mantel. Leventhal sagte guten Abend, worauf Schloßberg antwortete: »Wie geht's?« Er schien sich seiner jedoch nicht zu entsinnen. »In der 14. Street, vor ein paar Wochen«, sagte Leventhal.

»Er hat ein schlechtes Gedächtnis«, flüsterte Harkavy. Er zog Leventhal zu der Stuhlreihe, die vor dem Büffet aufgestellt war. Über den Tisch hinweg erkannte Leventhal den Besitzer der roten Hände, die er beim Kartenspiel beobachtet hatte. Sein Name war Kaplan, und sein Gesicht war rot und zerfurcht wie seine Hände. Man bemerkte an ihm ein scharfes blaues Schielen, als hätte er – fand Leventhal – sich bemüht, den Himmel zu durchbohren und sich dabei die Augen verrenkt. Jetzt hob er ein Glas Brandy und sagte: »Prost allerseits.«

»Trinkt aus«, sagte jemand. »Nächstes Jahr in Jerusalem.«

Leventhal hörte Julia sagen: »Voriges Jahr hatten wir eine Kindergesellschaft. Das war zu nervenaufreibend. Diesmal entschlossen wir uns, ältere Leute einzuladen.«

»Sollen wir anfangen zu essen?« fragte Goldstone.

»Erst sollte der Geburtstagskuchen gebracht werden«, erwiderte Mrs. Harkavy. Sie erklärte den Anwesenden: »In der Bäckerei ist man damit nicht sehr sorgfältig umgegangen. Ein bißchen Zuckerguß ist mit dem Wachspapier abgegangen. Wir haben unser Bestes getan, ihn wiederherzustellen.«

Julia stellte den Kuchen mit den sieben Kerzen auf den Tisch. Libbie stand da und starrte in die Flammen. Ihre Augen glichen sehr denen ihrer Großmutter und ihres Onkels.

»Blas, Kindchen«, sagte Harkavy. »Alle auf einmal, das bringt am meisten Glück.«

Aber Libbie streckte die Hand aus und versuchte, einen Tropfen des schmelzenden Wachses aufzufangen.

»Libbie, mein Liebling«, drängte der Vater.

»Die Leute warten«, rief Julia ungeduldig. »Soll ich dich lieber kopfüber im Schrank aufhängen?«

Das Kind senkte das Gesicht auf den hellen Kerzenring. Leventhal sah den flüssigen Widerschein in ihren Augen und auf ihrer weißen Stirn. Sie blies, und der weißliche, aromatische Wachsrauch schwebte über dem Tisch. Die Gäste klatschten und schrien.

»Ein süßes kleines Kind«, sagte Harkavy zu Leventhal, der nickte und mit schweren Augen auf die Kerzen sah. Julia und die Großmutter küßten das kleine Mädchen.

Das Abendessen begann. Leventhals Kleidung, besonders

sein Hemd, beengte ihn und rieb ihn wund, so daß er seinen Kragen aufmachte und dabei grollend zu Harkavy sagte: »Er schneidet mir in den Hals.« Aber Harkavy hatte die Debatte wieder aufgenommen, die er früher am Abend mit einem Mr. Benjamin, der zwischen Goldstone und Julia saß, begonnen hatte. Mr. Benjamin war Leventhal schon vorher in der Diele aufgefallen, da er mit einem orthopädischen Schuh einherstampfte. Er hatte die Hautfarbe eines Hindu, angegrautes krauses Haar und höhnisch verzogene braungesprenkelte Lippen; in seinen weit auseinander liegenden schwarzen Augen sah man einen Tupfen Gelb. Benjamin war Vertreter für Lebensversicherungen, und Harkavy hatte die Versicherungsgesellschaften angegriffen.

»Das ist alles schon in der Untersuchung des Cardozo-Ausschusses niedergelegt. Braucht man noch mehr dazu zu sagen? Dasselbe Geld, das den Kunden abgenommen worden ist, wird gegen sie eingesetzt.«

»Ich begreife nicht, Harkavy«, entgegnete Mr. Benjamin, »warum ein Geschäftszweig mehr verteufelt werden sollte als ein anderer. Sie müßten gegen alle sein. Und gegen die Regierung. Sie sind ein Amateur, Harkavy, ein Amateur. Ich habe Ihre Begründung von Fachleuten gehört. Man muß für Regel und Ordnung bezahlen. Es ist immer die eine oder andere Art der Kandare. Die Menschen brauchen die Kandare. Und das ist eine milde Kandare im Vergleich zu anderen.«

»Aber mein lieber Mann, Sie sind so reaktionär, wie man nur sein kann«, sagte Harkavy.

»Sind Sie auch gegen alle Banken und Geschäftsunternehmen?« fragte Benjamin.

»Ja, verdammt nochmal, selbstverständlich bin ich das.« Harkavys Stimme wurde lauter.

»Dann lassen Sie doch hören, welches System Ihnen vorschwebt.« Mr. Benjamins Schärfe zerstörte beinahe das Lächeln auf seinem Gesicht.

»Hör um Gottes willen mit der Zankerei auf, Dan«, sagte Mr. Goldstone.

»Ich werde es Ihnen leichter machen«, erklärte Benjamin. »Möchten Sie für die Menschen, die Ihnen teuer sind, keine Vorsorge treffen? Wir wollen uns nicht über das beste System streiten. Das unsere besteht noch.«

»Aber vielleicht nicht mehr lange. Man kann nie wissen, wann das über Nacht weggefegt wird.«

»Aber vorläufig ...« Mrs. Harkavy fiel ihm ins Wort. »Daniel, du bist ja radikal. Ich höre diese Sprache nicht gern von dir.«

»Mama, was ich sage, ist absolut richtig. Es hat schon früher große Gebilde gegeben und Leute, die glaubten, daß sie ewig dauern würden.«

»Meinen Sie Insull?« fragte der Mann zur Linken.

»Ich meine Rom, Persien und die großen chinesischen Reiche.«

Mr. Benjamin zuckte die Achseln. »Wir müssen heute leben«, sagte er. »Wenn Sie einen Sohn hätten, Harkavy, würden Sie wünschen, daß er studiert. Wer wartet schon auf das Kommen des Messias? Es gibt eine Geschichte von einer kleinen Stadt in Europa. Sie lag etwas abseits, in einem Tal, so daß die Bewohner fürchteten, der Messias werde sie bei seinem Kommen übersehen. Sie bauten also einen hohen Turm und stellten einen Bettler der Stadt an, der den ganzen Tag dort oben sitzen sollte. Ein Freund trifft diesen Bettler und fragt: ›Wie gefällt dir deine Stellung, Baruch?‹ Und er antwortet: ›Sie wirft nicht sehr viel ab, aber ich glaube, es ist eine Dauerstellung.‹«

Am Tisch ertönte eine Lachsalve.

»Das ist die Moral, für Sie«, rief Benjamin mit plötzlich

gekräftigter Stimme. Leventhal merkte, daß er selbst anfing zu lächeln. »Stimmt!« schrie Mr. Kaplan und legte die Hand auf Benjamins Schulter. Mrs. Harkavy errötete, zog aber vergnügt die Augenbrauen hoch und bedeckte den Mund mit dem Taschentuch.

»Auf alle Fälle halte ich's nicht für richtig«, sagte Harkavy, »den Leuten so Angst einzujagen, wie ihr es tut.«

»So? Und wie ist das?«

Harkavy zog die Augenbrauen zusammen. »Ich weiß, wie ihr Herren von der Versicherung zu Werke geht«, sagte er. »Ihr besucht einen potentiellen Kunden. Da sitzt er hinter seinem Schreibtisch oder seinem Tresen, immer noch ganz gut beieinander, könnte man sagen. Er hat seine Wehwehchen und seine Sorgen, aber im großen und ganzen ist alles noch zufriedenstellend. Plötzlich seid ihr da und sagt: ›Haben Sie schon an die Zukunft Ihrer Familie gedacht?‹ Schön und gut, alle Menschen sind sterblich, aber euer Spiel ist nicht fair, und ihr zielt auf eine empfindliche Stelle. Nachts denkt er allein über diese Dinge nach. Das tun wir fast alle. Aber jetzt höhlt ihr ihn bei Tage aus. Wenn ihr ihm tüchtig Angst eingejagt habt, fragt er: ›Was soll ich tun?‹ Und dann steht ihr da mit gezücktem Vertrag und Federhalter.«

»Aber Dan«, rief Goldstone begütigend. Benjamin sah ihn mit seinen gelbschwarzen Augen an, als wolle er sagen, daß er keinen Verteidiger brauche. »Na, wenn schon«, erwiderte er. »Ich tue den Leuten einen Gefallen. Sollten sie etwa nicht vorbereitet sein?«

»O Tod«, zitierte jemand am äußersten Ende des Tisches, »du kommst, wenn wenigst ich an dich gedacht.«

»Ja, so ist es«, sagte Benjamin, indem er sich mit einem Stampfen seines Schuhabsatzes erhob. »So ist es.«

»Mein Gott«, sagte Mrs. Harkavy. »Was für ein morbides

Thema für eine Geburtstagsfeier. Mit all dem Essen auf dem Tisch. Können wir nicht eine leichtere Unterhaltung finden?«

»Die Speisen, zur Beerdigung gebacken, verzierten jetzt das Hochzeitsfest.«

»Wo, zum Teufel, kommt diese Poesie her?« fragte Goldstone.

»Das ist Brimberg. Dadurch daß sein Vater starb, war er in der Lage, auf die Universität zu gehen.«

Goldstone lächelte. »Ein bißchen mehr Ernst, ihr da«, ermahnte er. »Vettern von mir«, erklärte er Leventhal, dessen Blick er auffing.

»Meine Mutter hat ihr eigenes Leichentuch genäht«, sagte Kaplan, indem er seine schielenden leuchtend blauen Augen zu ihnen erhob.

»Richtig, das war der Brauch«, bestätigte Benjamin. »Das haben alle alten Leute getan. Und ein guter Brauch, finden Sie nicht auch, Mr. Schloßberg?«

»Es läßt sich eine Menge dafür sagen«, antwortete Schloßberg. »Sie wußten wenigstens, wo sie standen und wer sie waren in jenen Tagen. Jetzt wissen sie zwar nicht, wer sie sind, wollen sich aber auch nicht preisgeben. Bei der letzten Beerdigung, die ich mitgemacht habe, hatten sie Papiergras im Grab, um die Erde damit zu bedecken.«

»Dann stehen Sie also auf Benjamins Seite?« fragte Harkavy.

»Nein, nicht unbedingt«, sagte der alte Mann. »Natürlich gehört es zu Benjamins Geschäft, den Leuten Angst einzujagen.«

»Dann sind Sie demnach auf meiner Seite?«

Mr. Schloßberg war verärgert. »Es geht nicht um die Gefühle der Leute«, sagte er. »Man braucht sie an nichts zu erinnern. Sie vergessen nichts. Aber sie sind zu beschäftigt und zu schlau, um zu sterben. Das ist leicht zu begreifen.

Während ich hier sitze, können meine Gedanken um die Welt wandern. Ist meinen Gedanken eine Schranke gesetzt? Aber in der nächsten Minute kann ich tot sein, hier auf dieser Stelle. Also gibt es doch eine Schranke für mich. Aber ich muß in vollem Umfang ich selber sein. Und das ist jemand, der stirbt, nicht wahr? So war ich ja von Anbeginn. Ich bin nicht drei Leute, vier Leute. Ich bin einmal geboren und werde einmal sterben. Möchten Sie zwei Menschen sein? Mehr als menschlich? Vielleicht deshalb, weil Sie nicht wissen, wie man einer ist. Jeder Mensch ist beschäftigt. Jeder verwandelt sich in eine ganze Handelsgesellschaft, um das Geschäft zu betreiben. Und der eine Aktionär fährt im Fahrstuhl, ein anderer steht auf dem Dach und sieht durch ein Teleskop, einer ißt Süßigkeiten, einer sitzt im Kino und betrachtet ein hübsches Gesicht. Wer bleibt übrig? Und wie kann eine ganze Gesellschaft sterben? Ein Aktionär stirbt. Die Gesellschaft jedoch lebt, ißt weiter, fährt weiter im Fahrstuhl und betrachtet weiter hübsche Gesichter. Aber es ist nur logisch: Papiergras im Grab macht das ganze Gras zu Papier ...«

»Bei Schloßberg gibt's immer was Neues«, sagte Kaplan. Er gab seinem Schielen ein seltsam verändertes Aussehen, indem er die Augenbrauen hochzog. »Was er auf der Lunge hat, hat er auf der Zunge.«

»Nein, wirklich«, unterbrach Julia. »Mama hat recht. Was ist das für ein Gerede auf einer Geburtstagsfeier.«

»Niemals fehl am Platze«, sagte Benjamin.

»Fehl am Platze?« fragte Brimberg am Ende des Tisches. »Das kommt auf den Geschmack an. Ich habe von einer französischen Dame von zweifelhafter Tugend gehört, die sich für ihre Kunden mit einem Brautschleier bekleidete.«

»Sammy!« rief Mrs. Harkavy scheltend. Dann kam mehr Gelächter und ein Stimmgewirr, aus dem eine neue Unterhaltung hervorging. Leventhal hörte nicht mehr zu. Da Harkavy nicht hinsah, goß er sich noch ein Glas Wein ein.

22

Bevor Leventhal auf Harkavys Couch, wo er die Nacht verbracht hatte, noch vollends wach war, merkte er, daß sein Kopf schmerzte, und als er die Augen öffnete, war ihm selbst das graue Licht des trüben Tages zu stark; er drückte sein Gesicht auf das Kissen und zog sich das Deckbett über die Schulter. Er lag in seinem Unterhemd, die Füße waren nackt, aber er hatte sich nicht die Hose ausgezogen. Er lockerte den Gürtel, der ihm zu eng war, zog eine Hand unter der Decke hervor und drückte und knetete seine Stirn. Über die Armlehne des Sofas hinweg betrachtete er die Stilmöbel, die Farne, die gekräuselte und mit Schleifen versehene Seide der altmodischen Lampen und die Drachen, Blumen und Augen des Teppichs. Er kannte den Teppich. Old Harkavy hatte ihn aus der Erbmasse eines Maklers erstanden, der am Schwarzen Freitag Selbstmord verübt hatte.

Gelegentlich fuhr ein heftiger Windstoß gegen die Fenster; dann bebten die mit Gardinen versehenen Glastüren ein wenig. Der Dampf zischte in den Röhren, und man spürte den herbstlichen Geruch angewärmter Heizkörper. Leventhals Nase war trocken. Das Mohairgewebe fühlte sich gegen seine Wange rauh an. Er änderte seine Stellung nicht. Er schloß die Augen und versuchte, den lähmenden Druck seiner Kopfschmerzen wegzudösen.

Als sich hinter der Glastüre etwas regte, sagte er laut: »Herein.« Aber es kam niemand, und er schlug die Decken zurück. Das Armband seiner Uhr war lose, so daß sie auf die falsche Seite seines Handgelenkes gerutscht war. Die späte Stunde verstimmte ihn – es war schon fast halb zwei. Er setzte sich hoch und beugte sich vor, das Unterhemd hing schlaff über seine fette Brust. Er war im Begriff, nach seinen Schuhen und Strümpfen zu angeln, aber seine Hand blieb auf den Knien liegen; er war plötzlich in seinen Bewegungen gelähmt und furchtbar in der Atmung behindert. Er hatte das sonderbare Gefühl, daß es keine Stelle seines Körpers gab, auf der nicht die ganze Welt mit ihrem vollen Gewicht lastete, auf dem Leib, auf der Seele, in der Brust preßte sie nach oben und im Unterleib nach unten. Er konzentrierte sich, bewegte die Lippen, als sei er im Begriff zu sprechen, und blies einen gequälten Atemstoß durch seine Nase. Inzwischen wurde er jedoch gewahr, daß diese Unterbrechung der gewohnten Bewegungen, die er beim Aufstehen instinktiv ausführte, trotz der Schmerzen, die sie verursachten, eine verstärkte Gelegenheit bot, etwas Wichtiges zu entdecken. Er versuchte, die Gelegenheit zu ergreifen. Er bot alle Kraft auf, um sich zu sammeln, und begann mit der primären Gewißheit, daß die Welt auf ihn drückte und durch ihn hindurchzog. Weiter kam er nicht, so sehr er sich auch antrieb. Er war unbegreiflich bewegt. Er saß in derselben Haltung wie vorher, massig, das dunkle Gesicht den Farnen zugewandt, die sich in weichen Konturen gegen das graue Glas abhoben. Seine Nase zuckte. Es fuhr ihm durch den Kopf, daß es ihm ginge wie einem Mann im Bergwerk, der den Rauch roch und die Hitze fühlte, aber nie die Flammen sah. Und dann hörten Krampf und rätselhafte Gelegenheit zusammen auf. Seine Beine zitterten, als er die Füße auf dem Teppich hin und her gleiten ließ. Er ging hinüber zum Fenster und hörte das laute Poltern des Windes. In dem kleinen Parkteil sechs Stockwerke unter ihm schüttelte er die Bäume, riß an den Drähten auf den

Dächern, fächerte den Rauch unter den Wolken aus und zerstreute ihn wie Ruß auf Paraffin.

Als er sich anzog, fühlte er sich etwas erleichtert. Die Manschetten seines Hemdes waren beschmutzt; er wendete das Äußere nach innen und versetzte entsprechend die Manschettenknöpfe. Den Schlips stopfte er in die Tasche; nach dem Waschen wollte er ihn umbinden. Dann zog er die Couch ab, faltete die Bettücher und das seidene Deckbett zusammen und legte sie über einen Stuhl. Als er die Glastüren öffnete, erwartete er, Mrs. Harkavy oder ein Mitglied der Familie in der Diele zu treffen, und wunderte sich, daß das Haus so still war. Harkavys verdunkeltes Zimmer stand offen, das Bett war leer. Leventhal drehte das Licht an und sah eine Hose, die säuberlich von der obersten Schublade der Kommode herunterhing. Die Hosenträger schlängelten sich auf dem Fußboden. Eine offene Zeitschrift schirmte die Lampe.

Harkavy saß allein in der Küche. Neben seinem Ellbogen tickte der Toaster, und auf einer elektrischen Heizplatte stand ein Kaffeetopf. Harkavy trug über dem Pyjama eine Manchesterjacke mit Gürtel und großen Lederknöpfen. Seine nackten Füße waren auf einem Stuhl gekreuzt. Die grünen Pantoffeln waren auf den Boden gefallen.

»Guten Morgen.« Harkavy sah ihn belustigt an. »Der Nachtschwärmer.«

»Guten Morgen. Wo ist die Familie?«

»Zum Geburtstagsschmaus zu den alten Shifcarts gegangen.«

»Warum bist du nicht mitgegangen?«

»Nach Long Island City, wenn ich die Chance habe, lange zu schlafen? Die sind schon um neun Uhr los.«

»Ich hoffe, du bist nicht meinetwegen hiergeblieben.«

»Deinetwegen? Nein. Ich wollte schlafen. Feiertage sind

Gift für mich, wenn ich früh aufstehen muß.« Er strich über die goldgrüne Jacke. »Ich liebe ein spätes friedliches Frühstück. Junggesellengewohnheiten. Solange ich nicht verheiratet bin, muß ich die Vorteile davon wahrnehmen.«

Das Küchenlicht, das sich in den Kacheln und dem weißen Kühlschrank widerspiegelte, war zu grell für Leventhal. Er zuckte ein wenig davor zurück.

»Wie fühlst du dich? – nicht so sehr gut?«

»Kopfweh.«

»Du bist das Trinken nicht gewöhnt.«

»Nein«, sagte Leventhal. Die Witzelei ärgerte ihn.

»Du warst gestern abend reichlich geladen.«

Er sah ihn ziemlich mürrisch an. »Na, wenn schon.«

»Nichts weiter. Ich mache dir ja keine Vorhaltungen, weil du dir einen kleinen angedudelt hast. Wahrscheinlich hattest du Gründe.«

»Wo ist dein Aspirin?«

»Im Badezimmer. Ich bringe dir welches.« Harkavy wollte aufstehen.

»Bleib sitzen. Ich finde es schon.«

»Nimm dir eine Tasse Kaffee. Das wird dir mehr helfen.« Er nahm die Füße vom Stuhl herunter. Sie waren sehr lang und weiß und hatten Zehen schlank wie Finger.

Leventhal goß sich eine Tasse schwarzen Kaffee ein. Er war bitter und bedeckte seine Zunge mit einem Belag, aber er fühlte, daß es ihm guttun würde.

Harkavy seufzte. »Ich bin auch ein bißchen mitgenommen. Nicht vom Trinken; von der Aufregung, den Debatten und so weiter. Mama dagegen war schon um sieben Uhr auf und hat alles in Ordnung gebracht. Was die für eine Vitalität hat! Ihre Mutter – auch so ein trockener alter Feuerbrand. Sie ist vierundneunzig Jahre alt geworden. Erinnerst du dich an sie? Drüben in der Joralemon Street?«

»Nein.« Leventhal versuchte sich wieder in das Gefühl zurückzuversetzen, das ihn beim Ankleiden überfallen hatte, aber davon war nichts mehr übriggeblieben.

»Ich bin ein anderer Typ«, sagte Harkavy. »Das Schwert, das die Scheide verschleißt. Aber einige dieser alten Leute ... Dieser Schloßberg, zum Beispiel, der immer noch seine Familie ernährt, seinen nichtsnutzigen Sohn und seine Töchter. Der alte Mann ist zuweilen ein Prahlhans, aber man muß es ihm lassen. Wenn man ihn anrührt, dann hat man es mit einem Mann zu tun, und heutzutage weiß man nie genau, was man anrührt. Manchmal lege ich mich mit ihm an, nur weil ich eine gute Debatte liebe. Leuten, die einer Debatte ausweichen, traue ich nicht.«

Allmählich wandelte sich Harkavys Verhalten. Er sackte im Stuhl zusammen, seine Füße auf dem Linoleum waren weit auseinander gestellt, und seine Arme hingen über die Rückenlehne des Stuhles; auf den Händen mit den weißlichen Haaren traten die Adern dick hervor. Unter dem klaren Rand erschienen die Lider plötzlich gerötet und gereizt, und als er wieder zu sprechen anfing, geschah es mit einem nervösen Rucken des Kopfes, als wolle er bereits einen Widerspruch beiseite schieben.

»Warum schenkst du mir in der Angelegenheit, über die wir gestern abend gesprochen haben, nicht reinen Wein ein?« fragte er.

»Was heißt da reinen Wein einschenken?«

»Es macht mich stutzig. Ich habe mir darüber Gedanken gemacht. Daß ausgerechnet du, nach allem, was du über ihn gesagt hast, versuchen solltest, dieses Treffen ...«

Leventhal hob sein Gesicht nicht von der Tasse. »Wir haben das schon gestern durchgesprochen. Ich habe dir ja von *Dill's* erzählt.«

»Der muß dich am Schlafittchen haben.«

Leventhal überlegte: »Das ist bei ihm reine Neugier. Warum sollte ich sie befriedigen? An dem Sonntag, als er mir hätte aushelfen können, ist er mit Goldstone und dessen Freunden weggegangen, und jetzt, weil ihn die Wißbegierde juckt, soll ich reden.«

Er beschloß, ihm diese Genugtuung nicht zu gewähren. Trotzdem zitterte die Untertasse in seiner Hand, und er hielt sie gegen die Brust und beugte den Kopf, bis sich Hautfalten unter seinem Kinn und an den Kinnbacken bildeten. Er dachte über seine Schwäche nach. Wie schwach er doch wurde. Selbst Harkavy konnte ihn zum Zittern bringen.

»Wieso hast du deine Meinung über ihn geändert? Du hast gesagt, er sei übergeschnappt.«

»Nein, das hast du gesagt.«

»Auf deine Beschreibung hin. Ich konnte nur nach dem urteilen, was du mir erzählt hast. Es sieht so aus, als hätte er dich gänzlich eingeschüchtert und dich gründlich eingeseift.«

Leventhal weigerte sich hartnäckig, darauf zu antworten. Mit einer Miene strapazierter Langmut hielt er den Kopf gesenkt.

Harkavy ließ nicht locker. »Stimmt das nicht?«

Leventhal drückte die Lippen gegen die Zähne, als er sich den Mund wischte. »Ich werd's wohl so gewollt haben«, sagte er.

»Das übersteigt meine Begriffe. Als du kamst, um mit mir über ihn zu sprechen, warst du so wütend, daß du ihn aufhängen wolltest. Er hat dich irgendeines Verbrechens bezichtigt und dir die Schuld daran gegeben, was mit seiner Frau passiert ist und was sonst nicht alles. Und jetzt möchtest du ihn mit einer Empfehlung zu Shifcart schicken. Und wenn ich dich recht verstanden habe, wolltest du mich auch ankeilen, dir zu helfen. Ich wollte meinen Ohren nicht trauen, als du mich wegen Shifcart fragtest. Was für einen Eindruck wird so ein Mann auf ihn machen? Und warum läßt du ihn bei dir rumstrolchen? Hast du mir nicht gesagt, daß er Shifcarts Karte in deiner Wohnung entdeckt hat? Außerdem weißt du ja, daß Shifcart für ihn nichts tun kann.«

»Nein, wahrscheinlich nicht.«

»Und wie kommt er auf den Gedanken, daß Shifcart ihm helfen kann?«

Obwohl Leventhal wußte, daß er einen Fehler beging, sagte er, bis zu einem gewissen Grade unfreiwillig: »Ich glaube, er hält das Ganze für eine jüdische Kumpanei, in der Shifcart seine Beziehungen spielen lassen kann ... Juden haben Einfluß bei anderen Juden.«

»Nein!« schrie Harkavy. »Nein.« Seine Hände flogen an seinen Kopf. »Und du versuchst, etwas für ihn zu tun? Du bist trotzdem dazu bereit? Junge, weißt du, wie du mir dabei vorkommst? Bist du noch bei Troste?«

Seine Bestürzung erschütterte Leventhal.

»Sieh her, Dan. Ich möchte das nicht weiter erörtern. Dringe nicht in mich. Ich habe dich wegen Shifcart gefragt. Du hast mir gesagt, was du denkst ... Laß es genug sein.«

»Aber wie macht er es bloß?« Harkavys Stimme hallte. »Welche Handhabe hat er denn gegen dich? Ist es Erpressung? Hast du etwas angestellt?«

»Nein, nichts ... Ich habe viel Pech gehabt. Meine Familie – du hast ja davon gehört. Und Mary ist verreist –, das hat mir auch sehr zugesetzt. Meine Nerven sind in keinem guten Zustand. Ich fühle mich, als hätte ich versucht, etwas loszuwerden. Du bist dabei keine gute Hilfe. Laß mich damit allein und auf meine Weise fertig werden.«

Das war für ihn schon eine ziemliche Rede; sie war übertrieben wie ein Plädoyer. Seine Hände waren zittriger als je. Als er den Kaffee niedersetzte, verschüttete er etwas in die Untertasse.

»Was geht denn zwischen euch vor? Wie bearbeitet er dich? Erst kommst du, um dich über ihn zu beschweren. Und beim nächsten Mal redet er wie die Protokolle der Weisen von Zion, aber du findest nichts dabei.«

Er pochte wütend auf den Metalltisch, sein Gesicht und sein gestreckter Hals waren dunkelrot. »Einfluß bei den Juden!« schrie er.

Leventhal machte sich im stillen Vorwürfe. »Das war ein regelrechter Fehler. Ich hätte das nicht sagen sollen. Warum habe ich es mir rausschlüpfen lassen? Ich bin nicht einmal sicher, daß Allbee das meint.«

Und zu Harkavy sagte er: »Rede dich nicht in Wut. Ich weiß, daß es schlecht aussieht, aber du kennst die Tatsachen nicht. Ich kann das besser beurteilen als du.« Er sprach mit gedämpfter Stimme, um sie besser beherrschen zu können.

»Die Tatsachen? Was läßt du dir von diesem Mann gefallen? Verlierst du den Verstand?«

»Ach, sei nicht verrückt, Dan«, rief er. »Ich weiß, daß du's gut meinst, aber du läßt dich fortreißen. Und denke bitte an meine Mutter, bevor du so etwas aussprichst. Du weißt doch von meiner Mutter. Ich habe dir als Freund zu Freund von ihr erzählt. Aber der Sinn hat dich anscheinend nicht erreicht.«

Das brachte Harkavy vorübergehend zum Schweigen. Er schien zu murren. Aber in Wirklichkeit räusperte er sich nur. Nachdem er ihn eine Zeitlang nachdenklich angesehen hatte, sagte er: »Nein, du bist wirklich ein Sonderfall. Du bist der einzige Lebende, dessen Mutter den Verstand verloren hat und gestorben ist.« Gleich darauf wechselte er den Ton und schlug scharf die Hände zusammen. »Unter Freunden gesprochen, was sind die Tatsachen? Diese Sache mit Shifcart ist so ein Quatsch, daß man darüber nicht einmal zu reden braucht. Aber du mußt dich in Trance befinden. Erzähl mir, was vorgeht. Du brauchst dich nur mal selbst anzusehen.«

»Was ist denn los?«

»Du siehst aus wie ausgekotzt.«

»So? Nun, ich habe es dir ja erzählt. Da war erstens der Tod des Kindes.«

»Als du gestern abend betrunken warst, bist du ehrlicher gewesen. Du hast zugegeben, daß du diesen Mann vom Hals haben wolltest. Versteck dich nicht hinter dem Kind. Das zieht nicht. Das ist unehrlich. Wach auf! Was ist das Leben? Stoffwechsel? Stimmt vielleicht für Insekten. Bei Gott, nein! Was ist das Leben? Bewußtsein, das ist es. Und davon hast du nicht genug. Gib dir, um Himmels willen, einen Stoß und schüttle dich. Diese Sache, Asa, ist gefährlich.«

Leventhal sah Harkavy mit unverhohlener Verblüffung an. »Ich will verdammt sein, wenn ich das einsehe«, sagte er endlich. »Denn erstens warst du derjenige, der mir von Williston erzählt hat, als ich zu dir kam ...«

»Ja, und?«

Aber Leventhal wollte nicht weiterreden.

»Und? Was dann?« fragte Harkavy, indem er auf dem Stuhl vorrückte.

Darauf folgte eine kurze Pause, bevor Leventhal erwiderte: »Du, ich muß ein Aspirin nehmen.« Er stand auf. »Nun gut, du willst meine Hilfe nicht. Ich kann sie dir nicht aufdrängen. Gott segne dich. Du hast eine Chance gehabt, dein Herz zu erleichtern und einen Rat zu kriegen. Wie viele Freunde hast du eigentlich?« Er tat eine Scheibe Brot in den Toaster und schlug auf den Hebel. Zwischen den Fläschchen mit Lotions und Cologne und den Puderdosen in Mrs. Harkavys Medizinschrank fand Leventhal das Aspirin und schluckte die Tablette mit etwas Leitungswasser. Er füllte das Becken mit warmem Wasser und krempelte die Ärmel hoch; die hellgrüne Farbe stimmte ihn etwas froher. Als er die Hände eintauchte, blickte er zur Wanne mit dem dicken vernikkelten Wasserhahn. Der Wäscheschrank, der einen trockenen Seifengeruch ausströmte, stand offen. Leventhal nahm ein Handtuch und ließ den Metallstopper fallen. »Ich nehme ein Bad, wenn du nichts dagegen hast«, rief er Harkavy zu.

»Ja, mach nur.«

Das Wasser lief laut. Leventhal schloß die Tür und begann sich auszuziehen. Der Raum wurde heiß. Er saß im Brausen des dampfenden Wassers auf dem Rand der Wanne und seifte energisch und hingegeben seinen dunklen haarigen Körper vollständig ein. Aus irgendeinem Grunde wirkte der Lärm des Wassers auf ihn entspannend. Als er sich im anstürmenden und brandenden Wasser ausstreckte, bemerkte er zu sich, als sei es ein Kompliment: »Er hat aus mir nichts rausgekriegt.« Er strich sich über die Brust und wirbelte dabei kleine Luftbläschen hoch. »Es ist besser, wenn ich meine Angelegenheiten selbst in die Hand nehme«, dachte er. Er drehte das kalte Wasser ab und ließ nur noch das heiße laufen, grün mit einem weißen inneren Kern und einem dünnen Dampfgekräusel.

Er fragte sich, welchen Erfolg Max bei Elena haben mochte. Natürlich nahm er an ihm Anteil, aber seine größte Sorge galt Philip. Falls es sich herausstellen sollte, daß Max Elena falsch eingeschätzt hatte, wäre er bereit, sein möglichstes zu tun, um ihn zu retten. Gedanken, die ihn selbst betrafen, stellte er zurück. Sie würden einmal notwendig werden – vorausgesetzt, daß Max mit seiner Beurteilung Elenas recht und er unrecht hatte. Dann mußte man der Ursache für einen derartigen Irrtum auf den Grund gehen. Man mußte sie ausfindig machen. Aber erst ausfindig machen, wenn er die Kraft für ein solches Unternehmen hatte, nicht jetzt. Ein Schaumring, der von dem Stück Seife in seiner Hand abgeschmolzen war, verbreitete sich über das Wasser. Als er sich abtrocknete, schlug sein Herz schnell. Hingegen war sein

Kopfweh fast vergangen, und er fühlte sich erfrischt und beinahe fröhlich. Er ging in die Küche. Harkavy hatte den Tisch gedeckt und bereitete ein paar Rühreier.

Erst gegen Ende des Mahles erlitt er einen Rückfall, ein jäher schmerzhafter Strom ging durch seine überreizten Nerven. So konnte es mit Allbee nicht weitergehen. Es war genug. Dem mußte ein Ende gemacht werden. Er erwartete fast täglich die Nachricht, daß Mary zurückkam. Wie, wenn sie zurückkäme, ehe damit Schluß war? Er befreite sich von dieser Furcht, wie man sich ein Insekt vom Gesicht wischt. Und Allbee könnte denken, weil er vergangene Nacht nicht zu Hause geschlafen hatte – was konnte er denken, daß er sich vor ihm fürchtete? Das würde ihm nur Vertrauen geben, neue Forderungen zu stellen. Er konnte die Empfehlung für Shifcart haben. Aber mehr als das, nein. Und er würde das Haus verlassen müssen. »Genug«, entschied er stumm. »Genug, genug!« Er ließ geräuschvoll seine Gabel fallen. Unter Harkavys fragendem Blick gab er sich wie gewöhnlich ein ungerührtes Aussehen, etwas mitgenommen zwar, aber doch gleichmütig und ruhig. Er hob die Gabel auf und rührte damit an sein Essen. Aber er war nicht imstande, einen weiteren Bissen herunterzubringen.

23

Um halb fünf machte er sich auf den Weg nach Hause. Der Wind hatte sich gelegt, der Himmel war kalt und wurde rasch dunkel. Im kleinen Park raschelten die nach oben gekehrten rötlichen kleinen Blätterschalen auf dem Pfad und knisterten unter den Schritten. Diejenigen, die spärlich in den Bäumen wehten, zeigten nur noch wenig Grün. Eine feuchte, nach Stein riechende Wärme stieg von der Untergrundbahn auf, und durch den Rost erhaschte Leventhal einen Blick auf das reglose Licht, das in den Schacht und auf die Geleise fiel, hart und grau in ihrer gleichlaufenden Bahn. Die enggebauten Sandsteinhäuser sahen herbstlich aus, und ebenso die von vielen Füßen polierten stählernen Gullydekkel; sie hatten einen scharfen Glanz. Der Sommer schien vorzeitig in Kälte und Dunkel zu Ende gegangen zu sein. Die Leute, die zum Feiertag die Stadt verlassen hatten, machten sich wahrscheinlich Lagerfeuer am Strand, sofern sie nicht schon die Züge zur Stadt füllten.

Leventhal blieb seiner Wohnung gegenüber auf dem Bürgersteig stehen. Alle Fenster im Gebäude waren dunkel. Die winzige rote Lampe im Foyer schien im Fensterrahmen zu stecken und strahlte seine blutigrote Farbe in die Winkel bis zum polierten und verschnörkelten Geländerkopf im Hintergrund aus. Die Blätterpflanzen der Mrs. Nunez, die sich dicht nach oben verzweigten, schaukelten in Klumpen an den fest gespannten Schnüren. »Er ist ausgegangen«, sagte sich Leventhal. Er war außer sich, fast als sei Allbee fortgegangen, um seinen Entschluß zu vereiteln. Aber tatsächlich gereichte es ihm zum Vorteil, wenn er als erster in der Wohnung war, denn bisher hatte er sich noch nicht entschieden, wie er mit Allbee verfahren sollte. Als er jetzt die Treppen hinaufstieg, berührte er ab und zu die staubigen Ausbuchtungen in der Wand und dachte: »Was soll ich tun?« Er war jedoch viel zu erregt, um Pläne zu machen. Er stieg rasch, ziemlich überrascht von der Anzahl der Treppenabsätze, und wunderte sich, bis er einen Feuereimer erkannte, in dessen Sand Zigarettenstummel steckten, warum ihm der Ort nicht vertrauter vorkam. Als er den vierten Stock erreichte, lehnte er sich mit dem Rücken gegen die Wand, während er in beiden Taschen nach dem Schlüssel tastete. Er brachte eine Handvoll Wechselgeld und Schlüssel zum Vorschein und begann, sie unter dem schwachen Licht auseinanderzusortieren. Dann schien es ihm, als ob sich jemand in der Wohnung bewegte. Es konnte sein, daß Allbee geschlafen hatte und gerade aufgestanden war. Das würde auch die dunklen Fenster erklären. Er klopfte und legte das Ohr gegen die Tür. Er war sicher, daß er Schritte hörte.

Er war das Gegenteil von ruhig, als er den Schlüssel im Schloß umdrehte. Die Tür gab ein paar Zentimeter nach, dann stieß sie an und hielt mit einem Klirren still. Er steckte die Hand durch den Spalt und fühlte die Kette. Waren Diebe im Haus? Er war im Begriff, hinunterzulaufen und Nunez zu holen oder die Polizei anzurufen, als er Allbee sagen hörte: »Sind Sie das?«

»Warum ist die Kette vor?« fragte er.

»Das werde ich Ihnen später erklären.«

»Nein, das werden Sie nicht, Sie erklären es auf der Stelle.«

Aber die Kette blieb, wo sie war. Leventhal ermahnte sich, nicht den Kopf zu verlieren und stieß einen Augenblick später so an die Tür, daß sie erbebte. Er starrte auf die alten schwarzen Lackspritzer und -tropfen und wartete. Wieder begann er wuterfüllt zu hämmern und schrie: »Sie! Machen Sie auf!«

Als er innehielt, vernahm er ein leises Geräusch und erblickte durch den Spalt Allbees Gesicht oder besser einen Ausschnitt seines Gesichts, seine Nase, seine volle Lippe und, mit den noch erkennbaren Spuren der Entrückung, sein Auge und darunter den bekannten Fleck.

»Wird's?« sagte er zu ihm.

»Ich kann nicht«, flüsterte Allbee. »Kommen Sie doch bitte ein bißchen später wieder. Geben Sie mir etwa fünfzehn Minuten.«

»Nichts gebe ich Ihnen.«

»Zehn Minuten. Seien Sie nett.«

Leventhal warf sich gegen die Tür, schnellte herum und rammte sie mit seiner Seite und der vorgeschobenen Schulter; die Füße knirschten auf den Fliesen. Er ergriff die Türpfosten und stieß zu. Jetzt hörte er drinnen zwei Stimmen. Wieder warf er sich gegen die Tür, noch wilder. Die Kette barst, so daß er gegen die Wand der Diele prallte. Er fing sich und raste in das Vorderzimmer. Dort stand Allbee, nackt und widerlich anzusehen, neben einer Frau, die sich in großer Hast anzog. Er half ihr dabei, gab ihr Strümpfe und Unterwäsche von dem Stapel auf dem Stuhl neben dem Bett. Den Rock hatte sie schon an, war aber von der Taille aufwärts nackt. Sie stieß seine Hand mit den ungehaltenen Strümpfen beiseite und bückte sich, um ihren Fuß in einen Schuh zu zwängen, wobei sie ihren Finger neben dem Absatz hineinsteckte. Das Haar war ihr übers Gesicht gefallen, dennoch glaubte Leventhal sie zu erkennen. Mrs. Nunez! War es Mrs. Nunez? Vor Schrecken standen ihm die Haare zu Berge, und der Schrei, den er gerade ausstoßen wollte, erstarb ihm in der Kehle.

Sie beugte sich zum Licht – nur die Nachttischlampe brannte und warf einen scharf umrissenen Kreis über die zerwühlten Laken und den Teppich – und kehrte die Bluse zum Anziehen nach außen. Ihre erschreckten Augen glitzerten ihn an, und ihre Brüste hingen schwer herunter, als sie den Arm durch den Ärmel stieß. Unterdessen war Allbee zur Tür geeilt und hatte sie geschlossen. Als er zurückkam, zog er das Hemd an, das neue Hemd, das er in der Second Avenue gekauft hatte. Der steif gerundete Kragen stand vom Hals ab. Danach zog er sich die Hosen an und verlor fast die Balance, als er sein Gewicht vom einen Fuß auf den anderen verlagerte. Schwer atmend sah er vor sich nieder und sagte leise, während er sich zuknöpfte, zu Leventhal: »Gehen Sie doch wenigstens so lange in ein anderes Zimmer, bis sie gegangen ist.«

»Sie gehen auch.«

Da Allbee den Kopf gesenkt hielt, konnte Leventhal nicht in seinem Gesicht lesen, ob er das als Bitte oder Befehl gemeint hatte. Er sah ihn mit Zorn und Verachtung an, bevor er sich zur Küche in Bewegung setzte. Die Frau drehte sich um, so daß er sie jetzt deutlich sehen konnte. Sie richtete ihr Haar; die Ellbogen hantierten schnell über ihrem Kopf. Sie war eine Fremde, nicht Mrs. Nunez, einfach eine Frau. Er fühlte sich ungeheuer erleichtert, aber zugleich versetzte ihm der Gedanke an seinen Argwohn einen Schock. Sie war eine starkknochige Frau mit breiten Hüften; sie hatte hohe Schultern; der gerade Faltenwurf ihrer Bluse ließ sie rechteckig erscheinen. Sie war groß und hager und hatte schwarzes Haar, aber damit erschöpfte sich die Ähnlichkeit. Ihre Augen waren unregelmäßig geschnitten; eins war kleiner als das andere. Mit dem größeren glänzenderen Auge erwiderte sie sein Starren. Ihr Lächeln war unsicher und gekränkt. Er stand einen Augenblick in ihrer Nähe und sog den starken Duft von Puder oder Parfüm ein, der in der Hitze des Zimmers von ihr ausging. Sie steckte sich einen weißen Kamm ins Haar und entfernte sich von ihm.

Er schlug die Küchentür zu und hörte, als er im Dunkeln neben dem vibrierenden Kühlschrank wartete, die leisen Geräusche einer Unterhaltung. Er machte keinen Versuch, ihr zu folgen. Man hörte Fußtritte; es war die Frau, die zur Tür ging. Er hatte sich vornehmlich ihretwegen zurückgezogen, um sie zu schonen. Es war nicht ihre Schuld. Wahrscheinlich hatte Allbee ihr gar nicht erzählt, daß die Wohnung jemand anders gehörte. Diese Frechheit von ihm, diese Frechheit! Leventhal schrie beinahe laut vor Ekel. Er verzerrte leidenschaftlich das Gesicht und spannte den Mund. Diese Widerwärtigkeit! Der Kühlschrank stockte und erzitterte, erholte sich aber immer wieder und lief, chaotisch und unaufhaltsam, lief und lief. Sein weißer Aufbau war gleichauf mit Leventhals Augen; er konnte darin blaue Funken sehen. Der einzige andere sichtbare Gegenstand in diesem Raum war die Pilotenflamme des Gasherdes, gleichfalls blau, ein viel tieferes Blau in den schwarzen Mulden und hinter den dürren Stäben der Gasbrenner.

Der Blick der Frau haftete ihm im Gedächtnis. Ebenso ihr Geruch. Er schien in den Räumen verfangen. Die Stimmen waren nun in der Diele zu vernehmen. Leventhal ging ins Eßzimmer. Auf den verkrumpelten Laken der Couch – das Kissen grau, fast schwarz – lagen Zeitungen, Unterwäsche und Socken. Auf dem Fenstersims zwischen den Vorhängen entdeckte er eine Tasse Kaffee, in der Schimmelflocken schwammen, sowie Krumen und Speisereste. Die Wohnungstür wurde geschlossen, und er ging ins Vorderzimmer.

»Hören Sie zu«, sagte Allbee, sobald er durch die Küchentür trat, »ich dachte, Sie wären übers Wochenende verreist. Sie sind gestern abend nicht nach Hause gekommen. Ich dachte ...«

»Sie dachten, Sie bringen eine Nutte von der Straße mit nach oben.«

»Nein ... nicht so schnell.« Er stieß ein hastiges, etwas atemloses Lachen aus. »Ich weiß, daß ich ein sündiges Wesen bin. Ich habe nie vorgegeben, etwas zu sein, was ich nicht war. Warum diese Erregung? Sie hätten mir ein paar Minuten einräumen können.«

Er sprach versöhnlich, mit komischer Entrüstung. Seine Haut war gelb, die Lippen aufgesprungen. Sein Lächeln hing noch verstohlen in den Mundwinkeln, ein prahlerisches Lächeln.

Leventhal errötete dunkel: »In meinem Bett!«

»Nun ja, die Couch ist so schmal. Kein Platz, um eine Dame ... ich wollte etwas mehr Platz ...«

Er war seiner selbst keineswegs sicher, und seine Stimme schwankte, als er den Witz riskierte. »Ich begreife nicht, warum man deswegen soviel Lärm machen muß.«

»Ach, Sie begreifen nicht! Es hat Ihnen Spaß gemacht, Ihre Hure dort hinzulegen, wo ich schlafe.«

Die Heftigkeit seines Abscheus gab Allbees Lächeln eine andere Note; es wurde zum Hohn, und ein heißer gelblicher Ton erschien in seinen blutunterlaufenen Augen. Leventhal hörte ihn etwas über »Pedanterie« murmeln.

»Sie Heuchler! Ich dachte, Sie könnten den Tod Ihrer Frau nicht verwinden.«

»Lassen Sie meine Frau aus dem Spiel«, schrie Allbee.

»Warum denn? Sie flennen doch immer um sie, oder?«

»Ich habe gesagt, lassen Sie das! Lassen Sie Dinge ruhen, die Sie nicht verstehen können.«

»Was kann ich nicht verstehen?«

»Jedenfalls das nicht«, sagte Allbee schroff. Sein Gesicht flammte; seine Backenknochen sahen aus, als seien sie gebrandmarkt. Aber er beherrschte sich, und die Farbe wich langsam zurück. Nur ein paar vereinzelte Flecken blieben. Er schien sich zu einem Rückzieher zu zwingen.

»Ich meine, sie ist tot. Was hat sie damit zu tun? Ich habe meine natürlichen Bedürfnisse, wie jeder andere.«

»Was hat sie mit den anderen Dingen zu tun? Sie Schleimer haben sie nur benutzt, um meine Gefühle zu bearbeiten. Nun gut, was macht's mir schon? Gehen Sie zum Teufel. Sie hatten aber damit nicht genug, Sie haben diesen Platz so verdreckt, daß ich mich ekle, ihn zu betreten, aber das genügt Ihnen nicht; Sie müssen mir auch noch diese Frau ins Bett legen.«

»Worüber sind Sie denn eigentlich so aufgebracht? Wo sonst, wenn nicht im Bett ...?« Er sah wieder belustigt aus und zwinkerte mit den blutunterlaufenen Augen. »Wie machen Sie's denn? Vielleicht haben Sie eine andere, feinere Methode? Behauptet Ihr Leute denn nicht immer, daß ihr genauso seid wie alle anderen? Das ist eure Art, zu verstehen zu geben, daß ihr über alle anderen erhaben seid. Ich weiß.«

»Holen Sie sich Ihren Kram aus dem Eßzimmer und machen Sie, daß Sie rauskommen. Ich will von Ihnen nichts mehr sehen.«

»Ihnen ist die Frau doch ganz egal. Sie benutzen sie nur, um daraus eine Staatsaktion zu machen und Ihr mir gegebenes Versprechen zu brechen. Und ich hatte gedacht, daß ich in punkto Zynismus alles gelernt hätte. Mein Gott, Sie könnten darüber Kurse abhalten. Ich habe noch niemanden gesehen, der Ihnen das Wasser reichen könnte. Ich glaube, daß es für alles in der Welt nur Vorstellbare ein Beispiel gibt, gleichgültig wie groß oder wie abstoßend. Aber Sie sind bestimmt nicht wie jeder andere.« Er sah ihn an, scharf, glänzend, triumphierend, unverschämt. »Was kümmert Sie schon meine Frau? Aber Ihr Instinkt hat sie gelehrt, wo man zustechen soll, so wie ein Insekt weiß, wo es am meisten Saft findet.«

»Sie schmieriger Hanswurst!« rief Leventhal dumpf. »Sie häßlicher, schmieriger Schwindler. Ich habe es gesagt, weil Sie so ein Lügner sind, mit Ihren Krokodilstränen und der Name Ihrer Frau jedes zweite Wort in Ihrem Munde. Die arme Frau muß mit Ihnen ein schönes Leben gehabt haben, einer Mißgeburt wie Ihnen, dem Jahrmarkt entsprungen. Es ist Ihnen gleich, was Sie sagen. Sie sprechen alles aus, was Ihnen in den Sinn kommt. Sie sind nicht einmal menschlich, wenn Sie mich fragen. Kein Wunder, daß sie Sie verlassen hat.«

»Es ist sehr interessant, daß Sie ihre Partei ergreifen. Sie war wie ich. Was halten Sie davon? Wir waren gleich«, schrie er.

»Wie auch immer, raus mit Ihnen! Türmen Sie! Ich habe Ihnen gesagt, Sie sollten gehen, wenn die Frau geht.«

»Und wie steht's mit Ihrem Versprechen?«

Leventhal stieß ihn zur Tür. Allbee taumelte ein paar Schritte zurück, ergriff einen schweren Aschenbecher aus Glas, den er drohend in der Hand wog, und schrie: »Kommen Sie mir nicht zu nahe!«

Leventhal unterlief ihn und schlug ihm den Aschenbecher aus der Hand. Dann packte er die Arme in seinem Griff, riß ihn herum und bugsierte ihn in die Diele.

»Lassen Sie los, ich gehe schon«, keuchte er.

Die Tür, die Leventhal aufriß, traf Allbee ins Gesicht. Er widersetzte sich nicht, als Leventhal ihn ins Treppenhaus stieß, und stieg, ohne zurückzublicken, die Stufen hinunter.

Außer Atem stolperte Leventhal zu einem Sessel und zerrte an seinem Kragen. Der Schweiß rann ihm in die Augen, und ein an den Schultern beginnender Schmerz zog sich abwärts durch seine Brust. Plötzlich dachte er: »Vielleicht treibt er sich draußen noch herum. Ich sehe lieber nach.« Er stand mit Mühe auf und ging zur Treppe. Er hielt sich am Geländer fest und starrte in den Treppenschacht hinunter. Er war still. Als er in die Wohnung zurückkehrte, fiel ihm ein: »Er hatte nicht einmal den Mut, sich zu wehren. So sehr er mich auch haßt. Und er ist größer, er hätte mich töten können.«

Er überlegte, ob Allbee vielleicht von der Tür, die ihn ins Gesicht traf, betäubt gewesen sei. Das Geräusch davon hatte er noch im Ohr.

Er blieb stehen, um die Kette zu untersuchen. Die Haspe war nur gelockert und konnte wieder festgehämmert werden. Aber ein Kettenglied war geborsten. Er warf die kaputte Hälfte weg. Über die Furchen im Teppich des Vorderzimmers zog sich eine lange gebogene Aschenspur. Er wischte sich mit dem Ärmel den Schweiß ab und betrachtete das Zimmer, zornig, aber auch freudig erregt; er fühlte dunkel, daß diese Unordnung und dieser Aufruhr ein Teil des Preises war, den er für seine Erlösung zahlen mußte.

Die Heizkörper sprühten, und das Zimmer war unerträglich heiß. Er schob das Fenster hoch und beugte sich hinaus. Sofort hörte er das tosende Rauschen des Zuges in der Third Avenue, das den unablässig brandenden Lärm der Straße übertönte. Menschen schritten zwischen Lichtstreifen auf dem Pflaster einher; das Licht rührte von den geöffneten Fenstern her, die dem Blick teppichbelegte Böden und Umrisse von Möbeln preisgaben; die Menschen strömten durch die strahlende Helle des gläsernen Verlieses, das sich vor dem Theater buchtete, und drangen in Schatten, Nebenströme, die in noch tiefere Schatten führten, und weiter in mächtige Löcher, die mit Licht und gedämpftem Dröhnen erfüllt waren. »Ist er noch irgendwo in der Nähe?« fragte sich Leventhal. Er bezweifelte, daß Allbee in der Gegend war. Sicher wußte er, daß er nach dem heutigen Vorfall hier nichts mehr zu erwarten hatte. Aber was er sich überhaupt erwartet hatte, blieb ein Geheimnis. Die Idee einer Einführung bei Shifcart verlor alle Substanz; es war eine Stegreifforderung, improvisiert. Daß er imstande war, dies einzusehen, gab Leventhal das Gefühl, nach langem Ausfall wieder er selbst zu sein.

Die Brise kühlte ihn zu schnell ab. Er zog zitternd den Kopf ein und setzte sich, nachdem er seine Hand von dem rußigen Staub des Fensterbrettes gesäubert hatte. Seine Kehle war bitter und rauh, und er spürte ein taubes Gewicht in seiner Seite. Nachdem er sich aber gesetzt und kurz ausgeruht hatte, fühlte er sich bald besser. Als er aufstand, begann er planlos die Wohnung aufzuräumen. Langsam und unlustig nahm er eine Aufgabe nach der anderen in Angriff.

Er zog die Laken von den Betten und warf sie in den Wäschekasten. Dann streute er, ohne sich die Mühe zu machen, die Speisereste aus dem Abfluß zu entfernen, Seifenpulver über das Geschirr im Abwaschbecken und ließ das heiße Wasser laufen, bis der Schaum aufstieg und es bedeckte. Er machte das Bett mit sauberer Wäsche, steckte unbeholfen die Kissen in ihre Bezüge und zog das Bett von der Wand weg, um die Decken einzuschlagen. Im Eßzimmer drehte er die Matratze der Couch um und stemmte die selten geöffneten Fenster hoch. Auf einem der Stühle fand er eine glänzende Tüte aus einem Herrenkonfektionsladen der Second Avenue. Sie enthielt Allbees abgelegtes Hemd und ein paar andere Artikel, die er sich nicht weiter ansah. Er warf die Tüte in den Wandaufzug, zusammen mit den Socken, Unterhemden und Zeitungen, die sich bei Allbee angesammelt hatten. Dann entfernte er die Handtücher aus dem Badezimmer, drehte die Dusche auf, um die Wanne zu spülen, und machte sich daran, das Waschbecken zu reinigen. Nach ein paar Versuchen nahm er davon Abstand und steckte den Putzlappen wieder unter das Becken.

Er stellte die Stühle auf ihren alten Platz, als er auf dem Teppich einen Kamm entdeckte. Es war höchstwahrscheinlich das Gegenstück zu dem, den sich die Frau ins Haar gesteckt hatte. Beim Betrachten stieg ihm wieder der Geruch in die Nase. Es war ein weißer Kamm, aus weißem Bein, mit unregelmäßig gelb nachgedunkelten Zinken. Auf der einen Seite war er mit einem karoförmigen Stück Glas verziert, auf der anderen Seite war das Glas aus der Fassung gefallen. Er hielt sich mit dem Kamm nicht sehr lange auf, sondern ließ ihn in den Papierkorb fallen. Er erinnerte sich an die Frauen, die er vor einigen Wochen beim Streit an der Ecke beobachtet hatte; er dachte sogar, daß sie eine der beiden gewesen sein könnte. Das war sehr leicht möglich. Denn wo hatte Allbee sie wohl aufgesammelt? Wahrscheinlich in einer Kneipe der Nachbarschaft.

Ein Windstoß blies durch die Wohnung, als er die Asche vom Teppich auffegte. Er brachte die Kälte und Leere des Draußen ins Zimmer. Trotzdem kam der Geruch des Kammes gelegentlich wieder und überflutete ihn mit einem Bruchteil dessen, was in seinem Gefolge an diesem Abend passiert war, wie eine Gewissensqual ...

Es muß für sie beängstigend und beschämend gewesen sein, das Krachen an der Tür zu vernehmen und dann fluchtartig das Bett zu verlassen – wieder ein anderes Bett. Selbst wenn man in Betracht zog, daß sie der Brutalität besser gewachsen war als manche andere (viele Frauen hätten vor Schrecken oder Scham laut aufgeschrien), tat es ihm leid, ihr das angetan zu haben. Er fand, daß er um ihretwillen den ganzen Vorfall bedauerte, und wünschte beinahe, er hätte auf Allbee gehört und sich entfernt. Ihn hätte er später zur Rechenschaft ziehen können. Ein paar Eindrücke, die er von ihr hatte, blieben ihm lebhaft im Gedächtnis – die Schwere ihrer Figur im Rock, wie sie sich gekrümmt hatte, um den Fuß in den Schuh zu zwängen, der Blick, den er von ihren seltsam geformten Augen erhalten hatte. Es kam ihm nun so vor, als hätte darin mehr Belustigung als Furcht gelegen, und er konnte auch begreifen, wie sie mit etwas Distanz den Vorfall belustigend finden konnte. Dann erinnerte er sich, wie Allbee gestolpert war, als er sich die Hose hochzog, und wie komisch er der Frau die Strümpfe hingehalten hatte. Es war gemein, es war schmerzhaft, aber auch komisch. Er grinste, seine Augen erweiterten sich und leuchteten; er platzte mit seinem Gelächter heraus und stampfte mit dem Besen auf den Boden. »Die Strümpfe! Diese verdammten Strümpfe! Wie er da ohne einen Faden am Leibe rumstand und ihr die Strümpfe hinhielt!«

Plötzlich brach er in Husten aus. Als er mit Lachen und Husten fertig war, blieb sein Gesicht noch ungewöhnlich belebt. Ja, und er sollte sich selbst bei dem Bild nicht auslassen, wie er sie beide anfunkelte. Inzwischen war Allbee bereits siedeheiß, versuchte aber, den Kopf oben zu behalten. Die Frau mußte verstanden haben, daß er nicht zu sagen wagte, was er empfand. Vielleicht hatte er sich ihr gegenüber gebrüstet und ihr Lügen von sich erzählt, die sein Mißgeschick komisch erscheinen ließen.

Als er sich jedoch einen Augenblick aufs Bett setzte, war die ganze Komödie auf einmal fort und zerstoben. Er irrte sich, was den Ausdruck der Frau betraf; er versuchte nur, ihn in etwas umzuwandeln, was ihm erträglich war. Die Wahrheit war vermutlich ganz anders. Er hatte begonnen, das Geschehene mit ihren Augen zu sehen, und damit geendet, seine eigenen dafür einzusetzen. Damit hatte er erreicht, daß sie auf seiner Seite stand, während sie tatsächlich mehr zu Allbee neigte. Beide, Allbee und die Frau, zogen oder schwammen aus einer Tiefe des Lebens auf ihn zu, in der er selbst verloren, erstickt und verendet wäre. Dort lag das Grauen, das Böse und alles, was er sich vom Halse gehalten hatte. Als er noch in dem Hotel der Eastside arbeitete, war er diesem Grauen so nahe gekommen, wie er es überhaupt ertragen konnte. Er hatte ihm voll ins Gesicht gesehen. Seitdem hatte er aus den Augenwinkeln noch mehr darüber erfahren. Warum sagte er nicht lieber Herz statt Auge? Sein Herz war nämlich davon betroffen, mit furchtbaren Schmerzen und Ängsten, mit schweren Schlägen. Wenn jedoch die Angst und der Schmerz so groß waren, was zog ihn denn hin?

Er nahm den Besen auf und kehrte an seine Arbeit zurück. Als er sich auf zitternden Beinen vornüber beugte, um die Asche aufzufegen, dachte er: »Vielleicht habe ich nicht richtig gehandelt. Ich wußte nicht, was es war. Ich weiß es noch immer nicht. Aber früher oder später mußte es zu einer Kraftprobe kommen. Was wollte ich denn mit ihm anfangen? Er haßte mich. Er hätte mir in seinem Haß gern die Kehle durchgeschnitten. Er hat es nur deshalb nicht getan, weil er zu feige ist. Darum hat er all diese kleinen Mätzchen angezettelt. Er hat sie ebensosehr gegen sich wie gegen mich angezettelt, und zwar deshalb, weil er sich wegen seiner Feigheit haßte, aber mit seiner Clownerei konnte er die eigenen Gefühle loswerden! – Dieser ganze Quatsch, die Sache mit dem Senf, daß er sich auf die Knie niederließ und all sein Gewäsch. Dazu war's bestimmt. Ich mußte gegen ihn zur Tat schreiten. Ich habe es wahrscheinlich schlecht angepackt. Aber es ist vorüber, und das ist die Hauptsache ...«

Die Stühle sahen nicht ganz so aus, wie Mary sie aufzustellen pflegte; das Bett war nicht glattgemacht. Die

Aschenspur war auf dem Teppich noch sichtbar. Trotzdem begannen sich die Dinge auszurichten, und die Arbeit beruhigte ihn. Er öffnete eine Büchse mit Gemüsesuppe, die er auf dem Herd aufsetzte. Während sie heiß wurde, spülte er das Geschirr und stellte zum erstenmal seit Wochen das Radio an, nur um eine Stimme zu hören. Das Telefon klingelte. Es war Max, der, wie er sagte, von einem Drugstore in der Fourteenth Street anrief. Er wollte nicht zum zweitenmal unangemeldet kommen. Und das ist auch gut so, dachte Leventhal. Er hätte auf das Klingeln der Türglocke nicht geöffnet.

Als er zehn Minuten später gerade mit der Suppe fertig war, erschien Max. Elena hatte sich endlich bereitgefunden, New York zu verlassen. Das war seine Nachricht. Er kam von der Pennsylvania Station, wo er gerade die Platzkarten abgeholt hatte. Villanis Bruder, ein Altwarenhändler in der Bleeker Street, kaufte ihm die Möbel ab.

»Es wird das Doppelte vom Erlös kosten, dort unten neue Sachen zu kaufen«, sagte er.

»Ach, du willst doch diesen Plunder nicht.«

»Warum soll ich ihn nicht wollen? Die Fracht ist zu teuer, daran liegt's.« Dann lächelte er Leventhal an. »Na ...?« sagte er.

»Du meinst, ich hatte unrecht mit Elena.«

»O ja. Und mit der alten Dame auch.«

»So. Du hast mich neulich abends in einer schlechten Stimmung angetroffen, Max. Ich bin nicht immer so. Ich hoffe, daß ich dich nicht gekränkt habe.«

Die Fältchen, die von Maxens Augen ausstrahlten, vertieften sich. »Ach, es hat mir einigen Spaß gemacht, wie du die alte Dame hochgespielt hast«, sagte er.

»Ich freue mich, daß du Elena endlich umgestimmt hast. Das wird sich alles gut auswirken. Ich freue mich besonders für Philip. Wenn du dich dort angesiedelt hast, kommen wir runter und besuchen dich.«

»Bestimmt. Du bist uns willkommen. Jederzeit. Kommt sie denn bald zurück?«

Leventhal merkte, daß Max Mary nicht bei Namen nannte. Er wußte wahrscheinlich ebensowenig wie Elena, wie sie hieß.

»Mary? Sobald ich sie zurückholen kann. Ich will sie heute abend anrufen.«

»Dein Radio spielt ziemlich laut. Willst du Gespenster vertreiben?«

Sie lächelten miteinander.

»Ich bin anscheinend ziemlich verloren, wenn sie weg ist.«

Max goß sich ein Glas Wasser ein, lehnte es aber ab, sich zum Kaffee niederzusetzen. »Zu viel, was ich noch erledigen muß«, sagte er. Er zog den Hut ins Gesicht. Seine Koteletten waren lang und schlecht gestutzt, so daß sie ihm über die Ohren wuchsen.

»Ich bringe dich zum Zug«, sagte Leventhal. »Wann fährst du?«

»Freitag um vier Uhr im ›Natchez Prince‹.«

»Ich werde dort sein.«

Nachdem Leventhal mit seiner Frau gesprochen hatte, machte er sich in einer Art Rauschzustand fürs Bett fertig. Er ging, während er sich auskleidete, im Zimmer auf und ab, hielt vor ihrem Bild auf dem Schreibtisch an und streichelte ihr das Gesicht, indem er mit dem Daumen über das Glas fuhr. Unter der Wölbung seiner Brust spürte er ein schweres deutliches Schlagen, das ihm viel langsamer vorkam als das tatsächliche, kaum fühlbare, jubelnde Hasten seines Herzens. Seine Beine schmolzen vor Aufregung. Mary packte wahrscheinlich schon ihre Koffer, denn sie hatte versprochen, morgen mit dem frühesten Zug abzureisen. Ihrer Sprechweise merkte er an, daß sie wohl schon auf seinen Anruf gewartet hatte. Als er fragte: »Kannst du bald kommen?« erwiderte sie: »Morgen«, mit einem Eifer, der ihn erstaunte. Sie wollte schon sehr früh am Dienstag ankommen, wenn sie im Feiertagsgedränge nicht zu sehr aufgehalten wurde. Inzwischen mußte er die Wohnung in Ordnung bringen; sie mußte sie so vorfinden, wie sie sie verlassen hatte. Vor einer halben Stunde war sie ihm halb passabel vorgekommen. Jetzt erschien sie ihm erschreckend schmutzig. Er zog eine Jacke über seinen Pyjama und war drauf und dran hinunterzugehen, um Mrs. Nunez zu sprechen. Er erinnerte sich jedoch rechtzeitig, daß die Nunez' ja ein Telefon hatten, und drehte wieder um. Wie üblich machte er sich Vorwürfe: Die leichteste, vernünftigste Lösung fiel ihm immer zuletzt ein. Er fand die Nummer in Marys Buch mit dem alphabetischen Register und wählte sie. Im nächsten Moment hörte er ihr gehauchtes Spanisch: »Allo?« Die Vereinbarung war schnell getroffen; sie wollte am nächsten Morgen kommen. Nachdem er schon eingehängt hatte, bat er sie stumm für seinen Verdacht um Vergebung. Aber in seiner gegenwärtigen Verfassung hatten Reue oder selbst einfache Überlegungen keinen Platz.

Er riegelte die Vordertür zu. Er hätte mit Nunez über die gesprengte Kette sprechen sollen, während er mit ihr telefonierte. Übrigens hatte Allbee ja sowieso noch einen Schlüssel; man mußte das Schloß auswechseln. Da er die Nummer nicht behalten hatte, griff er abermals nach dem Buch, beschloß dann aber, die Sache bis morgen zu vertagen. Man mußte Erklärungen abgeben. Warum war die Kette kaputtgegangen? Warum mußte ein gut funktionierendes Schloß entfernt werden? Dazu brauchte er Zeit; am Telefon konnte er keine Gründe erfinden.

Nachdem er ins Bett gegangen war, stellte er die Kissen gegen die Wand und saß mit einer Zeitschrift im Schoß. Er las nicht; er verspürte kein Verlangen danach; und außerdem nahm vor seinen Augen nichts Gestalt an. Ruhelos blätterte er hin und her und hörte das unablässige schläfrige Seufzen des Dampfes in der Heizung und das wiederkehrende Schüttern der Untergrundbahn unter dem Haus. Schließlich warf er die Zeitschrift zu Boden und legte sich mit dem Gesicht aufs Kissen. Er ächzte vor Nervosität. Er konnte kaum ertragen stillzuliegen. Immer und immer wieder sah er den Bahnsteig, die Wagen im Tunnel und erkannte Marys Gesicht in der Menge der Reisenden – ihren Hut, ihr helles Haar und zuletzt auch ihr Gesicht. Er umarmte und küßte sie und fragte: »Hast du eine gute Reise gehabt?« Würde das reichen? Er quälte sich mit einer Auswahl von Begrüßungen. Dann stellte er sich noch einmal vor, wie er auf dem Bahnsteig hin und her rannte. Es war unerträglich. Er beschloß einzuschlafen und machte die Lampe aus. Aber gleich darauf stand er wieder auf – das Zimmer war nicht ganz dunkel, weil das Licht im Badezimmer noch brannte – und schleppte den schweren Schreibtischstuhl zur Wohnungstür. Er klemmte seine Rückenlehne fest unter den Türknauf und ging dann wieder zu Bett. »Um Gottes willen«, murmelte er, »laß mich in dieser Nacht schlafen.«

Ein blasses Licht lag auf den Fenstern; der Mond war aufgegangen. Er stellte sich aufs Bett, zog die Vorhänge zu und ließ sich wieder fallen. Dann zog er die Decke über den Kopf und war bald eingeschlafen.

Anfangs schlief er tief, aber nach einiger Zeit begann er sich zu regen. Er war zu warm, er warf einige Hüllen ab. Seine Beine bewegten sich, als wollten sie sich nicht entspannen, und ein- oder zweimal war er schon im Begriff, hochzufahren und die Lampen anzuzünden. Aber er hielt hartnäckig den Kopf zwischen die beiden Kissen gepreßt und begann auch gleich darauf zu träumen.

Er war auf einer Bretterpromenade bei breitem, offenem, blauem Sommerwetter. Die See schimmerte zu seiner Rechten; der Strand war schwarz von Badenden. Zu seiner Linken war ein Rummelplatz mit den Zahlbuden; er sah runde gelbe und rote Gefährte, die herumwirbelten und zusammenstießen. Er betrat ein Haus, das einem Hotel ähnelte – auf einer runden Veranda saßen Leute, die die Meeresbucht überblickten –, sich aber als Warenhaus entpuppte. Er war da, um Mary etwas Rouge zu besorgen. Die Verkäuferin demonstrierte ihm verschiedene Tönungen auf dem eigenen Gesicht, deren jede sie wieder mit einem fleckigen Handtuch abwischte, um sich gleich darauf zum runden Spiegel hinabzubeugen und einen neuen Fleck zu ziehen. Um sie herum war ein großes leeres Glitzern von Glas und Metall. Was konnte das nur bedeuten? fragte sich Leventhal. Denn er war absolut sicher, daß er einmal eine Tabelle mit allen Farben gesehen hatte. Diese Arbeit war unnötig. Immerhin sah er ihr zu, wie sie Rouge auf ihr scharf geschnittenes Gesicht schmierte und hinderte sie nicht. Der Geruch des Tuches war ihm von Anfang an bekannt vorgekommen. Er gab sich so große Mühe, ihn zu identifizieren, daß er sich halb aufrichtete, denn er war sich plötzlich bewußt, daß der Geruch aus seinem eigenen Bett kam. Seine Augen waren offen; sein unrasiertes Kinn kratzte auf dem Kissen. Konnte der Geruch der Frau durch Kissenbezug und Drillich gedrungen sein? Er hob mit einem Gefühl von Erstickung den Kopf, sah die spiegelnde Wand des Badezimmers, den gähnend offenen Wäschekasten, das schwarze Ende der Waage. Er meinte, er könne den Dampf in den Röhren vernehmen, und doch war das Zimmer nicht warm. Er zitterte und drehte die Lampe an. Sein Herz zersprang beinahe vor

Furcht, denn der Stuhl war umgestürzt, und die Wohnungstür stand offen. Er hörte jemanden in der Küche. Er raffte die Bettwäsche um seinen Körper, beugte sich vor und lauschte; die Drähte der Bettfedern knirschten. Sein Schrecken, wie ein kalter Fluß, wie salziges Wasser, schien dadurch ausgelöst zu sein, daß in ihm etwas aufgebrochen war. »Mein Gott«, rief er zu sich. Sein Mund war trocken, und der Geschmack auf seinen Lippen wie der von getrocknetem Blut. Wenn nun der Stuhl umgefallen war und die Tür sich von selbst geöffnet hatte? Und wenn die Küche nun leer wäre? Wieder die Nerven, seine kranke Phantasie. Aber warum eigentlich Nerven – als eine Entschuldigung für seine Feigheit? Damit er nicht zur Küche gehen mußte, um nachzusehen? Hatte er nicht die Tür verschlossen? Er hätte darauf schwören mögen. Und wenn sie jetzt offen war, dann deshalb, weil Allbee, der einen Schlüssel besaß, sie geöffnet hatte. Leventhals Beine waren sprungbereit, aber er hielt sich zurück, denn wenn ihm diesmal die Nerven wieder einen Streich spielten, dann würde ihn das zermalmen. Plötzlich stürzte er jedoch aus dem Bett und zerrte die Laken mit sich, in die sich sein Fuß verfangen hatte. Er stieß sie von sich und rannte in die Küche. Er prallte mit jemand zusammen, der dort hockte, und ein Schrei entrang sich ihm. Die Luft war verpestet und machte das Atmen mühsam. Gas strömte von dem Herd.

»Jetzt muß ich ihn umbringen«, dachte er, als sie rangen. Der Stoff von Allbees Jacke verfing sich in seinen Zähnen, als er schnell den Griff wechselte und Allbee im Gesicht packte. Dieser riß sich unwillkürlich los, aber Leventhal preßte ihn mit dem Gesicht in die Ecke. Allbees Faust schlug ihm wuchtig auf den Nacken neben der Schulter.

»Sie wollen mich morden? Morden?« keuchte Leventhal. Das Zischen des ausströmenden Gases war fast betäubend.

»Mich, mich selbst!« wisperte Allbee verzweifelnd, wie mit dem letzten Atemzug. »Mich ...!«

Dann fuhr sein Kopf nach oben und traf Leventhal am Mund. Als dieser vor Schmerz die Hände sinken ließ, stieß Allbee ihn von sich und stürzte aus der Küche. Er stolperte ein paar Stufen hinter ihm her, versuchte zu schreien und scheuerte sich die nackten Füße an den Metallkanten der Stufen wund. Er hörte Allbee springen und sah ihn in die Eingangshalle rennen. Er ergriff eine Milchflasche vom Sims eines Nachbarn und warf sie hinter ihm her. Sie zerbarst auf den Fliesen.

Er rannte zurück, um das Gas abzustellen. Er fürchtete eine Explosion. Bei dem wild schaukelnden Licht sah er vor dem Herd einen Stuhl stehen, von dem Allbee allem Anschein nach aufgesprungen war, als er hereingestürzt kam.

Leventhal öffnete das Fenster des Vorderzimmers und beugte sich hinaus. Von der kalten Luft liefen ihm die Tränen über das Gesicht.

Die langen Lampenreihen hingen wie gelbe Körner in dem Graublau der Straße. Er sah niemanden, kein einziges Lebewesen. Als er genug Luft geschnappt hatte, hinkte er ins Badezimmer. Da er sich auf die Zunge gebissen hatte, spülte er sich den Mund mit Wasserstoffsuperoxyd. Trotz des Kampfes, der übelkeiterregenden Süße des Gasgeruchs (wie die scharfe Süße der Abwässer), der Taubheit in seinem Nacken und nun des Anblicks seines Blutes schien er nicht übermäßig verstört. Unter dem dichten Haarschopf wirkte sein Gesicht ungerührt. Er spülte und spie, wusch das Becken rein, wischte die Flecken von der Öffnung der Wasserstoffflasche ab und hob die Laken auf, die er zu Boden gerissen hatte. Als er sein Bett wieder hergerichtet hatte, war das Gas fast ganz aus der Wohnung entwichen. Obwohl er kaum glaubte, daß Allbee noch einmal kommen würde, schloß er die Türe und verbarrikadierte sie mit der Kommode. Er würde ungestört schlafen; alles andere war ihm gleichgültig. Schlaftrunken prüfte er noch einmal den Herd, ob kein Gas mehr ausströmte. Dann ließ er sich aufs Bett fallen. Er schlief noch um elf Uhr, als Mrs. Nunez kam, um zu putzen. Ihr wiederholtes Klopfen weckte ihn.

24

In diesem Herbst wechselte einer der Redakteure von Harkavys Zeitung *Antique Horizons* zu einer nationalen Zeitschrift über, und Leventhal erhielt durch Harkavys Zutun die freiwerdende Stelle. Bezeichnenderweise lehnte Beard zuerst ab, das gleiche Gehalt zu bieten, bis er es mit zweihundert Dollar überbot, aber Leventhal verließ ihn.

In den nächsten paar Jahren ging es mit ihm aufwärts. Das Bewußtsein eines unaufhörlichen täglichen Kampfes war zwar immer noch gegenwärtig, doch etwas verblaßt und nicht mehr so störend. Seine Gesundheit hatte sich gebessert, und auch seine Erscheinung hatte sich gewandelt. Eine innere Widerborstigkeit schien von ihm gewichen zu sein; er war zwar nicht direkt zugänglich, aber sein hartnäckig Aufschluß verweigernder Gesichtsausdruck war sanfter geworden. Obwohl sein Gesicht blasser war und sein Haar graue Stellen aufwies, schien er um Jahre verjüngt.

Im Verlauf der Zeit verlor er auch das Gefühl, daß er, wie er es ausdrückte, »noch einmal davongekommen« sei, seine schuldbewußte Erleichterung und das damit verbundene Gefühl, daß man ihm zu nahe trete. Er war dankbar für seine Stellung bei *Antique Horizons*; er unterschätzte sie nicht; es gab in dieser Branche nicht viele bessere Stellungen. Natürlich hatte er Glück. Verständlicherweise litt ein Mensch darunter, wenn er keine Stellung hatte. Andererseits war es aber auch erbärmlich, einen anderen zu beneiden, der eine hatte. Nach Leventhals Auffassung lag darin nicht einmal eine echte Ungerechtigkeit, denn wie konnte etwas ungerecht sein, was so vom Zufall abhing? Das Ganze war wie eine Tombola, voller Zufälle und Überraschungen. Und außerdem lag da irgendwo eine falsche Betonung. Als könnte ein Mensch wahrhaftig für – meinethalben – Burke-Beard & Co. geschaffen sein, als gebe es dort eine echte Arbeit statt eines aufhaltenden Irrgartens, den man täglich in so gewohnheitsmäßiger Trübsal durchmessen mußte, daß man sie schon nicht mehr fühlte. Das war falsch. Aber der Irrtum entstammte einem mystischen Glauben, einer Überzeugung oder Illusion, daß am Anfang des Lebens, oder vielleicht sogar schon davor, ein Versprechen gegeben worden sei. Wenn Leventhal sich dieses Versprechen vorstellte, verglich er es mit einer Eintrittskarte, einer Theaterkarte. Mit dieser Karte konnte sich ein Mensch, der das Anrecht auf einen nur mittelmäßigen Platz hatte, für einen Platz in der Rangloge zu schäbig fühlen oder sich trotzig und anmaßend darin breitmachen; ein anderer, der das Anrecht auf den besten Platz im Hause hatte, konnte wütend den Platzanweiser anfahren, der ihn zum dritten Rang führte. Und wie viele standen erbärmlich in Regen und Schnee, in der langen Reihe derer, die nur erwarten konnten, fortgeschickt zu werden. Aber nein, das stimmte nicht. Die Wirklichkeit war anders. Denn warum sollten Karten, bloße Karten, versprochen werden, wenn Versprechungen überhaupt gegeben wurden – Karten für erwünschte und unerwünschte Plätze? Es gab doch wichtigere Dinge zu versprechen. Vielleicht gab es ein Versprechen, da es so viele Menschen fühlten. Er selbst war beinahe bereit anzuerkennen, daß es eins gab. Aber man hatte es nicht richtig verstanden.

Gelegentlich beschäftigten sich seine Gedanken mit Allbee. Er fragte sich, ob Williston eigentlich wußte, wie ihm mitgespielt worden war. Aber er hatte Williston geschrieben, als er die zehn Dollar zurückschickte, die er Allbee aus irgendeinem Grund nicht ausgehändigt hatte. In seinem Brief bemühte er sich besonders, seinen Standpunkt zu erklären, und gab, da er wußte, daß Williston ihn der Übertreibung verdächtigte, einen sehr sorgfältigen und maßvollen Bericht von dem, was sich zugetragen hatte. »Allbee«, schrieb er, »versuchte eine Art Selbstmordbündnis zu vollziehen, ohne mich erst um Einwilligung gebeten zu haben.« Und er hätte mit vollem Recht hinzufügen können, »ohne die Absicht zu haben, selbst zu sterben«. Denn es gab triftige Gründe, dies zu vermuten. Von Williston kam jedoch keine Antwort, und einen zweiten Brief zu verfassen, war Leventhal zu stolz; das hätte zu sehr nach einem Plädoyer ausgesehen. Vielleicht glaubte Williston, daß er Allbee das Geld böswillig vorenthalten hatte. Leventhal machte es so klar wie möglich, daß er keine Gelegenheit gefunden hatte, es ihm auszuhändigen. »Hält er mich für so kleinlich?« fragte er sich verärgert. Wiederholt ließ er alles, was er in jenen verwirrenden Wochen getan hatte, an sich vorüberziehen. Hatte er nicht versucht, fair zu sein? Hatte er nicht die Absicht gehabt, ihm zu helfen? Er meinte, daß er und Allbee, nach jeder ehrlichen Rechnung, jetzt quitt waren. Viel Unterschied hätten die zehn Dollar gemacht! Zuerst war er zutiefst gekränkt, später dachte er sich aus, was er Williston sagen wollte, falls sie sich einmal träfen. Aber die Gelegenheit bot sich nie.

Von Zeit zu Zeit hörte er Gerüchte über Allbee. Er hörte sie jedoch jedesmal von Leuten, die Allbee nicht persönlich kannten, und konnte daher niemals ganz sicher sein, daß der Mann, von dem sie berichteten, tatsächlich Allbee war. »Ein ursprünglich aus New England stammender Journalist, der sich dem Trunk ergeben hat«, und so weiter. Innerhalb von drei Jahren erreichten ihn etwa ein Dutzend derartige Geschichten, von denen keine zwei übereinstimmten. Er versuchte nicht, einer von ihnen nachzugehen. Obwohl sie ihn immer interessierten, wollte er doch eigentlich gar nicht so genau wissen, wo Allbee war und was er tat. Er glaubte, daß er immer tiefer gesunken war. Jetzt war er vielleicht in einer Anstalt, in irgendeinem Krankenhaus oder lag bereits auf dem Schindacker. Leventhal hatte kein Verlangen, zu viel oder zu eingehend darüber nachzudenken.

Aber eines Nachts sah er Allbee wieder.

Ein Händler, der für eine Inszenierung am Broadway ein paar Antiquitäten zur Verfügung gestellt hatte, gab Leventhal zwei Karten. Er hatte zwar keine rechte Lust hinzugehen, aber Mary bestand darauf. Mary war schwanger; das Baby sollte im nächsten Monat geboren werden. Sie sagte, daß sie bald auf lange Zeit ans Haus gebunden sein würde. Leventhal meinte, daß das Theater sehr heiß sein werde – es war Anfang Juni und vorzeitig warm –, setzte ihr jedoch keinen wirklichen Widerstand entgegen.

Am Abend, an dem sie ins Theater gehen wollten, kam er früh nach Hause. (Sie waren zum nördlichen Ende der Straße Central Park West gezogen, näher zum portorikanischen Slum als zu den wappenverzierten Baldachinen der sechziger und siebziger Straßen.)

Während des Abendessens waren seine Augen müde. Bevor er jedoch seinen Nachtisch beendet hatte, räumte Mary schon den Tisch ab. Er wusch sich, rasierte sich an diesem Tag zum zweitenmal und zog sich einen weißen Leinenanzug an, den die Reinigung vor acht Monaten in eine braune Papierhülle verpackt hatte. Die Hosen waren ein wenig eng und kurz, denn er hatte im vergangenen Winter zugenommen. Die Untergrundbahn war schon recht heiß, das Theater war zum Ersticken. Leventhal saß da und ließ das Stück über sich ergehen. Er hatte ohnedies keinen Geschmack fürs Theater, und dieses Stück war außerdem noch sentimental und verlogen – eine komplizierte Liebesangelegenheit in einem Renaissancepalast. Er hielt Marys Hand. Im Lichterschein der Bühne sah er Tropfen auf ihrer Stirn, unter dem vollen Kranz ihrer starken Haarflechten, und auf der Nase. Ihre Haut erschien ihm sehr rein, und sein Herz schwoll, als er beobachtete, wie sie dem Stück folgte. Gleich darauf wandte auch er den Blick wieder zur Bühne hin. Sein eigenes dunkles Gesicht war feucht, und sein enger Anzug war bereits verknittert, der Kragen vom Schweiß durchtränkt. Als sich der Vorhang zum erstenmal senkte, stand er schnell auf und führte Mary durch die Menge in die Eingangshalle. Ein Platzanweiser öffnete die Türen zur Straße, und sie gingen hinaus. Das neben dem Theater gelegene Restaurant füllte sich. Leventhal und Mary zündeten sich Zigaretten an, sahen auf die Straße und hinauf zum Schimmer des gelben Glases, der sich im Dunst verlor. Der Nachmittag war fast tropisch gewesen. Ein paar große Regentropfen waren gefallen; die Luft war feucht, übelriechend und schwarz, man fühlte sie wie ein weiches Gewicht. In dem Straßenblock befanden sich Nachtklubs und Restaurants; es herrschte dichter Verkehr. Plötzlich machte ein Taxi eine gefährliche Wendung von der gegenüberliegenden Straßenseite und kam zu einem jähen, ruckartigen Halt vor dem Theater. Dahinter ertönte ein fürchterliches heiseres Hupen. Die Tür wurde aufgerissen und eine Frau hinauseskortiert. Etwas von der Unergründlichkeit des Lebens, die Leventhal immer gewissermaßen im Nacken saß, drängte sich ihm auf, als er über ihre Schulter das Gesicht ihres Begleiters in dem schwachen Licht erblickte. Das gläserne Schiebedach im Dach des Taxis wurde zurückgeschoben, und die Krone eines Strohhuts kreiste und glänzte in der Öffnung. Die Frau sprang mit einem kleinen Satz vom Trittbrett, hielt mit der einen Hand den Seidenschal gegen den Hals und raffte mit der anderen den Rock. Schlank und langbeinig ging sie mit einem etwas lockeren Schritt, elegant und doch ein bißchen unbeholfen. Man sah Schmuck unter dem Schal und an ihren Fingern. Unter dem bläulichen Licht des Baldachins sahen ihre lackierten Nägel lila aus. Sie stand verärgert mit dem Rücken zur Straße und hielt einen kleinen, schweren, glitzernden Beutel. Der Mann verweilte aus irgendeinem Grunde noch im Taxi.

Mary berührte Leventhals Arm.

»Erkennst du sie?« flüsterte sie.

Aber Leventhal versuchte, ihren Begleiter zu erspähen.

»Ist das nicht Yvonne Crane?«

»Wer?«

»Die Schauspielerin?«

»Ich weiß nicht«, sagte er begriffsstutzig. »Ist sie's?«

»Sie ist immer noch blendend schön«, sagte Mary bewundernd. »Wie behalten die nur ihr jugendliches Aussehen?«

Nachdem die Frau eine Zeitlang gewartet hatte, drehte sie sich um und sagte mit leisem harten Ton: »Komm schon. Wirst du da endlich rauskommen?«

Der Mann im Taxi rief zänkisch: »Er ist mit uns einen langen Umweg gefahren. Glaubt er vielleicht, ich kenne die Stadt nicht? Ich bin hier kein Greenhorn.«

Sie verstanden nicht die nächsten Worte der Frau, hörten aber den Chauffeur, lakonisch und selbstsicher, und dann den Begleiter, der lachend ausrief: »Kommen Sie mir nicht damit ... Sparen Sie sich das für die reichen Besucher.«

Die Frau öffnete den Beutel und warf dem Chauffeur einen Geldschein zu.

Als Leventhal die Stimme hörte, war er sicher, daß der Mann Allbee war, und wartete mit starrer Miene und einem fast entsetzten Blick auf sein Erscheinen. Dann trat Allbee auf den Bürgersteig und sagte: »Das hättest du nicht tun sollen.« Das Taxi fuhr los mit schlackernder offener Tür; der Chauffeur faßte, ohne die Fahrt zu verlangsamen, nach hinten und schlug sie zu.

Als die beiden ins Theater gingen, sah Leventhal Allbee aus der Nähe. Er trug einen weißen Frack. Eine schief angesteckte Blume hing an seinem Rockaufschlag; er drückte den Hut unter den Arm und ging voran, die breiten Schultern steif zurückgenommen, wiegend und galant. Seine Wangen waren rot und glänzten. Er lachte in das hübsche, aber nervös strenge Gesicht seiner Begleiterin. Er schien sie neckend vor sich her zu schieben, und es war der Haltung ihrer Arme anzusehen, daß sie sich nicht schieben lassen wollte.

»Ihn erkenne ich nicht«, sagte Mary. »Aber sie ist Yvonne Crane, da bin ich sicher. Ich habe ihr Gesicht hundertmal gesehen. Erinnerst du dich nicht an sie?«

Während des ganzen zweiten Aktes sah sich Leventhal nach den Logen um. In dem von der Bühne ausstrahlenden Licht konnte er nicht mehr ausmachen als die Farbe eines Gesichtes oder gelegentlich den schwarzen Umriß eines Kopfes, der neben der roten Kugel eines Ausgangslichtes auftauchte oder seinen Schatten über den stumpfen Glanz der Brüstungsstangen warf. Er meinte, daß sie in einer Loge sitzen mußten. Die Frau konnte Yvonne Crane sein oder auch nicht sein, wahrscheinlich hatte Mary aber recht. Sie war auf alle Fälle eine wohlhabende Frau, und Allbee sah in seinem Frack und den seidenbetreßten schwarzen Hosen mehr als durchschnittlich vermögend aus. Von der Blume gar nicht zu reden. Die Blume kam Leventhal seltsamerweise wie ein Zeichen von etwas Außergewöhnlichem, Barbarischem, Reichem, ja Dekadentem vor. »Ja, er hat's zu was gebracht«, überlegte Leventhal. »Und diese Frau, wer sie auch sein mag, diese Frau hat er sich gut abgerichtet.« Keins der Gerüchte hatte ihn als so gut situiert beschrieben. »Und ich hier hatte ihn schon tot und auf dem Schindacker begraben. Tot. Aber man stelle sich vor!« Er zog ein Taschentuch aus seiner Brusttasche und wischte sich Hals und Kinn. Die

Lichter in den Bögen kamen wieder zum Leben und ließen ihn blinzeln und die Stirn runzeln. Der Vorhang rauschte nieder. Es gab Beifall. Er hatte nicht bemerkt, daß der Akt zu Ende ging. Das Orchester stimmte einen Marsch an, und schneller noch als das erste Mal half er Mary beim Aufstehen.

Als er ihr die Zigarette anzündete und sich über ihren Kopf hinweg überall nach Allbee umsah, erblickte er ihn auf der Treppe. Er war allein. Mit großen Augen lächelte er Leventhal an und hob mit steif gespreizten Fingern die Hand in einer Geste, die er nicht verstand. Mary sprach mit ihm. Völlig verwirrt gab er irgendeine Antwort. Sie wiederholte, was sie gesagt hatte. Sie bat um ihre Puderdose, die er in seiner Tasche hatte. Sie wollte zum Waschraum gehen. Er holte hastig die Dose hervor und gab sie ihr. Sein Ausdruck schien sie zu verwundern, so daß sie ihn scharf ansah, bevor sie sich umwandte.

Als sie auf der Treppe an Allbee vorbeiging, schenkte er ihrer schwangeren Figur einen prüfenden Blick. Leventhal verließ die Eingangshalle. Er merkte, daß Allbee sich ihm näherte, hob jedoch erst den Blick, als er ihn sprechen hörte.

»Hallo, Leventhal.«

Die tiefe dumpfe Stimme mit dem alten Ton der Komplizität, die große ungeschlachte Figur im weißen Frack störten ihn.

»Hallo«, antwortete er nervös.

»Ich habe Sie gesehen, als wir reinkamen.«

»Das hatte ich nicht gedacht.«

»Ich wußte, Sie würden nichts dagegen haben, wenn ich mich wie ein Fremder benahm, deshalb muß ich jetzt die Initiative ergreifen; und ich würde mir wie ein schrecklicher Narr vorkommen, wenn ich nicht mit Ihnen redete ... Sie haben mich doch gesehen, nicht?«

»Ja.«

»Und mit wem ich zusammen war?«

»Die Schauspielerin? Meine Frau hat sie erkannt.«

»Oh, Ihre Frau«, sagte er höflich. »Sehr hübsch. Sehr attraktiv, selbst in ihrem Zustand.«

Er begann, breit zu lächeln, wobei er die Zähne zeigte. Die Hände in die Hüften gestemmt, beugte er sich ein wenig vor.

»Meinen Glückwunsch. Ich sehe, daß Sie die Gebote halten. ›Seid fruchtbar und mehret euch.‹«

Leventhal antwortete ihm mit einem stumpfen kurzen Nicken. Es schien ihm, daß Allbee nicht wirklich den Wunsch hatte, boshaft zu sein, er gehorchte nur einer Gewohnheit. Vielleicht wollte er nur sich selbst belächeln und um eine Art Verständnis bitten. Bei genauerem Hinsehen sah Allbee nicht gut aus. Seine Farbe war ungesund. Leventhal hatte das Gefühl, daß in seinem scheinbaren Wohlergehen der Verfall lauerte, etwas Intimes. In den vertieften Falten um seine Augen rührte sich nicht viel. Sie sahen aus wie ein Stoff, zerknittert und ausdruckslos. Man roch Whisky an seinem Atem.

»Sie haben sich nicht sehr verändert«, sagte Allbee.

»Ich war's ja nicht, der sich so sehr verändern sollte.«

»Ah, das. Nun, sehe ich immer noch so aus wie damals?«

»Sie trinken noch.«

»Seit ich Sie gesehen habe, frage ich mich, ob Sie das erwähnen würden. Sie sind sich treu geblieben.« Er grinste, war aber ein wenig verletzt. »Nein, ich trinke nur noch zur Gesellschaft, weil's jeder tut.«

»Sie sehen erfolgreich aus.«

»Oh«, sagte er leichthin. »Erfolg ist ein großes Wort. Man sollte es nur behutsam benutzen.«

»Was treiben Sie denn?«

»Im Augenblick spiele ich Miss Cranes Begleiter. Die Klatschspalten behaupten, daß wir befreundet sind, wenn sie sich die Mühe machen, sie zu erwähnen. Sie ist nicht mehr die Zugnummer, die sie zu sein pflegte. Sie wissen das wahrscheinlich. Nun, sie wünscht sich im Moment nicht soviel öffentliche Notiz, oder sie würde sich mit jemand Prominenterem sehen lassen. Aber es ist ihr egal. Sie ist froh, daß das berufliche Trara um sie vorbei ist und sie ruhiger leben kann. Sie ist tatsächlich eine sehr intelligente Frau. Da drüben an der Westküste sind wir beide ein wenig verloren.«

Leventhal nickte wieder.

»O ja, sie ist richtiger Adel. Sie ist wirklich fein. Königlich, wenn Sie sich darunter etwas vorstellen können. Manche dieser Frauen werden abstoßend, wenn ihre Popularität nachläßt. Sie leben wie die Verbrecher. Sie wollen sich vermutlich für all die Jahre unter dem Auge der Öffentlichkeit entschädigen.«

»So ... dann wünsche ich Ihnen auch Glück«, murmelte Leventhal.

»Sie ist natürlich nicht Flora ... Meine Frau.« Sein fortdauerndes Lächeln gab dem überwältigenden, fürchterlichen Schmerz, der sich in seinen Augen spiegelte, eine Spur von Zynismus.

Leventhal konnte nicht umhin, Mitleid mit ihm zu empfinden.

»Sie hat Qualitäten ...«

Seine letzten Worte gingen im Krächzen der Taxis unter. Leventhal fand keine Worte.

»Ich möchte Ihnen noch eins erklären«, sagte Allbee. »In jener Nacht ... Ich wollte mit mir Schluß machen. Ich hatte nicht beabsichtigt, Ihnen wehzutun. Denn das hätte es wohl ... Aber ich habe an Sie gar nicht gedacht. Sie waren mir überhaupt nicht in den Sinn gekommen.«

Darüber mußte Leventhal laut lachen.

»Sie hätten doch in den Fluß springen können. Das ist eine

komische Lüge. Warum erzählen Sie sie? Mußten Sie ausgerechnet meine Küche benutzen?«

Allbee sah sich nervös um. Die Geheimratsecken, die sich in sein dünnes blondes Haar vorschoben, wurden dunkelrot.

»Nein«, sagte er zerknirscht. »Nun, wie dem auch sei, ich weiß nicht mehr, wie es war. Ich muß den Verstand verloren haben. Wenn Sie sich gegen sich selbst wenden, hat nichts anderes für Sie mehr Bedeutung.«

Mit bitterer Scham und Selbstverspottung im Gesicht ergriff er Leventhals Hand und drückte sie.

»Aber ich möchte Ihnen sagen, daß ich Ihnen etwas schuldig bin. Um dieses Geständnis wollte ich mich drücken, als ich sagte, daß ich nur mich selbst töten wollte.« Er sprach mit großer Mühe. »Ich möchte es nicht übertreiben, aber auch nicht untertreiben. Ich weiß, daß ich Ihnen etwas schulde. Ich wußte es in jener Nacht, als ich unter Ihrer Dusche stand ...«

Leventhal zog seine Hand zurück.

»Was tun Sie im Westen? Sind Sie Schauspieler?«

»Schauspieler? Nein, ich bin beim Rundfunk. Reklame. Es ist eine mittelgroße Stellung. Sehen Sie also? Ich habe mit den Verhältnissen, so wie sie sind, Frieden geschlossen. Ich bin vom Pony heruntergestiegen – Sie erinnern sich vielleicht, daß ich das einmal gesagt habe? Ich fahre im Zug.«

»Als Zugführer?«

»Zugführer, Quatsch! Ich bin nur Passagier.« Sein Gelächter war kurz und schwach. »Nicht mal erster Klasse. Ich bin nicht der Typ, der die Dinge steuert. Das könnte ich nie sein. Das weiß ich schon seit langem. Ich bin der Typ, der sich mit dem Steuermann arrangieren kann. Was macht es mir schon? Die Welt ist nicht gerade für mich geschaffen. Was kann ich dagegen tun?«

»Na was?« Leventhal lächelte ihn an.

»Daß sie annähernd für mich geschaffen ist, muß mir genügen. All der Krampf vergangener Zeiten, das ist vorüber, das ist vorüber.«

Die Menge strömte zurück. Das Klingelzeichen war ertönt.

»Auf alle Fälle genieße ich das Leben.« Plötzlich blickte er um sich und sagte: »Ich muß mich aber beeilen. Yvonne schickt sonst ihre Späher, um mich zu suchen.«

»Einen Augenblick. Wer kontrolliert denn Ihrer Meinung nach die Dinge?« fragte Leventhal. Aber er hörte hinter sich Marys Stimme. Allbee rannte hinein und sprang die Treppen hinauf. Die Klingel schrillte weiter. Leventhal und Mary waren noch im Gang, als sich das Haus verdunkelte. Ein Platzanweiser brachte sie zu ihren Plätzen.

SAUL BELLOW

Saul Bellow, einer der großen Männer der amerikanischen Literatur, wurde 1915 in Lachine/Quebec geboren und wuchs in Chicago auf, wo er Soziologie und Anthropologie studierte. Er lehrte an verschiedenen amerikanischen Universitäten. Für sein umfangreiches und sehr erfolgreiches literarisches Werk erhielt er zahlreiche Auszeichnungen, darunter den Pulitzerpreis und 1976 den Nobelpreis für Literatur. Saul Bellow lebt heute in Boston.

DIE EINZIG WAHRE

Saul Bellow, der große amerikanische Nobelpreisträger, erzählt ironisch, anekdotenreich und mit oft schwarzem Humor von einer lebenslangen Liebe, die sich erst im fortgeschrittenen Alter erfüllt.

»Wie das Funkeln eines Edelsteins, der im kleinen die Themen und Ideen widerspiegelt, die Bellows Prosa in den letzten 50 Jahren ausgemacht hat.«
New York Times

»Diese Novelle, ein Alterswerk im besten Sinn, ist höchst kunstvoll komponiert. Alles stimmt.«
DIE ZEIT

Nr. 92027

BLT
Mit der Welt auf Buchfühlung

DAMIT DU DICH AN MICH ERINNERST

EIN DIEBSTAHL

Zwei brillant geschriebene Novellen aus dem Alterswerk Saul Bellows, in denen uns ein 17jähriger Jüngling aus Chicago und eine erfolgreiche New Yorkerin durch ihre Stadt und ihr Leben führen und in denen – wie immer bei Saul Bellow – Komisches und Tragisches, Witz und Melancholie dicht beieinander liegen. Mit stilistischer Brillanz bettet der Autor die Geschichten ein in eine Fülle von stimmungsvollen Beobachtungen und Figuren, die unvergeßlich charakterisiert sind. Ein großes Lesevergnügen. »Es ist alles drin, das ganze Leben.« Die Woche

Nr. 92043

HERZOG

In der Mitte seines Lebens versucht ein amerikanischer Universitätsprofessor für sich und seine Zeit Bilanz zu ziehen. In seinem großen Roman *Herzog* erzählt Saul Bellow die faszinierende Geschichte eines Mannes und einer Epoche. Eines der Meisterwerke des Nobelpreisträgers und ein Klassiker der amerikanischen Literatur, der unter anderem mit dem National Book Award ausgezeichnet wurde und fast ein Jahr an der Spitze der Bestsellerliste stand. »Es kann keinen Zweifel geben, daß Saul Bellows Roman eine Sternstunde ist.« FAZ

Nr. 92045

HUMBOLDTS VERMÄCHTNIS

In einer tiefen Existenzkrise erinnert sich der Schriftsteller Charlie Citrine des Dichters Humboldt Fleisher, einst berühmt und nach seinem Tod in Vergessenheit geraten. Humboldts Vermächtnis, ein sonderbares Legat, verändert Charlies Leben – und das tragikomische Doppelporträt der beiden, ihr Verhältnis zur amerikanischen Gesellschaft und der Gangsterstadt Chicago machen diesen handlungsreichen und humorvollen Roman zu einem von Saul Bellows Meisterwerken, für den er 1976 mit dem Pulitzerpreis ausgezeichnet wurde.

Nr. 92058

MR. SAMMLERS PLANET

Mr. Sammlers Planet ist New York – doch ein anderes New York, als wir es kennen. Denn der schüchterne Intellektuelle, der als polnischer Jude und KZ-Überlebender nach Amerika emigrierte, sieht die Welt mit anderen Augen.
Mr. Sammler ist als Held kein Akteur, sondern ein Beobachter, ein Weiser, der von seiner Umgebung immer wieder zum Handeln gezwungen wird. Bellow versteht es glänzend, die Romanhandlung in Bewegung zu halten. Sein Roman ist reich an Humor und sarkastischem Witz, voller Weisheit und Menschlichkeit – ein neuer Beweis für seine hohe Erzählkunst.

Nr. 92060

Nr. 92019

João Silvério Trevisan

ANA IN VENEDIG

Entlang der frei variierten Lebensgeschichten dreier authentischer Persönlichkeiten – Julia Mann, ihrer brasilianischen Amme Ana und dem Komponisten Alberto Nepomuceno – entwirft Trevisan in seinem vielschichtig komponierten Roman ein faszinierendes Welt- und Kulturbild.
Von der brasilianischen Kritikervereinigung zum »Besten Roman des Jahres« gekürt.
»Das Buch ist spannend, farbig, schön geschrieben und voller Kontraste, die zum Weiterlesen reizen.«
Frido Mann